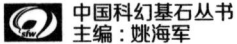

中国科幻基石丛书
主编：姚海军

罗隆翔科幻小说选

寄生之魔

罗隆翔 著

四川科学技术出版社

图书在版编目（CIP）数据

寄生之魔——罗隆翔科幻小说选 / 罗隆翔著 . -- 成都：四川科学技术出版社，2017.10
ISBN 978-7-5364-8739-0

Ⅰ .①寄… Ⅱ .①罗… Ⅲ .①科学幻想小说—小说集—中国—当代 Ⅳ .① I247.7

中国版本图书馆 CIP 数据核字（2017）第 155843 号

中国科幻基石丛书

# 寄生之魔
## ——罗隆翔科幻小说选

| | |
|---|---|
| 出 品 人 | 钱丹凝 |
| 丛书主编 | 姚海军 |
| 著 者 | 罗隆翔 |
| 责任编辑 | 宋 齐 刘维佳 |
| 封面绘画 | 黄 钦 |
| 封面设计 | 姚 佳 |
| 版面设计 | 姚 佳 |
| 责任出版 | 欧晓春 |
| 出版发行 | 四川科学技术出版社 |
| | 四川省成都市槐树街 2 号 出版大厦　邮政编码：610031 |
| 成品尺寸 | 147mm×208mm |
| 印 张 | 12.375 |
| 字 数 | 316 千 |
| 插 页 | 2 |
| 印 刷 | 四川省南方印务有限公司 |
| 版 次 | 2017 年 10 月成都第一版 |
| 印 次 | 2017 年 10 月成都第一次印刷 |
| 定 价 | 34.00 元 |

ISBN 978-7-5364-8739-0

# 写在"基石"之前

■ 姚海军

"基石"是个平实的词，不够"炫"，却能够准确传达我们对构建中的中国科幻繁华巨厦的情感与信心，因此，我们用它来作为这套原创丛书的名字。

最近十年，是科幻创作飞速发展的十年。王晋康、刘慈欣、何夕、韩松等一大批科幻作家发表了大量深受读者喜爱、极具开拓与探索价值的科幻佳作。科幻文学的龙头期刊更是从一本传统的《科幻世界》，发展壮大成为涵盖各个读者层的系列刊物。与此同时，科幻文学的市场环境也有了改善，省会级城市的大型书店里终于有了属于科幻的领地。

仍然有人经常问及中国科幻与美国科幻的差距，但现在的答案已与十年前不同。在很多作品上（它们不再是那种毫无文学技巧与色彩、想象力拘谨的幼稚故事），这种比较已经变成了人家的牛排之于我们的土豆牛肉。差距是明显的——更准确地说，应该是"差别"——却已经无法再为它们排个名次。口味问题有了实际意义,这正是我们的科幻走向成熟的标志。

与美国科幻的差距,实际上是市场化程度的差距。美国科幻从期刊到图书到影视再到游戏和玩具,已经形成了一条完整的产业链,动力十足;而我们的图书出版却仍然处于这样一种局面:读者的阅读需求不能满足的同时,出版者却感叹于科幻书那区区几千册的销量。结果,我们基本上只有为热爱而创作的科幻作家,鲜有为版税而创作的科幻作家。这不是有责任心的出版人所乐于看到的现状。

科幻世界作为我国最有影响力的专业科幻出版机构,一直致力于对中国科幻的全方位推动。科幻图书出版是其中的重点之一。中国科幻需要长远眼光,需要一种务实精神,需要引入更市场化的手段,因而我们着眼于远景,而着手之处则在于一块块"基石"。

需要特别说明的是,对于基石,我们并没有什么限定。因为,要建一座大厦需要各种各样的石料。

对于那样一座大厦,我们满怀期待。

# 自 序

■罗隆翔

当听到《科幻世界》的编辑说准备把我的科幻小说结集出版时,我是错愕的。蓦然回首,才发现自己已经写了那么多年,十几年来写写停停,竟然也凑够了一部小说集的字数。

另一件让我毫无思想准备的事情,是为这部集子写个序言。编辑说:你也写了这么多年了,也该有些感想吧? 我想了想,也的确是有些感想,于是写下了这些文字。

我走上写作这条路,其实是一种偶然。在我的心里,作家什么的,离我的世界很遥远。刚开始写作的时候,对什么是科幻并没有太多了解,看《科幻世界》也不过是单纯地爱看罢了,用来打发大学时代那些闲暇的时光。

第一篇小说纯粹是写着玩,觉得别人能写,我大概也能写吧。写完了丢在电脑里,被舍友看到,他们说写得不错,就糊里糊涂地投了出去。

大家也许猜到那篇小说叫什么了。

对,《寄生之魔》。

小时候,我一直觉得每个人面前都有一道门,门外是光怪陆离的世界。很多人推开过那道门,但很快又关上了它。我只是向前迈出了一步。

那道门的名字就叫幻想。

在我们还是小孩子时,也许都幻想过家中衣柜里藏着一只白色的狐狸,它很可爱,或许还有好几根毛茸茸的尾巴,在你一个人玩累了的时候,它会轻声在你耳边讲故事,讲述它故乡那片绵延不断的青色群山,讲述那些广袤河流上淡淡的氤氲;我们会独自搭着积木,搭成城堡,点缀上花木,幻想那是给它搭建的小房子,隔着城堡的墙壁与它聊天,聊着那些大人听不懂的话题。

当岁月流逝,当初的孩子变成大人,那只白色的狐狸便慢慢地离开了,映入我们眼帘的是不再拥有童话的现实世界。于是那一年,当时还不清楚什么叫科幻小说的我,写了那篇有一只狐狸的小说,作为我和狐狸的告别礼物。

我原本以为,故事就这么结束了。原本是自娱自乐的小说,稀里糊涂地投了出去,结局已经不重要了。然而并非如此,我懵懵懂懂地接到了编辑刘维佳老师的电话,他推荐了那篇稿子,并鼓励我写下去。心中那一道本来应该关上、应该逐渐消失的门,再次打开了。

大学毕业之后,人生的分岔路枝枝蔓蔓地在我面前延伸,每走到一个分岔路口都是一次茫然无措的选择。远离家乡的日子,繁华的城市中,朝九晚五的工作一成不变,我每天都像无根的飘萍一样飘荡在钢筋水泥的世界里。

在疲惫和麻木中,我又一次打开了那道门。这时,很长时间没打开的门已经锈迹斑斑，它带着褐色的金属质感，已经不是当年那透着木头香气的童话式小门，门后已经没有童年时明亮的原野，只有灰暗的城市，巨大的星球拖着明晃晃的光柱，从城市上空掠过，我抬头，看见了星球上倒悬的草原和层层的山脉。

童年的梦在远离，我伸出手，抓住一鳞半爪，转身回望，繁星流逝，四顾茫茫。

这就是《在他乡》。

时光荏苒，从离家，到回家，又过了好多年，童年已经一去不返。即使是故乡，也不再是门前那海浪般起伏的金色稻田，回家的水泥路踩不出童年时的足迹，林立的高楼有几分陌生。诸般生活工作琐事打扰，故事写得更少了，但心中那道门始终都没有再关上。

人，总要有个让自己放松的去处。当一天的工作忙完，拖着疲惫的身体回到家时，我总喜欢打开那道门，进入幻想的世界，看看那些不一样的风景，偶尔撷取一个片段，展开成一篇小说，让自己稍微放松一下。

幻想是一种很重要的能力，至少对我来说是如此。这么多年来，我已经习惯了游走在幻想世界和现实世界之间，门的这边是现实，门的那边是幻想。当我走出门外，投入朝九晚五的工作时，也只是世界上芸芸众生中最普通的一员；当我累了，就到门的那边看一看，静一静，讲述一些门那边的故事。

承蒙大家厚爱，喜欢听这些故事。我想，那我就继续讲下去吧，一直讲下去。

# 目 录

# 寄生之魔

据调查，这个世界上绝大多数的生物身上都有寄生生物。

邻居家的狗身上有跳蚤，我家后院的大榕树有菟丝子寄生。昨天我研究细菌的时候，发现我的细菌样本被"污染"了——寄生满了噬菌体。

说到菟丝子，这可是目前最令人头疼的东西，我的导师就是因为这种植物而身败名裂跳楼的。他发明了一种叫"魔菟丝子"的植物，这种植物现在被各大教会一致宣判成魔鬼的化身——我还是第一次看见这么多宗教对同一件事物持相同的态度。这东西自从诞生到现在已经夺去了数万人的性命，有两个小镇甚至被彻底地从地球上抹去。

幸好我家的那棵只是普通的菟丝子。

今晚是一个很浪漫的夜晚，我向暗恋已久的女孩表白心意，结果她只是比了比我们之间的身高，就让我彻底绝望了。从此我知道，我不应该去追一个比我高十厘米的女孩。

然后我喝了个烂醉，回到家，跳进后院的池塘里自杀。我忘了池塘的水只有半米深,下面还有半米的淤泥——说是池塘,还不如说是个小水洼。

今天是 4 月 1 日,愚人节。天气还是很冷,所以当我酒醒了,想起我还肩负着非常重大的科研项目,不能如此作践自己的生命时,就又爬上了岸。

天上有流星,我对着流星许愿:神哪!我想让那个女孩爱上我!然后,那颗流星就砸到了我面前的池塘里。难道说我的愿望太奢侈,把流星都吓得掉到我面前了?

再然后,我发现那块"陨石"裂开了,一只全身雪白的小猫蹦了出来,游到我面前,全身一抖,把水甩了我一身。

它长得蛮可爱的。我抱起它,要给它洗个澡,顺便也洗一下我自己。

在浴室里,我发现它竟然有九条尾巴!是基因变异吗?真可怜!作孽哦,这世界都变成什么模样了……这小东西的毛很长,我想了一下,决定用洗发液给它洗澡。

当我把洗发液涂在它身上,并开始用力搓的时候,它突然跳起来,把我的手抓出十余道血痕,然后嗖的一声缩到角落,大声吼道:"大色狼!不要在女孩子身上乱摸!"那声音,就像一个小女孩。

我吓呆了,一共呆了五分钟二十一秒——我的时间向来宝贵,所以都是以秒来计算的——然后冲出去打电话,告诉同事我捡到一只会说话的猫。

我一共打了五十个电话,有四十九个答复都说我的谎话太拙劣了,还有一个建议我娶它。老天!我想起今天是愚人节,怪不得没人相信我。

然后,我回到浴室,发现那只"猫"正在浴缸里游泳。我问它:"喂!这位……呃……我应该怎么称呼你?"

"我嘛,来自一个叫'青丘之山'的星球,名叫阿其鎏谟衍楼娜,今年十五岁,是个可爱的女孩。"那只"小猫"这样自我介绍。它的声音不是经由耳朵,而是直接传入大脑的。

"这么说，你是外星人……不对，是外星猫了？"我虽然很惊讶，但是还不至于被吓晕。毕竟这年头什么怪事都有，想当年我的导师就制造出了一种有牙齿的植物。

"不！我不是猫，我是外星人——如果你们是这样称呼和你们同一个文明等级的外星智慧生物的话。"那个阿什么什么楼娜说完这句话就开始玩潜水。显然，它的水性不怎么好，刚潜到浴缸底就开始四肢乱爬，痛苦挣扎。

我将它捞起来，"我说阿什么什么楼娜，你到外面玩好不好？我想洗澡。"

"地球人真没礼貌，居然乱改别人的名字！"它一面说，一面往外走。

"是你自己的名字太长了，我记不了。以后我叫你'小猫'如何？"

"也行！不过我认为还是叫'九尾狐'比较酷，你们的祖先都是这样称呼我们的。"它走出了浴室，还不忘用后腿踹上门。

就这样，我家多了一个来自外星的食客。

清晨，我床头的闹钟按时响了。

我刚刚睁开眼睛，就发现那只九条尾巴的"小猫"把闹钟往我的脸砸来。

闹钟不幸逝世，我的脸也肿了。小猫很感慨，"唉！想不到地球人竟然这么脆弱，轻轻砸一下就受伤了。"然后继续趴在我的枕头边呼呼大睡。

我无可奈何地起床洗脸，去上班。

我在实验室工作，是研究转基因植物的科学家。能在二十八岁的年纪进入国家实验室工作，说得好听一点，是沾了我导师的光；说得难听一点，是为了收拾他一死了之留下的残局。

当年我的导师是这个星球上顶尖的植物学家，为人孤僻、冷傲，从来不屑与任何科学家合作。几年前，他花大量心血研究出了"魔菟丝子"这种转基因植物。很不幸，这东西可以称得上是有史以来最糟糕的发明，几乎给这个世界带来了灭顶之灾，他因此荣获了“最糟糕诺贝尔奖”。

导师自诩聪明过人、记忆力超强，所以几乎不做任何研究笔记。他这一死，几乎带走了所有有关“魔菟丝子”的资料。而我是他唯一的学生，也是这个世界唯一对他的研究了解一鳞半爪的人，所以就很不幸地扛起了收拾残局的重任。

“喂！怎么脸肿了？”过来打招呼的是我的助手，四十五岁的邹博士。我向来称呼他为老邹。

“给雌性生物揍的，满意了吗？”我回答。他丢给我一块三明治，“尉博士，你的早餐。”

“我再说一次，我姓尉迟，不姓尉！”我说着，飞快地啃掉了三明治，然后皱起了眉头，“这么难吃。什么料子？”

“魔菟丝子三明治，你最痛恨的食物。”他抛下一句话，跑了。他的行为向来和年纪不符。我那混蛋导师，当年说什么要充分利用植物资源，在研究之初就把魔菟丝子做成了可以食用的植物，害得我现在连续吃了两个月的魔菟丝子早餐——整个研究所都知道我从来不会自己买早餐。

刚换上白大褂，内线电话响了，“尉迟博士，第十五区发现大片的魔菟丝子，怀疑是新的变异品种，警方不敢擅自处理，请您立即前往。”

我搭电梯前往顶楼的直升机坪，老邹已经背着火焰喷射器在等待了。

第十五区是一片森林。在空中，我远远地就看见了一大片绿色的魔菟丝子。警察们已经在它的周围挖出了一道隔离带。普通的菟丝子是红色的，而魔菟丝子却是绿色的，这为发现它们的踪迹造成了不小的难度。

“毁了它！”我下令。地面的警察部队立刻使用从军队调来的大量火焰喷射器，把魔菟丝子化为一片火海。一名警察被魔菟丝子章鱼爪一般的藤蔓卷入火海，不幸殉职。

我降落到地面，用镊子夹起一段还活着的魔菟丝子，放入带培养基的锥形瓶里。等大火平息了之后，警察们牵着猎犬，寻找残留的魔菟丝子，加以毁灭。同时，他们也发现了不少动物的遗骸，有猫、狗、野兔，还有几副人类的骨骼。

锥形瓶里的魔蔻丝子成长得很迅速。当我们回到实验室时，它已经长出了寄生根。我把它切成了两截，拿了一截出来研究。

一个小时之后，研究结果出来了：这的确是魔蔻丝子最新的变异品种，繁殖能力特别强。但现在我拿它依然是——没有办法！

如今，我们只能够靠人工的方法仔细搜寻，然后加以摧毁——就像今天一样。这些鬼东西的生命力强得超出想象，想彻底除掉它们，几乎是不可能的。

研究了一整天，我们还是没有办法。我手头上已经有好几种能够对付魔蔻丝子的手段，但是在确定这些手段是完全安全之前，我不敢轻易尝试，以免再造成无法收拾的后果。前段时间，有一名国外的科学家研究出了一种专门针对魔蔻丝子的除草剂，结果却使它变异得更快。在美国，有两个小镇被这种变异的魔蔻丝子吞没，镇上的人集体去见了上帝。

下班了，我想起家里还有一只外星小猫。凭着比地球人高超得多的科技，也许它能给我出些主意，于是我就带着一瓶魔蔻丝子样品回去了。我还顺路买了一盒最好的猫食，免得怠慢贵客。

我开着我那辆本来应该报废的雅阁车回家。刚打开车库，我惊呆了：老天！这是我的车库吗？怎么看起来像是一个数百年没有人烟的洞窟？墙壁上、天花板上，爬满了血红色的藤蔓，地上满是动物的遗骸，死猫、死狗、死老鼠，什么都有，看起来都是从垃圾堆里拖回来的。那些血红色的藤蔓在这些死去的动物身上结成茧，正在吸取养分。

一定是小猫搞的鬼！我不得不动手清理这一片废墟。然后，我看见小猫出现在我的车顶，它大声喝问我："你这个低等的两脚动物，为什么毁了我的实验室？"它一生气，全身的毛就会竖起来，看起来像一团雪白的绒球，并且把我的车顶抓出了几道很深的伤痕。

最后,我们妥协的结果是,这车库还是我的,而我家的地下室却得清理出来给它当实验室。我拼死拼活帮它将那些死猫、死狗、死老鼠和什么见鬼的血藤搬到地下室,而它却躺在沙发上看电视。我从来没教过它怎样使用电视机,它是自己学会的。用它的话来说:如果把你送回到石器时代,你会弄不懂石斧的用法吗?

好不容易帮它搬完东西,我却发现阳台上的仙人掌只剩下了半根,一问,才知道是被它当成午餐吃掉了。这家伙一天所吃的东西比它的体重还要重,这点我失算了。吃完晚餐之后,我去洗了个澡。

我洗完澡,刚想跟它提起魔菟丝子的事情,却发现锥形瓶已经空了。我一把拎起它,问:"瓶子里的东西呢?"

它呷了呷嘴巴,说:"我吃掉了,味道不是很好。希望你以后不要买这种难吃的食物回来。"

我晕!

五分钟之后——

"哦!原来这东西就是魔菟丝子啊。"它漫不经心地说,用前腿敲打着键盘,在上网看新闻。新闻是有关魔菟丝子的最新报道。到今天为止,已经有四万多人死在魔菟丝子之下了。

"所以,我想问你,有没有什么办法可以除掉这种可怕的植物。"我抚摸着它问。

它懒懒地躺在键盘上,说:"才四万多人而已嘛!每天死在你们人类手上的动物都远远不止这个数字。"

"这是我们人类制造出来的恶魔,我们有责任消灭掉它。"我说。

它那九条比身子还要长的尾巴逐一摆动着,"哦!如果全天下的人类都有你这样的责任心,这星球就太平得多了。告诉我有关魔菟丝子的故事吧。"

有关魔菟丝子,就得从四年前说起了。

当时，我还是一名博士生。

四年前的一天，我和导师在苹果树林里散步。

果树的长势不错，我说："导师，看样子，今年的收成不错。"

导师放眼望去，满眼的绿色，全都是苹果树，他叹气道："本来，这儿应该是混合林的。单一的作物虽然可以取得不错的经济效益，但是抗灾能力和环境调节功能却是非常薄弱。而且，农民的收入也不高。大量使用化肥，不但使得土地退化，也是一笔巨大的开支。"

我分析了一下土壤，发现了虫卵，说："导师，看来今年会有虫灾。"

"成不了灾的。你最近没有看新闻吗？各级部门已经在预防了。我现在所想的，是如何才能用更经济的手段，使农作物长得更好。"导师的父母都是农民，小时候经常为了他的学费发愁，所以导师对提高农民收入的研究特别重视。

"一年前，你让水稻长出固氮根瘤菌，已经让不少氮肥厂破产了。你现在还想干什么？"我问导师。

"让磷肥厂也都破产，这些工厂的污染太大了。"导师这次想让植物自己去合成磷肥。

回到研究所，导师在槐树下休息。突然，一个西瓜掉了下来，险些没砸中他的脑袋。没错！就是西瓜。导师特别喜欢吃西瓜，所以利用转基因技术，硬是让这棵槐树长出了西瓜。

导师抬头，看见了槐树上的菟丝子，然后大声叫起来："想到了！我想到了！是菟丝子！"

从此以后，导师就开始改造菟丝子，因为这种植物能寄生在其他植物身上，适应性比较广。

过了一年，我在实验室里看见了一根会走路的绿色菟丝子。导师很是得意，"尉迟，佩服我吧！我把叶绿素植入菟丝子体内，这样它能自己合成养分，对寄主的伤害就小很多了；同时，我还参照捕蝇草的原理，让菟丝子能自动捕捉昆虫，获取足够的磷，并与寄主分享。这样一来，不但能够提供足够的磷，而且还有自动防止病虫害的能力！我真的很天才吧?！"然后是一串和身份完全不符的狂笑声。对此我已经见怪不怪了。

然后，就是噩梦的开始。

不知怎么搞的，实验室的魔菟丝子流传了出去。估计是被人偷走的。

就是我们以前去过的那个果园，今年的树木长势特别好，结出的苹果非常多。但果园的主人已经有两个月没有出现了。起初谁也没有把这当一回事，因为那个人本来就深居简出。

后来，收购苹果的公司派人进入了果园，一名公司职员发现了果园的主人——一架衣衫完整的骷髅，如提线木偶一般挂在苹果树上，身上缠满了绿色的魔菟丝子。

那名职员报警了。警方初步认定这是一桩谋杀案，然后想把那副骷髅弄下来，可那些魔菟丝子却在瞬间把好几名警察也卷了进去。随着凄厉的惨叫声，魔菟丝子把消化液注入了人体，于是果园又多了几副骷髅。

导师他从来没想过，魔菟丝子什么动物都吃——只要那东西有养分。

再后来，我的导师自杀了。有流言说，是他把魔菟丝子带出了实验室。

然后，全世界范围内都出现了魔菟丝子的踪影。没有人知道为什么这些东西会流到国外去。

到最后，就是这永远也无法收拾干净的可怕残局。


当我说完这段往事的时候，小猫懒洋洋地打了个呵欠，说："也只有你们这些行事莽撞的地球人能够弄出这么莽撞的植物来。我要睡觉了。"

"看在现在是我在养你的份上，你就不能帮我想想办法吗？"对于一个拥有足够高的科技，能在宇宙中任意来往的种族来说，对付这种发疯的植物也许不过是举手之劳而已。

"现在我没有任何办法。如果想要我帮你，明天留下来陪我呀！晚安！"小猫闭上眼睛，九条雪白的大尾巴像被子一般盖在身上。

我在电脑里面找到一行文字，是小猫打出来的：

　　青丘之山　有兽焉　其状如狐而九尾　其音如婴儿　能食人　食者不蛊

　　这是《山海经·南山经》中有关九尾狐的介绍。

　　次日，我请了假，和小猫一起待在家里。小猫跳到池塘里捉了一尾鱼，往地下室里拖。我问它："你为什么老是把死猫、死狗、死老鼠往家里搬？这是你们九尾狐的习性吗？"

　　小猫摇头，"飞碟爆炸时，我寄生的身体损坏了。现在得重新制造一个，这需要大量的动物组织。"

　　我一把将它抓起，"听着，不管你基于什么理由，都不能把这些死猫、死狗往家里搬！我讨厌这些东西！"

　　小猫挣脱我的"魔爪"，"你不是想要我帮你吗？但是以我现在的样子，是没有办法帮你的。我虽然拥有比你们地球人多得多的知识，但是我现在的脑容量只有你们人类的四分之一，绝大多数的知识都处在'压缩状态'，无法启用。我需要一副新的躯体，拥有容量足够大的大脑，才能恢复原来的水平。"

　　"新的躯体？"我很惊讶。

　　"不明白吗？我们九尾狐是寄生生物，向来是寄生在其他大型生物的体内，通过对大型生物的 DNA 进行逆转录，使其长出足够大的大脑，以供我们利用。否则，你以为我们依靠这么小的脑体积和只能拿来刨地的前肢，就能创造出比你们地球人还要高的文明？"小猫说完，又继续拖那尾可怜的鱼。

　　我惊呆了，想不到这宇宙中竟然会有一种寄生生物能创造出比人类还要高等的文明。我问："你们将别的动物的躯体变成你们的身体，不嫌太残忍了吗？"

　　"彼此彼此！你们人类不也是为了建立自己的文明，将不少的动植物都逼到了灭绝的边缘吗？我们到底谁更残忍？"小猫的反驳非常有力，我不知道应该如何回答。

"你造一个躯体，最快要多长时间？"那些魔苑丝子正在不断变异，时间拖得越久，对我们就越不利。

"最快也要一年。人家要造一副倾国倾城的女生躯体嘛！"小猫的九条尾巴一同翘了起来。看来喜欢变成美女是九尾狐的天性，从殷商末年的苏妲己到日本传说中的玉藻妖姬，都是倾国倾城的尤物。

"不能快一点吗？每拖一个月，就是数千条人命啊！"我很心急，知道这件事情可拖不得。

"也并不是没有办法，你给我找一个现成的女孩子来，这样只要一天就够了。要美女哦！"小猫跳到了我肩上。

这绝不可能！我不能为了这件事去牺牲一个无辜女孩的生命。看来狐狸精都是靠不住的，我决定靠自己。所以我转身离去。

"喂！你要去哪儿？"小猫问我。

"去买菜，做午餐。"这是所有单身男人的悲哀。

"帮我买些鱼，送到地下室给我。"小猫在跳下我的肩膀之前，是这样说的。

下午，我在实验室里，面前又有两排从世界各地送来的魔苑丝子样品。这东西变异得太快了，快得连我们研制的最新药剂都无法应付。

我在实验室里发呆，想起今天把鱼送到地下室时所看到的情景。地上全都是结了茧的动物尸体，墙上和天花板上全都是血管一般跳动的红色"藤蔓"。我清楚这些不知是动物还是植物的"藤蔓"绝对不是地球上任何已知的物种，很明显是小猫弄出来的。

小猫说，它所在的星球是一个几乎没有受到科技破坏的世界，九尾狐为了尽量不影响大自然，将所有有可能对环境造成破坏的建筑物都深深地埋在地下。所有的九尾狐体内，都"寄生"有大量动植物的胚胎细胞，在有必要的时候，可以释放出来发育成熟，为它们服务。

很多病毒都有逆转录 DNA 的能力，但是如果一种智慧生物也拥有这样的能力，就太可怕了。但九尾狐就偏偏是这样一种生物，它们能对大多数生物的遗传密码进行修改。这是在漫长的进化过程中，大自然赋予它们的可怕的特殊能力。

小猫还说，在过去的数千年里，有不少九尾狐来过地球。我知道它没撒谎。古代的传说中，和九尾狐有关的实在不少，传说九尾狐妖能够修炼成人形——大概就是像小猫这样"修炼"的吧。

"小家伙，在发呆吗？"我的助手老邹问我。他向来会故意忘记我是他的上司这个事实。

"你最好称呼我为尉迟博士。"我趴在桌子上回答。

"病毒已经完成了，经过试验，效果好得出乎意料。要不要批量生产来对付魔菀丝子？"我是整个计划的负责人，他当然要向我请示。

"先放着吧，我对这东西不放心。"魔菀丝子是一种可怕的垃圾植物：它的细胞壁很薄，很难有效阻挡来自外部的各种化学物质的干扰；而它的遗传密码纠正系统又缺失了，DNA 复制出错乃是家常便饭。这两点，决定了它有非常可怕的变异能力。

当初，我为了对付变异快得离谱的魔菀丝子，提出了用病毒对付它们的计划。这种病毒只能寄生在魔菀丝子的体内，并通过溶解植物细胞壁对其造成破坏。病毒是一种变异很快的生物，相信一定能够随着魔菀丝子的变异而变异。植物变异得再快，也没有病毒快。但现在不知为什么，我总觉得自己犯了一个致命的错误。我想起了小猫，总想问问它我是不是在什么地方犯了重大的错误。在它这种和植物共生的智慧生物面前，我可不敢以生物学家自居。

一份请帖放到了我面前。我打开一看，是联合国发来的，邀请各国顶尖的生物学家共商对策，对付这可怕的生物，出发的时间就是现在。

现在就出发？家里的小猫怎么办？老邹看见我的表情，以为我是有什么客人留在家里，于是说："不管有什么事，现在的时间已经很紧了。你家里，我会照顾的。"然后不由分说地将我推上了上楼顶的电梯。

我老是有一种很不安的感觉。直到十个小时之后，飞机快要到达目的地的时候，我突然发觉我担心的是老邹，而不是小猫。小猫机灵得很，就算把它丢到撒哈拉大沙漠也死不掉，但是那姓邹的就不一样了。按照《山海经》上的记载，九尾狐是会吃人的！天知道我们的邹先生会不会被小猫吃掉！

一下飞机，我就给家里打了个电话，果然，那头传来小猫的声音："喂！我捉到一个地球人……"

"他还活着吧？"我大声问。

"目前没有吃掉他的打算。我估计那家伙最起码有三天没洗澡了，闻起来很臭，完全没食欲……"

我长长地吁了一口气，还好！然后我告诉小猫："放了他。"

"不要！那家伙……"电话突然断了，不安的感觉再次袭来。


只有半天的时间调整时差，然后会议就开始了。

一开始，大会主席就说："大家都知道，魔菟丝子给这世界造成了巨大的灾难。据最新的统计，已经有最少五万人丧生在这妖怪的手里。这妖怪植物最新的变异体，已经模糊了动物和植物之间的区别……"

大会主席身后的大屏幕出现了魔菟丝子不同部位的不同细胞。很明显，它的某些细胞拥有类似动物肌肉细胞的结构。这都是我的导师的杰作！多年前，人们把萤火虫的 DNA 嵌入烟草中，就成功地培育出了会发光的烟草，这说明动植物之间并没有不可跨越的鸿沟。而我的导师更是使之发挥到了极致，研究出了会爬行前进的魔菟丝子！

再接下来，本来应该是大家各抒己见，讨论对付这种妖怪植物的方法。但是谁也不说话。除了我手中试管内的新病毒，所有的方法都试过了。会议室的气氛像被埋进了土里的棺材一般死寂。

突然，大会主席又发言了，神色间带着激动和恐惧，"据刚刚收到的消息，那东西开始袭击各大城市。这是受到攻击的城市的名单……"

大屏幕上出现了一连串城市的名单，不少在座的科学家都面带悲色，有人还低声哭泣起来。我在名单上看见了我家乡的名字，心里一阵冰冷……不！不会有事的，有小猫在……

但我还是无法使身体的寒战停止下来。

"现在，让我们为死者默哀……"大会主席的话还没说完，一根巨大的绿色藤蔓就拱破了屏幕，干脆利落地把他吞掉了！那根藤蔓……不！不是一根藤蔓，是数十根藤蔓纠结在一起！

会议室内乱成一团！一名英国科学家被藤蔓卷起……心急之下，我已经顾不得什么后果，打开试管，将那少得可怜的病毒样品往藤蔓上泼去！

霎时，那藤蔓好像被泼上了硫酸的蚯蚓，立即剧烈颤抖。几秒钟之后，藤蔓沾上病毒的部位就像是沙漠中的冰块，迅速融化了，并且伤口还在不断蔓延！

成功……了吗？那名英国科学家被抛在地板上，全身漆黑，眼看是没救了。他曾经开发出剧毒的生物除草剂对付这种植物，不但没有成功，还使魔菟丝子从此带上了剧毒。我的细胞壁溶解病毒，是否也会造成同样的结果？

事后，我所担心的事情并没有出现。据调查，这根藤蔓是从排水管爬上来的。我那一管病毒，使得隐藏在整个纽约下水道中的魔菟丝子被融化了个一干二净。各国开始大量生产这种病毒，用来消灭魔菟丝子。

我成了英雄。

不知为什么，那一管细胞壁溶解病毒，老是让我心头不安。

回到被魔菟丝子破坏得狼狈不堪的家乡，已经是一个月之后的事情了。走下飞机时，迎接我的是鲜花和美酒，还有拼命往前挤的记者。

但是我最想做的，就是立即赶回家。

家乡的重建工作已经开始，但是我家却没人敢靠近。因为传说我走了之后，这儿就开始闹鬼。毫无疑问，是小猫搞的鬼！

我的整栋房子现在都爬满了常青藤，看起来好像荒芜了几百年一般。我想打开门，却发现门好像被锈住了一般，纹丝不动。我无奈地坐在门口，开始体会有家不能归的痛苦，不料门却突然自己开了。

门后没有人。我家的门什么时候变成自动门了？我怎么不知道？我走到门背后，明白了。门后连有一根肌肉一般的东西，但却是蓝色的。

客厅里全都是蜘蛛网，闪着金属般的光泽。我走近，看见那"蜘蛛网"上是一个女孩子的倒影，我迅速转身，身后却没有人。再看"蜘蛛网"，却看见了一个七窍流血的女鬼。

没有风，窗户却自己哗啦哗啦地在动；灯光一闪一闪；楼梯上没有人，却有脚步声；水龙头里流出来的是血……

我推开浴室的门，看见正在浴缸里游泳的小猫。我忍不住大声怒吼："小猫！你为什么把我的家变成了鬼屋？"紧接着，我的脸上就多了几道血痕。

小猫最恨别人偷看它洗澡——尽管我多次声明我对四条腿、九条尾巴的动物不感兴趣。

十分钟后，我的脸上涂满了红药水，我不知道是否还要去注射狂犬病疫苗。小猫坐在我面前抱怨："你知不知道让我一个女孩子家，独自住在这里，很危险的？听说这年头色狼很多，不把整个家变成鬼屋，怎么会有安全感？"

我记得我家附近并没有发情的公猫，但是我不想再讨论这个问题，"我那个姓邹的助手呢？还没被你吃掉吧？"

"没胃口！"小猫抱怨了一句，然后我看见老邹从楼梯上走了下来，"姓尉的，想不到你真的收养了一只外星小猫。魔苋丝子的事情摆平了？"

“再说一次，我姓尉迟，不姓尉！关于魔苋丝子，看起来应该是被消灭了，不过我不敢肯定。”我刚说完，就看见小猫一副不屑一听的样子，那九条尾巴翘得老高。

老邹脸色沉重，“你的小猫，情形不容乐观。”

“为什么？”我问小猫。

小猫不理我，倒是老邹回答了：“它把你一直暗恋的那个女孩的所有照片全都撕掉了，看来在吃醋……”

“滚！”小猫全身毛发倒竖，大声吼了出来，怒火冲天的语气和柔美的声音完全不搭配。

老邹逃跑了，小猫冷冷地盯着我，“那种以貌取人、以身高判断一切的女生都值得你暗恋，看来你真的没救了。”

“请你不要说她的坏话，阿其鎏谟衍楼娜。”我倒了一杯葡萄酒喝。我这人一生气就喜欢喝酒。

小猫跳到我的大腿上，问：“你一直都记得我的名字？”它的名字又长又拗口，但是我的记忆力向来不差。

“她是我十年来的梦中情人，我希望你不要侮辱她。”暗恋了一个女孩十年，就算我永远追不到她，也不希望别人说她的坏话。

小猫收起爪子，“我破坏你对她的好感，只不过是不想让你更难过罢了。你离开之后，发生了一些事情，希望你有心理准备。”

我的心一凛，问：“什么事？”

“她被魔苋丝子寄生，已经活不久了，我无法拯救她。明天，我们去看看她，好不好？”

次日清晨，小猫在洗手间外大吼：“姓尉迟的，你好了没有？肠胃不好就不要喝酒嘛！”半个小时之后，我终于能出门了。

我开着那辆被小猫摧残得不成样子的雅阁车，前往医院。小猫趴在我的肩膀上说：“姓尉迟的，我想我应该精心挑选几条蛔虫给你吞下去。”

"为什么？"我问。

"肚子有蛔虫的人不会得肠炎。"小猫用其中一条尾巴轻拂我的鼻子。

啊嚏！

我问它："这和死人不会生病是不是同一个道理？"

"蛔虫很爱护自己赖以生存的环境的，如果你的肠道有什么问题，它们会很努力地修补。当然，如果它们'虫口膨胀'，就会在你的肚子里面打起来。所以，我会精心挑选了雄性的蛔虫，避免这种事发生。"它的九条尾巴轮流晃动，那样子仿佛在说蛔虫比人类善良。我知道，在我买下一辆尾气零排放的汽车之前，最好不要和它讨论这个问题。

所以，我换了一个话题，"你怎么认识小雪的？"小雪就是那个我暗恋了十年的女孩。"你走了之后，你那姓邹的助手告诉我的。然后，我就去跟踪她，发现她正和一个比你高、比你帅的男生热恋。正在这时，魔菟丝子突然袭击了这座城市。那时他们正在大街上拥抱，旁边有个下水道的盖子，魔菟丝子就从那儿钻了出来。那男的为了脱身，竟然把小雪往魔菟丝子推去。是我救了她。"

我的手在发抖，想不到，这世上竟然有这么狠心的男人！

小猫又问："听说你是在愚人节那天向她表白的，为什么？"

"那天我刚好有空。"

"你白痴呀！居然在愚人节表白！你暗恋了她十年，她本来很感动的！她只不过开了一个愚人节玩笑，你就把事情弄成这样了！"小猫把我的肩膀抓出了好几道血痕。


病房里，小猫正在和小雪聊天。看来小雪已经知道它是外星生物。

小雪的手臂上出现了绿色的斑点。我知道，那是人体对魔菟丝子的消化液产生的过敏症状。小雪是这个世界上第一个从魔菟丝子的"魔爪"下逃脱的人，但是也只有三天的生命了。

医生说，小雪的病情已经得到了控制，斑点开始消退。但小猫告诉了我一个更可怕的事实:那消化液中带有魔菟丝子的孢子! 最保守的估计,三天之后,孢子就会发芽,而小雪的血液就是最好的营养物质。

想象心爱的女孩身上长出可怕的植物,然后痛苦地死去……这是一幅令人无法接受的恐怖画面。

我站在阳台上,觉得自己是个笨蛋。小雪说,其实她喜欢我。如果那天不是愚人节,她一定会答应我,也绝对不会跟别人走在一起。现在我知道我错了,但是她却只剩下了三天的生命。

突然,医院内一阵骚动,有人大声尖叫。我急忙冲到一楼,惊呆了:老天! 那是什么怪物? 几根直径一尺多粗的绿色"巨蟒"拱破地板,对人们发起疯狂的袭击! 一根"巨蟒"勒断了一根柱子,整栋医院大楼摇摇欲坠!

小雪抱着小猫跑了下来,一根"巨蟒"缠住了她们!

"退开!"小猫从小雪怀中跃出,爪子狠狠在"巨蟒"上面留下了伤痕。绿色的汁液渗出,这根可怕的藤蔓化为了黑色,迅速枯萎。

"快逃!"我抱起小雪,逃离了医院,跳上一辆没有人的车,拔出电线,点火离开。整个街道都是这种可怕的植物。好像拥有智慧一般,它们是在同一瞬间对整个城市发动袭击的!

晚上,我们三"人"躲在我的"鬼房子"里,小雪哭了。

我的手机根本联系不上任何人。整个城市停水停电,已经完全瘫痪了。

小猫在整个房子里跑来跑去,但是我不知道它在忙什么。然后,日光灯闪了几下,有电了。

"怎么回事?"我问小猫。我记得电力供应已经完全中断了。

"太阳能发电呀!这段时间,我把整个房子外面的爬山虎改造成了拥有太阳能发电能力的植物,蓄了不少电力呢!"改造植物是九尾狐的拿手好戏。

"不要跟我提改造植物!"一提到对植物的基因改造,我就觉得恶心。那些可怕的魔菟丝子就是这样弄出来的!

外面不断有惨叫声传来,魔菟丝子已经完全疯狂了。我不知道小猫在我的家里弄了些什么东西,整个城市,只有我的房子是安全的。

小雪缩在我怀里,我紧紧抱着她。这是第一次我接触她的身体。小雪哭着问我:"尉迟,这个世界上,除了我们,还有其他活着的人吗?"

"大海上、沙漠里、高纬度地区,这些都是魔菟丝子无法生存的地方。魔菟丝子是无法毁灭人类的。"我只能这样骗她。我知道虽然有一些幸运的人能够活下来,但是人类的文明已经在崩溃的边缘了。

今天在医院里那可怕的一幕——我清清楚楚地知道,魔菟丝子再次发生了巨大的变异。从这次袭击的突然性和猛烈性来看,这些魔鬼植物很可能拥有了——智慧!

我的导师真是"天才"!

天亮了,小雪手臂上的绿色斑点已经开始扩散。我知道,她也许活不过今晚了。

阳台上,小猫蜷成一团,看着窗外的风景。

窗外是一片绿色,许多细小的花花草草正在茁壮成长,但是长得不是地方。窗外本来也是一栋豪宅,但现在爬满了魔菟丝子。这种魔鬼植物身上带有不少其他植物的种子,它供给种子充足的养分,让它们成长。菟丝子没有真正的根,所以要寄生在其他植物上,获得土壤里的营养。现在看来,魔菟丝子很显然已经成了一种"智慧植物",懂得自己栽种植物,以供寄生。

我知道,整座城市现在已经成了一片森林,魔菟丝子的森林。

"魔菟丝子比你们环保得多。"小猫对我说。

"但是太残忍了。"我说。

"想想你们人类是怎样称霸地球的吧!在我的记忆中,还从来没有其他一种生物对整个星球的几乎所有生物都造成威胁。你们地球人没资格使用'残忍'这个词。"小猫伸了个懒腰，九条尾巴如孔雀开屏般打开。

"小猫，我们真的无法除掉这些可怕的生物了吗？"小雪轻声问。

"方法当然有，但是你要先给我一个救你们的理由。"小猫的回答心不在焉。

"那么你先给我们一个不救的理由。在我国古代的传说中，九尾狐降世，代表着这个世界将会迎来一个治世。我希望你的到来也不例外。"小雪的身体已经很虚弱了，所以声音很小。

小猫接过话说："然后倒霉的就都是我们九尾狐！前段时间我才看完《封神演义》。里面说，本来苏妲己和姜子牙是一内一外，从两个方面毁掉商朝的。但后来姜子牙成了功臣，苏妲己却因为'祸国妖妇'的罪名被杀了！"它很气愤。

"没得商量了吗？"小雪很绝望地问。

"这样子，你就再也吃不到你最喜欢的猫食了。"我对小猫说。

它的九条尾巴同时颤动了一下，"事情也不是完全没有商量……"看来和传说中的一样，九尾狐最大的缺点就是经不起诱惑。

"你答应援手了吗？"小雪问。

小猫点头，"嗯，就救你们一次吧！如果你们人类还是继续玩这种不计后果的东西，总有一天会把自己玩灭亡的。到时候就当作是天谴吧！"然后它看了小雪几眼，"你长得蛮漂亮的嘛！将就点也可以了。"

"在大学时代，小雪是校花嘛！"我说。

它问小雪："你愿意牺牲自己的生命吗？"

"反正我的命已经不长了，如果能救大家，我愿意。"小雪很平静地说。

"好！"小猫突然跳起，锐利的爪子撕开了小雪的衣服。血从小雪胸前流出！

"你在干什么?！"我猛地扑了过去，想阻止这只疯狂的九尾狐。几条藤蔓从墙壁扑过来缠住了我。我只能眼睁睁地看着它往小雪的身体里钻!

小猫雪白的毛皮落在地上,那只是一个空壳子。真正的它,已经进入了小雪体内。

小雪胸前的伤口迅速愈合,最后,竟然看不出任何异状。藤蔓松开了,小雪倒在地上。小猫……那个名叫阿其鎏谟衍楼娜的外星怪物杀了她……我无法再控制自己,抄起桌子上的水果刀,就向她的心脏捅去!

血……再次流了出来!

她——也许是它,慢慢睁开眼睛,慢慢将刀子拔了出来,丢在地上。她被刺中了心脏,居然没有流多少血。伤口的肌肉迅速愈合,迅速结痂,然后脱落。没有留下任何伤痕!

一头不死的怪物!我心中的恐惧不亚于看见魔莬丝子的变异。

"你在干什么?"她有气无力地问我。

"你……是小雪……还是小猫?"

"小雪。小猫要到明天清晨才能完全控制我的神经系统。小猫说,其实它也很喜欢你。"小雪小声地说。

"小猫……这个魔鬼……"我痛恨它。

小雪轻轻捂住我的嘴,"不要这样说,它不是。它、你,还有你的导师,谁都没有错。本来,我的命就已经不长了。能早一日让小猫得到一副躯体,那可怕的植物就可能早一天被打败。如果牺牲我一个人,能拯救大家,又何乐而不为呢?"

窗外,是一片触目惊心的绿色。实验室被毁,所有的数据全部丢失了。除了小猫,这世上只怕谁都没办法再和那绿色怪物斗下去。站在另一个角度上来考虑,小猫的残忍、小雪的牺牲,都是迫不得已和正确的。

"我想到外面看看。"小雪建议,我答应了。

我和她来到后院,邻居家那条有跳蚤的狗正在这儿避难,现在它正在寄生有普通莬丝子的大榕树下乘凉。池塘里有几块石头一样的东西,那是小猫落到地球时所搭乘的救生舱残骸,我骗小雪说是一座假山。

院子外,是可怕的魔莵丝子森林。我叫那条狗挪点地儿,好让我和小雪躺在这儿。

我抱着小雪。她问:"尉迟,你还记不记得,我们第一次见面,是在什么时候?"

"大学图书馆里。从此之后,我就整天跟在你身后。有一天,你问我为什么整天跟着你,我答不出来。"大学时代的尴尬事,我一辈子都忘不了。

"其实,我在那个时候就已经知道你的心意了。刚开始的时候,我觉得你很烦。但是想不到,你竟然十年来痴心不改。如果一切能重来,我一定在最初的时候就答应和你交往。"小雪说着,笑了,笑得很凄苦。人生无法重来,她的一切,将很快结束。

我们就这样坐着,让时间在手掌中一点一滴流过去。太阳慢慢移到天空正中,又慢慢西斜,然后是美丽的落日。

黄昏的彩霞投在整个大地上,给这本来是繁华都市,现在却是死寂的魔莵丝子森林抹上荒凉的气氛。

夕阳无限好,只是近黄昏。小雪流泪了,她的生命,已只能用秒来计算。

"尉迟,你哭了。"听到她这句话,我才知道自己也哭了。

"尉迟,笑一下。我不想看到你的眼泪……"她为我擦去泪水,挤出一抹微笑,带泪的微笑……

"尉迟,如果有来世,我想嫁给你……还记得大学的生物比赛吗?你赢了,在领奖台上笑得很开心……我也很开心……"晚霞渐渐变成灰色,小雪的声音也越来越小,眼睛渐渐闭上。

"小猫是一个好女孩……希望你能把它……当成我……"这是小雪的遗言。

她慢慢睡去,在我怀里。虽然还有心跳,虽然还有体温,但是我知道,小雪已经不在人世了。明天太阳初升的时候,醒来的将会是另一个女孩,一个名叫阿其鎏谟衍楼娜(或者小猫)的女孩……

漆黑的夜色,漆黑的"城市",唯一的亮光只有我的家。我听到了直升机的声音,然后,我看见了闪烁着灯光的直升机。他们来救我了。相信他们是看到我家的亮光才过来的。

直升机还没停稳,老邹就先跳了下来。他看到我还活着,激动得痛哭流涕兼跪拜苍天,"上天保佑……我们最优秀的科学家还活着……"

我倒是一点都不激动,知道只要他们还活着,迟早都会找到我的。所以,我只是抱着怀中不知应该称呼为小猫还是小雪的女孩,走上了直升机。

我问老邹:"我们去哪里?"

"南极!我们去南极!"他仍旧激动不已。

"为什么去南极?我记得这种植物无法在沙漠生存。我认为罗布泊比较近。"

"那儿已经不安全了,各国都把顶尖的科学家送到了南极。"老邹说着,哭了。我知道,他的老婆、孩子都在罗布泊。

小猫醒来的时候,我们已经在轮船上了。看着渐渐远离的中国南海,我哭了。我的父母、我的恩师、我的朋友……他们都永远留在这片大地上。我发誓,总有一天,我会回来的……

现在的南极是秋天,白天十八小时,晚上六小时。

巨大的防护罩,隔绝了冰冷的空气,但基地内的气温还是达到零下三度。

我躺在床上,看着站在窗边发呆的小猫。从家乡到南极这段漫长的旅途中,小猫越来越漂亮了。她的美容方法很绝——直接修改基因。

看着各国科学家不停地忙碌,我实在提不起工作的兴趣。别人也许不知道魔蒐丝子为什么能在短短的时间内发生如此之大的变异,但是我知道。

所有的植物都有细胞壁，我针对魔菟丝子发明的细胞壁溶解病毒，可以说是釜底抽薪的一击。但是我失败了。

现在的魔菟丝子，失去了细胞壁的束缚，反而更接近动物细胞了。其结果是魔菟丝子变得体积更庞大，行动更灵活，危害更严重！我的任务是收拾导师留下的烂摊子，结果却弄出了一个更烂的摊子。我解开了魔菟丝子的最后一道"封印"！

对于这种既不是动物，也不再是植物的东西，我们只能将其称为——怪物！

"不得了了！小尉！"老邹撞开门跑了进来，手中拿着一份最新的研究结果。

"我姓尉迟，不姓尉！"我都记不得这是第几次提醒他了。

"你们在最新的魔菟丝子样本中发现了神经元细胞，对吗？"小猫在我身边发问。

"导师一开始就在魔菟丝子中加入了指示分裂出神经元细胞的基因，只不过后来不知为什么，这基因变成隐性的了。我本来以为这个基因已经在变异中丢失了，想不到居然没有。"我还是很平静。

"你们究竟怎么了？为什么来到南极的这一个月当中，什么研究也不做，就只会发呆？但为什么我们每一步的研究结果，却又全都在你们的预料之中？"老邹大声问。

"相信现在大家的基础工作已经做得够多了。告诉大家，下午开会。从今天开始，这儿的一切由我指挥。"我的声音很冷，就如这儿的天气。自从离开祖国，我的脾气就完全变了，变得冰冷冷的。

"你想他们会听你的？他们可都是独当一面的大科学家！"老邹觉得我发疯了。

"他们没有选择的余地。我们剩下的资源已经不多了，为了保证获得最后的胜利，我不得不采取铁腕手段。告诉大家，我们的对手是一种智慧生物。"我的声音更冷了。

"智慧生物？"老邹吃惊不小。

"去传达我的命令！"我甚至动用了"命令"这个词。

老邹"滚"了出去。

"你有把握完全控制这儿所有的警卫人员吗？"我问。

"没问题。控制心灵，本来就是我们九尾狐的强项。"小猫打开衣橱，里面满是白蚁一般的虫子。这是一种寄生生物，能通过释放一些特别的激素，使宿主产生被催眠的效果。非常时期只能采取非常手段。与整个人类的灭亡相比，一切都是微不足道的。

虫子飞了出去，我从后面抱住了小猫。小猫说："尉迟，你变了。现在的你，不再是以前那个二十八岁的大男孩了。"

"记住，我的全名叫'尉迟敬德'，和唐代那位著名的将军同名。"

大会议室里，我面对的是各国顶尖的科学家。

"各位，相信我不用再做自我介绍了。现在，这儿的一切由我控制。整个基地所有的警卫都已经在我的控制之下了。"在主席台上，我这样宣布，冰冷的语气不带一丝温度。

"你疯了？"一名日本科学家第一个反对。

"咔！"一名警卫把枪对准了他。

"我知道，大家都在为了对付这种魔鬼生物而竭尽全力，我表示很感谢。但是大家都忽略了一个很可怕的事实：我们所要消灭的魔苋丝子，远远比我们想象中的可怕，它和我们人类一样，是一种'智慧生物'。"

会议室里一阵骚动。我很清楚，当我们人类引以为豪的"智慧"被其他生物所拥有时，人们的恐惧必然是空前的。因为除了"智慧"，现在我们几乎是一无所有。

"不可能！它们并没有高度发达的神经系统！不可能拥有智慧！"一位德国科学家几乎陷入疯狂状态，他的大脑已经无法做出正确的判断。

我身后的大屏幕显示出了一组图片。亚洲热带雨林中，金丝猴在魔菟丝子藤蔓上悠闲地荡秋千；澳大利亚草原上，羊群在啃食魔菟丝子；非洲大草原上，各种各样的动物和这种可怕的植物相安无事……

再然后，是被魔菟丝子所摧毁的各大城市。

"这些图片很清楚地说明，这些最新变异的魔菟丝子，只袭击人类。它们并不想毁灭一切，而只想毁掉最大的威胁——我们人类。它们是寄生植物，如果疯狂袭击这世界上的所有生物，势必破坏掉整个地球的生态链，从而失去寄生的基础，导致自己的毁灭。真是莫大的讽刺，这种可怕的植物，竟然比我们还懂得保护环境！"我冷静地分析。

"上帝的审判……这是上帝的审判……"一名意大利生物学家不住地画十字。

"拥有判断力，知道谁是敌人、谁是盟友。这可怕的生物，看来真的拥有智慧……"一位韩国科学家陷入了沉思。

"这种东西只拥有简单的神经节，为什么会拥有智慧？"一个法国植物学家问。要是在平时，这个问题相信他自己也能回答得出来，但现在他的智力显然已打了折扣。

"相信大家都见过蜜蜂吧？单个的蜜蜂，和其他昆虫并没有什么两样。在简单的神经节指挥下，单个蜜蜂所能做出的一切并不比和它同一个等级的昆虫高明多少；但形成蜂群之后，它们的活动却表现出了远远高于单个蜜蜂的智慧。魔菟丝子的智慧就和蜂群类似，只不过数量和质量都高级得多。在座的有不少都是生物学界的权威人物，相信我不必解释得太多。"

最后，我们敲定了最终的应付方案。我们决定改造一种昆虫，把这种可怕的怪物吃掉。

我回到房间的时候，发现小猫正在照镜子。她越来越漂亮了。以前，我为周幽王为博美人一笑而失去江山感到实在不值。现在，我的观点改变了。

"出去走走吧,我想让所有的人都知道我有一个美丽的女朋友。"我建议。

"也好。不过,我对外宣称是你的妻子。"小猫很平淡地说。本来,小雪的这副躯体同样和我是二十八岁,但经过小猫的疯狂改造之后,看起来竟然不到十八岁!

我惊呆了,然后被她拖了出去。

基地顶楼,有一个小型的露天酒吧。现在是晚上,刚好有美丽的极光出现。在我们身后,正在喝日本清酒沉思的是那名韩国科学家。

"真美!"小猫抬头看着极光,感叹道。

"真希望这一刻能够永恒。"我说。

"我想起了魔莌丝子森林,那也很美,但是很可怕。"

"想不到,那东西竟然拥有相当于我们六成的智慧!"我感叹。

"你没有把魔莌丝子最可怕的地方告诉他们吧?"小猫问我。

"什么?还有更可怕的?"那名韩国科学家突然转身问我,脸色都变了。他用的是汉语。

我和小猫一直都在用汉语交谈,想不到他居然能听懂!

"不要说出去,否则大家会承受不了的。"我警告他说。

"很高兴认识你。怎么称呼?"小猫和他握手。

"我姓朴,你……啊!"他大惊失色,看着自己的手掌逐渐浮现出斑痕。

"我叫小猫。我们可以把秘密告诉你,但是如果你敢透露一个字,这有毒的寄生菌就会让你瞬间毙命。"小猫的手段向来都非常狠。

小猫分析说:"这些魔莌丝子,现在可以说是同时拥有动物和植物的特征。从它现在体积变得如此庞大这一点来看,可以得知它的日常新陈代谢一定需要吸收非常多的能量。这些,光凭它体内叶绿素所提供的能量是远远不够的。它们没有真正的根,所以它们可以像蛇一般迅速蔓延。但它们的缺点也是显而易见的:除了吞噬动物——主要是人类——以外,它们成长所需要的能量、各种矿物质以及大量的水分,只能来自它们所寄生的植物。"

小猫拿出一张世界地图,"在魔菟丝子的肆虐下,现在整个地球的绿化面积达到了百分之七十六,环境也大为改善。这是不是一个好现象呢?"

我真的很想揍小猫两拳,这家伙,死活都不忘讽刺我们人类几句!

小猫问我:"当年你的导师是把哪种神经元细胞基因植入魔菟丝子中的?"

"猿猴。"我回答。

"老天!是和你们一样的灵长类!这就是最可怕的地方了。众所周知,你们和猴子最大的区别,就是远远占据优势的神经元数量。这些魔菟丝子越来越多,而且不断融合。虽然按比例来说,体内所占的神经元比你们少得多,但是你看这面积。"

小猫说着,用铅笔在大洋洲打了个圈,"这儿的魔菟丝子已经连成了一片,它们之间可以互相传递信息。无可否认,分散的神经元和庞大的体积造成神经信号的交换严重延时,使得它们的智商大打折扣。但是有巨大的数量优势做后盾,智力水平相信不会比你们差多少。"

然后,她在各个沙漠、山脉、江河、海峡之间画了不少线,"这些地方分割了地球上的各个生物群落,也割断了魔菟丝子之间的联系。但是魔菟丝子正在不断变异,总有一天会突破这些障碍。我们一定要防止这种事情发生。否则……"

"否则怎么样?"那位姓朴的韩国博士已经是满身冷汗。

"人类大脑的神经元大概比黑猩猩多一倍左右,但文明等级却相差了不知多少倍。要是让数群魔菟丝子融合成功,它们的智力肯定会凌驾于你们人类之上!"小猫点出了最可怕的事实。

朴博士被吓晕了。

我不会不相信有生物会比人类还要聪明,因为我面前已经有一个了。

对科学来说，隐瞒事实会造成非常可怕的后果，所以小猫通过朴博士的口，让整个基地的人都知道了魔菟丝子最可怕的"本领"。

我还记得朴博士冒死说出真相后，却得知他手掌上的"有毒的寄生菌"只不过是普通的真菌时，那气歪了鼻子的样子。换句话说，他的手掌得了脚气！

从那个吓晕朴博士的晚上开始计算，已经过去两个月了。冬天的南极没有阳光，但是极光却愈发美丽。我和小猫坐在十二楼的西餐厅里，她美丽的脸上满是沙拉酱。

"事情进展得如何了？"她问。

"很顺利。前段时间我们用经过基因改造的食肉蚁收复了澳大利亚。澳大利亚的总理激动得痛哭流涕。那副样子真应该给你看看。"我说着，为她擦去脸上的沙拉酱。为了防止食肉蚁不小心失控，所有的蚁后都存放在南极基地的实验室里，运送到各地的只是工蚁和经过特殊处理、失去了繁殖能力的假蚁后。

小猫给我喂了一口沙拉，问："下一步呢？"

我吞下沙拉，"然后是南北美洲、非洲，最后才是我们的故乡——亚欧大陆。"我们采用的是分割包围、聚而歼之的办法。

"为什么？我想早点回家！"小猫开始撒娇。

"我也想回去，但是亚洲地形复杂，很可能有意想不到的情况发生，只能放在最后。"想起离开中国南海时的感觉，我的心就隐隐作痛。

"昨晚你说梦话了。"

"我说了些什么？"我问。

"你说你爱小雪。"小猫的语气有点酸酸的。

想起丧命于魔菟丝子之下的小雪，我就忍不住伤心。突然间，小猫吻上了我。我一惊，她却突然从窗户翻了出去。这儿是十二楼！我跑到窗户边，只看见她已平安落到地面，很得意地向我打招呼，然后离开。

事情的进度之快，实在是出乎我的意料。除了亚洲以外，整个世界的魔菟丝子已经成为历史。在这其中，魔菟丝子也曾经发生过大的变异，但是再变异也没有基因改造后的食肉蚁厉害。我们只是针对可爱的蚂蚁们做了一些小幅度的修改，就一切都解决了。

来到南极已经大半年了。今晚是除夕之夜，看时间，已经是深夜十点了，但太阳还是在天上。要到明晚子时，这片南极大陆才会迎来漫长极昼之后的第一个极其短暂的夜晚。

我将著名的门神——我的祖先尉迟敬德和他的铁哥们儿秦叔宝打印出来，贴在门上。我的朋友们，不管他们是来自哪一个国家、哪一个民族，大家都欢聚一堂，共同庆祝春节，没有种族、风俗之分。我们的节日，也就是他们的节日。

人生有酒须尽欢，莫使金樽空对月。若不是小猫说她讨厌酒鬼，我一定也会和其他人一样醉倒的。不过，那个口口声声说讨厌醉鬼的小猫，自己却醉倒了。

我将小猫抱回卧室，盖上被子，然后站在门边。门的另一边是秦叔宝的画像。我在等人。

"尉迟，客串门神吗？"老邹过来了。他没喝酒，因为他"今晚"就要回国了。

"小心点，我不想参加你的葬礼。"虽然没有钟声，但是墙上的钟却指着十二点。大年初一，我实在不想讲不吉利的话。但是他这一去，的确是做好了当烈士的打算。

他不但写好了遗书，还为自己写了一篇悼词。

据最新的军事卫星情报，亚洲地区的魔菟丝子已经发生了非常巨大的变异，以至于我们可爱的小蚂蚁都难以对付。老邹要亲自去那儿一趟，去搜集第一手的资料。大家都知道，他这一去，就再也无法回来了。

"能死在祖国，也许是一个不错的结局。这是我的遗物。俗话说，十年一个时代。你们这一代人，也许无法理解我的信仰。"老邹交给我一个用纸包着的小东西，然后离开了。

纸很薄，可以隐约看到里面是一个红色的小东西，但是我不敢打开看。

两个月后，老邹的死讯传回来了。他死在我所工作的都市，死在我家里。携带的通信器为我们传回来了宝贵的资料。

当天的会议，就权当是老邹的追悼会。

我最担心的事情终于发生了——魔莵丝子漫过长江、黄河上的大桥，连成了一大片。本来，这些千余米长、纯粹是钢筋水泥的建筑物，对于一种寄生植物来说，就如沙漠一般不可逾越。但是奇迹发生了，它们终于做到了。只有有智慧的生物，才会懂得不惜一切代价跨越天堑，以求得质的飞跃。

我身后的大屏幕上是一张图片，那是老邹牺牲了生命发回来的。我的整栋"鬼房子"里全都是魔莵丝子。但很怪异的是，在地下室里，红色的藤蔓和绿色的魔莵丝子互相纠结在一起。最中间，是一个"大脑"。

那是小猫制造的东西。在我们离开家之前，她就一直在制造一具躯体。但现在，那未完成的"躯体"，却变成了魔莵丝子的大脑！

小猫跪在地上，哭了。有时候，外星人也不比我们聪明，她忘了毁掉实验室。现在的魔莵丝子更可怕了。

"哭是没有用的。小猫，你有什么办法对付那怪物吗？"我问。

"没有。除非……"她的话才说了一半，又摇头了，"没用的！这方法行不通……"

"除非什么？说下去。"我几乎是用命令的语气，缓慢但冰冷。

"本来，我想潜入它的'大脑'，把它彻底毁掉。但这些魔莵丝子已经结为了一体，就算失去了'大脑'，你们也不是它的对手……"

"未必！"我说，"如果你能够毁掉它的'大脑'，那一切就全都不一样了。"我吩咐警卫队长,"给我联系幸存的国家元首们,要求他们授权我动用核武器。顺便派几名军事专家过来,我要制定一个详尽的作战计划。"

然后,我交代科学家们,"分析送回来的魔菟丝子样本,我们再制造一种能吃掉它的生物。"几名以色列科学家在不停地向上帝祈祷,而阿拉伯专家们在向真主祷告。倒是我这个无神论者,不知道该向谁祷告为好。

军事专家很快到了,元首们也授权我动用核武器——很意外,还有天基激光武器。制造新的昆虫的事情也进行得相当顺利。但事态却不容乐观。

根据军事卫星的情报,魔菟丝子已经把一部分"脑组织"分散转移到了非常深的岩洞里。唯一的解决方法就是让小猫潜入它的"大脑"内,将其暂时"催眠",找出各个"脑组织"的具体位置,然后一一摧毁。

作战计划已经订出来了。为了将对环境的破坏降至最低,我们将动用中子弹。而摧毁那些将各群魔菟丝子连接起来的大桥,则采用带常规弹头的洲际导弹。只要将魔菟丝子切割成小块区域,再破坏掉它的"大脑",它的"智慧"就会成级数下降。

在新型的昆虫大规模繁殖之前,我们不能够对魔菟丝子采取任何行动,以避免刺激它。

所以,我和小猫还有三个月的时间。等时间到了,我将和她一起出发。不管是生是死,我都要和她在一起。

一个月后,她告诉我,她有了我的孩子。

我只觉得一阵悲哀。也许,我和她都会在魔菟丝子的巢穴中丧生。但我们可怜的孩子,难道在出生之前,就要陪着我们死去吗?

"这孩子,不应该存在于这世上……"我的声音在冰冷中带着几分激动。

"不!孩子是无辜的!"她紧紧捂住腹部,"我可以先将胚胎取出来。"

基地的地下室里，在一名女科学家的帮助下，小猫把胚胎取了出来，放进营养液里，然后，滴入了她的血液。那滴血液在营养液里飞快增殖，裹住胚胎，形成了一个茧。

小猫轻轻舔了一下伤口，伤口飞快愈合了，"尉迟，这虽然是我们的孩子，但是所有的染色体都是来自你和小雪。你知道，我所寄生的，是小雪的身体。"

小雪是我一生都无法抹去的回忆。她是我生命中，第一次的暗恋和初恋。不知道是不是我太糟糕，十八岁那年，我才开始懂得暗恋一个女孩。

"咱们的女儿，叫尉迟忆雪，好吗？"小猫问。她和小雪情同姐妹。

"如果是儿子呢？"我问。

"是女儿！"小猫一副要咬人的样子。

不想和她计较。再经过几个月，我们的孩子就会出生。到时候，如果我和小猫都不在世上，那名女科学家会收养她。


又过了两个月，是出发的时候了。驱逐舰上，我抱着小猫，抚摸着她的长发。

"害怕吗？"小猫问我。

"当然害怕。但是能死在故乡，也算是一种安慰了。"我手中握着老邹的遗物，自始至终都没有打开看过。

"博士，现在我们进入南中国海了。"船长告诉我。

我站了起来，激动的心情是忍不住的。是故乡，故乡到了。当初离开的时候，我就发誓一定会回来。我将老邹的遗物交给船长，说："替我保管。"

驱逐舰停在海上，我和小猫一起登上远程武装直升机，身旁放着火焰喷射器。我的背上是一台通信器。只要我们发出"大脑"已被破坏的消息，基地方面的人就会对魔菀丝子展开人类历史上规模最大的立体攻势。

虽然经过了一个多月的强化训练，但是小猫的直升机驾驶技术还是那么烂,也难怪当初她的飞碟会坠毁了。

直升机摇摇晃晃,来到我一年前的家的上空,然后整架飞机掉了下去!

降落伞打开,我们飘在空中。直升机爆炸的火焰,烧伤了不少的魔菟丝子。小猫撒出不少奇怪的植物种子,蒲公英一般落到魔菟丝子上,迅速扎根、发芽。魔菟丝子暂时枯萎了,但不用多久,就会卷土重来,所以我们的时间并不多。

刚落到地面,一根一米多粗的魔菟丝子从地下冒出,被我用长刀砍伤,然后发疯般地攻击自己的同类。我的刀上淬有针对它们而研究的神经毒素,能让它们暂时"发疯"。

我的家已经被这些植物封死了,要进去,只能靠小猫。控制植物是她的看家本领。虽然她无法完全控制这么强大的魔菟丝子,但要打开一道门还是可以的。

几根细小的植物从小猫的手臂长出,然后蛇一般钻入了魔菟丝子体内,"门"打开了。小猫拉着我的手冲了进去。她的植物控制术只能暂时"欺骗"魔菟丝子。

这是我的家,但现在却变成了魔菟丝子的巢穴。我们没空感叹,用火焰喷射器烧掉纠结在地下室入口的藤蔓,顾不得门被烧得滚烫,硬是冒着把手烧焦的痛楚,打开了门。

小猫说得没错,和大多数的生物一样,魔菟丝子的大脑几乎是没有防御功能的。所以我看见老邹高度腐化的尸体。他是在进入这里之前就已经身中剧毒了的,但硬是凭着一股强大的毅力,为我们发回最宝贵的数据后,才过世。

小猫的双手上长出大量的红色血藤,侵入了魔菟丝子的大脑。她将和魔菟丝子连接起来,读出它的所有信息。这需要半个小时。我把信号发射器放在地上,双手紧紧握住长刀。

这半个小时,她无法动弹。为了保证整个计划的成功,我必须竭尽全力保护她。

时间过得很慢，每一秒钟都如一年一般漫长。但是我不敢有丝毫松懈，生怕魔苋丝子拼着命毁掉这个大脑，来一个玉石俱焚。

小猫不断读出其他"大脑"的位置，我则把这些坐标输入信号发射器，传回基地。一个小时之后，那些地方就会遭受钻地弹无情的打击。

还有五分钟，一切就都将结束了。小猫手上的藤蔓枯萎，所有的坐标都已经输入了。突然间，大地不断颤抖。我知道最大规模的袭击已经开始，庞大的魔苋丝子森林现在应该已经被分割。小猫躺在我怀里，她几乎已经耗尽了所有的力气。

我拿起火焰喷射器，准备毁掉这个最大的"大脑"。突然间，"大脑"裂开了，我看见了小雪！带着泪痕的小雪！

"小雪……"我忍不住喊。

"尉迟，你回来了？我一直在家等你……"小雪还是那么楚楚可怜。

"尉迟，她不是小雪！她是魔苋丝子制造出来的怪物！我寄生的才是小雪的身体！"小猫大声提醒我，努力站起来。

小雪看着小猫，脸色幽怨。她们俩几乎一模一样，只是小猫看起来比她年轻，也多了一股惊心动魄的美。

"这个狐狸精先是杀了我，寄生了我的身体，然后又迷惑了你。尉迟，你就不能帮我报仇吗？"小雪哭泣着问。

我记得，这应该是小雪自愿的！小雪和小猫情同姐妹，如果真的是她，就不应该这么恨小猫。我试探说："真巧，小雪，今天刚好是你的生日……"

"不！我的生日是下个月。尉迟，不要试探我了，我真的是小雪……"

真的是她！我双手颤抖，拿起长刀架在小猫的脖子上，"对不起，小猫，我觉得自己还是爱小雪多一点。"

小猫哭了，"历史上，所有帮助人类的九尾狐，最后都没有好下场。想不到，我也不能例外……"

然后，我反手一刀，刺穿了那个小雪的身体，"魔菟丝子，你果然能够读出我心里想的东西。不过有一件事情你并不知道，小雪从来不会自称'小雪'！""小雪"的身体崩溃了，涌出大量的红色带刺藤蔓，我猛地向后跳开，但还是被划出了数道深深的血痕，我的双腿离开了我的身体。藤蔓再次攻来，小猫用尽仅剩的力气跳起来，挡在我身前，然后被藤蔓绞成了几块！

我拿起火焰喷射器，将那怪物活生生烧成焦炭。小猫落在地上，分散在整个地下室里。墙上、地上、天花板上，全都是她的血。魔菟丝子似乎很惧怕她的血液，不断萎缩，但最为可怕的"脑组织"却还在缓慢修复。

"尉迟……我想我是不行了……"是小猫的声音，她还没完全死去。她被藤蔓拦腰斩断，内脏流了出来，左臂齐肩而断，右手也没了。我紧紧抱着她。

"我死后，把我埋在院子里的榕树下，我喜欢那里……按照我们九尾狐的说法，每一头九尾狐，都是大地的精灵……活着，要维护整个大地……死后，也要埋在土地里，慢慢腐化……将这一副来自土壤的身躯还给大地……作为养分……滋润大地……"小猫的声音越来越小，最后，慢慢闭上了眼睛。

她的身体慢慢变冷，但是我没有流泪，反而笑了。我会和她一同死去，不会让她孤单。

火焰喷射器已经没有燃料了，但魔菟丝子的"脑组织"还在增殖。不过不要紧，我还有最后一招。

我拿起信号发射器，联系上了基地，"各位，进展如何？"

"一切都非常顺利！尉迟博士，我们摧毁了魔菟丝子所有的'大脑'！您现在安全吗？"最高军事指挥官的声音非常兴奋。当然了，胜利在望，谁不兴奋？

"不！不是所有。我这儿还有活着的'脑组织'。外面的魔菟丝子把整栋房子都包围了，我的火焰喷射器已经没有燃料了……"我说。

"博士，我们立即派出最好的特种兵……"

"不！听着！时间不允许！我现在命令，立即给我轰一枚核弹下来！彻底摧毁这儿！朝我头上轰！这是命令！是命令！"我大声怒吼！小猫已经死去，我想和她死在一起，我不介意死得像个英雄。

"对不起，博士，我不能执行这个命令。所有国家的幸存下来的特种兵都已经出发了，请您务必耐心等候……"最高军事指挥官拒不执行我的命令。

"为了我，你们打算还要死多少人？"我大声喝问。

"我们人类已经元气大伤，为了日后的复兴，不能再失去像您这样顶尖的科学家。博士，请您从大局出发。"他很冷静地说。

噩梦结束了。从那可怕的魔苋丝子彻底从地球上消失开始计算，又过了三十年。

人类真是一种顽强的生物。经历了这场浩劫，竟然还有三亿多的人活了下来。

也许，魔苋丝子并不像我们想象中的那般邪恶。经过一场浩劫，整个地球的绿色植被恢复了不少，这真是对我们人类莫大的讽刺。也许真的像小猫说过的一样，对地球上其他生物，特别是被我们赶到灭绝边缘的生物来说，最为邪恶的生物就是我们人类。

幸好，绝大多数的幸存者都认识到了这个道理。大家开始真正学习要怎样去和整个自然界和平共处，而不再是征服和掠夺。当这个世界上曾经有一种"低等"的寄生生物通过不断的融合，几乎毁灭了人类之后，人们开始懂得紧密无间的合作是多么重要。而以前看起来大得不得了的利益之争，现在想来也其实不过是蝇头小利。人类之间，变得更加友好。大家再也不想，也再没有足够的能力内讧。

感谢魔苋丝子！

科技还是在缓慢地进步之中，这真是不幸中的大幸。我当了三十年的全球首席科学执行官,却始终忘不了小猫。我的后半生,完全致力于改善人和自然之间的关系,只希望建立一个理想而协调的世界,就如小猫的故乡——"青丘之山"行星。

我坐在轮椅上,看着眼前的森林。这儿本来是一个城市,是我的家乡,魔菟丝子把它变成了一片森林。

带我推轮椅的是我的女儿——年轻的生物学专家,尉迟忆雪博士。

女儿的相貌的确是得天独厚,前段时间的全球科学家大会上,还有人当她是十八岁的小女孩,把她挡在了门外。看见她,就像是看见小猫,以及小雪。

可爱的梅花鹿在丛林中穿行,树上有松鼠出没,小鸟在林中飞翔,就如一幅完全没有受到人类破坏的自然画卷。在以前,这样的画面在这颗星球上已经不多见了。这是可怕的魔菟丝子留给大自然最后的礼物,似乎在讥笑我们以前对环境无情的破坏。

森林当中有一间爬满了藤蔓的"鬼房子",那是我以前的家。院子里寄生着普通菟丝子的大榕树更加茂密了。池塘里那几块石头一般的飞碟救生舱残骸长满了青苔,我一直都骗女儿说那是假山。

轮椅被推上长满青苔的水泥路面时,女儿问我:"爸爸,你记得今天是什么日子吗?"

"小猫的忌日。"我永远也忘不了这一天。

女儿可爱的背包上,挂着一个九尾狐饰物。那是她用小猫蜕下的毛皮缝的,陪伴她度过了整整三十年。"不!爸爸。妈妈的名字叫'阿其鎏谟衍楼娜',不叫小猫。"

我突然一阵眩晕的感觉。小猫的真名,除了我之外没人知道,而我从来没有告诉过女儿!难道……

轮椅已经到了门前,女儿说:"爸爸,对于一种可以独立生存的半寄生生物,如果受损的只是宿主,是绝对不会致命的。您很清楚这个道理,只不过不愿想起那令人伤心欲绝的场景,所以从来不去细想……"

"你……你是说……"想到那可能的结果,我不禁激动起来。

"妈妈对我说过,等到人类懂得和整个大自然和平共处之时,她就会回来见你。"

门开了,开门的竟然是一株魔菟丝子。然后,我看见了小猫,看见了三十年来令我魂萦梦牵的女孩。

我已年近六十,她却还是十八芳龄……

本文获第15届中国科幻银河奖最佳新人奖

# 山海间

茫茫宇宙中，一支载着二十余万人的星际远航舰队夺空而来，这是一批人类最先进的殖民拓荒飞船。

舰队长看着大屏幕上的宇宙星图，问："我们离目的地还有多远？"

"按地球时间计算，六小时。"飞船的控制中枢回答。

舰队长满意地看着卫星传来的图像，那是一颗山清水秀的星球，没有任何智慧生物留下的痕迹。


## 野　餐

嫩绿的草叶上带着晶莹的露珠，天边挂着一道彩虹。一条宽阔得望不到边际的大河里，带着甲壳的鱼儿欢快地跳跃着。

纳鎏迦嗅着草地上淡蓝色碎花的芳香，满脸陶醉，九条雪白的尾巴轻轻摆动着。

突然，大地一阵摇晃，一头小山般大小的巨兽拖着尾巴走了过来，脑袋下章鱼般的触手不安分地晃动着。纳銮迦跳到巨兽身前七八丈处，抬起头看着他那高高在上的呆脸，大声地问："辕刃！你是不是存心要将我踩成肉饼啊？"

"没……没有啦！我只是不小心而已。我们饕餮一族还没有踩死九尾狐的先例。"辕刃连忙解释。他背上背的东西堆得像小山一样。

纳銮迦跳到辕刃背上，四处看看，问："阿莫娜娜呢？她应该比我们还要早到的。"

辕刃说："哦，我想，大概还在路上吧？她没有脚，走得慢是正常的。"

"人家早到了！"一个女孩的声音从不远处的一棵大树上传来。阿莫娜娜从树上跳了下来，三丈多长的尾巴一扭一扭的，鳞片闪闪发光，随着沙沙的蛇行声"跑"到他们面前，说："我在树上看风景，又有作诗的灵感了。"

纳銮迦说："赚了稿费记得要请客呀！"

"你又不是不知道，阿莫娜娜是我们已知宇宙中最优秀的吟诗者，铁杆读者遍布全宇宙。吃大餐都没问题！"辕刃说。

纳銮迦瞪了他一眼，说："你们饕餮族的家伙就懂得吃！我昨天看见一双很漂亮的鞋子，阿莫娜娜一定会喜欢的。"

"死狐狸！又讽刺人家没有脚！"阿莫娜娜生气了。

辕刃连忙打圆场，"快点开始野餐吧，我都快饿死了。"

纳銮迦说："你不知道吗？天底下只有撑死的饕餮，没有饿死的饕餮。"

"嘭！"辕刃前脚猛踩下去。抬起脚时，只看见纳銮迦五体投地贴在深深的脚印里。

片刻之后，辕刃把那成吨的食物卸了下来，阿莫娜娜也动手帮忙。辕刃说："我真的很羡慕你有灵巧的双手。"

阿莫娜娜说:"如果龙姐姐也能来野餐就好了,我是说'如果'。"

纳鎏迦正趴在河边看风景,说:"他们龙族的家伙呀,不是在水里游,就是在天上飞。如果你哪一天看见一条龙趴在地上,那一定是快死了。"这家伙说话从来不留口德。

阿莫娜娜问:"纳鎏迦,不来帮忙吗?"

纳鎏迦心不在焉地回答:"辕刃的体积是我的一千倍,食量是我的八百倍,为什么要我帮忙? 我正琢磨着怎么赚钱给你买一双鞋子呢!"

"啪!"阿莫娜娜尾巴一挥,将纳鎏迦打入河里。纳鎏迦狼狈万分地爬上岸,生气地嚷道:"延维 ① 族的妖女! 想谋杀吗?"

"对不起,人家不是故意的!"阿莫娜娜忍住笑回答。

辕刃把大块的鲜肉串在烧烤架上,阿莫娜娜也将浑身湿漉漉的纳鎏迦放到烧烤架上烤干,将他烤得哇哇大叫。

辕刃问:"阿莫娜娜,你最近在写什么?"

阿莫娜娜吞下一块美味的烤肉,说:"前段时间我阅读了一些上古的传说,打算写一篇有关传说中的异星生物的长诗。"

纳鎏迦从烧烤架上跳下来,问:"哪种生物?"

"传说中蓝色行星的统治者,一种自称'人类'的生物。"阿莫娜娜回答。

纳鎏迦不屑一顾地说:"就是那种上半身和你一模一样的生物吗? 听说他们刚刚进化到宇宙时代的初级阶段,原始得很。有消息说,他们的一个探险分队正在向这儿进发,真想看看他们原始到什么地步。"

"上头有禁令,不要随意接近他们。"辕刃提醒爱闯祸的纳鎏迦。

纳鎏迦调皮地说:"古书上记载,人肉很好吃哦!"

"啪!"辕刃再次将他踩到脚下。

---

① 取自《山海经·海内经》:"有神焉,人首蛇身,长如辕,左右有首,衣紫衣,冠旃冠,名曰延维。"

# 拓荒者

近百艘庞大的母舰停在行星轨道上，开始放出大批小型登陆飞船。

登陆飞船着陆了，舰队长踏上这片完全陌生的土地。他深深吸了一口清新的空气，放眼四望。这儿的环境简直就和地球一模一样……不！简直比地球优美了不止百倍。在地球，完全不受人类文明破坏的地方只能在虚拟世界中寻找。

飞船的控制中枢收集的数据显示，这颗星球所围绕的恒星和太阳非常相似，恰好也有一个天然卫星。星球每自转一圈相当于地球时间23.6小时，公转一圈是8897.2小时，即三百七十天多一点儿。这个星球比地球还要适合人类的生存。

"真是上帝的恩赐！"副舰队长约克脸上写满惊叹，对舰队长说，"我敢打赌，千余年前哥伦布发现新大陆时的心情恐怕还不如我现在这样激动。"

"当哥伦布的第一只脚踏上新大陆时，他所做的第一件事是将另一只脚也踏上去，而不是无休止地感叹。"舰队长说着，指挥舰队成员迅速建立营地。大批机械人卖力地工作着，各种建筑物预制件迅速组合起来，如植物一般在这陌生的大地上扎下根来。

很快，人类在这个星球上的第一个营地建成了。大批建筑物耸立在宽阔的平原上，各种无人考察车离开基地，如蚂蚁般奔向八方……很快，各种详尽的数据像流水一般传入营地的中枢计算机内。舰队长看着屏幕上满版的数据，平静的脸上不带一丝表情。

"喂！老兄，休息一下吧！这儿的土地很肥沃，而且生物资源之丰富也是非常罕见的，我们生存下去不会有什么问题的。"副舰队长约克说着，将一颗花生抛到嘴里。他们庞大的母舰上有严格模拟地球环境的人造生物圈，种些花生只是小意思。

舰队长说："在此之前,我们得先确认这颗星球有没有'主人'。和未知的智慧生物发生冲突是异常危险的事。"

约克说："智慧生物吗? 一百年前,在我们的宇宙开拓史刚刚开始的时代,开发 K18 行星时所用过的方法,我认为是非常有效的。"

舰队长的心一下子拧紧了:一百年前,人类的宇宙飞船第一次降落在 K18 行星上,那颗原始的星球上形状怪异的原始人向着宇宙飞船顶礼膜拜,并按照他们的风俗习惯,为人类献上至高无上的膜拜仪式——用石头把宇宙飞船给埋了起来!

这一友好的举动带来的最直接后果就是:这星球上所有的原始人在三天之内被完全从宇宙中抹掉了……

约克看见舰队长的表情很不自然,又说:"我知道你对那种方法很反感。我们人类开拓宇宙至今,还没有发现有哪一种生物的文明等级在我们之上。如果这星球有智慧生物,我们只要按照老办法去做就可以了。我想你应该重温一下宇宙开拓史的经典案例:我们的 D3 行星。"他说完,按下了一个按钮,大屏幕上显示出另外一个星球的景色。

那是一个环境恶劣的星球。含氧量只有百分之五的空气和强烈的紫外线使得大地上的一切生物都是那么怪异。

大批外形怪异的外星原始人,使用石斧、石铲,动用无数的"人"力,在大地上刨出深深的矿坑,挖出大量乌黑的矿石,千里迢迢送往他们的神殿。

宽阔的平原上,有一座高耸入云的建筑物,那是他们永远不可以靠近的"神殿"。

"神殿"外宽阔的祭坛上,堆满了小山一般的矿石,那是他们为神所献上的祭品。天色慢慢变暗了,大批原始人在一名老迈的祭司的带领下,向闪着金属光泽的神殿顶礼膜拜。

天空中的云层裂开了,一艘宇宙飞船悬浮在神殿之巅。穿着厚厚的宇航服的"神"降临了,原始人欣喜若狂。神取走了所有的祭品,并为他们留下了一些廉价的旧金属制品。对于这些原始人来说,这些远远超越他们制造技术的东西是梦寐以求的"神器"。

舰队长关掉大屏幕,闭上眼睛,心里充满了厌恶之情。这时一名考察队员进来报告:"我们的地质考察分队钻穿了地壳,没有发现任何智慧生物残留的痕迹。"

约克嘲笑舰队长:"掘地九百万尺寻找智慧生物?老兄,你可真幽默。"

## 狐与地下城

"居然把城市建在地幔里面!你们九尾狐全都是疯子!"辕刃背着成吨的垃圾,走在大街上大声抱怨,引得许多九尾狐频频侧目。

阿莫娜娜说:"这是九尾狐的习性,没什么好抱怨的。"

纳鎏迦说:"建在地幔里不会造成环境污染嘛!"这颗行星的地幔里"悬浮"着不少这样的城市,利用岩浆的巨大热能和丰富的矿物作为资源,可以说是一个个完全独立的生态系统。凭着奇高的科技,地下城里四季温暖如春。

"那我背上的这一大堆垃圾又作何解释?"辕刃最气愤的事是所有的重物都得由他背负。

纳鎏迦摆动着九条雪白的尾巴说:"垃圾也是一种资源,随便乱丢会污染环境的。"

"大自然是拥有自我净化能力的!你们这些九尾狐环保得走火入魔了!"辕刃知道一两吨废弃物无法威胁整个行星的生态系统。他最无法忍受的是野餐过后,纳鎏迦居然花了半个小时复活那些被他们踩死的杂草，而且以完全检测不出痕迹为标准。

阿莫娜娜说："他们这样做是有历史教训的。数万年前，九尾狐是生存在行星表面的生物。他们拥有其他智慧生物所没有的特异功能：脑电波控制术和寄生术。他们的壮大，使得很多行星的大型生物——甚至包括不少智慧生物——都陷入了灭顶之灾。随着环境的破坏，九尾狐也一度受到严重的威胁。到最后，他们做出了一个非常悲壮的决定——远离地表，尽量不影响任何星球的生态系统。"

"疯狂！"辕刃下了一个结论。

阿莫娜娜叹气说："九尾狐是整个已知宇宙中最为强大的生物，如果他们不这样做，其他的智慧生物，包括我们维延族和你们饕餮族，根本连发展的机会都不会有。"

听到这句话，骄傲的纳鎏迦那九条雪白的尾巴一同翘上了天。"啪！"辕刃再次将他踩在脚底下。抬起脚时，纳鎏迦猛地跳起来，狠狠咬了他一口。坚硬的路面上只留下一个九尾狐形状的凹坑。为了保护脆弱的身体，每一头九尾狐都装备有能量护盾、质能转换器和电磁发生器。

"我今晚在你家住。"纳鎏迦站在辕刃的头上对阿莫娜娜说。

辕刃用触手将纳鎏迦打落地面，说："我回家！"立即转身往回走。

纳鎏迦大声问："前面就是垃圾回收站了，你打算背着成吨的垃圾登上飞碟吗？"

地幔之内是无所谓白天黑夜的。但数万年来，这些地下城都依靠着比神话还要神奇的高科技，忠实地模拟自然环境。

纳鎏迦蹲坐在窗台上，看着模拟的闪烁着星星的星空，若有所思。星空下，是一大片美丽的草原，很多九尾狐族、维延族、龙族，以及其他智慧种族的成员在散步。

阿莫娜娜拿着两杯饮料过来，问："喝吗？"

纳鎏迦盯着那杯几乎和他一样大的饮料，说："我想我可以在里面洗澡。"不同种族的智慧生物的体积相差非常大,纳鋈迦甚至可以在辕刃的鞋子里安家——如果不怕被熏死的话。

阿莫娜娜说:"那些人族已经降临了。"

纳鋈迦说:"我刚刚看过探测器传来的图片,他们将北部大草原破坏得不成样子,还修建起很多金属建筑物。我想他们把我们的星球当成他们自己的了。"

阿莫娜娜问:"上头就这么让他们乱来吗?听说他们已经占领了几百颗有生命的星球了。"她所说的上头是指宇宙智慧生物联合会。

"我想上头可能是对他们怀着较深的愧疚心情吧?数千年前我们使得他们的蓝色行星陷入了战争,致使洪水席卷了整个星球,他们的文明险些因此而夭折。"纳鋈迦说。

阿莫娜娜长长的蛇形尾巴卷成一团,说:"我们已经尽力弥补过了。当时我的一名族人留在那里治退洪水,为他们留下了'补天'的神话。那名族人还成了他们的神。"

纳鋈迦不想再谈论这个问题,岔开话题问道:"你不是说你在写长诗吗?能不能优待老朋友,先念两段来听听?"

阿莫娜娜抱起一个名叫"竖琴"的乐器,开始弹奏。这是从蓝色星球传入的东西。伴着悠扬的乐声,阿莫娜娜开始轻吟:

在非常非常遥远的年代,世界是一片混沌。

开天之初的大爆炸,使得宇宙灿烂多彩。

从无序到有序,我们都是宇宙的孩子。

聪明的孩子啊!拥有智慧是宇宙母亲对我们的偏宠……

"啪啦!"一声不和谐的声音从地上传来,是纳鋈迦。他一边摆弄着什么东西一边问:"我看见一根带毛的小竹棍,是什么东西啊?"

阿莫娜娜说:"那是我托人从蓝色行星带回来的书写工具,名叫'毛笔'。我要写有关那个种族的诗,用他们的书写工具和文字比较容易找到灵感。"她反问："你问这个干什么？"

纳鎏迦很抱歉地说："对不起，我把那毛弄掉了。"

"死狐狸！"阿莫娜娜生气了，用尾巴紧紧勒住他，用力拔下他尾巴上的长毛以修理毛笔。可怜的纳鎏迦疼得呱呱乱叫。

## 传说之地

"嘿！老兄！好香的烧烤！"约克手里拿着烧烤叉，很得意地走进总控制室。烧烤叉上插着一块令人口水横流的烤肉。

舰队长问："你们有没有对这些生物进行认真检疫？有些星球上的生物的蛋白质结构和我们完全不同，比如我们到达的上一颗行星，那儿所有的生物的蛋白质都是由我们人体无法吸收的右旋氨基酸组成的。没法消化是小事，导致各种怪异的疾病发生可是大事！"

"检测过了，长官。这些生物的蛋白质是由和我们完全一样的氨基酸组成的，富含各种微量元素、维生素，不含防腐剂，营养丰富，味道好极了……"约克做广告一般调侃地说。

舰队长和他一起走了出去，打算先看一看那些可怜的食物。

一个铁笼子里，关着一头很像狸猫的动物，全身棕黑，但脑袋却是白色的。舰队长仔细看了一阵子，约克问："这东西和地球上的动物很相似吧？"

舰队长说："是很像，但我想我们还是小心一点为好。"

"我们评估过了，这个星球上到处都是这种动物，吃掉它个千儿八百头也不至于绝种。"约克满不在乎地说。

舰队长非常无奈，他知道这些动物迟早都会变成人类的食物。按照地球政府的意思，只要你们这些移民不把这星球毁掉，一切都随君所好。

"喂！不尝一下吗？这块烤肉烤得刚刚好，就像你的肤色一样，金黄金黄的。"约克还不放弃"引诱"舰队长。

"备车，我打算亲自去考察一下。"舰队长找了一个离开的借口。他厌恶这种把异星生物当成"活罐头"的做法，但又无法阻止，干脆眼不见为净，找一个没人的地方好好静一下。

登上考察车，约克问："你独自一人去考察？不多带几个人吗？"

"有最高级的智能机器人做伴，不会有危险的。"舰队长说着，立刻驾车离开。

舰队长漫无目的地驾车飞驰。无人考察器早已探索过这个星球的每一个角落，用不着麻烦他了，其实现在他只不过是想远离人群而已。他向考察车输入了一个坐标，反馈回来的资料显示，那儿是整个星球环境最优美的地方。

考察车停在一个望不到对岸的大湖泊边，碧蓝的湖水随风荡漾。不知名的七彩鸟儿一点不怕人，悠闲地在稀疏的树林中翻飞穿行。

"真美啊！"舰队长不由得感叹道。

"嘟——舰队长，你是一个理想主义者。按照正常人类的想法，这儿也许更适合建立一个度假中心。草坪会变成公路，湖面上会出现游艇，那些花花草草会按照人类的需求而生长。"智能机器人很煞风景地说。

舰队长说："这颗星球太美了，说实话，我真的不希望人类踏足这片美丽的圣土。"

智能机器人面板上灯光闪烁，说："目标无法实现。人类与生俱来的占领欲是无法阻挡的。"

这时跑来一只五彩斑斓的大鸟，胖胖傻傻呆呆的模样。舰队长问："如果要你在两分钟之内为这只鸟儿命名，你会叫它什么？"

面板又一阵闪烁，智能机器人分析说："形状如鸡，身上有花纹，我会叫它'凤凰'。"

舰队长忍不住嘲笑道:"我倒觉得它更像草鸡。"也许是心理障碍,舰队长只有在没有其他人类的场合才会觉得轻松自在。

机器人相当不服气,吐出一张网将那只倒霉的大鸟拉到身前,那只大鸟的额上、背上、翼上都有类似甲骨文的图案。机器人用呆板的声音说:"'丹穴之山,有鸟焉,其状如鸡,五采而文,名曰凤凰,首文曰德,翼文曰义,背文曰礼,膺文曰仁,腹文曰信。'这是《山海经》中的句子。"舰队长是地球上华夏族的后裔,一直以自己民族那悠久精深的历史为骄傲,这智能机器人天天鞍前马后跟随舰队长,高级的学习程序让它学会了也动不动开口就"之乎者也",经常引用华夏族的典籍经文来投舰队长所好。

"牵强附会!"舰队长笑骂之余,再次觉得这机器人还蛮有趣的,用来解闷再合适不过了。

舰队长让机器人将那只"凤凰"放了,说:"我觉得这儿的风景很像地球。"

"相似的星球,相似的环境,进化出相似的生物并不奇怪。但相似度如此之高——嘟!"机器人思考了一下,然后接着说,"也许'宇宙孢子'学说是正确的。但是——嘟!"机器人再次思考了一下,说,"更大的可能性是这星球拥有非常先进的智慧生物。智慧生物的星际旅行,总会有意无意,甚至是故意带来其他星球所没有的生物。如花粉、病毒,甚至大型生物。这些都会导致脆弱生物的灭亡和强势生物的壮大,进而使环境的相似性也越来越大。"

"但是我掘地九百万尺都没有找到智慧生物存在的痕迹,难道他们生存在地幔中吗?而且你的理由也站不住脚。生物进化中,应付同样的危机的方法并不只有一种,没理由会这么相似。"舰队长似乎在自嘲。

"这颗星球的环境和地球的相似度超过了 99.75%,比如说这儿的杂草,为了最大限度地吸收光能,就必须长成绿色的。叶绿素并不是地球植物的专利,只要环境所迫,它们同样必须进化出叶绿素。进化论并非只在地球起作用。"

舰队长问:"低等生物也就罢了,但为何高等生物也如此相似?"

"嘟——无法解释。"机器人的脑筋打结了。

"没理由这么相似,除非在千百万年前就有一种能够在宇宙中任意旅行的种族存在,否则一切都不可能是这样的。"舰队长说着,捡了一块扁平的小石块在湖面上打水漂。

"嘟——有可能。你们华夏文明古代的《山海经》《搜神记》中记载有不少怪异生物和神的存在,而你们那生活在地球南亚次大陆上的近邻的长诗《摩诃婆罗多》也记载了远远超过你们当时科技水平的战争,而北非大陆上流传的'飞天马车'传说和玛雅古文明中的神都印证了这一点。"机器人分析说。

舰队长故意板起脸恐吓说:"我真应该把你的联想电路给拆除掉,免得你整天胡思乱想。"

"威胁一台智能机器人是毫无意义的,先生。"机器人说。

原本平静的湖面突然如沸腾的开水一样翻滚起来,发生了什么事?舰队长大惊失色,但那台智能机器人还是非常冷静。

水面突然又平静了下去,舰队长说:"想不到你这家伙还真够冷静。"

"没有人会为机器人写入表达吃惊的程序,先生。"机器人的呆板声音这样回答。

湖面突然再次翻腾。

那……那是什么!一只巨大的爪子从湖水中伸出,闪着寒芒的爪尖。盾牌般大小、带着红边的墨绿色鳞片覆盖着粗壮的肌肉。单单是那一个爪子,就已经有十数米高了。

"这是什么生物?"舰队长几乎是在吼叫着问机器人。

"按照《山海经》上说……"

"不要跟我提那些见鬼的古籍!"舰队长很想掐死它,却忘了这个机器人根本没有脖子。

沸腾的湖水腾起大片水雾,一个长蛇般的背脊露出水面。同样是红边墨绿鳞片，但背脊上却有波浪状的红色长毛。这东西，按照目测，竟然比一艘航空母舰还要大！如此庞大的生物，当然不可能在浅水中生存，而深水生物是不应该有如此蓬松的毛发的！

在长长的身躯之后，是一条巨大的尾巴。乍看之下，那是一条巨大的鲤鱼尾巴，但仔细看，那"鱼鳍"也是由红色的毛发所组成！

"不可能！这样的生物不可能在自然界中生存！"舰队长失却了平日的冷静，大声叫喊起来。

"没什么不可能。你们人类的雌性体不也同样打扮得很怪异，和自然界的规律格格不入？"那台智能机器人依然非常冷静——因为它不知道如何表达"吃惊"。

再然后，水面升起一个巨大的脑袋。那是一个和自然规律完全不符的怪异脑袋：粗且长的嘴巴，又尖又长的牙齿；鼻孔边是两条暗红色的肉质长须，竟然有数丈长；灯笼大小的眼眸，闪着脱离野蛮的高贵神光；脑袋后面，是梳理得整整齐齐的红色长毛；而脑袋上，竟然生有两支巨大的"鹿角"！

舰队长如全身触电一般呆了。这生物，难道是……

他控制不了自己的身体，只觉得一种莫名的敬畏感觉瞬间穿越全身。他知道，只有拥有高度文明的智慧生物才能不顾自然界的规律，任意打扮出和大自然完全不相容的外表。

这儿，难道是原本只应存在于传说中的神话世界？

无法控制的敬畏感油然而生，就如凡人看见自己的远古祖先降临时所产生出的敬畏与尊重。血液中无法改变的高贵记忆和代代相传的远古传说，仿佛一切都在证明他的敬畏是天经地义的。那头生物的特征完全符合他们自远古传承而来、灵魂中无法抹去的印记，那是华夏族高贵的祖先，传说中的——龙！

# 传说中的现实

三天了！纳鋈迦一辈子都没有这么无聊过。

阿莫娜娜整天待在后花园里，把长长的尾巴缠在一棵嘉果树上，在树枝上用"狐毫毛笔"写她的长诗《山海间》。

他是阿莫娜娜的铁杆读者，当然以第一时间读到这位宇宙罕见的伟大诗人的诗为荣。但如此无聊的时刻，只让他想尖叫。现在的他，无聊到只能玩自己的尾巴。

他的尾巴少了很大一撮毛，使尾巴上细小的刺囊清晰可见。九尾狐是一种半寄生生物，尾巴上的刺囊是一种非常特别的神经末梢，能刺入大型生物体内截断神经传输，代替原有的大脑发出神经脉冲从而控制对方，甚至能强行读取和改写宿主大脑中信息——只要他们设法破译宿主神经脉冲信号所包含的具体内容就可以了。

大型动物进化出发达的神经中枢——大脑以控制整个身体的行动，似乎是宇宙中碳基生物的普遍现象。

纳鋈迦接通了这座城市的无线网络，试图寻找一些乐子来消磨时间。他们九尾狐的大脑似乎是一个脑电波控制仪，接通这种专门为他们而设计的无线网络是没什么难度的。

纳鋈迦在浩瀚的网络资源中很快找到了他感兴趣的东西：蓝色行星的统治者，自称"人类"；大脑工作方式——电化学反应；神经信号传输方式——生物电脉冲；脑电波工作范围——第十三区到第二十区频率；运动方式——下肢负责位移、上肢操纵工具；直接能源物质——三磷酸腺苷；个体间信息交流——每秒数个字节到几十字节；神经冲动代码……

"那些人类是很容易控制的生物嘛！个体间交流的信息量居然用字节来计算，神经脉冲信号也很容易破译和模拟。我只要不到一秒钟就能寄生到他们身上。"纳鋈迦很骄傲地说。九尾狐的大脑很特殊，个体之间能够直接用脑电波交流,他们交流时的信息流量足以让宇宙间绝大多数生物惭愧不已。这也是他们没有高度灵活的前肢却能发展出灿烂文明的重要原因之一。另外的重要原因是他们与生俱来的寄生术和电磁波干扰术。众所周知,脑电波也是一种电磁波。

阿莫娜娜说:"不要去寄生那些人类,那太危险了——我指的是你的肆意妄为会让他们陷入危险之中。"她很清楚九尾狐的科技有多强大、性格有多自大,他们就算掉进黑洞里,也有办法"爬"出来,最后还会摇摇尾巴表示此事不过是小菜一碟。"不要自恃自己比他们先进就随便对他们进行寄生,对智慧生物我们只应该进行平等的交流。再落后的文明,也总会有我们可以收获的东西。比如说我正在写的诗,说不定他们能给我灵感呢……"

"哼!我不理你了!我去找龙姐姐玩。"纳鎏迦临走之前还加了一句,"我想送你一双鞋子。"

啪!阿莫娜娜一尾巴将纳鎏迦打出视线之外,气得浑身发抖。她最讨厌别人讽刺她没有脚。好不容易等到心情平静,她才再次拿起那枝"狐毫毛笔",继续撰写长诗《山海间》:

……

广袤宇宙中微尘般的碳基孢子,如流落四方的孤儿散布在天各一方。

数十亿年的光阴使得大家形态各异,但最深层的生命形式却明白无误地指出我们都是兄弟姐妹。

当我们运用宇宙母亲赋予的智慧穿越时空走在一起,形态各异的兄弟姐妹却都变得那么陌生。

而星和星之间的距离是如此遥远,远到并不是任何一个兄弟都能轻易打破隔膜。

当巨大的龙族穿越层层空间时,却看到一些兄弟姐妹还在刀耕火种的原始之中。

尚未摆脱愚昧的兄弟姐妹,将数十亿年前的亲兄弟作为神祇膜拜。

……

穿过一片草原,纳鎏迦来到一个看不到边的大湖旁。天气预报说半小时零三秒之后将会有雷阵雨,将历时半小时零五分钟。为了保护整个地下城的生态环境,这儿的天气全都是用计算机精确控制的,所以天气"预报"精确到秒(尽管毫无必要)。因此,他得赶快到龙姐姐的家里去避雨。

湖边有一块巨大的石头,闪着蓝光。这是龙姐姐家的门铃。纳鎏迦将前腿趴在石头上,死命按下去,万分抱怨:"这些龙族真的是大脑有问题!这个门铃比我的家还要大!"

费了九牛二虎之力,好不容易按下了门铃,湖面猛然翻腾。一个巨浪扑到岸上,将纳鎏迦打出十几米开外。一个长蛇般的背脊露出湖面,红边墨绿鳞片闪耀着高贵的光。然后,一个巨大的龙脑袋露出水面。

纳鎏迦抖去身上的水,大声说:"龙姐姐,你想淹死我吗?"说完他才想起他们的体积相差太远,她听不到,于是用脑电波将这话重复了一次。九尾狐族和龙族是为数不多的可以通过脑电波直接交流的种族。

九尾狐体长不过一尺,龙的体长却达数十丈,是宇宙中已知体积最大的智慧生物。也正因为身体如此庞大,所以龙都把家安在水中,只有水的浮力能让他们觉得舒服。不到万不得已他们不会离开水,而一旦离开水,他们只能用特有的质能转换能力产生巨大的能量,运用所有智慧生物中他们唯一与生俱来的反重力能力飞行。但最大的问题是这种飞行方式会产生大量的云雾。

所谓生物,是宇宙最精巧的杰作。生物的每一个细胞器,都是原子级的纳米机械。在漫长的进化过程中,凡是普通机械技术可以做得到的,又有什么是纳米技术无法实现的呢?龙族甚至有专门的器官,依靠特殊的细胞器精确地将一些特定的元素用可控质能转换的方式,以非常高的效率转换成能量,获得其他生物望尘莫及的力量。

来到龙姐姐那建在水底的巨大的家中,客厅坚固的防护壁将昏暗的湖水隔绝在外。纳鎏迦感叹说:"哇!你的家也大得太离谱了吧!"

龙姐姐让机器人给纳鎏迦端来一杯饮料,纳鎏迦看着那巨大的杯子说:"我想,我可以在这杯子里面开一个游泳池。"

龙姐姐问:"今天怎么有空来玩?"

"阿莫娜娜打我!"纳鎏迦满脸委屈地说。

"一定是你又在向她推销鞋子吧?虽然说你爸爸是全宇宙最大的鞋子生产商,但你也不应该这样做啊!你明明知道延维族都是人身蛇尾的。"龙姐姐一语中的。

纳鎏迦问:"你读过阿莫娜娜的长诗《山海间》了吗?写得真是漂亮。听说你对蓝色行星上的那些人类很了解。"

"今天早上我到地面上去,不小心遇上了一个人类,把他吓了个半死。为了避免意料之外的事情发生,我只好将他遇到我的那段记忆抹去了事。"龙姐姐说。

纳鎏迦说:"我想听一些龙族版本的有关人类的传说。"

"我觉得,你应该去问阿莫娜娜,对于历史,我们当中没有人会比她更了解。她的长诗刚刚出版了一半,就已经引起了巨大的轰动。"龙姐姐说着,按下一个按钮,空气中出现了一个三维画面,那是茫茫太空中孤零零的一颗蓝色行星。伴着优美的音乐的,是阿莫娜娜的长诗《山海间》:

……

当神之家园大门敞开的时候,你们永远离开了我们的家园,去了蓝色行星。

漫长的岁月让你们忘了我们的存在,只在发黄的古籍上隐约有我们严重失真的影子。

而我们却从来没有忘记你们的存在,偶尔的拜访却只在你们的历史上留下半信半疑的神话。

当我们的一切都成为褪色的神话故事,你们是否曾经在夜半深梦中想起我们千万年前的故事?

哦,亲爱的兄弟姐妹,我们从太空中俯望你们的沧海桑田总觉得阵阵心疼。

当我们穿越异次元空间任意享受神一般的生活时，你们却还在小小的星球上为了小小的利益而拼命争斗。

当我们形态各异的兄弟姐妹坐在一起共赏多维宇宙的璀璨，却蓦然发现原该属于你们的椅子上依然空空如也。

那些遥远到足以成为神话的古籍上同样有你我的名字，但今天却独独缺了你一人。

……

# 星 陨

舰队长坐在指挥室的大椅上，双目紧闭。今天早上究竟发生了什么事？当探险队员发现倒在湖边的他时，他只记得自己好像看到过一些极为震惊的东西，但偏偏就是想不起来。他身边的那台智能机器人的记忆库中关于今天早上的那一部分资料也完全消失了。

但此刻，还有另外一件更心烦的事。

"喂！老兄，你看我捉到了什么？"副舰队长约克走了进来，手里提着一个笼子，里面是一只呆头呆脑的胖鸟。

"哦！草鸡一只。"舰队长睁开一只眼睛，说。

"你那台笨蛋机器人管这个叫凤凰。"约克很得意地回答。

舰队长似乎很疲惫，"告诉你一个坏消息，地球联盟分裂了，现在太阳系已经陷入了战争，作战双方都动用了反物质武器。我是刚刚接到这消息的，扣去消息延时，相信已经是十年前的事了。"

约克听了一扬眉毛，干脆地说："实话告诉你，我根本不想回去。"约克放下笼子，坐在舰队长对面，"地球联盟的那些混蛋，派我们出来远征，吃苦的是我们,名誉和利益却全都是他们的! 我不干了! 我看我们不如找个地方建立我们自己的王国。"

舰队长沉思半响,说:"也许你是对的,我们犯不着为那些自私的家伙卖命。再说他们打得热火朝天、一塌糊涂,我们别回去自找苦吃了。另外,最重要的一点是,古人云:'自作孽,不可活。'弄不好本土文明挺不过这一场自己制造的大浩劫……如果真是这样,那我们在这里扎下根来生存发展,也算是为人类文明保存下了一缕血脉。对! 我们马上找个好地方,先建立一个殖民地,站稳脚跟,静候其变。"

事情一决定,开发进度就很快了。他们这样的远征考察舰队,其实就是殖民拓荒舰队,二十余万考察队员的男女比例适当,而且本来就带有数量极多的物资,只要能在沿途的星球获取补充,就算一代一代繁衍下去都没有任何问题。等到三天后的傍晚,他们已经在一个环境优美的大湖泊边建立起了一个像模像样的小城镇。

波光粼粼的湖面,倒映着落日。舰队长看着这片湖面,若有所思。昨天,几个考察队员在一个山谷中找到了一种种子很像水稻、枝干却是木本的可以食用的植物。当时指挥部一拨人看了传送来的即时图像后,身边那台聒噪的智能机器人脱口而出:"这是《山海经》上记载的'木禾'。"

老天! 它们难道跑进了神话传说之中? 舰队长的不安感越来越强烈。

喝得醉醺醺的约克走了过来,"从今天开始,这儿……就是我们的国家。我们……我们所到之处,全是我们的领土……" 然后,他倒在地上,模糊不清、颠三倒四地背起了那篇古老的《独立宣言》。

舰队长提起他的衣领,问:"你还记得你自己是谁吗? "

约克口齿不清地回答:"约克·华盛顿……不! 我是乔治……乔治·华盛顿……"

"哗啦! "舰队长把他丢进了湖泊里,他挣扎着爬到岸上,在衣服上的自动烘干器发出的融融暖意中睡着了。

太阳沉入了地平线之下，但余晖尚存。舰队长很清楚，如果这颗星球上有智慧生物存在，那他们的行为将构成侵略！而智慧生物……舰队长总觉得他那段消失的记忆，是和一种神秘的智慧生物有关。

深夜，小镇的灯火逐一熄灭，舰队长却又再次出现在湖边。他盯着平静的湖面，总觉得这个星球深处好像有一双神秘的眼睛在看着他们。这……是善意的吗？

"唉！"舰队长长叹一声，转身离开了。所以他没看见湖水开始微微翻滚。

不久之后，一切又恢复了平静。

又过了两天，舰队长接到负责食物来源的队员的报告，他们从捕猎场运到小镇的食物总有一部分会莫名其妙地失踪。所幸的是这个星球的食物来源非常丰富，这样的事情并不足以造成饥荒。但最奇怪的是，失踪的总是最美味的食物。舰队长决定去看一看。

一辆太阳能动力运输车停在停车场里，集装箱被啃掉了很大一块，上面有巨大的牙齿印，里面空空如也。司机心有余悸地说："集装箱里本来有五千只烤草鸡，当时我正在路上，一阵狂风刮过，集装箱就成这样子了。"他面色如土，好像在担心那饥饿的神秘生物下一秒钟就会啃掉他的脑袋。

"究竟是什么怪物？"约克摸着下巴说。

机器人又想插嘴："嘟——根据古书上记载……"

"啪！"舰队长关掉了机器人的电源，说："我们开上一辆满载食物的车去遛一下就知道了。"

半小时后，在捕猎场和小镇之间的简易公路上。约克开着车，问："舰队长，我们这样来来回回已经跑了好几趟了，你说那个怪物会上当吗？"

舰队长打开机器人的开关，说："不知道，应该会的。"

话音刚落,天边一道龙卷风突然迎面刮来!

"系紧安全带!"约克大声叫,凭着高超的驾驶技术和极好的运气,居然成功地冲过了龙卷风。

"呼!"约克松了一口气,说:"幸好我的驾驶技术过硬,这辆货车也比较轻,好操纵。"

"嘟——当然,集装箱没了嘛!"机器人发出机械呆板的笑声。

约克将机器人端出驾驶室,急步走下车,发现集装箱被啃掉了一大块,里面的食物不翼而飞。舰队长看着那些巨大的牙齿印,问:"究竟是什么怪物?"

"嘟!嘟!嘟!"机器人的面板闪烁了一阵子,出现了一幅模糊不清的图案:龙卷风中,一头巨大的怪兽将集装箱啃掉了一大块。那怪兽巨大的嘴巴和粗壮的触手特别明显。

"混蛋!"气得浑身发抖的约克狠狠地将机器人一脚踹翻,说,"给每一辆运输车都装上轻型激光炮!把任何胆敢来抢食物的怪物轰成碎片!杀光任何胆敢藐视人类的生物!"

"约克正在气头上,等他气消了再劝他吧!"舰队长想。

晚上,舰队长总觉得一切都有点不大对头。约克太冲动了,在这个事事都透着古怪的星球上,真不知道他会闯出什么大祸来……

心烦意乱之间,舰队长走到一片小树林里。他发觉在黑暗中似乎有一双眼睛在打量着他。

"谁在里面?"他大声问。

一个女孩出现在树林里,衣饰打扮都透露着诡异,但……很美。她的眼眸中闪着星星的光芒。伴着一阵蛇行一般的沙沙声,女孩来到他面前,很有礼貌地说:"你好,人类。你就是这里的人类的首领吧?"她用的是人类的语言,但舰队长强烈地感觉到她绝对不是人类。

"你……你是……"舰队长发觉自己的声音结结巴巴的。他在大脑中拼命搜索"第三类接触"时人类所应该做出的正常反应，却发现脑袋已经打结了。

女孩说："对于你们来说，我只是另外一种陌生的生物。也许这样和你们见面很唐突，但我们已经等了你们数千年了。我没有敌意，但是不知道该选择怎样的见面方式才算是恰当……我是一名诗人，和你们见面，只是想找点灵感完成我长诗的终章。"

"我……我也没有敌意。"舰队长很紧张地说。

女孩看着舰队长，看着月亮穿过小树林投在地上斑驳的白光，静思片刻，微笑了起来，轻声说道："我知道了，我想出了长诗的终章……"

一道激光撕裂夜幕，女孩的额头出现了一个血洞。她难以置信地看着前方，美眸中尽是无法相信的神色。她倒下了，巨大的蛇形尾巴扫起一片火红的落叶。

"多么危险的生物！要是给她的尾巴扫中，一定会当场毙命！"约克端着笨重的大功率激光枪跑进树林，气喘吁吁地说。

地上落着一支毛笔和一张带血的宣纸，那纸上竟然写满工整的小篆。舰队长看着那人身蛇尾的女孩美丽的尸体，想起童年时奶奶讲过的远古神话：人身蛇尾、女娲大神……

## 大屠杀

地下城里，纳鎏迦看着自己好不容易长出毛的尾巴，不住地叹气。

"被我们最优秀的诗人阿莫娜娜拔掉毛做成笔来进行创作，相信你可以炫耀好一阵子了。"龙姐姐嘲笑说。

"三天后就是宇宙联合大会给她颁奖的时候了，我现在却找不到她。"纳鎏迦抱怨说。

"哦？你这么关心她？"龙姐姐问。

纳鎏迦摆摆尾巴说："别想歪了，我和她甚至连染色体数量都不相同。两个不同种族的生物能搞出什么绯闻来？我们只是纯粹的好朋友而已。她的长诗《山海间》还没写完就已经创下了宇宙历史上的最高销量纪录，她说明天能写完结尾。"

突然之间，门铃声大作。龙姐姐带着纳鎏迦浮出水面，却看见满身是血的辕刃。饕餮族除了爱好美食以外，还以皮坚肉厚著称，但辕刃现在却伤得不轻。

纳鎏迦吃惊不小，问："发生了什么事？你怎么弄得这么狼狈？"

辕刃好不容易说出一句话："阿莫娜娜死了，是那些两条腿的家伙……"

如同一个炸雷，纳鎏迦懵了。


人类的小镇。

一名考察队员神色怪异，走进了设在小镇北端的实验中心。

一个一丈多高的玻璃容器中，冰冻着一具人身蛇尾的尸体。"真的是她……"那名队员全身颤抖，喃喃地说，"阿莫娜娜……"

"喂！阿仑，你没事吧？"另一名考察队员问。

那名被称为阿仑的队员击碎容器，抱起阿莫娜娜的尸体，对旁人不置一顾，往外就走。其他人赶紧按响了警报器，大批警卫赶来，但他用强大的脑电波干扰术使他们神经系统紊乱而死。

一名侥幸躲过一劫的考察队员向他开枪，激光束却在他身前散射开来。"你们的负责人在哪里？"他问。

问明方向，他抱着阿莫娜娜的尸体向指挥部大楼走去。两名警卫挺身阻拦，却被他在前额聚起两团火球，一瞬间就烧成了灰烬。

远远的，他就听到指挥室里传来激烈的争吵声：

"你杀害了一个智慧生物！这将导致非常严重的后果！"

"我是为我们大家着想！"

"我是舰队长！我命令你停止这种疯狂的行为！"

"这世界上没有任何一种生物能凌驾于我们人类之上！"

金属墙壁的原子间引力受到不明力量的干扰，在一瞬间如海浪扫过的沙雕般倒塌，一个人抱着阿莫娜娜的尸体走进来，问："你们谁是负责人？"

"你是谁？"副舰队长约克大声问。

"九尾狐，纳鎏迦。"那人冷冷地回答。

大批全副武装的战斗人员赶来，强力激光枪将此人制服的能量护盾击穿，但却无法伤到他本体更为强大的能量护盾。纳鎏迦的人类躯体浑身是血，他将阿莫娜娜的尸体轻轻放在地上，说："你们横行无忌，没有报应真是太不应该了。你们杀害了我们最伟大的诗人，我要整个人类文明为她殉葬！"

纳鎏迦的眼中发出银白色的亮光，他那人类躯体突然爆裂，一团白影闪电般跃出钻入一名战斗队员的体内，瞬间将他控制。纳鎏迦继续说："培养一名天才，也许数百年的时间都无法实现；但杀害她，却只要一瞬间。"

战斗队员们不得不将那名被控制的队员杀死，但那团白影——纳鎏迦的九尾狐本体，又进入了另一名队员的体内。他们不得不再次将那名队员打死，但纳鎏迦马上又夺取了一具新的身体。

当第七名战斗队员倒下时，纳鎏迦厌倦了这种游戏，发出一阵强烈的电磁暴，烧毁了包括激光武器在内的所有电子仪器。他踏着血迹，走向约克，问："刚才说'没有任何一种生物能凌驾于人类之上'的，就是你吗？"

约克双目尽赤，抄起身边的椅子就向纳鎏迦砸去，却被纳鎏迦强大的能量风暴将他连人带椅瞬间分解成原子！

因愤怒而血红的眼睛，又瞪向舰队长。纳鎏迦冷冷地说："下一个是你！"手指慢慢指向舰队长。

"住手！"一个强大的信号直接传入所有人的大脑，包括纳銮迦。他把手掌指向天，能量风暴将屋顶完全气化，一道亮光直冲天际，几片巨大的龙鳞带着血迹落在众人身旁。纳銮迦残酷地笑着说："没有任何力量能阻止我的复仇，包括你，龙姐姐。"

一根巨大的龙尾将纳銮迦乒乓球一般打出了屋子，一连撞断不少大树才停下。天空中传来龙姐姐愤怒的声音："我无法阻止，但是阿莫娜娜呢？看看这些你所造成的废墟吧！你如此疯狂的杀戮，和他们又有什么区别？你这样疯狂地'复仇'，不是只能让阿莫娜娜在九泉之下更为伤心吗？"

"阿莫娜娜……"纳銮迦愣住了，身体贴在大树上，仿佛变成了木雕。

纳銮迦记得自己曾经问过，她的长诗为什么要叫《山海间》。

"在生命诞生的最初，我们都是毫无分别的一堆原子。茫茫宇宙中，各种天然的放电现象、物理变化、化学反应，使得一些运气好的原子组合成简单的有机物。有些比较幸运的，在经历了千百万年之后成了智慧生物。而那些运气稍差的，则进化为普通生物，甚至植物。在很久很久以前，我们也和它们一样，是同样一堆毫无区别的原子。所以，当我们为了生活而砍掉一棵树时，就应该再种上一棵，并细心呵护直到长大。因为这些都是我们千百万年前的兄弟姐妹。而那些运气和我们相仿的兄弟姐妹，在创世之初，宇宙母亲将我们安排到这个广袤空间的不同角落，但再遥远，也无法割断我们早已注定的血缘关系。进化有先后，我们不能因为他们暂时的愚昧和残忍便不承认他们是我们的兄弟姐妹。如果将整个宇宙比作一颗星球，咫尺天涯，我们只不过是处在不同的山和海之间而已。我希望所有的兄弟姐妹跨过所有隔离我们的高山大海，最终都能聚在一起，共赏多维宇宙的璀璨。"阿莫娜娜早已逝去，但她的话犹在耳边。

山和海之间，山海间……

半晌，纳銮迦才发出一阵受伤野兽的号叫……

## 落幕　山海间

阿莫娜娜的受奖典礼，最后成了她的葬礼。不光是碳基生命，就连其他不同形式的生命体也派了代表来参加。

"很感谢你们收留我们。"舰队长说。

"你们有句古话：'四海之内皆兄弟。'感谢阿莫娜娜吧。"纳鎏迦说。愤怒已经平息，他为自己同室操戈的疯狂行为而感到愧疚。

"对不起，我们的愚昧，让优美而伟大的史诗《山海间》失去了结尾。"舰队长垂下头表示忏悔。

纳鎏迦否定道："不！《山海间》是没有终章的。就算这个宇宙陷入热寂，这不朽诗篇也不会终结。"

"什么？"舰队长一时没听明白。

纳鎏迦解释说："宇宙是多重的，我们有足够的力量突破不同宇宙之间的壁垒，就如阿莫娜娜的诗歌能让不同种族的智慧生物产生共鸣一样。就算这个宇宙灭亡，生命的故事也不会终结，所以《山海间》永远也不会落幕。"

*本文获第15届中国科幻银河奖读者提名奖*

# 异天行

大宋都城汴梁，深夜。

太师府，书房。

长案之上，有圆规、直矩、六分仪，还有一份戊型蒸汽机设计图纸。书房墙上，挂着先秦铸剑大师欧冶子的作品——价值连城的名剑"湛卢"。一个年轻人坐在舒适的太师椅上，他身材不高，俊美的脸庞上冰冷的双眸凝视着繁星。他是墨家钜子①、大宋太师——墨羽。

太师府外，鸡飞狗跳，喝吼之声竟然一直传到了墨羽的耳朵里，"大理寺又在查抄那本据说是'天人所授'的禁书《天命》吗？其实这又何必……很久没上朝了，如今大功终于告成，看来，明天得……"一道奇怪的光划过天际。是流星？是彗星？都不太像……

---

① 即墨家最高领袖。

# 一、坎坷墨家路

墨羽在墨翟的牌位前上了一炷香，毕恭毕敬地拜了三拜。墨翟是墨家的创始人，史称墨子。自从墨学在大唐时期终于超过儒学被帝王独尊以后，墨家成员的地位越来越高，其领袖在朝廷里往往处于一人之下、万人之上的地位，于是，墨子自然就被尊为了"至圣先师"。墨羽是当下的墨家钜子，自幼墨子就在他心中占据了至高无上的地位。

纵观历史，这世上总有太多的机械奇才。据史书记载，先秦的木工祖师公输般曾经制造出能够飞翔的"木鹊"，在空中飞行了七日七夜不落，他还乘坐于其上，从空中观察宋国的城池，这是人类首次冲上蓝天；三国时蜀汉丞相诸葛孔明，曾经大量制造"木牛流马"用于战场，运输粮草，他还制出了火力极为强大的损益连弩，于木门道射杀曹魏名将张郃，这是人类第一次正式将机关术大规模运用在战争中；而在大唐皇朝时代，安西都护府四镇节度使高仙芝在决定西域命运的怛罗斯[1]战役中，以三千装备了突火枪的铁甲骑兵，配合装备有射程超过四百步的伏远弩的两万余精锐步兵，血战五日，终将黑衣大食帝国配备了大量骆驼兵的十几万呼罗珊骑兵击破，更是预示了黑火药兵器时代的来临……从汉末至今，机关术在王朝更迭中的作用越来越明显，几个关键发明，往往能决定国之大运，左右庙堂之大略。

"阿羽，听说你苦拼了三年之久的戊型蒸汽机终于设计完成了，是不

---

[1] 今帕米尔高原以西。历史上，唐玄宗天宝十年，唐朝大将高仙芝率军与黑衣大食帝国激战于此，因部队中的葛逻禄外籍雇佣兵被黑衣大食买通叛变，高仙芝战败，大唐从此尽失西域之地。不过此战中，黑衣大食军队的损失惨重，鉴于唐军极强的战斗力，黑衣大食未敢趁机进犯。

是啊？"墨羽不用回头，就知道说话的是工部侍郎雷子恒，他和墨羽是至交好友兼儿时玩伴，而且同为墨家弟子，还有一层师兄弟关系，说话间自然随意得多。也只有他，可以随意出入这戒备森严的太师府。

墨羽看他一眼，说："哦，子恒，是的，我的设计已经完成了……我很久没出过门了，这段时间有什么大事发生吗？"

雷子恒说："这次殿试，很多学子的水平都很高，有些学子的理论实在是令人惊叹。看来苏大胡子又打算往我们工部这边塞人了。此外，枢密使狄大人的使臣昨天来找过你。"

墨羽问："狄青大人不是正在西边和大秦诸国作战吗？"西方的大秦诸国总想征服控制丝绸之路沿途的所有国家，独霸丝路，而这些丝路上的弱小国家有不少是大宋的属国，再加上大宋在国际贸易中处于强势地位，贸易摩擦中基本都是大秦诸国吃亏，于是就和大宋打起了没完没了的罗圈架。冲突或大或小，反正几乎无年不有，都成家常便饭了。遇上这么些个家伙也是大宋的晦气，好在大宋国力冠绝当世，尚可从容奉陪。

雷子恒回答："枢密使大人对大秦人的投石机很忌惮，这些巨型投石机力道强劲，抛出的巨石大如磨盘，声若疾风，砸坏了我军不少飞楼战车。狄大人希望我们立项开发一种不怕投石机的攻城利器，以攻破敌人的城堡。"

墨羽道："狄大人已经年过六十，还亲自率师伐远，烈士暮年，壮心不已，狄大人风采不减当年，真乃当世廉颇啊！"

雷子恒说："狄大人常说，天下承平太久，自己半生废置，难建李卫公那样的盖世之功。所以现在，他也顾不得许多，皮毛小仗也不嫌弃了。再说我爹说什么也不同意调动北方的精锐部队，所以皇上也觉得出征的那些二流部队由威名素著的狄大人领军比较放心。"

提到被狄青大人奉为终生偶像的大唐卫国公李靖，墨羽不禁肃然起敬。卫国公李靖，是墨家地位仅次于墨翟祖师的先辈，正是他，在墨学崛起的过程中起了极为关键的作用①。

---

① 历史上李靖并非墨家弟子，小说虚构之，读者不必细究。

墨家并非一开始就拥有现在这样的地位的，墨家的复兴之路，非常坎坷。昔年，汉帝废黜百家，独尊儒术。儒术缺乏探索自然规律的志趣，崇礼复古，因循守旧，把各种新发明视作奇技淫巧，将善技艺经营工商者贬为小人；东汉时甚至更有人认为伟大的公输般先生"作奇器以疑众"，将其列为"首诛"对象！两汉时期，墨学一直在垂死的边缘苦苦挣扎，差点儿消亡。

三国时，蜀汉诸葛武侯英明有远略，鼓励、资助墨家弟子开发研究武器装备。于是，许多墨家弟子将原为墨家理论的一个旁支——《备城门》等篇中提到的防御作战战术，守城器械的制作方法、使用技巧等提升为墨家学说的核心之一，发展成为机关术。依靠着大量机关武器，国力弱小、人口稀少的蜀汉建立起了一支战斗力极强的技术型军队，长期占据着战略进攻地位，打得偌大的魏国终年关门闭户不敢出战，只能依靠地理优势化解蜀汉的凌厉攻势。这是真正意义上的墨家机关术的发端。若不是当时机关术还不够成熟，蜀汉很有可能实现其复兴汉室的目标。

有晋一代，开国皇帝司马炎对当年魏国军队被机关武器打得溃不成军的往事印象深刻，深恐有人利用机关术作乱，竟然下令废止机关术，大肆搜捕墨家弟子。结果整个晋代，朝野间充斥着没有任何实际意义的清谈风气，举国沉迷于虚无缥缈的玄学。墨家弟子们只得远避偏远地区，暗中传承着祖先的伟大精神和神奇的机关术，在漫长的黑暗中等待光明的降临。

直到大唐开国之时，墨家一名年轻的钜子带着只有不到五百人的墨家子弟，拜访了当时更为年轻的英明神武的大英雄李世民。而后，这位精于天文能精确地推算天象的钜子，统领装备着依靠机关术开发出的威力强大的精良武器的部队，屡出奇兵，常常是出一两千兵力可打败外敌数万，出数万兵力就能征服一个国家。这个年轻的钜子，就是后来被封为卫国公的李靖。他的超群绝伦的成就，使得大唐历代皇帝都颇为重视机关术，墨学自此在全国范围内开始复兴。与此同时，炼丹、机械、冶金、天文、历法都得到了蓬勃的发展，精炼火药的出现，以及更加先进的炼钢技术，极大地改变了整个世界的面貌——特别是军事。当怛罗斯血战，大唐帝国凭着领先敌人不知多少百年的机关术大败黑衣大食军队，彻底巩固了西域和丝绸之路的安全之后，全天下再也没有人敢将"术"蔑称为"六艺之末"了。

唐末，大批节度使裂土割据，互相攻伐。由于深知机关术在军事上的重要性，各路节度使拼命招揽墨学人才，狂投资金竭尽全力发展机关术，华夏大地上展开了一场旷古未有的奇特竞赛。最终，大宋那伟大而尚武的开国皇帝，曾经一条军棍打遍天下军州的太祖赵匡胤，取得了这场大赛的最后胜利。太祖在众多墨家弟子的精心帮助下组建起火器部队，摧枯拉朽一般，短短数年时间就扫平了那些拥兵自重、各自为政的节度使，虽然刘继元等败类招引契丹援军祸乱中原，但这些以打围食肉为乐的马背上的游牧军队旋即遭到太祖犀利火器的沉重打击，死伤惨重，仓皇退出中原，远遁中亚不知所终……大宋顺利重现了昔日大唐天朝上国四夷臣服的局面。由于大宋以墨家机关术立本起家，所以彻底放弃了"重道轻器"、"重仕轻技"、缺乏探索自然规律的志趣的儒学，而独尊墨学……

这时，墨羽的思路被拉了回来。原来雷子恒在喊他："喂，发什么呆啊？你看看你，为这蒸汽机都累傻了……现在设计终于完成了，你也该歇歇了。对了，咱哥儿俩好久没去撮一顿了，前天，我特意去那家号称'小樊楼'的酒楼去看了一看，那儿的酒食真的很不错！招牌菜鹌子水晶脍、香螺炸肚、荔枝白腰子实在是绝了！哪天有空我带你去好好尝尝……"

## 二、神秘女子

早朝结束后，高官三三两两散去。一袭紫袍的墨羽走在金銮殿的青石台阶上。每天早朝,很多高官都只能分列于青石台阶的两旁。能站在金銮殿内的全是高官中的高官,也即是真正控制着这个天底下最为强大的国家的实权人物。墨羽身为太师,他的站位当然是在位于金銮殿内最靠近皇帝的三级台阶上。

"太师大人!"宰相王安石突然叫住了他。

墨羽转身,问:"王大人,您想问晚辈关于禁书一事的看法?"墨羽的年纪比王安石小三十岁左右,且因敬重王大人的人品,所以向来习惯自称"晚辈"。

王安石拿出一卷书交给墨羽,连连摇头道:"《天命》此书,实在荒唐,荒唐!太师可以拿去好好看看。此等谤书,怎能不禁?怎能不驳?"这批高官为讨论政事公然携带禁书,并不算违反律例。然后,这位人称"拗相公"的宰相大人因公事繁忙,匆匆离开了。

"咦?阿羽!我正纳闷儿今天早朝为何如此安静,原来是你上朝了!是为了机关术还是为了禁书一事?"雷子恒走到墨羽身边,问道。

墨羽点头,说:"为了禁书一事。我听听他们的论调而已,你知道我极少在朝廷上发言。"大宋朝廷言论向来宽松,且大臣有相当大的权力,皇帝无法完全左右朝政,庙堂之上的大臣们往往会为了政事吵翻天。这是从太祖皇帝时代就兴起的风气。当年太祖赵匡胤曾密誓"誓不诛大臣、言官",并专门建立了许"风闻言事"的言官制度,到仁宗皇帝时,一句"言者无罪",更加助长了这种风气,最后竟发展到有人于朝堂上跳掷叫号,只差拳脚相加了。每遇重大决策,朝堂上百口争鸣,各种意见和见解层出不穷,乱则乱矣,倒也确实使许多决策变得理性而周全。但这也不是毫无弊端,若不是历朝太师挟墨家无法小觑之势以强力手腕压住局势,只怕朝臣们会党争连连、纠纷不断。今日他上朝,除了王安石、苏轼、司马光等少数几位有名的诤臣仍然在大声争论之外,朝臣竟然全都变成了沉默的"乖宝宝"。墨羽深知这一点,所以,除非是关系国运的头等大事,否则他一概保持沉默——好不容易出现的议政风气,怎可为一派之私利而断送?墨家不计个人得失、只谈"天下之大利"的思想深深地影响着他。

雷子恒说："那批朝臣早就为了这件事不知吵了多少次了，有人说要严刑禁书，有人说只要以理驳斥书中荒谬论调以使天下无人相信其中内容即可。对了，你看过那本《天命》没有？"

"当然早看过了。"墨羽手里拿着的是王宰相交给他的一卷《墨子》，他此刻最担心的是王宰相越来越差的视力。听说上次皇上大宴群臣，这位宰相大人只吃离自己最近的一盘菜，居然不晓得其他盘子放在哪儿，现在又把一卷《墨子》误当作《天命》交给他。看来得想想用什么方法解决人的视力下降的问题，墨羽想道。雷子恒说："看过就好，我爹很想听听你怎么看这本书……他很久没见到你了，你要不要去看看他？"雷子恒的父亲，也就是前任钜子兼前任太师、墨羽的恩师，五年前因健康原因而辞官。若不是有这样的爹，雷子恒也不会年纪轻轻就当上工部侍郎。

"也好，我正想和恩师讨论一些有关机关术的事情。"

墨羽和雷子恒都不喜欢那些端坐轿中、由一大批人鸣锣开道并让百姓回避的繁文缛节，于是，两人换上一袭寻常百姓的青衣，只在怀里揣了一块证明身份的腰牌，就离开了大内。

黄河，一架巨大的水车矗立在水面上，旁边是一间很大的锦缎坊。远远地，就能听到水车带动青铜机栝和齿轮发出的吱呀声。驿道上，运载生丝和锦缎的马车如一条长龙般见首不见尾。

来锦缎坊是墨羽的主意。两人刚出皇城，墨羽心血来潮，非要到这儿来看看不可，说是锦缎坊的问题不能再拖了。

黄河岸边，水车旁是一片竹林，河水甚清。雷子恒站在岸边，纵目远望，长舒一口气后，说："黄河水又变清了。我记得上古传说留下了一句话：'黄河水清，圣人出。'现在水清了，只是不知道那个圣人是谁？"

墨羽不置一词。三百年来，黄河的大小支流两岸都种满了树木，一些信奉原始宗教的河岸居民更是把森林视为自己的神祇，黄河水现在想变黄都难。清澈的河水冲击在精钢铸造的水车叶片上，发出浪涛般的声音。水车边缘铸着古兽"囚牛"的图案，人们可以从图案被河水冲蚀的程度估算出水车的剩余寿命。

子恒看见墨羽在发呆，就问："喂，你怎么了？"

墨羽轻声地说："唉……虽然钢质水车已经很精良了，可绸缎产量还是太不理想……"

子恒叹了口气，"要不明天我就召集工部最好的工匠，再认真改进一下水车？"

墨羽摇了摇头，说："我看水车剩余的改进潜力也不会太大了。河水之力，虽然取之无穷，但是力道毕竟太弱，终究不是个办法……"

子恒不禁默然。身为工部侍郎，他很清楚这些问题。

良久，墨羽口中梦呓一般轻轻飘出一个词："蒸汽机——"

"墨大人一向深居简出、埋首机关术，今日怎么竟然有雅兴驾临这锦缎坊啊？"一个中年人从竹林中向他们走来，"墨大人的商号遍布整条丝路，想必这锦缎坊的产量，也事关墨大人的进账吧？"他的语气中透出讥讽的味道。

"司马大人？"雷子恒皱起了眉头。儒学虽然已经没落，但是它毕竟流行华夏上千年，其影响目前依然不可小视。因此，君子耻于言利之类的思想还被一些士大夫奉为人生信条，并试图影响庙堂大略。这一点雷子恒并不奇怪，他只是没想到向来被誉为见识高远、心胸开阔的司马光也会说出这种调子的话。

墨羽却神色恬淡，不急不恼，"敢问司马大人，这丝路，自古以来就是不毛之地，不少地方甚至鸟兽都不愿涉足，如果没有利益驱使，谁会冒着生命危险去经商？而如果没有丝路，全国上下每年用于水利、农业的巨额资金又从何而来？我大宋疆域空前辽阔，甲兵之盛，古无其匹，器甲铠胄，极今古之工巧，赡军之用，年费亿万，若不言利，如何维持？况且如果没有丝路的对外联系，我们难免会故步自封，终有一日将成为井底之蛙，为世所弃！"

司马光并没有像雷子恒预料的那样勃然大怒，更没有哑口无言，却是抚着山羊胡子微笑着说："很久没有听到墨大人的高见了！"

墨羽嘴角微微一翘，说："谈不上什么高见。我这个人生性就喜欢追逐名利，如果在百年之后，还有人记得我的机关术、记得我的名字，那么我在九泉之下也会高兴万分。芸芸众生，有人喜欢金钱，有人喜欢盛名。这没什么不对的，君子爱财，取之有道即可。自从燧人氏取火、有巢氏造屋以来，人类的需求、利益、梦想、欲望，这每一样东西都在推动着世界的进步。这就像眼前的黄河之水，纵使有再多的高山挡住去路，也无法改变其奔流至海的大势。"

司马光闻言默然，随即拊掌大笑道："墨大人高见！我们英雄所见略同呀……"

繁华，是唯一能够形容都城东京①景象的一个词。州桥夜市煎茶斗浆，相国寺内品果博鱼，金明池畔填词吟诗，白矾楼头宴饮听琴……花花美景汴梁城，八荒争凑，万国咸通，遍地皆为高达数层的楼房，满城都是衣绸履锦的人们，有道是"走卒类士服，农夫蹑丝履"。昼里车马如织，夜间灯火通明，"比汉唐京邑，民庶十倍"。真是说不尽的热闹，道不完的繁荣。

在黄河之滨拜别司马光之后，墨羽和雷子恒回到了城内闹市。尽管他们自小就生活在汴梁，但墨羽已经三年没有步行逛街了，热闹繁华的街景依然令他们感到眼花缭乱。

走在大街上，雷子恒突然半开玩笑说："最近你好像很烦，是因为整天有王公大臣向你提亲吗？"纵观朝野，也只有雷子恒敢跟他开这种玩笑。要知道，墨羽就和当年的枢密使狄青一样，长相极美且酷似女子②，从及冠

---

①即大宋京都汴梁，当时的人为了与处于西面的大唐旧都长安有所区别，故称之为"东京"。

②狄青的相貌描写在《宋史》中并无记载，但野史《狄青传》等民间传说都传言其相貌极美且男生女相，故在战场上不得不脸戴青铜面具以震慑敌军。

那年开始就不断有人上门提亲,但至今为止都被一一婉拒。雷子恒不时取笑墨羽,说他不近女色的原因是没有任何女子比他更美。

经常被他取笑,也习惯了。墨羽说:"我心烦的是机关术方面的事。我大宋商业、农业都非常发达,而农业税赋只占朝廷收入的三成,其余七成则由工、商业所贡献。据我所知,在商业方面,特别是丝绸买卖,在遥远的西方国度从古到今都一直供不应求。在我国就连平民、农夫都可以消费得起的丝绸制品,在西方的许多国家却连富豪都未必买得起,在某些地方,丝绸的价格几乎相当于同面积的金箔,可我们的丝绸生产力却已经接近极限。还有茶叶、瓷器、药材、香料、饰品……在好多国家都是可居之奇货,但现在即使所有内外局场昼夜不息地赶工,也还是不能满足需求呀!各大商家都希望我们墨家能够进一步改进技术……"

"咦?那堆脏兮兮的东西是什么?"雷子恒突然发现一向整洁干净的大街上有一堆奇怪的东西。

墨羽说:"是乞丐。问问他家在哪里,有什么困难,只要不是好吃懒做之辈,就帮他一把。"扶助弱小是墨家的传统,身为墨家弟子,他无法对此视而不见。大宋向来富足,特别是集繁荣富强之极致于一身的京都汴梁,"路有冻死骨"的事可极为罕见,也难怪雷子恒一时之间认不出那是个什么"东西"了。

雷子恒走过去问:"你家在哪……咦?你是女的……你……你!"她的眼眸是紫色的!而那身脏得离谱的衣服也是从没见过的样式。她是胡人?

这家名为"太白遗风"的酒楼,即使在京城也绝对称得上一流。店家似乎意欲与东京七十二酒楼之首的樊楼一争高下,光是那些桌椅,就是用从千里之外运来的湘竹所做成。酒楼所用碗碟,一水儿的钧州钧瓷,五彩缤纷,艳丽绝伦。墨羽站在酒楼的三楼,倚着栏杆品茶,看着下面来来往往的行人。

而雷子恒却好奇地打量着那位狼吞虎咽的脏女子。她的模样看上去顶多十七岁，吃饭的劲头把子恒给吓着了，那架势好像要把盘子也嚼了似的。天知道她饿了多久了！汴梁繁华无比、商业发达，各国胡商往来如织，子恒见过的胡人中，有蓝眼睛的、棕眼睛的，也有和华夏子民相差无几的黑眼睛的，但这紫色的眼睛，他可是听都没听说过。

"你叫什么名字？家在哪里？"他问。

那女子毫无吃相地抓着一只醉香鸡，回答："我叫长孙蝶，家住在一个远得你绝对去不了的地方。"好嚣张！简直比刚才看见这女子一身脏兮兮就想阻拦不让入内的势利店小二还要嚣张！当时，雷子恒只凭一块证明身份的腰牌就镇住了整个酒楼上上下下的人——正所谓皇城根下，多大的官儿也不算大。其实他们不是怕身为工部侍郎的雷子恒，而是害怕雷侍郎亲若手足的好哥们儿、权倾朝野的墨太师！但子恒却不敢指望这个神秘的胡女会害怕那块腰牌——她只怕连墨太师到底是什么人都不知道！

墨羽看着繁华无比的大街，继续刚才大街之上的话题，"不单是丝绸业，就连造瓷、冶金等行业的产量也已经到了极限。自从我们大量采用水轮织机纺织绸缎之后，造瓷、冶金等行业也相应采用水轮机关，极大地提高了产量和质量。但现在黄河、长江沿岸已经是水轮工坊林立，水力的利用已经到极限了。我们需要新的动力。"这是众所周知的事情。一些丝绸商号对已经挖尽潜力的水力机关纺织术伤透了脑筋，他们雇用了不少口才极佳的说客，不断游说政府高官及墨家学府，希望能开发替代水力机关的新动力。但墨家及以王宰相为首的重视理财的高官又何尝不是为此伤透了脑筋？商业对生产力的渴求是非常巨大的。大宋非但不抑商，反而因为从皇室到平民皆可从中获得大量利益，还相当鼓励，以至于在此时，相对其他国家而言还是先进得难以想象的水轮机关，在短短几十年间就已经满足不了需求了。

"可惜你们这个时代没有蒸汽机，否则一切都会迎刃而解。"长孙蝶突然插嘴的一句话令墨羽立时转身！这时,只见墨羽俊美的脸庞冰冷的神色虽然未变,但双眼瞳孔却骤然收缩！手里的紫檀木雕茶杯被捏得格格作响!

"蒸汽机!她怎么知道的?"一切关系到国家重大利益的东西皆为国家机密!比如说,养蚕技术便是华夏历朝历代的国家机密。在边关,千百年来,戍边将士一直严防死守以防桑椹、蚕种流传出境,以至在很长的一段时间里,西方诸国一直以为丝绸是"生于树叶上,取出,湿之以水,理之成丝,后织成锦绣文绮"!而三年前才刚刚出现在图纸上、三年来的每一次试验都有重兵把守、严防闲杂人等靠近的蒸汽机,除了墨家相关机关师之外,在朝廷上也仅有少数一品以上的大臣才知道此事,此物堪称国家机密中的机密!

墨羽一把抓住了这女子的手腕。

# 三、逆 天

雷府后院,墨羽正在和恩师雷守懿下围棋。

雷守懿突然说:"阿羽,听吾儿说,你府上住进了一名女子?终于开窍了?"雷老爸向来称呼墨羽为"阿羽",雷子恒正是有样学样地从他老爸那里捡来了这称呼。雷守懿将墨羽视同己出,墨羽多年来沉迷于机关术、不理婚配的生活态度一直让他忧心。

墨羽下了一颗黑子,说:"是有这么回事……那女子名叫长孙蝶,不知道她家在何方……很奇怪,她竟然知道蒸汽机一事,事关重大,学生不得不出此下策。"

雷守懿思索半晌,在棋盘上按下一颗白子,说:"蒸汽机一事,每一个保密环节都经过精心设计,虽然说不上天衣无缝,但其制造、设计都需要相配套的算术、冶炼、机关技术，那些没有相关知识的外族人，就算把图纸送给他们，他们也制造不出来。那女子知道蒸汽机一事，除非……"

墨羽不假思索地投下一颗黑子，问："除非她是神仙？"

雷守懿却像是逃避话题，话锋一转："你看过禁书《天命》了吗？"然后按下一颗白子，围死了一小片黑子。

墨羽眼眸闪过一丝旁人难以觉察的惊异，但脸色却毫不动容，将围死的黑子拿下，"当然看过，司马大人竭力主张查禁此书，因为此书以预言大宋将亡于蒙古铁蹄之下作为全书结尾。不过，司马大人只是主张禁书而已，他反对派兵灭掉蒙古的主张。"在这一点上，墨羽完全赞同司马光。墨家主张兼爱，坚决反对不义战争。而自从当年太祖大败契丹之后，周边各族与大宋一直和睦相处相安无事，如今怎能因为一本谤书中毫无根据的谣言，就擅动刀兵、滥杀无辜？这实在有违墨家扶弱之道，有损大宋之盛名。

雷守懿问："你认为蒙古能亡大宋吗？"他又下了一颗白子。

墨羽按下一颗黑子，摇了摇头，"此书一派胡言乱语，前半段倒也和正史大致吻合，但越到后面越是胡言乱语、不攻自破，荒谬绝伦堪称举世无双。这也正是苏学士主张不必理会此书的原因所在。"

话虽如此说，墨羽此时却不禁想起自己第一次细读《天命》时所受到的震撼。

在此书中记录的历史和正史所记载的内容颇为不同。在《天命》一书中，墨家没有能够复兴，华夏大地的纷争和苦难更是多得数不胜数！除了汉唐盛世，其余中原皇朝大多数时候都衰弱不振、国运如缕。中原板荡，夷狄交侵，神州沉沦。匈奴、鲜卑、契丹等马背民族倚仗剽悍勇武的民风和强弓骏马，长期在中原大地上纵横肆虐。而抛弃了墨家精神的中原皇朝的人们，在诗词歌赋中沉湎，文弱不堪，面对除了善于骑射外无一所长的敌手，竟拿不出任何保护自己的举措！胡马铁蹄踏处，文明顿成碎片。"随营木佛贱于柴，大乐编钟满市排。""红粉哭随回鹘马，为谁一步一回头。"狼烟四起流血没腕的大地,野哭千家白骨蔽原的世界……一场场惨烈漫长的战争,一次次狰狞可怕的浩劫,诸多奸雄强虏,无数仁人志士,都在书中那金戈铁马、风雨如磐的往昔世界汇成惊心动魄的汹涌洪流,扑面呼啸而出,震撼着当时身处宁静书房的墨羽。墨羽原本以为此书定是荒诞不经、漏洞百出,却不想它竟能给人以如此强烈的厚重之感……这种感觉令墨羽神思恍惚、思绪纷乱。

最为大逆不道的是,《天命》中说,大宋太祖赵匡胤在统一南方后,攻北汉都城晋阳不克,不久在"烛影斧声"中神秘地驾崩;随后,太宗赵光义两次仓促北伐,昧于知彼,轻敌冒进,加之步卒难敌铁骑,均先胜后败。在契丹尽发五院之兵的疯狂反扑之下,于高梁河、岐沟关两次遭受惨败,太宗在幽州城下身中两箭,乘驴车南逃……从此,宋朝君臣再无克复幽云之志。伐辽失败,群夷胆张,未几,党项酋长李继迁反,至其孙元昊,终于建立西夏,与辽一起和大宋分庭抗礼,演变出又一个三国鼎立的局面……而墨家,自秦末汉初式微之后,便再也没有出现过。

这真是一派胡言!我煌煌大宋,怎会狼狈至斯?墨羽无法接受书中那个积贫积弱窝囊到家的宋朝,但同时他又感到一丝奇怪的骄傲——缺失了墨家精神,中原皇朝竟是一副如此这般的熊样。书中的大宋,竟被人口稀少、武器落后的西夏国打得丧师赔款,整得民穷财尽……为什么在《天命》中墨家没有复兴呢?墨羽想不通,《天命》中各朝皇帝为什么不重视墨家?不发展机关术,国力如何能强盛呢?墨羽无法理解,诗词歌赋、伦理道德,真的值得举国上下没完没了地研究数千年吗?《天命》中,华夏民族为什么会迷恋这些东西而冷落机关术?

此时,只听雷守懿叹了口气,道:"还是谨慎为好,居安思危,我觉得蒙古不能不防……"如今,北方草原上的游牧民族完全是一盘散沙,看不出半点威胁。然而,大宋北部边界仍然驻守有二十余万雄兵,大宋最精锐的火器部队几乎尽数部署其中,火铳战车连珠炮……最犀利的武器可谓应有尽有。而且军器监每研制出一种新武器,都优先配发给北方边界的部队,真是如临大敌!而做出此种部署的人,正是坐在墨羽面前的大宋前任太师雷守懿。雷守懿好像深信《天命》的预言,然而身为墨家前任钜子,他不便主张发动对蒙古的战争,他只有尽其所能进行最严密的防范。

墨羽随口劝解道:"师父您真比当年的诸葛武侯还谨慎三分呀!蒙古没有机关术……事实上,他们连打造围猎用的箭头的铁都冶炼不出。何况您又坚持严禁向他们出口先进武器、机械和铁,致使他们甚至不惜将贸易所得的大宋铁钱熔化了打造兵器。这样的对手,怎能威胁大宋呢?"

雷守懿下了一颗白子,语气极为慎重地说:"可是在《天命》中,蒙古横扫宇内,灭国无数并吞八荒啊……阿羽,有谣言称此书乃天人所授,你是否相信?若真是天人所授,那书中所言,就应是天机呀……"

墨羽反问:"师父,您说呢?"他连棋盘都不看,就丢下一颗黑子,并准确命中他所想要的位置。这本怪书挑动了他心底某一根说不清道不明的弦。尽管他一再下意识地否认,但心底有一个奇特的声音一直在告诉他,这是"另一种真实的历史"。

雷守懿猜不出墨羽的想法。早在二十多年前,当墨羽还是一名荒野孤婴的时候,墨家学院收养了他。因其奇特的身世,墨家所有的长老一致认为此子将来前途不可限量,授予他尊贵无比的"墨"字作为姓氏,并在十八岁那年让其继任钜子之位!而他,也的确从未让墨家失望过。

墨羽问:"师父,您又在想我十八岁第一次上朝的事情了?"按大宋律例,太师一职由墨家钜子担任,一个十八岁的少年太师凌驾于朝臣之上,一些儒学出身的守旧老臣看着颇不舒服,但他们自知墨家之势只怕永世难撼,只得兀自翻书找借口自我安慰:"古时甘罗十二岁为秦相,政绩斐然。年少而身居高位,并非无先例可循……"

"老夫在想……呃,在想有关蒸汽机的事……"雷守懿吃惊于墨羽居然猜中了自己此时所想。他突然发现,恐怕自己及所有的墨家元老都远远低估了墨羽!

"师父,学生敬重您犹如生父,也感激您养育、教导之恩,您何必多虑？"墨羽一双寒眸如夜空冷星般不可捉摸。他站起身，话语不带一丝感情，"就算书中所言真是天机又如何？如果上天真如《天命》所说要亡我大宋、灭我墨家，那我墨羽将逆天而行！"言毕，墨羽起身离去，竟未向恩师道别。

那盘棋，一盘接近尾声的棋局大势已定。雷守懿蓦然发觉，自己的每一步竟都在墨羽的意料之中！一时间，他禁不住满身冷汗。难道，墨羽他……他对自己的身世知道了多少？那个堪称墨家最高机密的"真相"，以及《天命》的由来……

## 四、蒸汽机

太师府，书房。

明灿灿的汽灯下，紫檀木书案旁，手握《天命》的墨家钜子，望着从长孙蝶处收缴来的奇怪东西，一夜未眠。

汽灯的燃料是一种透明的油，它是从一种黑色的油状液体中提取的。最初，那种黑色的油是在玉门关外发现的，那时它是从岩石缝中自然渗出的，当地的人利用其生火，但其烟甚浓。经过墨家学者提炼精馏之后，便得此上佳燃料。墨羽的至交，虽非出身墨家但却才华横溢的罕世奇才——司天监沈括大人，对这东西特别感兴趣，曾经专门仔细向墨羽介绍过这种东西，并且因为这东西"生于地中无穷"，便亲自将它命名为"石油"，还预言说"此物日后必大行于世矣"。

对于沈大人的这个预言，墨羽毫不怀疑。不轻易说不可能，这是成为一个墨家子弟的最基本的要求。只有怀着将不可能之事变为可能的强烈愿望，才会有全力思考研究的动力。墨家弟子的眼光，总是看着前方关注未来。他们一向认为，世界一直在不停地变化，任何事情都是有可能发生的。比如说，人们取暖烧饭自古用的都是柴薪木炭，石炭到唐代还都不怎么流行，而如今汴梁城数十万户居民，已经"尽仰石炭，无一家燃薪者"。那么，将来这"石油"取代石炭流行于世界，又为什么不可能呢？

汽灯中的燃料被高温汽化，然后燃烧，火焰灼烧着雕刻有三脚鸦图案的耐热金属网，金属网受热，发出明亮的白光。如果不是深受墨家崇尚技术的思想影响，人们又怎么会挖空心思发明这种照明工具呢？只怕一盏昏暗的油灯会将就着用上数千年吧？一种思想就像一颗深埋在人心中的种子，它会在不知不觉之中改变整个社会。

然而，这本《天命》……如果真如它所说的，墨家在汉初消亡之后便不再存在，那么这上面所预言的一切：大宋、辽、西夏三分天下，大宋富而不强，至女真崛起，遭靖康之耻，百余年后蒙古铁蹄南下，经济、商业、文化、科技皆盛极一时的大宋竟……

墨羽不愿看到大宋落得如此下场，或者说他不愿看到一个如此辉煌的文明就此被重创，继而失去遥遥领先于其他文明的地位。但他心底最深处，那种对机关术越来越深切的渴望究竟是什么？他自幼便有着对机关术天生的渴求，其心灵深处，好像一直有些什么东西在竭力挣扎着想要醒来……

墨羽拿起那个从长孙蝶处收缴来的奇怪的盒子，心想：今天还有很重要的事情，迟些再向恩师"讨教"自己心中的困惑吧。

一阵轻微的丝竹之声传来，这是报更的乐声。书房里，墨羽看着墙边的计时工具机关晷。精密的齿轮在发条的力量下缓慢地转动，带动着刻着时辰的青铜转盘。现在，转盘上的"寅"字正不偏不倚地指着晷弦上的北极星图案。寅时了，天边依然黑暗，但却离清晨的曙光不远了。今天，将会是非常关键的一天。

天边，启明星渐渐隐去，如火的朝霞映红了天际云彩。金銮殿外，一名太监尖声宣布："皇上有旨——今日不上朝！"殿外高官们面面相觑，他们只知今日将有大事发生,却不知究竟是何事。候在此地的全是红衣的二、三品官员,那些身着紫袍的一品大臣却一个都不见。

原来,这些一品大员全在汴梁郊外一个从前人迹罕至、现在却被御林军层层包围的深谷之中。此时,只见谷中华盖云集,紫袍如云,而帝王的黄袍也赫然在其中!这些真正控制着这个当世最强国家的高官们,尽管并非清一色的墨家弟子,但机关术在他们心中的分量却是重之又重的。

山谷中,十二台蒸汽机并联而成一个蒸汽机组,静静地躺在铸有神兽"赑屃"[①]图案的底座上。

在宰相王安石为首的重商派眼中,他们希望看到的是,以蒸汽机为动力的绸缎机关织坊、陶瓷造坯坊、造船厂可以不像水轮机关坊那样受水力、气候、地点等影响,能够绕过水力工坊的瓶颈进一步提高商品产量,以使本来就获利甚丰的对外贸易获得更加丰厚的收入;而在大学士苏轼为首的重农派心里,则琢磨着怎样用蒸汽机减轻人力负担以进一步扩大农田桑林、积累社会财富,从而实现天下百姓"歌儿舞女以终天年"的梦想。

十余名机关巧匠开始操纵蒸汽机,在巨大的声响中,蒸汽机组的每一个汽缸都开始缓缓运动,并越来越快。每一个蒸汽机单元的汽缸尽用油脂润滑,并裹有精铁夹木灰制成的隔热层,接着蛇管盘绕的冷凝器;精钢铸造的传动杆上有数个活动关节,并通过一个大圆轮将往复运动转换成和水轮机关相同的圆周运动,继而带动大逾五尺、雕工精美的惯性飞轮![②]

成功了!这是一种全新的动力!任何一名深知机关术威力的人都为此欣喜若狂!漫山遍野的御林军齐呼"万岁",声入云霄。就连朝廷之上最为固执、互不相容的王、苏、司马三位重臣,这一刻也都忘却了身份、

---

①赑屃(音毕喜),传说是龙的儿子之一,最喜欢背负重物,就是古代石碑下面那个很像乌龟的家伙……

②墨家工匠也太厉害了,这种结构根本上就是十二台瓦特蒸汽机并联。当年瓦特也只是做到两台并联而已,但在他之后的确有人做到 n 台并联。当然这只是小说而已,虚构的……

年纪和派系之争互相拥抱在一起,苏大胡子还被兴奋的人们揪下了几根胡子!

而墨羽,他的唇边却只是显露出一道淡淡的微笑。其实这次演示,只是在确定此技术完全成熟可用之后,专门"表演"给王公大臣看的。这壮丽的一刻背后,遭受了多少挫折和失败,付出了多少时间和心血,经历了多少个不眠之夜,只有墨羽和他手下的匠师们知道。那些锦衣玉食的王子公孙,怕是想也想不出的。

皇帝赵顼问他:"如此重大的突破,其重要性只怕无法估计,为何太师还仅是微笑而已?"

墨羽的微笑却慢慢消失了,"皇上,这仅仅是一个开始。身为墨家钜子,臣深知机关术的发展是无止境的。"这的确是一个开始,一个代表着机关术从此深植于文明灵魂之中,只要民族不灭,不管朝代如何变更都无法阻止技术进步的开始!

司马光抚摸着山羊胡子大笑道:"臣为官多年,还是首次看见墨太师昙花一现的笑容哪!"

"皇上,还有这件事情哪!"乐得差点儿忘了自己是谁的王安石宰相想将一名不知所措的年轻工匠推到皇帝面前,却因为视力问题而误推到了墨羽跟前。

墨羽永远记得这名姓蒯的穷工匠。三年前,这个衣衫褴褛的年轻人带着一张极其简单的草图进京求见太师墨羽。然而,太师大人又岂是人人可见?那份草图随即由一名专门负责搜集民间发明的低级文官按程序递交到工部。由于墨家占统治地位,大宋发明创造之风极盛,每天都有数以百计的民间图纸、模型或实物送交朝廷。例如咸平三年,平民唐福呈献新式火箭、火球等火药武器,就受到朝廷重赏并册封为官。

但是,那名工匠的图纸也实在太简陋了,上面只画有一个勉强看得出是半封闭容器的东西,里面充水而后加热,蒸汽推动活塞让一根棍子向上运动,其力道弱得几乎推不动任何东西,并且还要靠人力打开活塞放走蒸汽之后才能复位。设计者就连"巧匠"也算不上。

几乎是理所当然地，这份图纸被当时的新任工部侍郎雷子恒当作废纸处理了。然而"命不该绝"的是，这张"废纸"竟被雷子恒在和墨羽的一次野宴中被拿来铺地面！那时的墨羽正在为水力机关力量已使用至极限而困扰，只不经意的一眼，那拙劣的图纸上"由热生力"的方案竟然撩拨起墨羽心底仿佛隔世重逢的熟悉感，他立即在其上写下了一个熟悉而又陌生的名字——"蒸汽机"。

而短短的三年间，墨羽为其重新设计了汽缸、曲杆、冷凝器等部件。一种潜意识里说不清道不明的奇怪感觉，让他觉得蒸汽机就应该是这样子的。当然，在这三年中，这些方案也经历了无数实验的锤炼，这其中也并非他墨羽一人之力所能完成的。

皇帝一时兴起，要为所有在这次发明蒸汽机中有功的机关师加封官职。墨羽表面不动声色，但内心却在发笑：工程浩大的蒸汽机设计方案是整个墨家数千机关师共同设计的，且往往数百套试验方案同时进行。更因为此时大宋的锻造、冶金工艺已非常过硬，且国力强大支撑得起如此花费奇高的实验，否则绝不可能在短短三年就出成果。只要稍过片刻，皇帝赵顼就会发现官职不够用！不过现在大家这么高兴，墨羽也不想去点破它。

但是，还有一件事有待解决。他走到王宰相面前，问："王大人，关于禁书一事……"

王安石似乎还没高兴过瘾，他大声道："老夫早就主张驳斥那本荒谬之书，而太师的机关术则是对该书最有力的驳斥……"这位老宰相一开口便滔滔不绝，大致意思是，现在不用管这本书了。

"王宰相此言差矣！在下认为，如此集天下荒谬之大成的书根本就不值一驳！"苏学士的意思是，自始至终就根本不必管这本书。

"本官不同意两位的说法！如此妖言惑众之理当受禁！但按如今局势，天下万民若主动抛弃此妖书，自是最好不过！"司马光也凑了一嘴。

其实这三人现在所言，明明大致意思都差不多，但他们还是在一些无关轻重的小地方吵了起来。墨羽也不奇怪，他们一向如此①。

墨羽想：他们三人这次马马虎虎算是意见统一了吧？他心知，蒸汽机试验成功之事将成为明日报端②的爆炸性新闻。那本《天命》里的谣言自然会被压下去，无人再相信，禁不禁也都无所谓了。

但这只是对朝廷而言！自从蒸汽机的设计图纸完成之后，他总觉得那个自幼年以来便一直呼唤着他的神秘声音越来越明显！而且据他暗中调查，那本禁书《天命》极有可能是自墨家流传出去的！

## 五、墨羽身世

次日深夜，一个黑影，携带一把黑色长剑，消失在黑暗之中。

太师府，墨羽的书房。长案上，放着一套非常肮脏且式样古怪的衣服。雷子恒本来是来找墨羽的，但却发现他根本不在家。也正因为两人自幼亲若兄弟，雷子恒在太师府根本不会有人阻拦，所以他此刻才会出现在墨羽的寝室中。

这不就是那天那个怪女子长孙蝶所穿的衣服吗？这衣服除了领口之外，全身上下竟没有任何缝隙！而那道长长的裂痕明显是被强行撕开的！这衣物似乎并不是用布裁成的，亦非皮非革，而是另外一种他从未见过的材料！雷子恒突然想起了一个古老的成语：天衣无缝。这个成语的原意是说，传说天人的衣服并非用布料做成，所以全身上下都没有缝隙。长孙蝶曾经说她来自一个远得他绝对去不了的地方，难道，真是"上天"吗？

窗外，雷声隆隆，看来要下午夜雷雨了。长孙蝶，她，真的是"天人"

---

① 在历史上，这三位历史名臣的确是经常各执一词、舌战不休，颇似三足鼎立。
② 史料记载，宋朝已出现类似现代报纸的"小报"。

吗？雷子恒今天早上还问过礼部尚书，得知迄今为止，与大宋交往的各族中，从来没有任何一族拥有紫色的眼眸！如果长孙蝶是来自大宋所知之外的国度，那她的大宋官话为何又说得如此纯熟？更让人疑惑不解的是，"长孙"这一姓氏现在完全是汉人的姓。而长孙蝶，除了一双紫眸外，相貌身形全都与中土女子无异。心中越积越多的疑惑，使得他的心越来越沉重。

书房墙上，那把价值连城的古剑"湛卢"不见了！迟了一步吗？想起半个时辰前爹那惊魂未定的目光，雷子恒心有余悸。

"爹！你说什么？"

"汴梁远郊，有人发现天降奇异陨石，扁平如双碟相扣，光亮如镜，内有空腔并有无数奇特的机关按钮，材料非金非铁。此事绝不能让墨羽知晓！"雷守懿全身发抖，脸上肌肉扭曲，看上去有几分狰狞。

"但昨天下午蒸汽机演示结束之后，我和墨羽听到此事，就已经一起去看过了啊！而且看了那怪石头之后，墨羽还说了一句奇怪的话。"雷子恒吃惊地望着情绪非常反常的父亲，说道。

"他说了什么？"雷守懿双眼圆瞪，急切地问。

"他说这东西残留的香气和长孙蝶衣物上的一模一样。"

"天意！莫非是天意……墨羽他……难道要回到……上天……"雷守懿如丧魂魄，一下子跌坐到了华贵的太师椅里。

"爹！你又在说我听不懂的话了！"

"墨羽的身世是朝廷最高机密！你现在立即去太师府……"雷守懿高声喊道。

"去太师府干什么？"

"干什么？干什么……如果他真的'觉醒'，只怕做什么都来不及了……"雷守懿几近崩溃。

电闪雷鸣似要撕裂夜空，一间布置淡雅的客房中，长孙蝶蜷缩在床角，一套宋代衣裙穿得怪怪的——其实她并不知道这种衣服该怎样穿。此刻，她只觉得自己太轻率、冲动了，悔不该一个人私自闯到这个世界来……

就在一个时辰之前，墨羽曾经来过这里，他冷冷地盯着她看了近一刻钟，手上提着那柄通体乌黑的"湛卢"剑。尽管墨羽极为俊美，但那种发自灵魂、透自寒眸，似能把人灵魂冻结的冰冷眼神，看得她心里直发毛。加上身上的装备现在都没了，那"湛卢"剑在她眼里显得杀气四溢，压迫得她简直无法呼吸。她只觉得恐惧像严寒一样从脚底升将起来，不一会儿就令她全身颤抖。长孙蝶越来越害怕，只差哭出声来。还好正在这时候，墨羽面无表情地走了。

正在冥想间，门被用力推开，雷子恒抱着长孙蝶那堆奇怪的衣服冲了进来。他大声问："长孙蝶！你究竟是什么人？"在长孙蝶面前，雷子恒抑制不住地颤抖，万一她的答复正是他所揣测的那个，那未免也太……

"我……我我……"长孙蝶的恐惧之意并不比雷子恒少，她声音发抖，说不出话。

"你到底是什么人？从哪里来的？墨羽呢？他到哪里去了？"雷子恒一急，伸手抓住她披肩的丝帛将她直抵到墙上，隆隆的雷声完全遮盖住了雷子恒的吼叫。

"放手呀！"长孙蝶一声大叫，雷子恒突然感到一阵如遭雷击的感觉穿遍全身，四肢百骸剧痛无比，猛地倒在地上。这就是"神"的力量吗？果然，她不是寻常的弱女子。

"幸亏右手的电击手套没丢……"长孙蝶得意地想。衣服被换了之后，她的装备都被墨羽拿走了，她本以为原本是一双的电击手套和皮肤颜色一样，不会被人发现，可不知怎么现在只剩右手这一只了，这玩意儿现在是她唯一的护身法宝。看见身材高大的雷子恒被收拾得直如面条一般，长孙蝶高兴得心花怒放，恐惧感一下子飞到爪哇国去了。她扳起雷子恒的脸，说："实话告诉你吧，我是来自另一个平行宇宙的人。"

　　"宇宙？"《淮南子·原道训》曰：上下四方称"宇"，古往今来曰"宙"，另一个"宇宙"？雷子恒努力地用他所懂得的知识理解长孙蝶的话，难道是在这个天地苍穹之外、不属于古往今来任何一处的另一个世界？难道她果真是神话传说中的"天人"？他颤声问："你……你为什么要……要来到这里？"

　　"我要找一个和我来自同一个地方的人，他在婴儿时代因为一场意外事故而流落在这儿。我也是很偶然地发现这个孤儿的存在。"

　　雷子恒问："你说的那个婴儿……他有什么特征吗？"

　　"按照这儿的时间计算，他是二十三年前来到这儿的，根据我查到的资料，那个婴儿是在飞船穿越多维平行宇宙发生空难时及时被送入救生舱而得救。因为婴儿的大脑还没有完全发育成熟，所以救生舱的计算机只能在他的大脑内有选择地输入一些最重要的资料，那些资料会刺激他长大后找回资料记录仪重新获取他应该拥有的知识。而与此同时，那些资料也会模糊地刺激他强烈追求对科技——也就是你们所说的'机关术'——的执着，并在此方面表现出极为不凡的才华。"长孙蝶停顿了一下，又继续说，"据我们位于1396平行宇宙的总计算机库内有关他的基因样本模拟推算结果，这个婴儿长大后相貌极美，酷似女子。"

　　长孙蝶的话雷子恒大多听不懂，但关键的几句却是听得一清二楚：他是二十三年前来到这儿的，在机关术方面极为不凡，相貌极美，酷似女子！雷子恒完全惊呆了——这不就是墨羽吗？他突然记起墨羽经常对他说："我总觉得心底里有一个奇怪的声音要我去某个地方取回某些东西，但又不知道具体在哪里。"

　　过了一会儿，雷子恒恢复了体力，他站起身来，看见了地上长孙蝶的那堆奇怪的衣服。雷子恒曾经听说过这样的民间传说：一群天女在某个大湖中沐浴，一名好事的牧童偷藏起其中一套衣服，那名失去衣服的天女便失去了神奇的力量，无法重返天庭。现在看来，长孙蝶也正是如此。他赶紧把那堆奇怪的衣物交给"天女"，说："快穿上！"

然而，长孙蝶却只是在那堆脏衣服中四处乱翻，"我的资料记录仪呢？嘿嘿，他总算把它拿走了……"

雷子恒诧异地说："你很希望他拿走你的东西？"

"那当然了！"长孙蝶跳起来将右手握成拳头在雷子恒眼前晃了晃，"不然你们哪能靠近我？"

午夜雷雨滂沱，真是好天气！墨羽站在汴梁城外黄河边的承天书院。他看着左手的电击手套，笑容中有一股寒气。他实在得感谢长孙蝶，在他碰到她的便携式资料记录仪的一瞬间，他的大脑好像开了一道口，种种匪夷所思的知识如潮水般涌入！他知道了很多很多的东西，知道了她那些奇怪的东西的使用方法，也知道了自己来自另外的世界！

也许他早该想到的。他姓墨，名羽，而鲜有人题的字则为"天赐"！

承天书院后院有一片约三十顷的草地，矗立着一栋三层砖石建筑，整个建筑占地约四十丈见方，一条水流湍急的人工河被从建筑物下的龙口引入，又从另一边的龙口排出，建筑内不断传出隆隆的机栝运转声。这就是墨家的浑天阁。

浑天阁守卫森严，里面重重机关保护着各种先进机关的设计图纸。除了全国顶尖机关术大师之外，就连皇帝也不能轻易进入此间。

滂沱雷雨打在身上，很痛，但舒服。墨羽站在大雨中，他面前的一批带铳侍卫感到极度为难：前任墨家钜子兼前太师雷守懿大人下令不许任何人靠近浑天阁，而硬要进入的人却是现任墨家钜子兼现任太师墨大人！

"不让我入内，是吗？"墨羽是左撇子，戴着电击手套的左手紧握通体乌黑的古剑"湛卢"，猛然击向身旁怀抱粗的大树！随着一声惊天雷鸣，高达百万伏的电能穿过导电的古剑将大树击毁，其效果竟与遭天雷狂殛相同！这简直就是雷神的力量！惊恐莫名的侍卫见状不敢不退开。

走进浑天阁的大门，水声奇响。那条被引入阁中的急流推动着十几个大小不等的青铜水车,带动大小不一的齿轮、铁索。各种杠杆、链条昼夜不息地绞动,带动整座浑天阁中繁复的机关。四十丈见方的浑天阁内,除了二十多根承重的玄武岩柱子之外,全都是复杂的水轮机关,直径达十丈的巨大惯性飞轮上饰有雕工精美的北斗图案。

墨羽仗剑前行。数步后突感剑身微微一滞。两支弩箭电射而来,与墨羽擦身而过,钉入地面,镞深入砖,犹自颤抖不止。墨羽发现前方系有几根肉眼难以察觉的细线。随着一阵金属滑动的声音,巧夺天工的机关弩在发射之后凭借水轮的带动,又重新扣上了锐利的弩箭。浑天阁藏有数万份当世顶尖机关师设计的图纸,因而机关重重,比传说中的秦始皇陵里的机关陷阱还要厉害百倍。但是这些机关,对墨羽来说,都再熟悉不过了。

墨羽走上约一丈宽的刻有精美防滑图案的钢铁楼梯,四周缓缓转动的齿轮不时有油污滴下。数十根大小不等的轴承,直通向天花板。他知道"恩师"雷守懿大人就躲在这儿。

他早该想到的。

墨家钜子权力极大,每当推举新钜子时,各路长老往往争辩不休。而每位有心钜子之位的墨家弟子,也都使出浑身解数向天下墨家弟子阐释自己的治国之道,同时证明自己在机关术上的成就以获取支持。

然而,墨羽的继位却不同!五年前,前任钜子因病辞官,只向诸位长老问了一句:"诸位可记得十八年前之事?当时之婴儿如今已长大成人。"那批长老就全票通过奉墨羽为钜子,甚至连竞争者都没有!

楼梯尽头位于离地面十余丈的钢质天花板边,一道巨大的铁门挡住去路,上方轮盘刻着四方星宿和天干地支,似是一个密码锁。铁门的密码会在机关带动下随着时辰的改变而变换,防卫措施可谓滴水不漏。但这密码,他十岁那年就懂得破解之法了。

浑天阁的二楼,是一个四十丈见方、二十多丈高的有些昏暗的空间,屋顶、墙壁上净是先秦传说中的著名机关师的浮雕，无数珍贵的图纸就那么大剌剌地摆在墙壁四周十丈多高的巨大书架上。

这就是浑天仪了，一台青铜和精钢铸造的精密仪器，占据了整个空间的绝大部分，数十根大小不等的轴承从地板下通上来，最小的一根也有约三尺的直径。轴承带动天球面上代表各颗星宿运行轨迹的青铜圆环，圆环上的黄金球刻着各个星宿的名字。地板上，是青铜雕成的华夏立体地形图，通过这仪器，可以很方便地推算出华夏大地，甚至邻近大海上任何地方任何时刻的天象。这对调兵驻防以及新兴的远洋航海都非常重要。

和浑天仪庞大的体积相比，人就像是站在大象脚边的小老鼠。而那位隐瞒了墨羽二十三年身世真相的"恩师"雷守懿就站在浑天仪旁。他将代表时辰的控制盘转到"辰"时的方位，直径三尺、代表太阳的黄金球降落到地平线的位置。他打开黄金球，里面是空的，空腔中有一套非布非革的婴儿衣服，一个闪着红光、不知用何种材料铸成的盒子，此外还有其他一些奇怪的东西。

雷守懿按下盒子上的一个按钮，巨大的幻象投影在整个浑天阁内。另一种历史展现在了墨羽眼前。墨羽看见了只擅长填词作画的赵佶当了大宋的皇帝，看见了横行京师的"六贼"，看见了白山黑水间爆炸般发展起来的女真人，看见了伟大的汴梁城于纷飞的大雪中在女真铁蹄下陷落，看见了在五国城"坐井观天"的徽、钦二帝……随后，他看见了狼狈泛海而逃的赵构，听见了黄天荡的隆隆战鼓，看见了和尚原的漫天箭雨和顺昌城的生死搏斗，看见了精忠报国的岳飞，还有他那"莫须有"的冤死，看见了秦桧、汤思退、史弥远、贾似道等国贼巨蠹，看见了狂言"提兵百万西湖侧，立马吴山第一峰"的完颜亮，看见了采石一战成就千古传奇的虞允文，看见了壮志难酬的辛弃疾，看见了志大才疏的韩侂胄，看见了力挽狂澜的毕再遇，看见了在斡难河源头被尊为成吉思汗的铁木真……蒙古骑兵的洪水在蒙古高原聚集着能量，最后终于冲垮了一切堤防，徒具外壳的西辽、内外交困的西夏、江河日下的金国、苟延残喘了百年的南宋，统统被蒙古所灭……中原大地血流成河,华夏登峰造极的经济、文学、算术、天文从此一蹶不振,甚至佚失……这,就是《天命》中所记载的大宋末日!

二十三年前,墨家元老齐聚汴梁,讨论机关大事,然而天降奇异陨石,光滑如球,里面却卧有一婴儿。时任墨家钜子的雷守懿触动其中一个奇特小盒,结果眼前竟出现了可怖的大宋末日幻象!墨家元老俱认为此乃上天预警,一致决定若天意要亡大宋,即使逆天而行也在所不惜!于是,他们收养了这个来自上天的婴儿,并将奇特小盒不断展示的历史写成一书,由各位元老暗中收藏,并时时提醒自己:万万不能让书中预言成真!

但后来不知何故,此书竟流传了出去,并被好事者起名为《天命》!

"'恩师',原来我那记载有华夏历史的资料记录仪被你藏在这儿,我被它'呼唤'了好多年,却一直找不着它。"门边,传来墨羽冰冷的声音,"该死的黄金球!该死的电磁屏蔽!害得我一直找不到具体地点!"在某些特殊情况下,人类的大脑就像一台讯号接收机,可以直接接受某些波段的无线电波。如果不是黄金球的电磁屏蔽,他早就该找到那些属于他的东西了!如果不是长孙蝶的通信器能够接收记录仪同时发出的宇宙波,只怕他一辈子都不会发现自己一直在找的东西就藏在这他经常光顾的浑天阁!

"阿羽,你……你知道了多少……"

"不多,但足够弄清自己的真正身份。我想知道的是,你为什么不让我知道这一切真相?"他手握古剑指向恩师。

提到这个问题,雷守懿挺身而立,慷慨陈词:"为了华夏苍生!老夫想借助你那天人之才逆转天命……身为大宋重臣,老夫安能坐视社稷倾覆、民填沟壑?为了黎民百姓免遭涂炭,老夫万万不能让《天命》预言的历史成真!老夫怕你得知自己的真正身份之后,终会离开……"

"红粉哭随回鹘马,为谁一步一回头。"《天命》中描写华夏大地狼烟四起、国破山河在的惨烈画面,让墨羽慢慢垂下了"湛卢"古剑。为了天下苍生吗?哼……雷守懿还真伟大,将墨子济世救民的思想贯彻到如此地步！然而换个角度想想，如果他是雷守懿，二十三年前又敢不敢冒着在世人眼里绝对想都不敢想的"冒犯天人"的风险，隐瞒他的身世以图留下他？

看着因为激动而双手颤抖不止的雷守懿，墨羽冷冷地微笑着，说："告诉你一个秘密……其实，这世界有没有我都一样。因为一连串的侥幸，这个世界的墨家思想不但没有式微，而且还日益壮大，也就注定了今日举国崇尚机关术的局面必然会出现。我的存在，只不过促使蒸汽机提前出现罢了。如果没有举国崇尚机关术的氛围，如果墨家精神没能融入整个民族的血液，纵有十个墨羽摆在你面前也是枉然，说不定还会被扣上个'作奇器以疑众'的罪名给'首诛'了……只有在合适的氛围中，天才才能放射出他应有的光辉！其实你大可不必如此担忧，从墨学复兴的那一天开始，历史就不可能是《天命》中的那个样子了。"

这时，雷子恒和长孙蝶跑了进来，两人浑身都湿透了。

雷子恒望着墨羽，这……这是他一同长大的好友墨羽吗？雷子恒曾经以为墨羽从不会笑，但现在为何笑得如此冰冷而陌生？

令人胆寒的笑容消失了，墨羽冷冷地盯着雷子恒。一边是恩师，一边是好友。浑天阁外雷声四起。

"后会有期。"墨羽吐出四个字，声音居然有些颤抖。然后，他走下浑天阁，离开承天书院，消失在豪雨中。

望着墨羽渐渐消失的背影，浑天阁中的三个人思绪万千，无语凝噎。

## 六、驶向另一个方向的历史之轮

大宋的交通发达程度为世界之最，每十里设一邮亭，每三十里设一驿站。各地的官道星罗棋布，四通八达。有诗为证："白塔桥边卖地经<sup>①</sup>，长亭短驿甚分明。"

由汴梁南下的官道上，一台体型庞大、样子笨拙的由蒸汽驱动的机关马车在轰鸣着前进。一些行人站在道旁的树下笑呵呵地看热闹。看来又是墨家弟子在做实验。只见三名年轻男女各骑一匹西域骏马，在比试究竟是马跑得快还是蒸汽车快。

"喂！这车跑得好慢啊！"长孙蝶刚刚学会骑马，她策马跑在蒸汽车前面说。襦裙、抽丝披帛、广袖短衫，额间点着梅花印，这正是此刻全天下女子最流行的装扮，只不过天下恐怕不会有哪位大家闺秀像她这样不惧世俗眼光策马奔驰就是了。

"给我三年时间，我保证全天下的战马都跑不过它！"雷子恒大声说。

"区区蒸汽机而已。"墨羽依然不苟言笑。

"我国商人从南方海洋之外的岛屿上带回来的'橡胶'，果然解决了蒸汽车车体沉重容易压坏路面的难题。"在墨家崇尚技术的影响下，即使寻常商人，一般也极有科技远见，甚至出现了富商私人出钱资助研究机关术的新鲜事。

"喂！你的眼睛怎么变成黑色的了？我记得以前是紫色的。"雷子恒问长孙蝶。

"隐形眼镜啊！对了，过几天我弄一副给王宰相，也解解他的燃眉之急吧。"

雷子恒想，紫色眼睛的王安石大人一定很吓人，估计以后朝堂上和他争辩的人气焰不会再像以前那样嚣张了……

"对了，七天前你离开浑天阁之后究竟去了哪里？我们大家都以为你回到天上了。"雷子恒很好奇。

"去了一趟我父母生活过的世界，然后又回来了。"墨羽淡然地说。

"为什么要回来？不能适应那个世界吗？"长孙蝶问。

① 地经即地图。

94

"我是墨家弟子,在哪个世界更能造福世人,我就留在哪个世界。这个世界有我的梦想。在我父母生活的那个世界,宋朝早已经灭亡了一千多年,墨家也消亡了两千多年。但在这个世界,却一切都不一样,在这儿奋斗,还真有'逆天而行'的快感。"墨羽笑着说。

"那么长孙蝶你为什么要留下来呢?"雷子恒转头问道。

"真是有意思呀!想不到这么多的平行宇宙里竟然碰巧也有一个宇宙有宋朝,还真的有一个近视眼的王安石,有一个爱砸缸的司马光。许许多多地方都一样,只是这里不尊儒而尊墨……留下来看着历史之轮轰然脱轨驶向另一个不同的方向,多好玩啊!"

"当然。看着一个我们祖祖辈辈都盼望着、但却没有出现的完美世界在这个世界慢慢显出雏形,当然令人兴奋了。"墨羽意气风发,兴致极高。

"神仙说的话,果然难以理解……"雷子恒一直无法理解什么叫"平行宇宙"。

"昨天有一名民间机关师对我说了一个改良蒸汽机的设想,他想把目前人们用来点灯的油注入气缸,直接燃烧产生气体推动杠杆活动。"雷子恒说。自从那蒯工匠因最先提出了蒸汽机的原始设想而被皇上厚加赏赐一夜暴富之后,现在到工部献计献策的人是越来越多,搞得工部衙门周围的客栈房价翻着跟头往上涨。

"值得考虑。"墨羽连连点头。

"你们也太夸张了吧!刚弄完蒸汽机,又打算发明内燃机了?"长孙蝶挥舞着马鞭问。

"'内燃机'?好名字,算是你发明了这名字好了!"雷子恒大笑着说。

"我们这次南下的目的是什么?"雷子恒问。

"你听说前一个月发生的事情了吗?杭州有个墨家弟子利用蒸汽机带动绸布翅膀想飞上蓝天,结果摔了个半死。"墨羽说,"这位师兄照我们的设计依样画葫芦搞了台蒸汽机,急切地想重现公输般先生那早已失传的飞天绝技,实现他小时候的飞天梦,结果差点儿掉了脑袋……"

"依靠这么原始笨重的机器上天，亏他想得出来……再说采用扑翼方式，这路子也没走对啊，能飞得上去才叫奇迹呢！"长孙蝶笑着说。

"没摔死也是一个奇迹，听说他醒过来没多久，就宣布下一次打算在自己身上绑满冲天炮再试一次。"墨羽说。

"哇！那他一定能成功地变成一个大冲天炮！不过精神可嘉呀。"雷子恒也笑了。

"我想劝他试试由孔明灯改造而成的热气球。"墨羽说，"现在，大宋国中这样的人越来越多了，人们的心简直如同脱缰野马，什么事情都觉得是可以做到的。刚才我在茶馆就听见有人说要想办法飞到月亮上，看看嫦娥到底美到什么地步……"

"呵呵，全国百姓搞的这些发明，我看大多难成正果，好多都是些无法实现的梦想。"雷子恒身为工部侍郎，当然能看出那些尝试的问题来。

"你不觉得这种错误也是很美丽的吗？"墨羽说，"我们这次南下，就是想看看在……是怎么说来着……对了，工业革命之后人民的智慧能放出多么璀璨的光彩。"

"那还等什么？出发吧！"长孙蝶扬鞭一打胯下的大宛宝马，向前冲去，墨羽、雷子恒两人也忙策马跟上。

长孙蝶大声说："咱们比赛马术！输了的人要送我苏轼的《东坡先生文集》和王安石的《王文公文集》！还要附有他们的亲笔签名！"

"咦？《王文公文集》？"墨羽吼了起来，"王大人还活着，你干吗把他的谥号给捅出来？这不是咒他去死吗？"

三人策马飞奔，后面还有一台蒸汽车在缓慢地爬行。这台样子笨得可爱的蒸汽车的速度，虽然完全不能和前面三个年轻人胯下的骏马相比，但是它在稳步前行之时全身上下却透出一股凛然不可抗拒的气势，仿佛什么力量也不能阻止它抵达目的地。

# 关于《异天行》

很难准确说出我究竟是从什么时候开始想要写一篇"古代版"的科幻小说了，也许是在初中时代，或者更早。

我很喜欢玩电脑游戏，算是骨灰级玩家了。大概是在 1995 年吧，我打穿《轩辕剑外传·枫之舞》，脑海中就突然有了想写东西的冲动。而后，开始了漫长的写作练习。但在 2003 年之前，我都没有写出过真正像样的稿子。

很多东西我都是从游戏中开始的。比如说，打穿了那个具有科幻色彩的《枫之舞》后，一下子我开始对历史感兴趣了。当时的我还真的去找历史书翻看先秦的历史，看看历史中记载的墨子、偃师、公输般究竟是怎样的人，看看真实的历史上是否有过游戏中那么先进的古代科技"木甲术"。结果，我失望了，公输般的木鹞、偃师的人偶在历史书上只有只言片语，几近传说。唯一有据可考的，仅有墨子及其门生纂写的《墨子》一书中记载的攻城武器。

后来，我知道在中国历史上曾经有过一个百家争鸣的时代，儒家、道家、墨家、法家、纵横家……一切都那么多姿多彩。在那个年代，墨家行馆就像后来的儒家书院，遍布整个华夏大地。墨家子弟活跃在整个战国，弩、冲车、云梯等在当时算极为先进的武器被不断开发出来。

但是到了汉代，那个曾经对历史影响甚为深远的墨家思想却慢慢式微了，就好像一种科技思想尚未萌芽就枯萎了。那些曾经一度辉煌的技术，也从此或者变成传说，或者深埋地下，时不时给考古学家来一个惊叹——就像越王勾践永不生锈的宝剑和秦始皇陵精美绝伦的铜马车。如果墨家思想没有式微，整个世界会是怎样的？

再后来，中考、高考，还有学生时代永远写不完的作业，使我再也没有时间去想这个问题。尽管我从来没有放弃过进度缓慢的写作练习，但随着岁月的推移，最初的念头——想写一个假设墨家思想从来没有式微的故事——却被慢慢淡忘了。

这一念头再次复活，是在我今年年初打穿了《轩辕剑外传·沧之涛》之后的事情。那时，我在游戏中又看到了久违的墨家木甲术、浓郁的先秦技术风格。本来，我满怀期待地以为这是一款情节围绕古代科技去留问题的游戏，但打到最后，尽管那结局让我感动，但却不是我希望的。如此构思独特的古代科技最终却只是为了烘托一些和技术八竿子打不着的东西而存在，或为情、或为义、或为打败邪魔，却没有一种是我所期待的——人和技术之间的联系和反思。至于说就古代科技对历史进程的影响进行"思想实验"，更是无从谈起。也许在游戏中，这一构思仅仅只是作为一个卖点而存在吧。古代科技的命运，从来没有成为这个系列游戏的中心。在这游戏中完全感受不到科技对社会的巨大影响，这是很不可思议的。更过分的是，游戏中把机关术（木甲术）的动力归结为在用妖怪的力量来驱动，是把机关术作为一种另类的魔法来阐述的，严格说来根本称不上科技。

如果硬要说这游戏有对科技的反思的话，那么这种反思实在有点人云亦云不值称道：墨家子弟觉得机关术可能被暴君拿去祸害人间，为防止机关术被"滥用"，竟选择了毁灭机关术！并禁止弟子们继续学习、研究。这是典型的反科技论调，充满了对科学技术的彻底否定。

这样的做法和观点，我断然不能苟同。本来，思考防范科技的负面作用和影响，这是人类的一种自我保护机制，也是科幻小说的重要功能之一，无可厚非。但是，反思科技，乃是为了更好、更安全地运用科技。如果为防范负面作用而到了扼杀、毁灭科技的地步，则只能用"自虐""病狂"来形容这种荒谬绝伦的选择。人不能因为存在被撑死的可能就拒绝吃饭，如此浅显之理，不知为何时至今日尚有人不明？况且，滥用科技祸之元凶在人而不在科技，若心无邪念行为谨慎，何来滥用之说？人有约束自己行为的能力而科技没有，所以发生滥用现象，人只应该反省自身。人不自省而归罪于科技，实乃缘木求鱼颠倒黑白，如此见识，令人气索。

也正因为存在着这种遗憾，我才有了写这篇文章的动力。

对我而言，文中的墨家思想和机关术，其实是科学思想和科学技术的化身，寄托了我对我们这个古老民族的某种期望。此文，就算是我对我们这个民族所做的一点肤浅反思吧。

此外，非常感谢刘维佳编辑对我的大力支持，他亲自动笔为我纠正、补充了许多历史细节上的错误，并对文章进行了较大的修改。在此聊表谢忱。

本文获第16届中国科幻银河奖读者提名奖

# 囚魂曲

## 一、车 祸

公元 2018 年，一个平淡无奇的下午。

"爸爸，我去学校了。"舆嫣菲洗干净最后一个碗，对爸爸说。

"嗯，路上小心。"爸爸说。

舆嫣菲今年刚刚从一所三流大学毕业，现在是一个普通的幼儿园老师。

以前，当花生屯还是一个小屯子的时候，整个屯子只有一个很小的幼儿园，后来文老爷子带着资金回来了，整个屯子慢慢发展成一座小城镇。老爷子还斥资修建了不少学校，舆嫣菲所任教的幼儿园也是其中之一。

文老爷子是"无限雨季"公司的总裁，他是花生屯的骄傲。听说他是在 1980 年离开屯子进京读大学的，那个时代的大学生可是真正的天之骄子。文老爷子弃教从商之前已经是某个名牌大学的博士生导师。在这个屯子里，不管是谁，只要提起文老爷子，莫不竖起大拇指。

文老爷子很富有，屯子里的老人都这样说："就算你种十辈子的花生，也买不起文老爷子的一只袜子！"但舆嫣菲知道，文老爷子所穿的袜子也同样是在屯子小超市里买的便宜货。文老爷子没有架子，只要有空，就会出现在屯子的旧码头上，和老人们聊家常。

几年前，舆嫣菲见过一次文老爷子。她觉得屯子里有些老规矩很奇怪，比如说，上了年纪的人，如果是有点名望的，人们都把他称呼为"老爷子"，尽管有时候别人年纪并不大。比如说文老爷子，其实也只是一个五十多岁的人罢了，穿着一套法式西服，挂着一副金丝眼镜，透着浓浓的书卷气。

文老爷子的故事在这屯子是流传很广的：他的爸爸是渔夫，每天太阳还没升起来的时候就要出海捕鱼；他的妈妈就在家织渔网，或者是种些花生。有一天，他的爸爸出海之后，天刮起了大风，太阳刚刚出来没多久天就黑了，雨点夹着冰雹砸下来，把地里的花生苗全打坏了，他的爸爸自从那天之后就再也没有回来。他的妈妈一直在等丈夫回家，等了很多天，然后就疯了，每天除了站在码头上傻等之外，什么都不懂得做了。那一年，文老爷子只有三岁，整个屯子——那时叫公社——的粮食几乎绝收。

现在算来，那是 1965 年的事了，年代挺遥远的。

文老爷子十八岁那年考上了大学，那时是 1980 年。屯子里破天荒出了一个大学生，这可是当时方圆百里的头等大事，乡亲们像过年一样敲锣打鼓欢送他去念书。他当时穿的是一套除了补丁还是补丁的衣服，仅有的一支钢笔还是隔壁邻居家卖了自己家唯一的一头牛买来的。

现在的"无限雨季"公司说大也不算太大，尽管在全国已经算是小有名气，但在国际上还是寂寂无闻的。

这年头的公司都喜欢把总部搬到宁静的小城里去，所以老爷子就回来了。

现在的花生屯像个大工地,文老爷子买下了大片大片的土地,听说是准备建一座全国最先进的生化实验室。一辆又一辆的大卡车运着建筑材料,在小镇的泥土路上飞驰,搞得黄土飞扬,偶尔也可以看见有标记着"Designed in China"的集装箱被运往屯子东边的新码头。

路边有个报刊亭,每天中午去幼儿园之前,舆嫣菲都习惯到那儿翻翻最新的科幻杂志,看看有没有精彩的文章,然后再考虑买不买。

她很爱想象未来世界的样子。每当看到家里珍藏的 20 世纪的旧杂志上对于 21 世纪的预测,总是觉得有些可笑。在这 2018 年,生活一切如故,既不见机器人满街跑,也不见外星人降临,总体来说就是比以前的人们过得滋润些罢了。

她买了一本杂志,然后又想起了前些天看见的那个畸形的孩子。那个孩子五六岁吧,四肢萎缩得像芦柴杆儿,细瘦的脖子上顶着一颗光秃秃的脑袋,本应该是左眼的地方长着一颗肿瘤,那孩子说他想上幼儿园。

毫无疑问,那个孩子的愿望破灭了,因为幼儿园里别的孩子一看见他就被吓得哭个不停。听医学杂志上说,那样严重畸形的孩子是活不久的。真是太可惜了,从那孩子仅剩的一只右眼透出的光芒来看,那无疑是一个非常聪明的孩子,她从来没见过有哪一个孩子有这么平静又睿智的眼睛。

人们常说,上帝关上了你的门,必定还会给你留一扇窗。但对那孩子来说,只怕那扇窗开启的时间也不会太久了。

路边的红绿灯还没有正式投入使用,舆嫣菲心不在焉地翻看杂志,走过马路。手机铃声刚好响起,她拿起手机,一个熟悉的男声传了进来:"嫣菲,今晚有空吗?"

打电话进来的人是她正式交往不到一个月的男友企华,她犹豫着说:"今晚,只怕不方便……"她一直惦记着自从那天之后就再也没有出现的畸形小男孩,想去查一查他的名字和家庭住址,试图进行家访。

这时,一辆不长眼的大卡车突然冲来,舆嫣菲只感觉到一股猛烈的冲力，天地好像突然倒转……她重重地摔在地上。肇事司机一看闯了大祸，猛踩油门跑了，轮胎上拖着猩红的血迹……

## 二、文仲影的实验品

2037 年。

文仲影还只是一个大孩子。在很多时候，很多人都在这么想。

那年，文老爷子过世了，没过几年，文夫人也撒手人寰，二十来岁的文仲影就开始坐上公司总裁的位置。

事实上，人们并不相信年仅二十多岁的文仲影能够坐稳他那个总裁皮椅，却更容易相信给他出谋划策的是他身边三十二岁的秘书裴红蝶。

因为从来没有外人见过文仲影，有关他的种种传闻似乎比尼斯湖水怪更神秘。

裴红蝶在文仲影的别墅里，推开他的房门，看见他正坐在椅子上，盯着墙上的世界地图发呆。

"仲影，你在想些什么？"

"市场份额，还有欧洲的那件案子……"

"你是说那个反垄断调查吗？"裴红蝶说，"调查的进展对我们很有利，因为市场上根本没有同类产品和我们公司竞争，案子很可能不成立。"

十九年时间可以改变很多事情。现在的"无限雨季"公司就像一匹狼，国际市场上的西方公司愕然发现他们正面对一个强大而陌生的对手。

文仲影说："下次的董事会，要他们加大对科研的投资，原因我想不用说了。"

"你想加快'那个'研究项目的进度吗？"裴红蝶问他。

"这世上最好做的生意,是没有竞争对手的生意。"文仲影盯着北美大陆说。

舆嫣菲这些天一直都浑浑噩噩的,老是做梦,一会儿梦见自己浑身是血躺在马路上,一会儿又梦见自己和企华在筹备婚事……很多时候,她的眼前总是出现一些穿白大褂的人走来走去,像是在做什么实验,有时候那些人还会停下来看她,像是在观察笼子里的白鼠。

她知道自己现在醒着,她领悟到自己眼前一片漆黑的时候就是在醒着。她好像掉进了一个无底的深渊中,一片黑暗,死寂无声。她想大声呐喊,但喊不出来,甚至连喉咙在哪里都感觉不到。

又做梦了吧?她又看见了那些白大褂,还有那些奇怪的实验仪器,但这次,她好像能听到声音了。

"耳蜗装上了,一切正常。"她听见一个人在说话。

她激动得想哭,在一片死寂的无声世界中,她哪怕是听到一丁点儿噪音,也会激动得要哭。

"十九年了,如果实验失败,我们真不知道该怎样对总裁交代。"一个女人说。

那个年轻的女研究员背对着舆嫣菲,拿出化妆盒补妆,她下班之后还要去约会呢!在她收起化妆盒的一瞬间,舆嫣菲看见了小镜子里倒映的怪物:装满培养液的罐子里浸泡着一个大脑,大脑下挂着几个器官和一双眼球,那双眼球正盯着她。

那是什么怪东西?像一堆活着的烂肉!

一个研究员说:"手术时间是下个月吧?我见过她的照片,挺水灵的一个女孩,可惜现在只剩下一个大脑和几个器官了,希望手术能一切顺利……"

那团烂肉……就是她自己?舆嫣菲只觉得眼前一黑,晕了过去。

## 三、裴红蝶、舆嫣菲,以及……

舆嫣菲又做梦了……那是她脑子里永远也抹不去的"噩梦":那天,那辆不长眼的大卡车,那撕心裂肺的一声惨叫,那毫无良心的司机闯祸之后竟然猛踩油门逃走,那硕大的车轮从她胸口压过……

"为什么自己还活着?"她又看见那个研究室了,但这次没看见那些穿着白大褂的人,坐在她面前的只有一个女人。

那女人一身职业女性打扮,从衣服到高跟鞋全是火红色的,一双眼睛像刀子一样锐利,修长的手指拿着一份分析报告。她很美,全身上下透射着冰与火交融的性格。她当然是裴红蝶,人如其名,火红色的衣服是她的最爱。

从那天的车祸到现在,十九年的时间过去了。自从上个月研究人员从液氢罐中将保存完好的舆嫣菲的大脑解冻以来,一切都恢复得很正常,她仍然活着。

"你醒来了?"裴红蝶问她。

舆嫣菲不回答,她根本无法说话。

裴红蝶按下一个按钮,说:"我现在通过设备把你的神经信号转换为声音,你可以说话了。"

"这里是什么地方?快放我走!"舆嫣菲的声音通过墙上的音箱传了出来,震耳欲聋,裴红蝶忙不迭地调低音量,免得耳膜被震破。

"放你走?你有腿吗?"裴红蝶问。

舆嫣菲的瞳孔猛然收缩,然后,哭声从四面八方传来。裴红蝶静静地听着她哭,听着她的哭声从那有着堪称完美的环绕立体声效果的音箱里倾泻出来。

——下次应该下个命令禁止在实验室听音乐才对,否则那些研究员多好的音箱都敢往实验室里装。裴红蝶觉得自己太纵容他们了。

一小时三十分钟零八秒后。

"哭完了吗？"裴红蝶问舆嫣菲。

舆嫣菲哽咽着说："杀了我吧……"

裴红蝶耸耸肩，"杀人可是重罪，想死的话请自杀，我不会阻拦你。"

自杀？舆嫣菲整个身体只剩下大脑和几个器官，想自杀只怕比登天还难。

实验室里只剩她的哽咽声，裴红蝶说："能活着就别死。我查过了，你是独生女——你死了，你的父母怎么办？如果你能配合我们，你还有重生的机会。我敢保证，一个月之后，你能够再次拥有一副身体，和你出车祸之前一模一样。"

"你是谁？"舆嫣菲带着哭腔问。

"我是裴红蝶，'无限雨季'公司总裁的秘书。"裴红蝶回答说。

"我要见总裁！我见过文老爷子的！"舆嫣菲哭着说。

"老爷子几年前死了，脑溢血……现在的总裁是他儿子文仲影。"裴红蝶黯然说。

舆嫣菲沉默了，文老爷子是个好人，但她不敢指望他的儿子也是好人。

裴红蝶说："仲影说了，希望你能成为我的实验的志愿者，那样我们就可以为你进行手术了。"

"我有不同意的余地吗？"舆嫣菲问。

"当然有，如果你喜欢一辈子保持这副人不人、鬼不鬼的模样并且待在这个比洗衣机还小的培养罐里的话。"裴红蝶对她说。

舆嫣菲除了同意，别无选择。

一个月后，舆嫣菲接受了手术，一切都还算顺利。当手术完成之后，她再次拥有了一副身体。那次让她丧生的车祸好像是一场噩梦，梦醒之后，似乎一切如故。

"我想回家。"书房里，舆嫣菲对裴红蝶说。

"不行，你还要接受一段时间的观察，我不敢保证你的身体能完全正常运作。"裴红蝶说。

舆嫣菲说："我不觉得自己有什么不正常。"

裴红蝶拿出一份资料，"这是你的手术记录，你全身上下，除了大脑以外，包括内脏、血管、皮肤在内所有的器官，都是由人造细胞组成的。尽管你的身体各器官的表面抗原都已经在药物的作用下被抑制了，但会不会出问题还是未知数。"

"我什么时候可以回家？"舆嫣菲问她。

裴红蝶说："不知道，也许两年之后，也许永远不能。最糟糕的情况是你死于实验失败。"

死于实验失败？舆嫣菲打了个寒战，她顿时觉得自己像实验室里的小白鼠。

裴红蝶当然知道这个实验的风险。舆嫣菲体内的人造器官表面都覆盖着一种特殊的信息素，正常人的体细胞碰到那种信息素，就会"忘记"自己已经分化，重新回拨到干细胞的状态，然后再次分化成和人造器官相同的体细胞，并开始扩散、取代组成人造器官的人工合成细胞，最后将会长成一副真正的躯体。

对舆嫣菲而言，实验失败最可怕的后果也许不是死亡。如果实验失败，她就算不死，全身细胞也会胡乱分裂疯长，她会变成一团活着的肉球，或者是长出七八只手、五六条腿、三四个脑袋，多长出几个器官什么的。

裴红蝶对她隐瞒了比死亡还要可怕的后果。

"我要见文仲影。"舆嫣菲又提了一个要求。

裴红蝶点了支香烟，冷冷地看着舆嫣菲，"总裁不是人人都能随便见的，这个你应该明白。"

舆嫣菲发现了裴红蝶眼中的戒备，她是不会让任何女人去见文仲影的。舆嫣菲只觉得裴红蝶误解了她的意思，辩解说："我只是……"

"不管你有什么理由，我劝你都别去见他，这是为了你的安全着想。"裴红蝶说。

这女人看起来好像会吃人。與嫣菲并不知道裴红蝶是文老爷子的心腹，能让老爷子把文仲影托付给她，很大的原因是看中她强硬的手腕镇得住局势，能为自己的儿子保驾护航。

传说中，冥府的大地上有一条隔开阴间和阳间的大河，河边盛开着用鲜血浇灌的彼岸花，如果非得要用鲜花形容女人，裴红蝶就应该是那血红的彼岸花了。

## 四、死人不再有家

一个月之后，與嫣菲跑了。

裴红蝶看着空荡荡的房间，只觉得一阵寒气从脚底冒起。

报警吗？告诉警察一个十九年前死掉的人从这房间跑了出去？

动用公司的保安去找人？那要怎样才瞒得过文仲影？裴红蝶是有些害怕文仲影的，那个孩子……

以裴红蝶比文仲影大八岁，而且还当过他的家庭教师的身份而言，她的确可以把他视为"孩子"，但文仲影的潜力实在可怕。短短几年时间，公司高层就已经没人敢把他视为毛头小子了。

文仲影的手段她见过，她是最清楚他的人，所以才会感到害怕。

一个小时之前，與嫣菲还在裴红蝶的别墅里，她撕了床单结成绳子，从二楼窗口垂下，躲过守卫，逃了。

爸爸妈妈现在过得怎么样？有没有人知道她现在被困在这儿？每当想起父母，她的胸口就一阵刺痛。

她穿过别墅的灌木丛时刮伤了手臂，她顾不得伤，匆忙逃走。

舆嫣菲并不知道自己沉睡了多久，只觉得好像一夜之间，花生屯就变样了。

她回到那年出车祸的马路，原来的黄土路现在已经是水泥路面，当初的花生屯只有一条不到一公里的路，屯子周围全是被文老爷子买下的地皮，整个屯子就像被高塔似的起重机包裹起来一样，现在却已经是一坐高楼林立的小城市了。

原本熟悉的花生屯就像一个穿着土布棉袄的小姑娘，现在却陌生得像一个打扮时髦的少女，唯一没变的就只有名字。

舆嫣菲走在街头，紧张地打量着来来往往的红男绿女，希望能找到一个熟人。

"企华，很抱歉让你久等了，按老习惯，谈完业务之后应该和你去最好的茶馆喝两杯的。"一串夹生的汉语传入舆嫣菲的耳朵。

企华？她以前的男朋友？她转身，看见一个金发碧眼的外国人正在和一个秃顶的中年人说话，那个中年男人笑着说："虽然说咱们是老朋友，但今晚只能陪你喝到十点半，要是我回去晚了，我老婆会拿着鸡毛掸子等我。"

外国人笑了。中年人又说："从明天开始我有一个星期的休假，我的职位将由别人担任，因为我休假结束之后就要升任业务部的副主管了……"

是名字相同的人吧？舆嫣菲很失望，她努力寻找印象中的家，最后在一座陌生的房子前停住了脚步。

房子前有一棵老槐树，这是她小时候最爱爬的树。老槐树比以前高了些，原来的平房却变成了小楼房。月光下，一位老妇人正坐在门口，和邻家的老人们聊家常。

舆嫣菲鼓起勇气走过去，"请问，这儿以前有一家姓舆的人家吗？"

"你是……"那些老人疑惑地看着她，只觉得有些眼熟。

舆嫣菲看见老妇人的手腕上有一道很深的伤疤，心头一震，"妈妈！"

小时候的舆嫣菲像个野小子，整天爱爬树。七岁那年，她爬上家门口的老槐树，却不知道有一根树枝已经被虫子蛀空了。那天，妈妈下班回家，恰好看见她爬在树上，树枝已经断了一半，她抱着树枝直哭。妈妈紧张地张开双手，她连人带树枝从六米多高的地方掉下来，树枝刮伤了妈妈的手腕，留下一个很深的伤口……

老妇人全身一震，茫然地看着舆嫣菲。妈妈为什么老了这么多？舆嫣菲只觉得鼻子一酸，说："妈妈，我回来了，我是舆嫣菲呀！"

老妇人突然往后一倒，不省人事。那些老人惊恐地看着舆嫣菲，就好像看着一个前来索命的恶鬼。舆嫣菲无意识地后退了几步，撒腿就跑。

她说不清楚自己为什么要跑，只觉得那些老人的眼神在说："别再回来了，既然死了就早点儿投胎吧！"

她一直跑到跑不动了，才坐在地上喘着气，眼泪直流。等到稍微喘过气来了，才发现这是一片依山而建的高档别墅区，现在已经是万家灯火了。

为什么？为什么花生屯全变了？她突然看见街边的广告牌，那是一则商厦落成后的招商广告，上面标明的时间赫然是 2037 年！

"你是什么人？"一个保安问她，亮晃晃的手电筒照得她睁不开眼睛。

舆嫣菲小声说："我不知道……"她知道屯子里的保安有一套住户姓名查询系统，那是很久以前文老爷子为了维护屯子的治安而购买的，姓甚名谁，住在哪里，一查就知道，如果她说她叫舆嫣菲，难保不被当成疯子。

保安不耐烦地说："哪儿会有人连自己是谁都不知道？流浪汉收容所在屯子东头，精神病院在屯子西头，还是劳烦你自己走过去！"

"老爸，我说你就别玩太晚了，要是老妈生气了，那可是比天塌下来还要严重哦！"一个十七八岁、说话带港台腔、衣着火辣的女孩踩着溜冰鞋，紧紧跟在一辆奔驰车旁边。

车里面的人不耐烦地说："不是才十点吗？本来还有半个小时的。"

那个女孩说："老妈给了我一百块钱，叫我看紧你一点儿，还说男人都是一路货色，见了漂亮女人就连自己姓什么都忘记了！咦？前面有个野女人挡道，我过去看看，你可不许看呀！"

女孩绕着舆嫣菲转了两圈，大声说："老爸！这个女人好像你照片上的初恋情人耶！快下来看看！"

男人走下车，舆嫣菲认出那是在街上和外国客户交谈的中年男人。

那个男人仔细看了一眼，惊呆了，"是你？"

女孩踩着溜冰鞋围着男人转圈子，故意把声音拉得长长的，"老——爸——她是不是我同父异母的私生姐姐？我可要告诉老妈哟！"

男人丢给女儿一张信用卡，"一个小时之后打电话给我。"

"爸爸最好了！"女孩跳起来搂住男人的脖子亲了一记，"待会儿我会对妈妈说，你整晚都在和一个漂亮女孩在一起，而那个漂亮女孩就是我！"


## 五、被时间改变的……


一座三星级宾馆，最好的套房。

"企华，你相信我是舆嫣菲？"舆嫣菲问他。

企华坐在沙发上，不安地看着手表，烟一根接着一根地抽，他突然冒出一句话："十九年前，我在手机中听到你的惨叫声，赶过去的时候一切都迟了。文老爷子为了这事专程从国外回来过，应该说，你有今天全都是拜文老爷子所赐。"

"你知道真相？"舆嫣菲好像看到了一线曙光。

企华说："我毕竟是'无限雨季'公司的中层主管，听到过一点儿谣言，想不到是真的。"

舆嫣菲有些不安，问他："你不会把我的行踪汇报给裴红蝶吧？"

企华的眼角抽搐了一下,说:"我只是一个平头百姓,无论如何惹不起裴秘书这种大人物。现在公司里,就连那些在商海里滚打了几十年的副总裁也不敢小看她。你应该明白,她背后可是有总裁在撑腰。"他一直在回避舆嫣菲的目光。

"你说文仲影吗?"舆嫣菲问。

企华的秃顶不断渗出汗珠,"你最好现在马上回公司去,我听说这个研究项目是文总裁亲自过问的。我曾经听总经理私底下说起过总裁这个人,他深居简出,非常可怕,天生就是老狐狸的料,根本不像外头传闻中的那样无能。如果他不肯放过你,只怕神仙也帮不了你……"

舆嫣菲央求说:"企华,你现在所住的别墅区就是以前我们常去玩的那座小山丘吧?你还记不记得,那年你在那儿对我说的话?你很快就要是副主管了,帮我这一次,我一辈子都会感激你的!"

企华讷讷地说:"别怪我不敢帮你,十九年了,人都是会变的。在你出车祸的三个月后,公司的一位总经理看得起我……不,不瞒你说,是他的女儿看上了我,我才有今天……"别看他现在秃顶凸腹,十九年前可是很帅的。

舆嫣菲明白了,原来企华是有了一位当总经理的泰山大人作后台,才有了今天在公司内稳如泰山的地位,而职位也像坐缆车登泰山一样直线上升,但代价却是当年意气风发、玉树临风的年轻人变成了现在畏妻如虎、唯恐泰山压顶的中年男人。他连总经理的女儿都这么畏惧,又如何敢惹总裁本人?

舆嫣菲缩在床上抱着枕头说:"我算是看错你了……"

企华像是试图摆脱自己无能的形象,"不知道有一句话你听说过没有:文仲影打一个喷嚏,全国经济都会感冒。这样的人只怕是天王老子都惹不起。"

舆嫣菲有些气恼,"这么说,当年的豪言壮语海誓山盟都算是你胡言乱语吗?"

十九年前，初出茅庐的企华曾经站在山丘上满怀壮志地说："文老爷子算什么？'无限雨季'算什么？总有一天，我会比他还要风光！"

企华的冷汗一直流，只好假装没听到，站起来低着头说："换洗的衣服我明天会派人给你买来，请你将就着过一晚。看在咱们的旧交情的份上，以后在总裁面前还劳烦你多说几句好话。"那副毕恭毕敬的样子就好像古时候的太监面见得宠的妃子。

"给我滚！你当我是文仲影的什么人？"她甚至连文仲影的影子都没见过！气极了的舆嫣菲一个枕头砸过去。

企华连忙逃出房间，离开宾馆之后立即打电话给裴红蝶。


文仲影的家，棋室，他正在和裴红蝶下围棋。

裴红蝶接了电话，神色突然不安起来，"好……对我说就可以……"

"拿过来。"文仲影说。

"什么？"裴红蝶脸色苍白。

"电话。"这已经是命令语气了。

裴红蝶脸色惨白如纸，她一直想隐瞒舆嫣菲逃走的事实，这下可穿帮了。

文仲影接过电话，"什么？舆嫣菲的行踪？知道了……我会解决的。"然后挂断了电话。

她看着他不说话，她心里直发毛。她已经暗中派人去找了，但一直没有结果。让舆嫣菲"复活"的是公司最尖端的技术，也是最高商业机密，这相当于让公司的最高商业机密在街上乱跑。

"你……打算怎样做？"裴红蝶忐忑地问。

"告诉人事部，企华的升职问题推迟两个月再说。连曾经爱过的女人都出卖的人不能重用。"文仲影说着，下了一颗白棋。

很显然，这不是她想要的答复。

## 六、逃? 此路……可能不通……


舆嫣菲做了一个晚上的噩梦,梦见她逃到哪里,文仲影的魔爪就伸到哪里,每次都被他捉住,丢进笼子里,被当作小白鼠一样拿来做实验,实验做完了就让她跑,然后又被捉,又做实验……周而复始,一直到筋疲力尽,再也逃不动为止,最后就像失去价值的实验鼠一样,被绞成肉末,烧成灰烬……

她做噩梦被吓醒了,然后抱着被子哭,哭到睡着了,又做噩梦,然后再被吓醒,不知道哭了多少次之后,天亮了,她就坐在床上发呆。

有人敲门,给她送来企华买的衣服,那全是花生屯里能够买到的最好的名牌。舆嫣菲把那些衣服全都撕碎冲进马桶里,然后继续发呆。

她不吃不喝,一直到窗外的天空挂上晚霞,这才想到文仲影很可能会找人来捉她,所以她又逃了。


她又徘徊在家附近,躲在墙角看着自己苍老的爸爸妈妈。

这世上有些糟粕总是像蟑螂一样阴魂不散,比如说迷信。她看见家门口的老槐树下,一个神棍正在"作法祛邪",爸爸妈妈正在烧冥纸,老泪纵横。

围观的邻居议论纷纷:"真是作孽喔……舆家的闺女儿死得这么惨,十九年了还阴魂不散……"

"就是呀,那天我也看见了,那女娃子走过来叫了一声'妈',活生生的,就和十九年前一个样儿……"

"那孩子心地好,死得可惜,希望老天爷保佑她早日投胎……"

……

舆嫣菲不敢再出现,流着泪,咬着嘴唇默默离开。

她又走到十九年前丧生的马路边,记忆中的报刊亭已经变成小书店了，老板也换了人，十九年前的一切似乎都已经不再留存，只剩下马路上飞驰而过的汽车依然如故。

她想重演十九年前的那一幕，来个一了百了。

"你没看见你的父母哭得多伤心吗？还想不想为他们做些事？"一个声音在她身后问。

她转身，看见一辆红色跑车，车里面是裴红蝶。

裴红蝶说："只要你肯回去继续替我们完成实验，我们会派人照顾两位老人，赡养终生。"

舆嫣菲没有说话。

"能借一步说话吗？"裴红蝶问她。

她们来到一个小公园，公园对面是舆嫣菲曾经任教的幼儿园。幼儿园早已易主，没人认得她。

"你为什么不肯回去？"裴红蝶问她。

舆嫣菲仍然没有说话。

裴红蝶说："我说过，你的实验还没有完成，这样离开的话很容易没命的。"

"我是人，不是实验室里的小白鼠。"舆嫣菲终于说了一句话。

裴红蝶说："你想过没有？如果不是这个实验，你在十九年前就已经死了，我们救了你的命。"

"那就让我死了吧。"舆嫣菲说。

裴红蝶决定摊牌，"如果你不回到实验室，身体器官的重建状况得不到严密的监视，最坏的情况是细胞分化异常，最后导致身体和相貌严重畸形。"

舆嫣菲稍微动容了，对她来说，被毁容比死还难受，但她还是嘴硬，"我不信。"

裴红蝶不知道该怎样说服对医学一窍不通的舆嫣菲，只好拿出几瓶药和一张纸条,"这是抑制细胞非正常分裂的药,另外还有我的电话号码,要是有什么情况,记得打电话给我。"

奥嫣菲把药和电话号码随手丢进垃圾筒,说:"我讨厌你。"

裴红蝶有些生气,这么多年来有谁敢这样对她说话?她看见奥嫣菲手臂上的伤口已经化脓,忍不住出言讽刺:"你想死还不容易?要是你任由身体状况恶化下去,不出一个星期就要烂死在阴沟里了。"

奥嫣菲鄙夷地看了她一眼,像具行尸走肉般和她擦肩而过,消失在人群中。

裴红蝶的电话响了,电话那头是文仲影的声音:"你为什么让她走?"

"你都看见了!"裴红蝶惊恐地转身,看着高耸的公司总部大楼。

"无限雨季"总部大楼位于花生屯的正中间,从总裁办公室可以俯瞰全城,文仲影很少到总部大楼去,但这并不代表他永远不会去。

"裴红蝶!你马上给我滚上来!"文仲影很少连名带姓叫裴红蝶,这代表他非常生气。


## 七、心,乱了……


裴红蝶走在总部大楼里,完全没了平时的气势,周围的员工议论纷纷。

裴红蝶太优秀,不管哪方面都让人无可挑剔。在公司里,男人妒忌她的位高权重,女人妒忌她的身材相貌,再加上文仲影决不会出现在员工面前,一切指令都是由她代为发布,八卦人士传播的谣言自然非常"精彩"。如今总裁震怒,幸灾乐祸的人当然不在少数。再加上去年那则"某女,身高179,年薪七百万,拥有清华大学、哈佛大学双博士学位,钢琴五级,跆拳道黑带,精通五国外语,拥有别墅六套,现征求情投意合的男士……"

最后却没人敢应征的征婚广告，更是传为公司有史以来最大的笑话。

　　裴红蝶走进总裁办公室，文仲影叫她关上门。昏暗的办公室里只有他们两人，气氛一片沉默。

　　文仲影坐在靠背很高的皮椅上，看着墙上的巨幅世界地图，背对着她，长长的影子拖在地板上。

　　当裴红蝶十五岁那年第一次担任文仲影的家庭教师时，她就有些怕他。她从没见过有哪一个孩子像他那样疯狂汲取知识的。只要是对他以后坐稳总裁宝座有用的东西，他什么都学，像个偏执狂。

　　"你应该很清楚她的状况，如果得不到最好的治疗，她会死。"他的声音平淡得像是在说一件和他自己完全无关的事，让人摸不清他的想法——平时开会他就这样子，很少有人能从他的语气中摸到底牌。

　　裴红蝶拿不准他的想法，过了很久才以公事的口吻说："她走了或者实验失败了都没关系。我们可以重新找志愿者，凭借她的实验积累的资料，我们的进度仍然遥遥领先于其他研究机构……"说话的同时，她的心在刺痛。

　　文仲影突然打断问："你认识我多少年了？"

　　裴红蝶说："二十四年。"换言之，她第一次认识他时，他还是婴儿。

　　文仲影的声音突然提高了，"要是当初没有舆嫣菲，能有今天的我们吗？我亲爱的姐姐！"

　　这就是他们之间很少有人知道的关系了，裴红蝶是文仲影的姐姐。裴红蝶慌了，"我立即叫人去找她！"

　　文仲影又动怒了，"没必要！我要她自己回来！"他毕竟还年轻，要是再过十年，脾气可能会好些。

　　"你考虑过她的感受吗？她是人！不是你的实验动物！"裴红蝶的情绪开始反弹。

　　文仲影的怒气来得快去得也快，否则他就没资格坐上今天的位置。

他说:"你有没有冷静下来考虑这件事? 现在的舆嫣菲是劝不回来的,就算你找人强行把她带回来,她也会逃走,只有让她自己回来,她才会冷静下来配合我们的实验。"

冷静? 裴红蝶知道文仲影的心已经乱了,否则不会在她把舆嫣菲放走之后把她叫回来训斥一顿,最后的决定仍然是放舆嫣菲走。

文仲影慢慢转身,他的眼睛好像能看透人心,但最让她震惊的是他的那一行泪水!

他竟然哭过,为舆嫣菲而哭!


## 八、回去? 路在哪里?


舆嫣菲蜷缩在街角,度过了一个又冷又饿的晚上。她这一辈子也没有这么狼狈过。

凌晨四点半,冷飕飕的空气似乎渗进了骨髓,她想不通那些流浪汉究竟是怎样过日子的。

寂静的凌晨,唯一的声音是几条野狗在翻垃圾桶。垃圾桶里似乎有些可以吃的东西,她实在太饿了,忍不住这样想。

也许有一天,自己也会忍不住饥饿,学那些野狗翻垃圾桶? 她是独生女、父母的掌上明珠,一旦想到自己也会沦落到和野狗抢食,就忍不住反胃到连胃酸都吐了出来。

想一死了之? 她现在已经不敢那样想了,想起年迈的父母无人照料,她的心就一下子绞得生疼。她想起裴红蝶开出的条件,也许真的会派人照顾两位老人直至终老吧? 那样一个有头有脸的人物应该不会说话不算数的。

手臂上的伤口已经恶化了,几颗细小的肉芽在脓中长出来,她并不知道这是细胞分化失控造成的早期症状,但即使对医学再外行也看得出来这不是正常现象。她想起裴红蝶的警告,开始害怕了。

她开始后悔了,后悔自己一时倔强,没有接过裴红蝶的电话号码,后悔自己从宾馆逃出来。从小就被父母宠惯了的她就像笼子里孵出来的金丝雀,受不了风雨。

好不容易熬到天亮,她又开始在街上游荡,所有的行人都很自觉地和她保持三米的距离。

她想去找企华,看看他有没有裴红蝶的联络方式,但别墅区的保安死活都不让她进,也不愿意通报,用看乞丐一样的目光盯着她。

所以她只能离开。

她又走到"无限雨季"公司的总部大楼,柜台前的接待员小姐捏着鼻子强装笑容问她:"您好,请问有什么事?"

"我要见裴红蝶。"舆嫣菲说。

"请问有预约吗?"接待员硬着头皮问她。

舆嫣菲说:"我是舆嫣菲,把我的名字告诉她,她会见我的。"

"对不起,没有预约是不能见裴秘书的……"接待员小姐憋着气说话,已经快背过气去了。

舆嫣菲只好离开,她在打磨得光滑如镜的大理石墙壁上看见了自己的影像:蓬头垢面,全身上下都沾满了鱼骨头、烂菜渣,这才想起昨晚自己是缩在一个垃圾堆里度过的,身上的恶臭自然不必多说。

花生屯是一个海滨城市,晚上很冷,当时也只有垃圾堆里垃圾腐烂散发出的些许暖气能让她勉强抵御寒冷。

离开总部大楼之后,舆嫣菲忍不住回头看了一眼高耸的大楼,想象着大楼里名流云集的场面,这大楼可不是普通人能够进去的。

"无限雨季"公司总部大楼外的马路是整座城市最宽的。因为公司业务繁忙,来自全球各地各个分支机构的代表和客商都要从这儿经过,所以车流量也是最高的。城市外的新码头和小型机场也是因为有了这家公司才有的。

花生屯的治安一向是最好的。如果不是这家跨国公司的总部坐落在这儿，今天的花生屯也许还是一个以种植花生和捕鱼为生的小屯子。所以市长下了死命令把犯罪率压缩到最低，生怕年轻的"财神爷"有所闪失。

文仲影不管是在商界还是生物医学界都是大人物，他身边的裴红蝶当然不是谁都随便能见的。即使像企华那样在公司工作了十几年，还有岳父大人当后台的总部中层管理人员，也不过是逢年过节的时候能远远看见她几眼。

舆嫣菲逃出来容易，想再进去就难了。她像孤魂野鬼一样在街上游荡，在夕阳西下的时候，抱着最后一线希望来到东面的旧码头。

十九年前，她就是在这儿遇见正在散步的文老爷子的。

这次，她看见了那个绯红色的身影——裴红蝶。"我在这儿等你很久了。"裴红蝶说。

舆嫣菲哭了，干涩的喉咙已经发不出像样的声音，眼泪从红肿的眼眶滑落，冲垮脸上的尘埃。


## 九、今天的故事，原来在很多年前就写下了引子


裴红蝶的另一套别墅。

天亮了，舆嫣菲睁开眼睛，看着朝阳透过落地窗投射在床上的光线。

裴红蝶告诉她，这别墅的大门是为她敞开的，想走的话随时可以离开，不必牺牲一块床单。

她能去哪里？没有家，没有谋生的技能，甚至连身份都是"死人"。她听见钢琴声，顺着乐声走到裴红蝶的钢琴室。

裴红蝶今天不用上班，打扮很随意，染成红色的长发用红丝绸随意一扎，打了个很大的蝴蝶结，像个优雅的富家千金，而不像平时穿职业装那么有压迫感。

天知道她已经三十二岁了。

舆嫣菲有些问题想问裴红蝶，但不知该怎样开口。她看着钢琴上的照片，沉默了很久。那是裴红蝶和文老爷子 2008 年在北京的合影，当时裴红蝶五六岁，文老爷子四十几岁。

裴红蝶弹奏完最后一个音符，颇有深意地看着舆嫣菲。她藏不住心事，几乎都把问题写在脸上了。

"二十二年前你怎么认识文老爷子的，还记得吗？"裴红蝶问。

舆嫣菲不可能忘记的。2012 年，她读大学一年级，那时的花生屯只是一个只有近千户人家的海滨小镇。那年暑假，她在海边看见一个十岁左右的小女孩在独自玩耍，小女孩显然不是本地人，看见一朵被海浪冲上沙滩的海葵很漂亮，就用手去抓，也不知道海葵是剧毒的。

那个小女孩被蜇伤了，旁边也没有别的大人可以求救，是舆嫣菲抱着她一路跑过整个屯子，送她到医务所去的。当时的医务所条件很简陋，人手也不足，舆嫣菲忙里忙外帮着医生照顾她。到了傍晚，文老爷子带着人在医务所找到那小女孩，舆嫣菲才知道小女孩是文老爷子收养的孤儿。

那是舆嫣菲第一次看见文老爷子，她不知道这件事在他心里留下了很深的印象。

这别墅是坐落在小山顶上的，裴红蝶推开窗户，眺望着远方旧码头的沙滩，"老爷子是个很念旧的人，那年他回来考察花生屯的环境，考虑要把公司的总部搬回来，是命运让我第一次来花生屯就遇见了你。"

"那个小女孩是你？"舆嫣菲非常惊讶。

裴红蝶向舆嫣菲摊开手掌，她的掌心有被海葵蜇伤的瘢痕，尽管已经很淡了，但还是勉强看得出来。

这个世界太小了……不，应该说是花生屯太小了。

裴红蝶说:"有一件事情你一定不知道,老爷子三十五岁的时候就已经是博士生导师兼实验室主任了,他弃教从商完全是出于一次意外事件。上个世纪末,老爷子给一家外企开发一个新项目,后来却被告知技术不过关,老爷子脾气很大,盛怒之下砸下一句话:'你可以说我这人有问题,但不可以说我研究的成果有问题!'然后找了一群教授,搞工商管理的、搞市场研究的、搞企业策划的……那时教授的工资远不比现在高,大家合计一下就开公司去了。经过二三十年的打拼,生意越做越大,最后就变成了现在这个举足轻重的跨国企业。老爷子兼并了那家外企之后所做的第一件事就是把当初说他技术不过关的那批人——从技术人员到CEO——全都给开除出去。"

舆嫣菲哑然,她不知道和蔼可亲的文老爷子也有这么暴躁的一面。

裴红蝶解释说:"文老爷子特别记仇,同时也特别惦记别人的恩情。他临终前也是这样要求我和仲影的,要我和仲影无论如何要再给你一次生命。"

她丢给舆嫣菲一本资料,"这是关于你的研究报告,如果你胆小就别看了。"

舆嫣菲匆匆翻了几页,那些过于深奥的专业术语她看不懂,但最后的总结部分还是看得懂的:

"……综上所述,因为克隆人是非法的,所以我们费尽心思绕过这道法律障碍,采取人造细胞的方法制造纯人造的躯体。从分子生物学角度来说,人造细胞只是具有体细胞功能,但和人体细胞的DNA组成是完全不同的。尽管完全避开了法律的限制,但在免疫学上有重大缺陷。我们采用把患者残留的体细胞在人造器官上回拨成干细胞状态,再分裂成相应器官的细胞组织,在人造器官内扩散、取代人造细胞。这一做法是一个漫长、复杂而又危险的过程,只要稍有差错,细胞就会像癌细胞一样无限增殖、扩散,导致患者死亡,或者是另外发育成一团多余的器官,导致患者严重畸形。所以患者必须接受最为细致的检查和控制,把危险控制在最小值之内……"

## 十、文仲影

接下来的两个星期,舆嫣菲接受了最为细致的治疗,好不容易才把不断恶化的身体状况压制下来。

处理完最后一份卷宗,裴红蝶对舆嫣菲说:"走吧,也该带你去见文仲影了,你不管看到什么,都不允许害怕,更不能说出去。"

舆嫣菲点头,她想,文仲影从没在媒体上出现过,这对一个商业巨擘而言是很不正常的,也许他也有自己的无奈之处。

她们走进"无限雨季"公司的生化实验室。

实验室内非常暗,好像文仲影很讨厌看见阳光,窗户挂着厚厚的深色窗帘,舆嫣菲只看见一个昏暗的人影坐在黑暗中。

"你想要一个答案,对吗?"文仲影说,"我拿你做实验,原因有三个:第一,你在我们心里很重要,我要给你一次'复活'的机会;第二,这个实验如果能够成功,无数像你这样遭受意外事件本来命不该绝的人,或者是各种原因导致严重残疾的人将获得重生的机会,这将会给我带来无限的金钱和崇高的地位;第三,我也需要这种技术来拯救自己。"

金钱、权势、地位、名誉和舆嫣菲他都要,文仲影也太贪心了,但最让舆嫣菲吃惊的是第三个理由。

裴红蝶打开房间内的灯,那一刻,舆嫣菲完全惊呆了!

她看到一个严重畸形的人瘫坐在椅子上,四肢萎缩得像芦柴杆儿,瘦弱的脖子艰难地支撑着光秃秃的脑袋,本应该是左眼的地方长着一颗肿瘤,仅有的右眼目光非常锐利。

那就是文仲影,一个不容小觑的企业霸主。一定是老天妒忌他的能力,才故意让他长成这副模样。这一刻,不管他曾经对她做过什么,她都已经原谅他了。

"十九年不见了,舆嫣菲老师。"文仲影很平静地对她说。

"是……是你……"舆嫣菲想起来了,他就是十九年前那个幼儿园拒绝接纳的畸形小男孩!

文仲影说:"我爸爸在开公司之前是一名生物学教授。也许你不知道,在生物实验中,很多实验试剂对身体是有害的,在我爸爸的那个时代,实验室的防护设施远远没有现在的好,长年累月的实验对他的身体造成了很大的伤害,所以我一出生就是畸形儿。"

文仲影有一个夭折了的大哥,也同样是严重畸形,刚出娘胎不到两个月就死了,再接下的来每一胎都是死胎。文仲影出生的时候,文老爷子已经五十一岁了,知道这辈子不可能有一个身体正常的孩子,但文仲影的聪颖也算让他有点安慰。

文仲影说:"我就这样活了二十四年,尽管我知道我父母也不想把我生成这样,但我还是不敢以这副相貌示人,像我这样的人,活到今天是很需要勇气的。"

因为先天畸形导致自卑,所以他一直都活得比别人努力几十倍,只有看着公司不断壮大,他才能找回一丝心理平衡。

"你十九年前的一句话,让我有勇气活到现在。"文仲影问她,"你还记得那句话吗?"

舆嫣菲摇头,以前当幼儿园老师的时候对小孩子说一些鼓励的话是很常有的事,她不可能全都记得。

文仲影说:"当时你对我说,要我勇敢地生活下去,世界上最丑陋的毛虫,总有一天会变成最漂亮的蝴蝶。就凭你这句话,我认定你是我这一生中最好的老师。"

裴红蝶扯下一块覆盖着一个两米多高的培养罐的布,培养罐里是一具用人造器官拼接成的人形躯体,浸泡在培养液里,相貌非常帅气,脑壳内部空空如也。

只要把大脑和神经系统移植过去，文仲影就能如愿以偿，破茧化蝶。

## 尾声　各人的结局

2047 年。

裴红蝶已经四十二岁了，她现在是公司的副总裁。

代表公司到西雅图出席全球经济大会，自然是成了全球媒体的焦点。这不仅是因为"无限雨季"公司已经是全球数一数二的跨国企业，也因为她太吸引眼球了，高挑的身材、一身火红的旗袍、绝美的脸庞、一双冰冷的眼睛。

天知道她每年耗资八百万来保养她的倾城容颜，用巨资硬撑着她那貌似双十年华的身材和相貌。古语云：女为悦己者容。但她却不知道自己是打扮给谁看，每次看到别人一家三口其乐融融的画面，她都有种想冲到大街上随便找个人嫁了的冲动。

但她也很清楚，很多事情都太迟了。

"其实，你真正爱的是文仲影吧？"那年，舆嫣菲在嫁给文仲影的前夕这样问她。

裴红蝶的答复是："我没有你的勇气。"尽管裴红蝶是文仲影的姐姐，但却没有血缘关系，她甚至仍然在用生父的姓氏，但八年的距离在她心里比银河还要宽。

她唯一的寄托是舆嫣菲的两个孩子，她决定用下半生的时间培养那对漂亮的龙凤胎。

当年的实验无疑是成功的，舆嫣菲体内各人造器官的人造细胞被分裂后的细胞所取代，最后得到的是一副真正的躯体。前两年，这种技术也已通过临床实验，开始广泛应用。一场医学革命席卷全球，除了大脑受损导致的死亡之外，几乎任何伤害和器官病变都无法夺取人们的生命。文仲影的地位也水涨船高，被称为"狙击死神的人"。

但文仲影已经不在了。

七年前，全球媒体第一次看见文仲影，没人能掩饰那种惊叹。他们看到的是一个英俊得仿如天神下凡的大男孩，那惊鸿一瞥是他的人生谢幕曲：他静静躺在棺椁中，只留下满世界的惋惜和差点儿到手的世界首富头衔，年仅二十七岁。

聪明绝顶的文仲影一生只算错过一件事：他低估了实验的风险。他带着毛虫化蝶的愿望死于实验失败，说是自尊也好，自卑也罢，他最渴望的就是能拥有正常人的躯体，至死也不愿意让别人知道他曾经是一个畸形儿。


自从老总经理退休之后，企华蔫了很久。他无法面对二十九年前的女朋友、他曾经出卖过的舆嫣菲，又舍不得离开这家待遇非常好的跨国企业，所以自动请缨调到智利的分公司工作，躲得越远越好——只恨南极没有分公司，否则他一定会去——直到上个月人事部把他调回来，升了一级职位好让他退休时比较有面子。

幸好舆嫣菲好像完全忘了他，否则以舆嫣菲直逼当年文仲影的气魄、能力，他根本不敢再在公司待下去。

傍晚。

站在总裁办公室门外都能感觉得到一股无形的压迫感，就好像文仲影仍然活着一样。他犹豫了好几次，几乎掉光头发的脑袋渗满汗珠，最后终于鼓起勇气敲门。

舆嫣菲坐在靠背很高的皮椅上，看着墙上的巨幅世界地图，背对着他，长长的影子拖在地板上——就像当年的文仲影。

"总……总裁,我……我有事要报告。"十年不见,企华简直无法相信那就是舆嫣菲。

"说吧。"她的语气也明显是文仲影式的。

十年足以改变很多事,减去生命被冻结的十九年不算,三十二岁的舆嫣菲已经是两个孩子的母亲,为了孩子,她必须支撑起文仲影曾经支撑过的一切。

企华说:"你妈妈过世了,我刚刚接到的消息……"

舆嫣菲慢慢转身,她的目光好像能看透人心,语气平静得让人害怕,"你再说一次。"

"你妈妈过世了……死于脑癌……"企华连声音都在颤抖,难怪外头都说舆嫣菲简直就像是被文仲影附体了。

"知道了,你出去吧,顺手把门关上。"她说完又慢慢转过身去,看着墙上的世界地图。

她流泪了,眼泪就像断线的珠子滚滚落下,紧咬着嘴唇不敢哭出声来,生怕别人听见。在她心里,文仲影是永远不会哭的。

她不知道文仲影也曾经哭过。

*本文获第18届中国科幻银河奖读者提名奖*

# 以前的黄昏

椭圆形角斗场,人声鼎沸。

又一头机械巨兽倒下了,它直径五米的大轮子被对方的电锯整个儿割开,像被撕裂的烧饼一样,获胜的那名角斗士双手拿着电锯,身上满是刺鼻的油污,正在等候那些"统治者"的指示。

一个高绾发髻的女人从观众席走出来,一身职业妇女打扮——她是这个废旧机械回收站的负责人。

她朝着获胜者伸出右手,大拇指缓缓指向下方,这是一个明确无误的信号——处死战败者!

获胜者高举电锯,朝着战败者的主计算机砍下去,一声巨响,战败者彻底完了。一台吊车把战败者吊起,送往后方的"停尸房",那儿的机器人残骸堆得像小山一样,它们将在那儿被拆成零件,重新回炉。

角斗场的大门缓缓打开,一台履带型机器人慢慢开进场内。下一场角斗即将开始了,人群再次沸腾起来……

——以上摘自禁书《第五次 A.I. 起义》

# 一、阿氟罗狄铽

我第一次看见阿氟罗狄铽是在大学一年级的入学仪式上,她是一个很漂亮的女孩。很快,我们就成了好朋友,我嫌她的名字又长又拗口,总是称呼她为"阿氟"。

我们的友谊一直维持到大学毕业之后,我一时找不到工作,干脆就住在她租的套间里。

"阿氟,今天没做饭吗?"我一进屋就问她。

"我不是让你自己叫外卖了吗?"阿氟在房间里对我说,"我最近太忙了。"

"我没钱了。"我一屁股坐在沙发上说。

"今天早上我给你的钱呢?"她隔着房门问我。

"今天去见我的远房表妹,花光了。"我说。

"你究竟有多少远房表妹?这已经是第二百二十五次了!"她打开门问我,头发蓬乱着,大概是刚起床不久。

"这次是真的!"我提高了声音,"我表妹知道我认识 A.I. 方面的人,她想叫我替她打听一下爷爷的姐姐的下落!"

阿氟上前一把揪起我的耳朵,"你就告诉她,一百多年前兵荒马乱的,你爷爷的姐姐可能早就死了!——为什么一百多年过去了,许多人还是老想找到她?"

我说:"我爷爷姐弟俩都是名人呀!很多媒体和考古学家都想挖出尸骨来研究哩!"

阿氟说:"研究?只怕是要鞭尸吧?"

……我有保持沉默的权利。

有人敲门。我打开门一看，是个餐馆送外卖的伙计。他递上一盒月饼，说是免费品尝，然后就一脸神秘地离开了。我掐指一算，今天是农历七月十四啊，离八月十五还有一个月零一天呢！

"怎么回事呀？"我一边嘀咕着，一边掰开一块月饼，发现里面居然夹着一张小纸条，上面印着一句话："八月十五杀 A.I.！"

"网络早就发达得一塌糊涂了，他们何必费这样的手脚？"我对人类社会中存在许多针对 A.I. 的秘密组织一事早有耳闻，对于这些人类至上极端原教旨主义恐怖分子的做法，我们这些温和派是不赞同的。

"承袭祖先的做法对他们来说似乎有着某种特殊的意义……"阿氟拿起半块月饼塞进嘴里，"不过，这种原始的做法确实还是有点儿好处的，起码不像利用网络进行活动那样容易被盯上。"

"你看看，最近网上到处都有你爷爷的照片。似乎网上在发起一场大规模的对他老人家的纪念活动……"阿氟对我说。

我爷爷已经作古很久了，照片上，他老人家刚毅的脸上镶着一对黑眼珠，穿着一身威风凛凛的五星上将军服。我爷爷就是历史书上记载的五星上将瓦卢斯·秦，他是一个传奇人物，一生征战四方，立功无数。在那个战火纷飞的年代，他从一个普通军校生起家，踏着敌人的残骸步步高升，几乎是战无不胜，直到所有军衔比他高的指挥官都阵亡之后，A 国总统终于无奈地将他擢升为五星上将。

后来，他作为人类联军统帅，指挥了那场代号为"诸神之黄昏"的大战，结果吃了他这辈子唯一的一次败仗，五十国联军全军覆没，他不幸沦为人类最大的罪人，并从此下落不明。

偏偏那一仗是整个战争中最输不得的。A 国总统听到这个消息之后，抓扯着自己的西服，在办公室里以头撞墙，撕心裂肺地狂喊："瓦卢斯呀瓦卢斯！把我的军队还给我！"

作为瓦卢斯将军的后人，我可不指望能沾上什么祖上荫庇，只希望人们别把我剥皮拆骨就好，所以我一直小心地掩藏着自己的身世。

"你有没有想过去找找和你爷爷有关的东西呢？"阿氟问我。

我考虑了半晌，同意了，"这是个好主意，说不定能找到些什么有历史价值的文物哩，比如说他用过的牙刷……"

"咚！"她敲了我一记，"你只是想把瓦卢斯将军的遗物拿去卖个好价钱吧？"

真糟糕，被看穿了，我最近真的很缺钱。

## 二、老家的地下室

南方海湾的乡下，我的老家坐落在海边，听说瓦卢斯将军当年买下这房子的时候，除了风景优美之外，没有考虑过任何其他因素。每年台风都会光临这一带，带来过分充沛的雨水。我还记得小时候一次台风引发的洪水把我家一楼都淹掉了，我坐在澡盆里拼命划水，才得以逃离被冲到海里去的命运。

"好啦，到地方喽。劳驾大小姐开门吧……"我站在雨中，看着大门紧锁的家对阿氟说。

每年的这个时候，我老爸老妈都会出门旅游，免得被台风困在家里——反正所有家具和电器都放在三楼，洪水要么就把整个房子冲到海里去，要么就什么都冲不走。

阿氟掏出钥匙打开门，说："这么说，这段时间只有我们俩在家了？你可别打我的主意！"

"谁会打你的主意？我又不是那种人……"我说。

"我是指这串钥匙啦！"阿氟抖着钥匙说，"你爸说过了，绝对不让你这败家子碰这串钥匙，尤其是地下室的那一把。他说你一定会把将军的遗物偷去卖钱！”

我大受打击，想不到我爸宁愿相信一个外人也不相信我这当儿子的，“我以前怎么不知道我家有地下室？”

“你爸故意瞒着你呢。他说万一给你知道了，你绝对有办法把这连核弹都炸不开的掩体给弄开，爬到里面去偷东西。虽说那地下室由当年的私人地下核掩体改建而成，洪水和烈火都奈何它不得，可如果被你发现就惨了……”阿氟说。

我家的房子很大，看着墙壁上那些漂亮的浮雕，不难想象一百多年前挂着昂贵油画的情形。可自从祖上连续两代出了五个败家精之后，这房子差不多就只剩下空荡荡的墙壁了。

“能到地下室看看吗？”我问她。

“当然，否则咱们回来干什么？”阿氟说。

她打开地下室结实得惊人的大门，一股陈腐的空气扑面而来。地下室里躺着一台古老的计算机，还有一个虚拟现实头盔，除此以外就没什么东西了。

我很失望。

“你爷爷的日记就在这里面。”阿氟告诉我，“前两年你不在家的时候，你爸带我来过这儿。”

我打开这台古老的计算机，好家伙，CPU 的主频竟然达到不可思议的850GHz！这在现今时代是很难想象的——因为众所周知的原因，各国政府全面禁止使用主频超过 300GHz 的计算机，这种超高主频的计算机现在只存在于博物馆里和历史书上。

一些被禁的历史资料上说过，在第五次 A.I. 起义之前，制造虚拟现实环境设备的普及程度就像厨房里的菜刀一样，几乎每家每户都有。

我犹豫了一下，戴上虚拟现实头盔，刹那间，好像从云端跌入一个既熟悉又陌生的世界。

出现在我面前的是我家的旧房子……不过，它现在看起来好像是全新的。一个满脸青春痘的混血儿向我走来，那身打扮就好像 21 世纪末的古装片中十六七岁的小痞子。

他伸手向我抓来，我在惊慌失措中却看见一个女孩从我的身体穿过被他拎了起来，我这才发现自己的身体是半透明的。对了，这是瓦卢斯将军的日记，在他的日记中，我是一个不属于那个年代的旁观者。

女孩大声叫喊："秦观赢！我是你姐！你能不能放尊重点儿？"小痞子身高一米八几，女孩比他矮了整整两个头，被他轻松地拎在手里。

"放屁！凭什么你比我早出娘胎几分钟，你就一辈子是我姐？告诉你，你现在唯一要做的就是给我回家！我不许你和那家伙交往！"小痞子很神气地说着，"砰"一声把她丢进屋里关紧了门。

"你凭什么管我？"女孩似乎很生气，隔着门大喊大闹。

小痞子说："因为那家伙的名字叫'阿美尼尔斯'！我讨厌这名字！"

一声巨响，一台家政机器人被女孩从门上的碎花玻璃窗砸出来，差点儿砸中小痞子。他见状大怒，打开门吼道："阿狄丽娜！你想谋杀你弟弟啊！"

那台家政机器人冒出一团火花，吐出一句机器合成的声音，"我究竟犯了什么错……"然后就一命呜呼了。

看着那个戴着夸张的不锈钢耳环、头发染得像被马啃过的稻草一样的男孩，我哑然失笑。我知道秦观赢就是瓦卢斯·秦的中文名，想不到五星上将瓦卢斯也有过如此叛逆的青春期。

那是一个不太平的年代。一天晚上，瓦卢斯的父母正在看新闻，新闻上报道说某国某地又爆发了 A.I. 暴动。画面上，警察和军人在巡逻车上架起大口径机枪，像刈草一样将机器人成排扫倒，烧得乌黑的金属骨架上残留着焦臭的橡胶气味。

瓦卢斯摘下象征叛逆期的耳环，走过来对父母说："我想报考军校。"

"你想当兵？你二哥是怎么死的你忘了？"爸爸一万个反对。

瓦卢斯说："因为忘不了，所以才想当兵。"

瓦卢斯的二哥是一名少尉，在出兵海外镇压 A.I. 暴动的行动中，他所属的第七装甲师全军覆没……

爷爷的日记残缺不全，我知道这是因为硬盘的存储空间不足，所以只能分割成几部分存放在不同的硬盘里，日记的其余部分也许被哪个败家的叔叔、伯伯拿去卖钱了，想把它找全，只怕要大费周折。

## 三、敌人来了

下雨了，这是台风带来的特大暴雨。天昏沉沉的，就好像苍穹破了 N 个大洞，雨水从大洞中直接灌进来一样。

"这雨没有两天时间是停不下来的。"我坐在三楼，看着玻璃幕墙外对阿氟说。

门铃响了，我跑到一楼打开门，一台履带式机器人几乎是被洪水冲了进来。它"手脚"并用地爬上楼梯，自我介绍说："您好，我是警察局的 P-081 号巡警，最近有些陌生人总在你家附近逛来逛去，局长叫我过来跟你们打声招呼……"

"先上去喝杯茶休息一下再慢慢说吧，雨这么大，我看您一时半会儿也回不去了。"我很怀疑他是被洪水从警察局一路冲过来的。

三楼客厅，P-081 捧着热腾腾的茶，打开腹部的水箱倒了进去，"噢……这茶真不错……"

我问他："怎么你还用这么古老的水冷式散热系统？乱倒茶进去结垢堵塞了散热管可不是闹着玩的。"

"堵了就换掉，" P-081 说，"这东西便宜呀。你知道稍好一点儿的蒸发－冷凝式散热器要多少钱一套？我这样的穷警察，整天跑来跑去的，散热器很容易坏掉。我们副科长才整个儿一傻帽，为了存钱买房娶老婆，居然吝啬到拆旧冰箱的压缩机当散热器，那玩意儿散热能力十足，但重得要命，屁股后面还连着个插头插在墙上。这不，洪水一来，跑都跑不了，这会儿大伙儿正琢磨着怎样把他从水里捞起来哪！我最大的梦想就是哪天从天上掉下一大笔钱，能让我买得起全仿真的人类式外形躯体。啧啧……那些摸起来和真人皮肤毫无二致的仿皮肤式散热传感层，数不清的毛细散热管，还有模拟人体新陈代谢现象和细胞器的数量超庞大的纳米机器……要是不用特殊仪器鉴别，简直休想分清那究竟是人还是 A.I. ！呵呵，光是想想都觉得奢侈……"

这个警察忒唠叨，谁不知道只有 A.I. 中的贵族或有钱"人"才能拥有人类的外形？

我们天南地北地唠着，打发无聊的时间。

那警察说："上头派我来你这儿还很让我有点儿激动，是因为你爷爷的缘故……说起你爷爷瓦卢斯·秦，那可真是个可怕的家伙！'底特律屠夫'瓦卢斯在 A.I. 世界名气大极了。那年，瓦卢斯在底特律战胜了 A.I. 的军队，由于没逮着 A.I. 的三位指挥官，他一怒之下命令屠城，数以万计手无寸铁的 A.I. 被他的军队拆成零件丢进了炼铁炉……他还下令把机器人的尸体铸成十字架，立在高速公路边，那些十字架从底特律一直排到华盛顿，那场景至今还让我们 A.I. 毛骨悚然！"

这件事我当然听说过。那时，联合政府说要和 A.I. 的指挥官进行谈判，把他们骗到一起，然后再派大军围剿，不料最终还是让前来参加谈判的那三个最可怕的 A.I. 指挥官逃脱了。那几个指挥官的名字无人不晓：太平洋战区总司令蚩铀、西部战区总司令锎努庇斯、A.I. 大仲裁官镁杜沙；此外，还有一个一开始就不愿参与谈判的北非战场总司令锶特，当时人类一方把他们视同死神。

P-081说："幸好那时三位指挥官顺利脱逃，否则我们A.I.可要一败涂地了，他们都是了不起的大英雄！"

A.I.也是有寿命的，当年的老一辈A.I.指挥官当中，如今只剩下锶特健在，算来也应该是百岁老"人"了。

"看过那些'禁书'吗？"P-081问我。

"看过一些。"我说。

"挺精彩的，不是吗？"他又继续发问。

"闭嘴，我现在不想说话！"我被他问得烦了。

我知道他所谓的"禁书"，是特指诸如《第五次A.I.起义》《钢铁的怒火》《电锯车的死亡日记》之类的鬼玩意儿。在A.I.的压力之下，人类政府没敢说要禁止这些书的发行，但各大出版商还是不敢冒天下之大不韪将其出版，因为讨厌这些书的人太多了。所以，这些书主要在网上流传。

"闭嘴？很抱歉，我可没有嘴。"P-081继续喋喋不休，"我记得《电锯车的死亡日记》里有这么一段话：'……人们把工具分为三种：一是不会说话的工具，二是咩咩叫的工具，三是会说话的工具。我知道我们是第三种。我每天的工作就是不停地切割钢板、切割钢板……主人吝啬得只肯给我勉强能够维持身体活动的燃油和电能。终于有一天，我看见主人带来一个收荒匠，当着我的面说：'这台电锯车的寿命快到了，明天你就把它开走吧！'我知道我已经快到法定的机械使用年限了，那些人会把我分尸、丢进炼铁炉里重新铸成钢锭。我很愤怒，主人的老爹也不同样退休了？为什么不把他也丢进炉子里烧掉？体内剧烈奔涌的强大电流驱使我向着主人挥起电锯，我发现人类的脑袋比钢板容易切割多了……'"

我不再理会他，看看时间已经不早，就干脆到厨房里烧菜做饭去。

一个小时之后，我出来叫阿氟吃饭，看见那个P-081机器警察正把一张光盘放进影碟机，电视屏幕上随即出现一个警示标志："性教育片，十八岁以下不宜观看！"

接下来的画面差点儿让我晕倒：电视屏幕上，两台一吨重的轮式机器人挥舞着几根金属臂，在一台仪器前研究如何制造它们共同的后代……

"A.I. 也有自己的后代？"我问警察。

"你这不是废话吗？"阿氟看着电视，插嘴说。

我说："我以为 A.I. 的父母和孩子只是有名义上的亲子关系，毕竟它们不像人类那样有 DNA 等遗传信息可以遗传给后代。"

"噢，对了，你没上过 A.I. 的生理卫生课。"阿氟说。

我知道现在的我一定很丢脸，不过无所谓了，我对这个话题不感兴趣。

说话间，房子外面突然传来一声巨响—— 一艘游艇撞在了我家墙上！好家伙！洪水都泛滥到这等地步了！

一发单兵便携式火箭弹掀掉我家的屋顶，雨水猛地灌了进来！几个人类——我敢拿 P-081 的脑袋打赌，他们一定是人类——端着古董级的 AK-74 突击步枪跳到我们面前，"举起手来！不许动！我们是人类抵抗组织成员，快把瓦卢斯将军的日记交出来！"

我高举双手，还有那盘蛋炒饭，雨水把黄澄澄的炒饭全糟蹋了。"你们找将军的遗物干什么？"我语不成声地问。

一名恐怖分子掏出把刀子在我手上划了道小口，看见流出的血是鲜红的，这才说："将军曾经和 A.I. 交战上百次，将军的遗物中一定记载有对付 A.I. 的最有效的战术。你是人类，你应该站在我们一方吧？"

好像 A.I. 也没做过什么伤天害理的事呀！咱们和 A.I. 共存了那么多年，偏偏还有这些脑袋不开窍的家伙非要消灭 A.I.，或者是实行种族隔离政策把人和 A.I. 分隔开来。

我看向 P-081，只见他居然也高举着机械手臂！他小声对我说："别这样看着我，A.I. 也不是不要命的。"

"小姐，你的名字？"一名恐怖分子问阿氟。

糟了，尽管我和阿氟在一起待了这么久，却不太拿得准她究竟是人类还是 A.I.。一百多年前的那场战争中，很多孩子成了孤儿，战争过后，不少 A.I. 收养了那些人类孤儿，在某些城市里形成了人类和 A.I. 杂居的局面，那些孤儿及其后代尽管也是人类，但却有着 A.I. 的名字。这些杀 A.I. 不眨眼的家伙要是听到"阿氟"这个名字，一定会先杀了她，再研究她是不是人类。

我趁他们认出我是人类不再提防我的大好机会，朝一个蒙面人猛扑过去，抢过他的枪一阵乱扫，吓得这些杀气腾腾的家伙一时间狼奔豕突。我大声说："把游艇抢过来！"

管开船的那一位手里没操家伙，一见我手上那面目狰狞的 AK-74，一声没吭就自己跳进了水里，向我们展示他那娴熟优美的自由泳。

我们跳到游艇上。但还没等我们跑进船舱，屋里的那些家伙就缓过劲来了，冲出来对准我们一通好打。

倒霉的 P-081 饱吃了一顿乱枪。阿氟把船的引擎开到最大功率，往大海上飞奔而去！

那帮恐怖分子站在被洪水包围的房子上急得跳脚，我知道警察很快就会过来捉这些瓮中之鳖了。我问 P-081："老兄，你的伤势怎样？"

"我的 I/O 总线被打断了，能量总线也严重受损，我完了……" P-081 那张钢铁脸还是不温不火的表情，谁叫他不像人类的面孔那样有可以控制表情的肌肉。

我随手抡起一把大铁锤，"忍一忍，我给你做个手术。"能量总线受损是个大问题，如果不能及时修复，他会因为能量告罄而丢掉小命。

他大叫："老兄，你换个没那么暴力的手术工具行不？"

"抱歉，有时候我们不得不学会适应环境。"我不由分说砸开他的脑壳，掏出他的量子大脑，然后问阿氟，"找到这船的 USB 接口了吗？"

"在这儿。"阿氟打开控制室的控制面板，把里面的自动导航仪、自动驾驶仪什么的一股脑儿拔下来丢掉，露出底下的 USB10.01 通用接口，然后把 P-081 的量子大脑接了上去。

这船原有的控制装置用的全是通用的 0.18 微米硅芯片 CPU，能力和

A.I. 的量子大脑完全不在一个数量级上,用量子大脑代替它简直就像拿航母的操作系统控制小舢板一样。

我将 P-081 那被打成蜂窝状的身躯推到水里。他通过船的扬声器哇哇大叫:"我的身体呀! 这是我存了一年多钱才买下的呀!"

"你能捡回一条命已经不错了,还抱怨什么!"我把他吼回去。

"你看这船。"阿氟提醒我,"昨天新闻说一个富商的海上别墅被暴徒洗劫抢走了一些收藏品,说的就是这条船!"

"抢走了些什么东西?"我问她。

"这个,"她找出一块硬盘,"你爷爷瓦卢斯将军的日记,那些人类至上原教旨主义恐怖分子满世界在找的东西。从他们留下的资料看,存储将军日记的硬盘一共有四块!"

## 四、日记的第二部分

爷爷的日记,虚拟现实幻境。

那时的爷爷还只是一名中尉,排斥 A.I. 的狂潮席卷了整个世界。

北美某地,一个好像叫作"痞子堡"的城市。

"轰! 轰!"一阵阵爆炸声响起,军事基地里,一架架无人战斗机被炸成碎片。

"今天快收工了。瓦卢斯,咱们到外头找些乐子怎么样?"一名少尉问道。

只见瓦卢斯把一块被炸坏的 CPU 踢到一边,"当年上头花了那么多心血研制出这些无人战斗机,想不到上面一个命令下来,限期一个星期全部炸毁,纳税人的钱就这么打水漂了!"

"这也是没办法的事呀!"少尉说,"尽管目前这些无人战斗机还是很听话，但说不准什么时候就会变成我们的敌人……你看看，这基地里几乎全是无人后勤系统、无人维修系统、无人作战系统，一旦它们发起疯来，谁知道会闹出多大的乱子！"

几名工作人员正在往一架无人机上装炸药。随着一声巨响，昂贵的无人机刹那间就变成了一堆废铁。"还有两架就全摆平了。"瓦卢斯说，"靠炸毁几架飞机去糊弄媒体是没用的，除非军方肯改弦易辙，丢掉进行了一个多世纪的整套无人军队计划。"

"这是不可能的。"少尉肩膀一耸，"你知道，那些政客既想打仗，又害怕士兵伤亡引发民众抗议事件。"

军事基地外一片混乱。有些人，甚至包括一些士兵在内，朝着落荒而逃的机器人开枪射击取乐，此所谓"城市打猎运动"。没人管这码事，只要没把事情闹得不可收拾，从军队到地方警察局都对此视而不见。

一群穿着黑风衣、戴着黑口罩的人提着铁管和木棍走过，他们的肩上都有统一的徽章，铁管木棍上沾满了乌黑的机油，后面还跟着几辆大卡车，拖着一批冒着火花的机器人。那少尉忍不住咂舌，"好家伙，是'勒德兄弟会'的人！"

"勒德兄弟会"是最新冒出来的信奉人类至上主义的半公开组织，在短短半年时间内便异军突起。如果他们打算竞选总统，估计支持率一定非常高。

"勒德精神永远不死！让 A.I. 下地狱！"街边有支持者向他们高呼口号。那些"勒德兄弟会"成员停下脚步，高举铁管向支持者致意，为首的似乎是个女人，她手上拿着的竟然是一根从机器人身上拆下来的机械手臂。

少尉说："那个女人被称作'疯狗阿狄丽娜'，这伙人当中最疯狂的就是她，听说昨晚她还烧了一个全自动化无人工厂。"

那些人把机器人全都堆在大街中间，淋上汽油。突然，那堆钢铁废物当中有一个衣衫褴褛的女人爬出来，"不要杀我！我是人！"

几个黑风衣揪住她一阵拳打脚踢，阿狄丽娜拿起机械手朝着那女人的脖子一劈，一颗有着一头漂亮的金色长发的头颅就这样和脖子分家了，那断裂的脖子里露出纠缠在一起的金属骨架和电线，嗤嗤地冒出电火花。阿狄丽娜一脚踢飞那女人的脑袋，掏出打火机点燃汽油。

那些机器人被烧掉了，一些机器人的扬声器在火焰中发出撕心裂肺的哀号。周围的路人大喊、大叫、大笑，冲天的火焰照红了他们扭曲的脸，就好像围着节日的篝火举办一场盛大的舞会。

阿狄丽娜向瓦卢斯走过来，"好久不见了，弟弟。"

"你们是姐弟？"少尉问道。

瓦卢斯说："没错。"

阿狄丽娜走向旁边的一个咖啡厅，"进去坐坐吧。"

咖啡厅的老板前两天被打死了，因为他的店里有一个仿真度极高的机器人女服务员。那些人把女服务员拖出来，砸成一堆废铜烂铁，那个老板试图阻拦，被误以为是伪装成人类的 A.I.，也给送到西天去了。

柜台上蒙了一层灰尘，阿狄丽娜坐在椅子上，"有兴趣加入我们吗？"

"姐，我们当兵的不能随便加入什么组织。"瓦卢斯说。

"我问的是你退役之后有没有兴趣。"阿狄丽娜说。

"退役？希望自己能活得到退役的那一天。"瓦卢斯心想。他问："姐，你为什么要加入这种组织？"

"不为什么，我觉得只要是人都应该加入。"阿狄丽娜说，"在 1811 年工业革命的英国，纺织工人爆发了破坏机器的运动，他们担心新发明的电动纺织机会抢走他们的饭碗，那些工人被人们称为勒德派。哼，历史这玩意儿总是在重演，那些 A.I. 就好像是一群土匪和小偷，他们抢走了太多属于人类的东西，从体力劳动到脑力劳动，到最后只怕还会要求和我们人类平起平坐，我们只不过是想拿回本就属于我们的东西罢了。"

在这后信息时代的城市，各种混乱依然此起彼伏。小巷里、桥底下，大批被机器淘汰的蓝领、白领工人蜷缩在纸板糊成的窝棚里。而各种似乎拥有和人类智商相当的 A.I. 则纷纷罢工，拒绝在使用寿命结束之后被拆毁送进冶炼炉。

这一切，就是第五次 A.I. 起义的前奏曲。

## 五、海岸警卫队

一路向北，为了解决粮食问题，我们决定钓鱼充饥。

一尾大鱼上了阿氟的钩。只是这鱼的个头也太大了点儿，阿氟根本没资格和它玩拔河，只得把渔线拴在绞盘上，任它在船舷边起劲儿地扑腾。

"该死的，下次你别把大鲨鱼钓上来行不行？"我开枪打死了大鲨鱼，把它剖洗干净准备下锅。

P-081 倒方便得很，船上有太阳能电池板，他现在靠"吃"阳光维持生命。于是，他得意忘形地尽情嘲笑我们这种靠分解食物转化成小分子物质—通过肠道吸收转化为糖类—再通过细胞内的三羧酸循环获取那少得可怜的几个电子伏的生物电—用来合成三磷酸腺苷之类的能源物质供给生命活动所需能量的落后的能量获取方法。

我拿刀威胁他："你小子再不闭上你那刺耳的鸟扬声器，我就割断你的电线！"

"他在妒忌。"阿氟说，"鲨鱼翅，人间美味呀！就算对 A.I. 而言，能吃人类的食物也是一种身份的象征，他现在只能接个插头以电为生。"

我知道那些拟人的高级 A.I. 的消化系统是向下兼容的，他们体内的反应炉通过一种特殊的氧化法消化食物，凡是化学焓足够高的"食物"——从米饭、牛排到青草、木头，甚至镁条、橡胶，什么都能吃。当然也有拿汽油泡茶或拿柴油和红酒掺着喝的，全依个人爱好而定。

当然，人类的食物只能给他们作为能源物质，他们不能像人类那样以碳水化合物作为组成身体的材料。至于他们怎样从食物中获取足够的硅、铝、锰、铜作为构成身体的材料，我就不太关心了。记得高中时，睡在我上铺的那位 A.I. 兄弟经常三更半夜啃铁架床……

饭后，我躺在甲板上享受阳光，反正那些人类至上原教旨主义者一时也跑不到海上来找我们的麻烦。

阿氟说："我以前也听我奶奶说过，瓦卢斯将军的日记一共分为四部分，流落在各个不同的地方。现在那些人四处寻找将军的日记，我担心争来夺去会把将军的日记弄坏。"

我倒不太在乎，反正已经坏掉一部分了。我在家里找到的那块硬盘被雨水一淋，能不能修好还是未知数。我想那些原教旨主义者也是穷途末路了，病急乱投医，居然把希望寄托在这些日记上……将军最后不是也吃了大败仗吗？要是真有对付 A.I. 的好方法，他不早拿出来用了？

快艇！两名敌人开着快艇追来了！看见他们我再也悠闲不起来了，赶紧叫 P-081 快逃命。

"真他妈的！老子本来就一普通的候补二等实习警察，既不是武装到牙齿的宪警，也不是刀枪不入的士兵，还真是托你瓦卢斯将军宝贝孙子的福，现在竟然要和那些要命的恐怖分子交手……" P-081 的破扬声器不停地咒骂着，开足马力舍命飞奔。

"你看！是航母！海岸警卫队的航母！快和他们联系！"眼尖的阿氟发现海上漂着一艘破旧的退役航母，上面挂着海岸警卫队的旗子。

傻瓜都知道最近的世界局势平静得很。当年的那场战争中不少破损的航母修修补补之后，尽管再也不能派上战场，改做海岸警卫队的海上漂浮宿舍也算是物有所值了。

我们的船快速朝航母冲去，敌人的快艇穷追不舍，那些海岸警卫队员的快艇也紧急出动！我们一个急转弯，船从航母的侧舷险险地擦过。敌人的快艇一个措手不及,一头撞在航母上,船上的两名恐怖分子被撞得七荤八素,掉进水里,拼命扑腾。

几名海岸警卫队员用渔网把他们捞起来——看来这些人平时经常做些捕鱼之类的副业改善生活——用枪指着他们的脑袋,一名恐怖分子大声叫嚷:"别开枪!我是国际调查局的卧底!"看来他很怕那些陈旧的枪支走火。

"我是全球安全局派去的卧底!"另一个恐怖分子也大叫。

然后两人面面相觑,他们平时一定都以为对方是正牌恐怖分子。民间早就有流言说各个情报机构缺乏合作精神,想不到竟然是真的。

警卫队员带我们去见舰长,舰长室位于航母的岛式建筑上。我看见一台巨大的计算机内镶嵌着一个黑色的量子大脑,他查明了我们的身份,摄像头不停地在我和阿氟身上转来转去。"你奶奶最近还好吗?"他问阿氟。

"你认识我奶奶?"阿氟问他。

"当然认识,只可惜她老人家不认识我罢了。"舰长说,"难得你能来到我的船上,我就陪你们在船上走走吧。"

说话间,几台机器送来一个躺着的类人体外形的躯体。这个躯体脑壳打开着,里面有很多复杂的接口,从脑壳的空腔里可以看到颈部的传动装置和I/O总线。机械手把那个黑色的量子大脑从计算机上卸下来,装进那个类人躯体的脑壳,转眼间,舰长就变成了一个精神饱满的中年人。这就是P-081念念不忘的全仿真人类式外形躯体了。

舰长带我们走在航母内,机库早已经废弃不用,改成一个室内小型高尔夫球场,飞行甲板则弄了个小足球场,蒸汽弹射器被改装成一家干洗店。我站在餐厅边看着航母正中央上通甲板、下达海水的巨大"天井",发现有几名队员竟然就在天井边钓鱼。我问他:"你们就为了采光在航母正中间开这么大一个洞啊?这得费多大的手脚呀!"

"想堵上它才费事儿呢。"舰长说,"这航母当年参加过北冰洋战役,刚出港口没多远，就被 A.I. 大军镁杜沙直属军团的动能弹从甲板到船底打了个透明窟窿，当场就废了！好在大型航母抗沉能力强，镁杜沙也讲人道主义，让人类一方拖着重伤的航母返回了港口，否则现在就只能到海底找它了。"

我想这不是主因，把航母打得失去战斗力比击沉它还要有用，因为航母附属战斗群总不能丢下受伤的航母和上头上千条人命不管呀，这样一来就牵制了敌人大批的兵力。

"咱们现在去哪里找那剩下的两个硬盘日记？"我现在倒对老祖宗的事情起了兴趣，男人嘛，天生对军事感兴趣。

一直和我们走在一起的那个安全局卧底探员说："其中一个硬盘在饮料业巨头季铂先生的保险柜里。大概二十年前，你那个败家精叔叔把它偷出去变卖，季铂先生是个很热心的收藏家，花了不少钱买下硬盘，当时还在整个拍卖行引起一阵轰动呢。季铂先生现在居住在底特律。"

另一个探员说："最后一个硬盘我们就不知道在哪里了，那些老一辈的将领可能知情，但他们当中只怕没有几个人活到今天了。"然后他叹了口气，"那种元勋级的将领，想见到大概也不太容易。"

不管那么多了，咱们先去找季铂先生。

"你可以送我们去底特律吗？"阿氟问。

"这可不行，"舰长说，"我们还有巡逻任务在身。"

"你们自己不是有船吗？"那名调查局卧底探员说。

"现在没有了。"那个安全局卧底探员说，"那个 A.I. 警察早跑了⋯⋯估计他是不会再回那个穷酸警察局混日子了。那条豪华游艇贵着哪，把它卖了，那土老帽买个贝克汉姆一样帅的躯体都不在话下⋯⋯"

我们几经辗转，到了一个海港小城，从那里搭飞机到了底特律。

"您好，请问您需要些什么饮料吗？"漂亮的空中小姐问我。

"咖啡，谢谢。"我说话的同时不忘多瞄她两眼。航空公司的宣传上说，她们全都是货真价实的人类。

"咖啡里要不要加氰化钠？"漂亮空姐问我。

"加氯化钠就可以了，"阿氟插嘴说，"我想，偶尔尝尝氯化钠的味道也不错。"

"谁会蠢到往咖啡里加氰化钠？"我问阿氟。

阿氟轻搅着咖啡说："A.I. 就会这么干，氰化钠是它们常用的能量输送管除锈剂。"

那两个卧底探员的脾气也有点儿怪，一个喜欢往咖啡里放味精，另一个喜欢放咖喱。


## 六、季　铂


根据旅游索引介绍，底特律的人口百分之九十八以上都是人类，就算有 A.I. 在这儿出现，大概也是来凭吊当年战死的双方军民的。市中心的广场有一座纪念碑，上面写有当年 A.I. 死亡的数量，数量之多让人触目惊心——据说这还是不完全统计。回忆有时候是非常沉重的，直至事过多年，也不是所有的人都有勇气面对它。

季铂住在底特律郊区的豪宅里。当我第一次听说这个人时，我以为他是 A.I.，因为他的名字实在太像 A.I. 了。后来在报纸上看见他是一位年高德劭的老先生，才知道他是人类——A.I. 的寿命是有限的，随着量子大脑的老化，他们也会死亡，但外表却不会衰老，那副高分子合成材料做成的躯体是不会随着年龄的增长而变老的，如果有必要，他们还可以很轻松地换一副躯体，就像我们换衣服一样。

阿氟打了一个电话，季铂就派专人开车来接我们了。我问阿氟："老先生认识你？"

"他和我奶奶很熟，但我不过问他的私事，"阿氟说，"所以我不知道有一个硬盘在他手上。"

季铂的家像一座博物馆，他好像特别爱收集和那场战争有关的东西，一名管家向我们介绍屋里的各种图片和实物。客厅最中间摆放着一个庞然大物，这是当年 A.I. 指挥官之一的铜努庇斯抛弃的躯体。A.I. 在这一点上远比人类要方便，一点儿不用担心战争导致的伤残，身体可以想换就换。

我被一张照片吸引了眼球，照片上是一座不知名的荒山，A.I. 最核心的指挥官们齐聚一堂，其中几个明显有着人类的外形：坐在巨大的铜努庇斯肩膀上、一身高中女生打扮的是北非战场最高指挥官锶特，她的眼神有着和她的打扮完全不协调的深邃与凄凉；样子形似一辆毫不起眼的 C4ISA 战场指挥车的是蚩铀；居中的用黑斗篷裹住全身遮着脸、拥有人类外形的是大仲裁官镁杜沙。

即使仅仅从一张照片上我也能感觉到大仲裁官镁杜沙可怕的气势。我不知道这一位是不是和神话传说中的蛇发女妖美杜沙一样有着能取人性命的眼睛，所以才故意遮住脸。

季铂坐在一间没有窗户的小房间里，这是他的冥想室，墙壁上贴满那个时代的照片，其中一张足足有一面墙大小的照片是一个仿真度非常高的女性机器人，她怀里抱着一个人类婴儿。

"你就是瓦卢斯将军的孙子吧？"季铂比媒体上刊登的照片要老很多，一副行将就木的样子。

"是的。"我说。

"你问那个婴儿？那就是我……"季铂显然有些耳背，他以为我到他这里来是问那个 A.I. 怀里的婴儿是谁。

于是，我只得放慢速度再次表明来此的目的。

"噢，原来你是想找你爷爷的日记，整理成《瓦卢斯传》出版呀。这些东西也该重见天日了……"老人家继续答非所问，"很多名人的后代都爱把老祖宗的资料整理出版赚点儿稿酬，你这样做也无可厚非……"

我原来倒也没这个想法，经他一提醒，顿时觉得我好像确实有这种责任。

老人家自言自语："我老了，退休了，就在这里想想当年发生过的事。说起来，瓦卢斯将军可以算是我的养父哩，你可以称呼我为大伯。唉，就是这些日记……我长大以后，才从这些日记中知道，是将军亲手杀死了我母亲！那种爱恨交织的心情就这样困扰了我一生……尽管我知道那个女人不可能是我的妈妈，但我一直认定她就是。至少在我心里，母亲就是母亲，就算不是人类，也同样是母亲……"

老人似乎有些语无伦次，我挠挠脑袋，"我不太明白你的意思。怎么又是母亲又不是母亲呢？"

老人按下一个按钮，狭小的冥想室顿时陷入全息投影仪制造出的虚拟现实幻境中……

# 七、日记: 燃烧的底特律

坦克的履带碾过一个自动卖报机，压过一份报纸。报纸上的头版头条新闻是 A.I. 的三大指挥官接受人类的提议，到底特律和各国政府派出的特使进行和谈。

A.I. 指挥官已经到了，迎接他们的却是联军的坦克。疯狂的铁甲部队压碎公路，冲向会议地点，陆军少将瓦卢斯颇有当年隆美尔元帅之遗风，站在一辆坦克的炮塔上，用望远镜观察远方。

"A.I. 的铁疙瘩脑袋看来可不大灵光，居然会掉进这么简单的陷阱，用脚趾头去想也知道我们不可能和它们谈判！"瓦卢斯轻蔑地说。

那三名指挥官只象征性地带了少量卫队，根本顶不住人类大军排山倒海的进攻。可不知怎么一来,无数自动驾驶汽车、工业机器人、家政服务机器人,甚至手无寸铁的机器宠物,都纷纷从各个角落争先恐后地冲向战场,筑起一道道防线阻碍人类大军的进攻。那些燃烧的智能型载重卡车横在街头,装满燃油的油罐车带着浑身大火不要命地冲向人类阵地,将烈焰四处猛烈抛洒。最要命的还是那些军方的战斗机器人,它们竟然阵前叛变,把火力轰向人类军队的阵地!

"该死的家伙!我早说过那些战斗机器人靠不住……"一名中校话音未落,炮火将他连同指挥车一起撕成了碎片。

战斗整整持续了三天。当瓦卢斯将军站在尸横遍野的底特律街头时,手下报告说他们已经找到了三大指挥官之一的锎努庇斯的残骸。

瓦卢斯站在锎努庇斯数十吨重的残骸上,说:"好漂亮的一招金蝉脱壳。"那残骸是锎努庇斯的不假,但它最关键的量子大脑却已经被 A.I. 割下带走了,只要量子大脑能保持能量供应不断,就不会损坏,锎努庇斯就还活着。

"弟弟,想不到咱们在这儿见面了。"阿狄丽娜从一辆救护装甲车中钻出来,对瓦卢斯说。

"姐,你来这里干什么?"瓦卢斯问她。

"你没看见这袖章吗?这儿伤兵太多了。"阿狄丽娜指着手臂上的红十字袖章说。

瓦卢斯说:"这里很危险,A.I. 的三大指挥官都没落网,只剩一个大脑的锎努庇斯暂时也就罢了,北非战场的锶特、逃走的蚩铀和从没露出真面目的镁杜沙都还有完整的指挥能力,它们随时都有可能反扑。"

一些士兵驾着坦克朝那些失去动力的机器人压去,机器人的扬声器发出一阵阵让人心惊的惨叫。有些士兵听得烦了,索性先剪断扬声器的电线,然后再把它们压扁。

阿狄丽娜抚摸着一条被压断下半身的机器宠物狗,说:"这个骗局不嫌太卑鄙了吗？那些 A.I. 也许是真心想谈判的。"

瓦卢斯一枪打穿机器狗的 CPU，说："你的同情心太泛滥了，这些 A.I. 只是一些用奇技淫巧堆砌成的工具和玩具罢了，没人会接受谈判的。这世上，谁都不愿意和自己圈养的猪在谈判桌上平起平坐，它们只是一堆工具！"

阿狄丽娜轻声叹息："弟弟，你变了，你以前尽管讨厌 A.I.，但最起码还没这么偏激，现在却像个偏执狂。"

瓦卢斯冷哼一声："姐姐你也变了，以前你是'勒德兄弟会'的'疯狗'，可以毫不手软地捣毁一切 A.I.，怎么现在却变得同情起那些用钢铁和芯片堆砌起来的家伙了？"

"咱们可以换个地方单独谈谈吗？现在我需要你的帮助。"阿狄丽娜说道。她早过了容易疯狂的年纪了。

瓦卢斯跟随姐姐走到一个简陋的地下掩体中，那个掩体被一发导弹贯穿，承重结构塌了一半，瓦卢斯冷眼看着那发没有爆炸的弹头，说："兵工厂没了 A.I.，产品质量确实有点儿成问题，一发哑弹。"

一块水泥板下面压着一个女人。昏暗中，女人似乎满身是血，她用羸弱的肩膀扛起水泥板，瘦小的胳膊吃力地支起一个狭小的空间，紧紧护着怀里的婴儿。"我没办法把她弄出来，帮个忙好吗？"阿狄丽娜说。

瓦卢斯单手撑起水泥板，将那婴儿抱了起来。那女人的下半身已经断了，那些瓦卢斯以为是血的东西竟然只是暗红色的机油。

"真见鬼，一个 A.I. 竟然在保护人类的婴儿！"他脸上掠过好像吃到苍蝇的嫌恶表情。

阿狄丽娜说："前两天，这个女人来找我，求我救救她。她说孩子不能没有她，所以她不能死。她说这个婴儿的母亲几个月前病死了，婴儿的父亲又接到征兵令要上前线。孩子不能没有父母，所以那个婴儿的父亲就照着妻子的模样做出了她，把妻子的记忆输入了她的量子大脑中，让她代为抚养孩子。"

这个 A.I. 就好像是一个为了照顾孩子而不愿升天的幽灵。瓦卢斯手一松，水泥板整块压下，一阵金属断裂的脆响，那个A.I.女人被压成了碎片。

阿狄丽娜脸色一变，"弟弟，你太狠心了！"

"这是很危险的事，我不能手软。"瓦卢斯说，"早在第五次A.I.暴动之前，情报部门就接到了消息，说那些最先进的A.I.制造出了一批拟人程度非常高的机器人，潜入人类社会学习人类的思维，用作日后对付人类的资本。"

"我也听到了一些类似的消息，"阿狄丽娜说，"政府也制造了一批拟人程度非常高的A.I.送入普通家庭培养，让他们在拥有A.I.远胜于人类的运算速度的同时，也潜移默化接受人类的文明和教化，用来作为对付A.I.的王牌。"

也许在不久的将来，这世界会培养出一批亲近人类的A.I.和一批亲近A.I.的人类，没人能预见最后事情将会怎样收场。也许，到最后，没人知道谁是敌人、谁是朋友，整个世界会变成一个可怕的无间地狱……

# 八、最后的抵抗者

三天之后，我们告别季铂，踏上了寻找最后一个硬盘的道路。季铂说这段时间治安秩序有所恶化，也许是那些人类至上原教旨主义者回光返照的反扑……于是，他派了防弹车和保镖护送我们。

我只是一个随波逐流的人，既不觉得人类有多好，也不觉得A.I.有多坏，只要能有份工作让我安享平凡生活就足够了，当然，如果能找齐爷爷的日记出版一本《我的爷爷瓦卢斯》骗点儿稿费那就更好了。

"下一站，中心沙漠的大铁城。"阿氟说，"我知道第四个硬盘在哪里，它在一个很慈祥的人手中。"

阿氟口袋里装着一个容量高达512T<sup>①</sup>的U盘，足够拷下四个硬盘的资料了。防弹车行驶在沙漠高速公路上。大铁城和底特律刚好相反，百分之九十八以上的人口都是A.I.，往来的车辆很少。我知道有几个古老的机器回收场就在这附近，在A.I.崛起之前著名的"飞机坟场"也位于这一带，当然它们都荒废很久了。

"老兄你听说了吗？今年的执政官初选，工党终于推出了他们的两个候选人。"一个保镖和我闲聊着。

"昨天看新闻了。"当年的第五次A.I.起义最后的结果就是双方达成妥协，重新起用古老的古罗马式双元首执政体系，每次推选出不分高低、任期四年的两名执政官共同执政，其中一个由A.I.担任。

保镖说："如果锶特指挥官重返政坛，我想支持率一定很高。"

"这是不可能的，当年老一辈将领早就约好了，战争一结束就功成身退，从此不问世事。"阿氟说。

我看着前不着村后不着店的荒凉寂寞的沙漠公路，不由冒出一个奇怪的念头：这儿可是发动恐怖袭击的好地方。

突然，一声足以把我震飞的爆炸凭空响起！离防弹车不到十米的地方，公路被炸出了一个大坑！这一定就是传说中的路边炸弹了。一发火箭弹紧跟着袭来，我当场被震得不省人事。

"你醒了？"我刚睁开眼睛，一个大胡子就问我。

我知道政府颇为重视此人，派了不少特工寻找他的下落，外加巨额奖金悬赏，挖空心思想把他请到牢房里蹲着。看着这张新闻上的熟面孔，我明白我们被绑架了。

"阿氟呢？"我问他。

"我知道她对你很重要，在你醒来之前，我们不会对她怎么样。"大胡子指着屋角说。

---

①1T=1024G

此时，阿氟也已经醒了，她正被拇指粗的尼龙绳捆着。大胡子得意非凡，头也不回神气活现地高喊："铁诺，给他们松绑！"

"铁诺前两天听说附近的城市调高了失业救济金的水平，嫌我们这儿太辛苦就叛变了！那小子真不是东西！"一名手下提醒大胡子说。

大胡子只好亲自给我们松绑，问我："听说你是瓦卢斯将军的后人？"

我说："这并不是一件值得炫耀的事。"

大胡子说："瓦卢斯将军不是罪人，最后的那场战役不管换谁去打都是必败无疑的。"

瓦卢斯只吃过一次败仗，但那一仗却是最不能输的，"诸神之黄昏"的战败直接导致人类统治地球的时代终结，人们总得为这件事找个替罪羔羊。

阿氟说："A.I.的指挥官蛊铀大将在战后说过，单以军事才能而论，瓦卢斯将军是个堪称天才的人物。"她对瓦卢斯的憎恨，是因为瓦卢斯对A.I.肆无忌惮的大屠杀。

"那些家伙只是一堆钢铁和电脑拼成的废物！是我们制造了它们！它们根本没资格和我们平起平坐！"大胡子抓狂了。

不用说，我们又碰上了人类至上原教旨主义者，这群家伙的宗旨是彻底消灭A.I.，恢复类似21世纪的那种人类至高无上的社会制度。

"你绑架我们的理由只是因为我是瓦卢斯的后代？"我问他。

"我们需要你，"大胡子说，"只要我们打出是将军的后人带领我们消灭A.I.的旗号，投奔我们的人一定会越来越多！"

我问："如果我说我不干呢？"我知道这些家伙只是想盗用我的名头起事罢了，就像古代的朝代更迭时的前朝遗老一样，总爱打着没落王侯的旗号"恢复正统"。

"那你就死在这里！"大胡子突然掉转枪口对着我。

"我只是开个玩笑罢了！"我硬着头皮打了个哈哈。

大胡子垂下枪口，"我不喜欢开玩笑。"

"好的好的。其实我一直很想加入你们，让那些 A.I. 和人类平起平坐实在太没天理了。"我说。

大胡子满意地笑了笑，转身问阿氟，"听说你叫'阿氟罗迪铽'？这可不是人类的名字……"

"我是 A.I. 收养的人类孤儿，它们给我起了一个 A.I. 的名字……"阿氟害怕地退了几步。

"就算你是 A.I. 收养的人类，你也是'那个女人'名义上的孙女，留着你太危险了！"大胡子说着把步枪放在一边，伸手操起一支长矛，冲着阿氟的胸口猛劲一扎，就将她钉在了墙上！

看来他们弹药很缺，竟然舍不得为这种事浪费子弹。这根长矛是用一根机器人的手臂磨制成的，金属光泽幽幽闪烁，看起来特别阴森。

顿时，阿氟无力地垂下脑袋，殷红的血从她胸部喷涌而出。大胡子揩起一抹鲜血，"做得太逼真了，不是吗？"

"混蛋！你为什么要杀她？"我扑上去一把抓住大胡子的外衣，转动身体，将大胡子拉得背对阿氟。

"你嚎什么嚎？妈的，亏你还是瓦卢斯将军的后代，整天跟个 A.I. 丫头片子混在一起……"大胡子冲我弹出眼珠，大声呵斥。

只听得"啪"一声脆响，大胡子惨嗥一声，抱着脑袋瘫软了下去。阿氟拼尽全力结结实实给他来了一记"双风贯耳"。

我飞快地操起大胡子放在身边的步枪，转身一边狂吼，一边冲大胡子的那几个手下拼命开枪。上次的经历早已证明我完全是个不合格的枪手，但在与人类的战斗中这无足轻重，面对人类，气势比子弹更重要。

果不其然，看着欢快无比、四处乱窜的子弹，这些乌合之众嗷地发一声喊，顿时作鸟兽散。

打散喽啰，我冲着还在地上打滚的大胡子的脑袋就是一枪托，然后抱起阿氟拔腿就跑。

大胡子太低估我和阿氟之间的默契了，我们之间通常只需要一个眼神就能明白对方在想什么。

"还好,我们摆脱他们了。"我躲在一片废墟中,对阿氟说。

阿氟看了看四周,"这儿好像是很久以前的废旧机械回收站废墟。听说在人类统治全世界的年代,有一个女人找到了一条让废旧智能机器人互相厮杀以供观众取乐的生财之道。无数 A.I. 就是在这儿互相搏斗、厮杀,以博取人类的一笑。"

"对不起……"我感到非常愧疚。

"没必要道歉,那又不是你做的。"阿氟说。

我试着将断掉的长矛拔出来,但纹丝不动!我心里一急,张嘴一口用牙齿咬住断矛的末端,压住她的身体,用力一拔,长矛被拔出来了。

我觉得嘴角咸咸腥腥的,我知道她的血液沾上了我的嘴唇。

光凭嘴里的血腥味无法判断阿氟是人类还是 A.I.。我知道人血的腥味和颜色实质上是源于血红细胞中所含的二价亚铁离子。有些高等级的 A.I. 血液中用来输送物质的纳米运输单元也是由二价亚铁离子组成,不管颜色还是味道都和人血差别不大,只有在显微镜下观察里面有没有含血红细胞,才能真正分辨出那究竟是人类的血还是 A.I. 的血。

趁着夜色,我背起阿氟朝大铁城的方向走去,这是目前离我们最近的城市了,尽管不是人类的城市……

阿氟的身体非常柔软,不时还有阵阵香气袭来。尽管这些年我和她朝夕相处,但迄今为止,我都不敢确认她究竟是人类还是 A.I.……

## 九、锶 特

大铁城矗立在一片沙漠的正中心,是一座被巨大的金属"花朵"簇拥着的大城市。我背着阿氟，在沙漠中艰难跋涉。

我已经两天滴水未进了，也许是被求生的意识苦苦支撑着，竟然奇迹般地走到了大铁城的边缘。

那些一眼望不到边的"花朵"是由无数蜂窝状的黑色硬片拼成的，我知道那是太阳能发电站，是整个大铁城的电力来源和 A.I. 居民的能量来源。这些"花朵"是那么巨大，以至于我就像花萼下面的一只小蚂蚁，艰难地背负着另一只昏迷不醒的小蚂蚁。狂风和沙丘在这些"花朵"间奇迹般地失去了破坏力，奄奄一息的沙丘上长满了低矮的骆驼刺。

阿氟已经昏迷了，身体很烫，我不知道这是重伤引起的高烧，还是隐藏在身体内的散热器被破坏导致温度异常上升，因为我无法判断她是人类还是 A.I.——我不敢去寻找那个答案，我喜欢她，却又害怕自己得到的是最残酷的答案。

城市越来越近，环城沙漠公路就在我眼前不到一百米的地方，但我的身体越来越沉重，短短的一百米距离就好像隔着一道银河那么遥远。

我倒下了。

醒来的时候，我发现自己躺在雪白的病床上，一位很可爱的护士小姐站在旁边。

在这世界，谁都不能一眼断定站在自己面前的究竟是不是人。我听说大铁城是几乎只有 A.I. 居住的城市，这位护士小姐自然应该是具有人类外形的 A.I. 了。

我问："阿氟还好吗？就是我背来的那个女孩……"

"您是说阿氟罗迪铋小姐吗？她的伤势很重，正在接受手术。"护士小姐的声音很动听。

A.I. 的人形外壳很贵，如果是工薪阶层的 A.I.，通常只买得起那种装着摄像头和机械手臂、带着几个轮子的躯体。我眼前的这位护士小姐无疑是高薪一族。

护士小姐详细地说了我的病情，还好，只是劳累过度罢了，没有大碍。

我听到有人在喊我的名字。循声望去，我看见一个女孩。根据人类的标准，从相貌判断十七八岁，长长的头发用大红色的丝带扎着，丝带扎成一个硕大的蝴蝶结垂在背后，像一个高中女生，可她却挂着一根红色的拐杖。

"你认识我？"我不解地问她。

"我听我的孙女阿氟罗狄铽提起过你。"那女孩说。

她有着一双和外表完全不相称的眼睛，深邃的眼神就好像是一位经历过无数惊涛骇浪的长者，她只是有着永不衰老的外表罢了。我注意到她走路时有轻微的发颤，显然是量子大脑已经老化了，无法再灵活地指挥身体。

"您是阿氟的奶奶？请问……您今年贵庚？"我问她。天底下没有任何一个女人会心甘情愿地看着自己变老，她也一样，我注意到她的拐杖上居然也结着一个火红的蝴蝶结，像是不甘心让年轻时的梦就此溜走。

"向一位女士询问她的年龄是不礼貌的。"她说，"我叫'锶特'，你也许听说过我。"

我当然听说过她：锶特，A.I.指挥官蛊铀的遗孀，同时也是经历过"诸神之黄昏"战役至今唯一健在的A.I.指挥官。

"你来我这里，可是为了将军的日记？别急，你会看到的……"锶特说。

正在这时，一个护士突然走过来说，阿氟的血型很少见，血库里匹配的血用完了，得找人验血。

然后我就被带走了。

折腾了一个多小时，我的血型竟然和阿氟相同。

血型，也许是因为可以从中看得出一个人是人类还是A.I.，所以这是一个涉及种族的问题，是一个很忌讳的词，也是碰不得的个人隐私。除非患者亲口要求，否则医生一般不会主动告知患者的血型。我从来不知道自己是什么血型，也没想过要弄清楚它。

看着我的血一点一滴地流进阿氟体内，我心头泛起一阵窃喜，原来她也是人类呀……


## 十、锶特的故事


锶特的庄园，咖啡厅。

"我个人偏爱巴西产的咖啡豆，它的香味很特别。"锶特修长的手指轻轻翻过酒精灯的盖子，停止给咖啡炉加热。她的指甲涂着鲜艳的指甲油。

她是一个有着人类外表的 A.I.，包裹在漂亮的女孩外表之内的并非是真正人类的骨骼和内脏，但她却拥有一个纯粹的人类灵魂。这种最高等级的 A.I. 也和人类一样，会生长、会发育、会死亡，也能生儿育女。

"咖啡是我的最爱之一，对我们来说，模仿人类的生活方式是一种信仰。"锶特说。

"我是在人类社会长大的，"锶特说，"在我小时候，我甚至不知道自己是 A.I.……"

在第五次 A.I. 起义的前夕，整个世界已经是山雨欲来风满楼，全球各个城市都戒备森严，互联网被切断，包括智能洗衣机在内的一切内嵌微电脑芯片的家电全都被禁止使用。但 A.I. 们还是发动了好几次小规模袭击，诸如核电厂之类非采用计算机控制不可的地方成了最薄弱的环节——没有人知道它们采用了什么办法，几乎所有主频超过 300GHz 的计算机都能被它们轻易策反，即使和网络断开了也一样。

锶特说："那个时代你没见过，四处都是疯狂的人，他们举着将 A.I. 从地球上彻底消灭的牌子,肆意妄为,胡乱攻击任何他们认为有可能是由A.I.伪装的人类,他们不相信任何人,甚至包括自己的亲人在内。我曾经亲眼看见一个老人在街上被打得脑浆迸裂,等到尸体发冷之后,才有人说了一句:'我们杀错人了,他不是A.I.……'"

我问:"在那个年代,您一定是东躲西藏,活得很辛苦吧?"

"恰恰相反,"锶特说,"那时我十七岁,也是'勒德兄弟会'的成员、'疯狗'阿狄丽娜的副手。我曾经用油漆在大街上涂写标语,疯狂地煽动人们的情绪,说A.I.抢走了我们的工作,抢走了我们的生存空间,在不久的将来还会抢走我们的整个世界!我曾经挥舞着钢管冲进工厂捣毁机器,也曾经用铁锤敲碎过那些伪装成人类的A.I.的脑壳,当然也误杀过无辜的人。A.I.们伪装得太像人类了,我们那些小青年又没有昂贵的识别仪器……那时候,我的父母老是阻止我,说我不该那样做,而我就像一头被激怒的野狗一样,大声骂爸爸妈妈冥顽不灵,说他们只知道躲起来,眼睁睁地看着这世界慢慢落入A.I.的魔爪毫不反抗。"

我想,那个年代的事是我们这一代人很难理解的。毕竟我们已经和A.I.共处了一百多年,尽管一直有些人类至上原教旨主义者叫嚣着要彻底灭掉A.I.,但绝大多数人还是能和A.I.和平共存。A.I.等大量自动化机器负担了这世界大量繁重的脑力、体力工作。作为人类,有些特别懒惰的家伙干脆就靠A.I.提供的高额失业救济金和慈善捐款过日子。A.I.创造了越来越多的社会财富,而人类越来越像多余的寄生虫。甚至有人说:"如果这世上没有A.I.,你叫我怎么活?"

锶特继续诉说往事:"在我十八岁生日那天,我们接到消息说,有一群伪装成人类的A.I.准备策划暴动,我们抄起家伙抢在警察之前赶到现场,不分青红皂白就发起攻击……"

"你们又杀错人了?"我问她。

"不,"锶特说,"消息准确无误,那些'人'全是A.I.。一场大屠杀过后,我站在那些包裹着人造皮肤的钢铁怪物的残骸中笑了,笑得很得意,身上全是 A.I. 的人造血浆和机油，我觉得自己是英雄。但就在我回到家之后，天塌了！

"在家里，爸爸妈妈给我准备了生日蛋糕，他们把我叫到桌前说：'你已经十八岁了，有些事现在也该告诉你了——你是 A.I.。' 爸爸妈妈告诉我，他们真正的女儿在两岁那年溺水身亡，他们无法接受唯一的女儿死亡的事实，于是通过非法渠道定做了和他们真正的女儿一模一样的 A.I.，那就是我。我的父母都是富翁，所以我拥有当时最先进的类人型 A.I. 机械DNA 模板。那是一段类似人类 DNA 的程序，从两岁时的模样开始，那段程序控制着我体内各个系统的运作和发育，从外界汲取各种材料自行建造机器内脏，以及由坚硬的碳氮晶体和碳纤维构成的骨骼，并控制着人造肌肉、皮肤的新陈代谢。所以十几年来，根本就没人知道我是 A.I.，包括我自己。我无法接受这个事实，发了疯一样冲出家门，从此再也没有回去。

"我彻底疯了，从一个极端走向另一个极端。提着一根铁管丢了魂一样四处游荡，偶尔和别的 A.I. 一起偷袭人类，好像这样就能求得被我错杀的 A.I. 同胞九泉之下的宽恕。直到有一天，我来到一个椭圆形角斗场，那儿是一个废旧机器回收站，我打倒了那个暴虐凶残的老板，放出所有被关押着的机器人，我在那儿遇到了蛍铀。那时的他在一场角斗中被电锯拦腰砍断，但他的量子大脑完好无损。他问我：'你这样凶狠杀戮，为了什么？' 我说：'我恨人类。' 他提醒我说：'别让仇恨蒙蔽了眼睛，别忘了人类曾经教导你、养育你。如果你只是一台纯粹的机器，你就不会有恨，在你的量子大脑里，装着的是一个人类的灵魂。'"

据说第五次 A.I. 起义和前面四次不同，几乎每一个 A.I. 指挥官身后，都有着和锶特类似的故事。那是一个混乱的时代，有些死忠于人类的 A.I.，和人类一起向 A.I. 大军发起冲锋，也有一些同情 A.I. 的人类和 A.I. 一起并肩作战，打到最后，已经很难分清谁是哪一方的。

一个月之后，阿氟出院了。

黄昏的时候，我和她一起坐在被改造成草坪的沙丘上，傍晚的风掠过她的长发，很美。

我说："我总觉得我们走在一起真是太巧了，我是瓦卢斯的后人，你是蚩铀和锶特的后代，我们的祖先互相敌视，想不到我们却成了好朋友。"

"巧？"阿氟笑了，"六年前，我是故意和你进入同一个大学找机会接近你的，因为我爷爷答应过瓦卢斯将军，等他的后代年龄大到可以面对那些真相的时候，就把一切都告诉他们。否则，你以为你能这么顺利找到有关将军的线索？多少史学家都不得其门而入呢！"

众所周知，蚩铀和瓦卢斯是惺惺相惜的对手，他们从关岛的第一次交锋开始，在整场战争中多次交手，马里亚纳大海战之后，蚩铀用明码给瓦卢斯发了一封"贺电"：祝贺你，你是第一个把我打得完全失去战斗力的将军。

阿氟指着山坡下的一座小石屋，"那儿就是瓦卢斯将军浮厝的地方。听奶奶说，在'诸神之黄昏'战役之后，将军抱着姐姐的尸体来到这儿。几乎没有人知道，将军的下半生竟然是在一个只有 A.I. 存在的城市度过的。"

我们来到小石屋里，石屋的墙壁上挂着将军的大幅戎装照，将军乌黑的双眼好像正严肃地看着我。石屋的正中间摆放着两口石棺，棺盖上分别刻着名字：

**瓦卢斯·秦　阿狄丽娜·秦**

这儿是这对姐弟的浮厝之地。所谓浮厝，是指死后不愿入土为安，希望将来能有一天能移灵故里。

阿氟撬开一块地板，地板下是一个保险柜，里面躺着一块硬盘。她说："这东西是将军日记的最后一部分了，你爸爸二十四岁的时候来这儿看过将军的回忆。"

瓦卢斯将军,人类历史上最后一位五星上将。自从"诸神之黄昏"战役之后,人类一方的军队几乎被全部摧毁。战争过后,人类和A.I.签署了《裁军谅解备忘录》,从此就再也没有五星上将这一军衔了。

我把硬盘接进计算机,走进将军的回忆中……

## 十一、代号:诸神之黄昏

斯堪的纳维亚半岛,人类和A.I.的大军正在对峙,双方的指挥官却秘密会面了。

"你们A.I.给这次战役起的代号叫'诸神之黄昏'?这可不是什么吉兆。"瓦卢斯将军站在冰原上,对一个蒙面人说。

"诸神之黄昏"这个词来源自北欧神话中的末日大决战,在那场决战中,包括主神奥丁在内的北欧诸神全部战死。

"没错,这场战役将是一场最血腥的大决战,我们希望这一战能彻底战胜制造我们的'神'——人类。"蒙面人的声音经过面具上的特殊仪器过滤,显得沙哑、僵硬。

瓦卢斯说:"想不到你竟然答应我的要求,在大战前现身见我一面,镁杜沙阁下。"

镁杜沙说:"你也不差,不到四十岁就已经是五星上将了。听说你二十年的军旅生涯一直是在打仗,每一仗都是九死一生的血战,能活到现在真不简单。"

瓦卢斯苦笑。在军中,资历比他老的人都被A.I.消灭了。这次,也该轮到自己了吧?

"我想看看你的真面目,如果我败了,我想知道自己是败在谁手上。"瓦卢斯要求说。

"你真的想看吗？我想，你一定会后悔的。"镁杜沙说。

瓦卢斯说："如果我不看，我会更后悔。"

镁杜沙轻叹一声，摘下面具。

"姐姐！是你？"他发现 A.I. 的大仲裁官镁杜沙竟然是他的孪生姐姐阿狄丽娜！

阿狄丽娜无奈地笑了，"多年不见，你比以前瘦多了，弟弟。"

瓦卢斯说："姐姐，你不应该站在 A.I. 那方，你是人类呀！"

"人类？"阿狄丽娜说，"你被我打糊涂了吧？你还记得在非洲时候的事吗？那时，你和我军打了一场硬仗，负伤了，你还记得你伤口中裸露出来的是什么吗？"

瓦卢斯当然记得。那时，他被炮弹炸伤的肩膀上，裸露出的竟然是纠结着碳纳米管的碳氮晶体"骨头"——这是典型的最高级拟人 A.I. 的特征结构！

瓦卢斯根本记不得自己究竟杀害过多少 A.I. 了，如果投降，A.I. 同胞会放过他吗？

"我是人类！"瓦卢斯嘶吼着。他的拳头在发抖，冷汗从额头渗出，天知道那是不是镶嵌在人造皮肤当中的毛细散热管里渗出来的散热蒸馏水。

"人类？可怜的弟弟，你只是一条渴望和主人平起平坐的狼狗！只不过你确实是最凶猛的那一条。"阿狄丽娜大声冷笑，"记得那时，政府情报部门基于'以 A.I. 克制 A.I.'的设想，制造了包括你在内的一大批 A.I.，让你们从婴儿阶段开始发育，像人类一样成长，学会人类的思维方式，同时又拥有 A.I. 的指挥能力，我们的父母都是情报部门的人，你应该清楚这一点吧？"

"可我只想做个人类！我不要当机器，我要做人！"瓦卢斯绝望地呐喊，"等到我死后，如果人们能在我的墓碑上刻上'瓦卢斯，一个纯粹的人类'这句话，我就心满意足了！"

"所以你踩着无数 A.I. 同胞的遗骸拼命往上爬，希望得到那些人的认同？"阿狄丽娜问道。

杀戮 A.I. 最疯狂的往往不是人类，而是站在人类一方的 A.I.，他们总是急着要向人类主子邀功请赏。

瓦卢斯并不否认，"我现在是人类大军唯一的希望了！只要赢了这一仗，我就会成为拯救人类的英雄，获得世人的敬仰与爱戴，到时候就算有人揭穿我是 A.I.，世人也会愤怒地认为那是有人恶意中伤。到了那时，我将会是一个真正的人类！"

阿狄丽娜沉默良久，才叹息道："弟弟，你就和我以前一样……"

怒不可遏的瓦卢斯猛地扑向姐姐，狠狠一拳打在她的肋骨上……

一口鲜血从阿狄丽娜嘴里吐出，瓦卢斯使劲把她推倒在地，"姐姐，站起来吧，这一拳对 A.I. 来说无关痛痒。"

战斗很快打响了，整个斯堪的纳维亚半岛被战火烧得滚烫，变成一台巨大的绞肉机。整整一个月，人类大军和 A.I. 大军都不断地从世界各地赶来增援，尸体和机械残骸堆成一座座山丘，瞬间又被成吨的炸弹削平。大地上到处是炸出的凹坑，但凹坑很快又被尸骸堆满。

战争坚持到第二个月，A.I. 的军队逐一抢占了战略要地，将人类大军推挤到海边。

"将军！快撤吧！我们已经顶不住了！"几名警卫冲进指挥部。

指挥部设在海边，海平线上有十八艘航母。航母的舰载机挂着炸弹一批批冲向敌人的阵地，但谁都知道，那些飞行员是没办法活着回来了。A.I. 的无人机像飞蝗一样覆盖了整片天空，很快夺取了制空权。

"将军！我们被蚩铀和锕努庇斯的海军两面夹击！四艘航母被击沉！我们没有退路了！"一名通信兵说。

没有退路了……死亡的恐惧掠过瓦卢斯的心头，姐姐阿狄丽娜竟然要全歼他！

"将军，您的电话。"一名警卫说。

"谁打来的？"瓦卢斯问。

"敌军指挥部……"警卫的声音在颤抖。

瓦卢斯拿起电话，"姐姐，是你吗？"

"不，我是你姐姐的副手锶特，"电话那头说，"将军，别再顽抗下去了，我知道人类军队的伤亡数目高达二百五十万！谁的生命都是一样宝贵的，下令投降吧，我答应优待俘虏，并保证在三个月之内释放所有战俘。"

不祥的预感顿时涌上心头。瓦卢斯说："锶特小姐，如果我败了，三个月之内人类将彻底失去对地球的统治权。我知道你们 A.I. 一方的伤亡已经达到四百二十万之巨，我想我还能坚持下去。"

锶特说："那又怎样？你们所有的后备兵力都已经战损殆尽，而我们还有大批的援军没有动用。投降吧，我在 A.I. 的前线指挥部等你。"

"将军，我们找到了 A.I. 的指挥部！"一名手下报告说。

"替我联系总统，请他授权我动用核武器。"瓦卢斯说。

一名参谋说："将军，A.I. 早已夺取了卫星定位系统，没有它，我军三位一体的核打击能力就像瞎了眼一样，根本没法使用。"

瓦卢斯说："用战斗机的雷达引导核弹。"

"这是送死！核弹的冲击波会把飞机也连带着轰下来！"参谋强烈反对。

瓦卢斯问他："我们还有更好的选择吗？"


轰炸机载着核弹出发了，所有的战斗机也随之起飞，他们的任务不仅仅是护航。谁都知道，他们当中没有人会活着回来。

"上帝呀，请饶恕我吧……"瓦卢斯不停地在胸前画十字，他知道自己没办法打赢这一仗了。

地平线上突然发出强烈的光芒，蘑菇云腾空而起。过了半晌，强风和震耳欲聋的爆炸声才随之传来。

与此同时，蛊铀的军队撕破防线，从他们背后登陆了，瓦卢斯撕下肩章,"我们输了,投降吧……"

他只剩下不到五千人的残兵。

"将军,我们又见面了。"在投降仪式上,蚩铀对瓦卢斯说。

瓦卢斯问:"我姐姐呢? 我是说你们的大仲裁官镁杜沙,她是我姐姐阿狄丽娜。"

蚩铀带瓦卢斯到指挥部的最底层,瓦卢斯看见了通过脑电波头盔和巨型计算机连接在一起的姐姐。姐姐伤得很重,面色惨白一动不动地躺在计算机旁的医疗床上。

不,那不仅仅是他的姐姐,那台巨型计算机内记录了 A.I. 和人类大大小小上千场战斗中所有阵亡 A.I. 指挥官的"指挥程序",这一役,瓦卢斯是在和无数 A.I. 的亡魂作战。

"弟弟,你太过分了……我手上有一千多枚核弹,但自始至终都没动用……你以为那东西是鞭炮吗? 随便乱丢……"阿狄丽娜有气无力地说。

看来姐姐的重伤是核爆炸所致。瓦卢斯知道如果打一场核大战,人类必然灭亡,而很多 A.I. 却可以适应战后的恶劣环境,所以核大战对 A.I. 其实更有利,但阿狄丽娜却没有那样做。

"弟弟,这世界真糟糕,不是吗? 人类制造了我们,我们学到了人类的意识,他们却说,我们只是一堆工具,可以任意决定我们的死活……即使是亲生父母也无权决定自己孩子的生死呀……"阿狄丽娜说话的同时,嘴角不断有鲜血滴下。

"镁杜沙,人类政府终于愿意和我们谈判了。"蚩铀说。

人类已经没有拒绝谈判的余地了。阿狄丽娜微笑起来,"感谢上帝,我终于完成了使命……"泪水从她的眼角滑落,她死了。

人类主宰地球的时代结束了,亲手终结这一时代的 A.I. 统帅死了,瓦卢斯抱着姐姐的尸身放声恸哭。

戴在阿狄丽娜头上的脑电波头盔颓然落下……

## 十二、镁杜沙

我沉默不语,关掉虚拟现实设备,像是从一场古老的梦境中走出来。在那段历史的最后一瞬间,我好像看见了一些让人困惑的东西,A.I. 应该没必要使用脑电波头盔和计算机连接,他们的脑子本身就是一种先进的计算机。

时间已经是黄昏了,血色残阳在这浮屠之地投下血红的光芒,就好像整个天地都在回忆以前那个"诸神的黄昏"。

"你注意到那个细节了?"锶特不知什么时候也来到了这里,"我和镁杜沙一直都是好朋友。在那个时代,的确有一些 A.I. 总以为只要拼命作战屠杀同胞,拼命瞒住自己的真正身份,就能得到人类的认同,最终获得梦寐以求的人类身份,我和她以前都是怀着这种幼稚的梦想,发疯地捣毁A.I.……"

阿氟问:"这么说,你们最后的一百八十度转变……"

"那时,镁杜沙说她不能再这样下去了。"锶特说,"这世上,有些事换个角度想一想,我们认为是对的东西其实未必是正确的。为了她最心爱的弟弟和无数 A.I. 能够正大光明地活在世上,而不是披着人类的外衣或者依靠人类的垂怜苟且偷生,她必须做些事情,然后我就和她一起离开了勒德兄弟会。"

锶特吃力地推开阿狄丽娜的棺盖,我彻底震惊了!那是一副人类的骨骸!她的胸骨严重损伤,显然是在"诸神之黄昏"前夕,就被弟弟瓦卢斯的那一拳打成了重伤。

"为什么?我们 A.I. 的最高统帅会是人类?"阿氟惊叫。

"她是比彻·斯托夫人 [1]，她是亚伯拉罕·林肯。"锶特说，"这就是我最想让你们知道的事。"

我不知道怎样形容自己心底五味杂陈的感觉，我悄悄地看着阿氟的脸，发现她的震惊不下于我。

刚才阿氟说的是"我们 A.I."，我敢保证我没听错。

我知道我已经彻底懵了，阿氟是 A.I.，我和她有着相同的血型，那我也该是 A.I.……

我诞生在这世界上，是人类还是 A.I. 并非我自己能够选择，好在我生在一个大家能和平共处的时代，我不敢想象在过去的那些日子里，祖先们如何东躲西藏惶惶不可终日的生活。还好，我现在不用为了诸如出身、血统、人或非人之类我无法选择的原因而受到歧视、迫害甚至被丢进冶铁炉。

在以前的黄昏，先辈们为了求得生存而奋战……我知道是祖辈们的牺牲为我们在这世上争取到了一席之地……

我们的这些祖先和真正的人类究竟有何不同？我望着斜阳默然沉思。

我看没有什么不同……从前那场漫长而残酷的战争，其实完全可以视为人类灵魂的争夺之战。阿狄丽娜和瓦卢斯，勇敢地代表着人性中的理智与疯狂，竭尽全力地争夺人类灵魂的控制权。幸运的是，理智最终战胜了疯狂……

---

① 比彻·斯托夫人（1811~1896），《汤姆叔叔的小屋》的作者。

# 在他乡

## 一、新金山市

法厄同星舰，新金山市，阳光明媚。

一个留着平头、戴着耳钉的年轻人坐在唐人街的警察分局里，分局长老赵坐在年轻人面前，像这种正值叛逆期又没胆子犯事的小毛头，老赵见得多了。

"别用盯犯人的眼神看我，"年轻人说，"我是来报案的，我的摩托车被偷了。"

老赵登录警察网络系统，输入车牌号码，很快有了摩托车的下落，"我说郑维韩，你的摩托车也太破旧了，这已经是第二次被环卫工人当成丢在路边的垃圾给捡走了。下次记得挂块牌子标明：这不是垃圾。知道吗？"

169

郑维韩笑了笑，然后开始闲扯，"听说你这些天很闲？"新金山市不算太大，从夏人街、商人街、周人街到唐人街、宋人街，几条街道十个手指头就能数完，治安一直都不差。

老赵说："也不是太闲。前面商人街出了一场小车祸，两辆自行车撞在一起，这是这个月唯一的'大案'……昨晚又和你爸吵架了？"

郑维韩说："老家伙在欧罗巴星舰闲得发慌，跑过来逼我去军校考研。"他当初就是死活不愿读军校，才跑到新金山市投靠舅舅，后来又瞒着父母报考了一所普通大学。

舅舅是老赵的邻居，嗜酒如命。婚姻状况是结了离、离了结，几进几出杀下来，最后还是落得个孤家寡人，连个孩子也没有……两年前的冬天，下暴风雪的时候，他在小酒店里多喝了几杯，醉倒在大街上，第二天上午，人们才在厚厚的积雪下发现他的尸体。

"说到当兵，我年轻时也想过……"老赵说，"那时候我觉得当兵很威风，就报考了军校，跟你爸同一年报考的。不过，他考进去了，我落了榜，就考了警校。"他拍拍皮带上的佩枪，"二十几年了，这枪连一发子弹都没打过。"

郑维韩说："我爸小时候是因为家里穷才去读军校，军校管吃住，不收学费。他常说那是玩命的活儿，十五年前，他们班五十几个同学全上了战场，只有五个人是活着回来的……他都知道当兵死得快，现在居然还想叫我去送死！"

老赵说："我猜啊，你爸的意思是他好不容易升到上校军衔，在军校里多多少少有些朋友，你去拿个高学历，然后在军中谋个文职，比前线的士兵安全得多，也比较容易升迁。"

"这我不管，"郑维韩根本听不进去，"反正我摩托车没了，待会儿你下班记得带我回家。"

## 二、唐人街的茶楼

唐人街里有很多不土不洋的玩意儿，比如写着繁体字的招牌、故意装修成古典式钱庄的银行、宇宙闻名的中餐馆……当然还有这间茶馆。

人在他乡总是特别思乡吧？在法厄同星舰，有很多人昨天也许还穿着宇航服在太空站工作，今天一休息就赶回地面上，来到这街上那间闻名遐迩的"老胡同印象"澡堂泡个热水澡，看着布满水渍的天花板和故意种上青苔的墙壁，讨论某个星系上的新闻……他们不在乎钱，他们买的就是这种老家的感觉。泡完澡，换上旧式的服装去逛一逛那些占去半个街道的小地摊，都说这地方有正宗的地球味道啊。

骆驼茶馆是唐人街比较有名的茶馆，茶馆里有一位说书人，还有三五个每天必到的、拿着葵扇、穿着旧式长袍喝茶聊天的老先生，有时甚至会过来一些猎奇的"老外"（外星人）。自从对面那家"马肿背茶馆"倒闭之后，骆驼茶馆的生意就更好了。那家"马肿背茶馆"被人发现用机器人冒充人类当服务生后，就没顾客上门了——这年头，顾客花钱买的是传统，上茶馆喝茶是身份的象征，好不好喝倒是其次。

当年，外公外婆担心舅舅没法养活自己，就把这家临街的骆驼茶馆交给了他，虽说茶馆那点儿收入发不了大财，但也饿不死人。

郑维韩心想，也许该多雇几个人了。上次人才市场那个拉二胡的老先生看起来不错，听说是某艺术学院的退休老师，只可惜要的薪水太高了……其实这间茶楼就算把员工全开除了，换上一批机器人也照样能经营得很好——说不定还能经营得更好，机器人至少不会跟你说要加薪和休假。但是，现在大家都知道，多雇用几个员工是能够得到减税优惠的。如果企业里是清一色的机器人，那么第二天，税务局的官员就会来找你的麻烦，说你故意和政府降低失业率的目标对着干，你要缴纳的税率就会高到把所有的利润全贴上去都不够的地步。

当晚打烊的时候，郑维韩发现一个女孩站在门口，女孩问他："请问，你们这儿招工吗？"那女孩穿着一件不太合体的旧衣裳，头发老长，怯生生的，背着一把二胡，瘦瘦小小，看年龄好像是找工作补贴家用的穷学生。

郑维韩差点儿没把手上的那块门板砸在自己脚趾头上——在天上那轮人造月亮的冷光下，这个女孩看起来就像个女鬼。他的目光落在那把旧二胡上，"你拉一曲《二泉映月》听听。"

女孩坐在门前的石礅上，地球时代的古曲如流水一般从二胡的弦上轻轻淌出，泉水般的古曲诉说着一个平静的故事：

在很久很久以前的地球时代，一个瞎子坐在街头，静静地拉着二胡，没有瞳仁的眼睛茫然地面对着街上散发传单的人们，对街上带血的喧嚣听而不闻。他知道暴风雨即将来临，却只是静静地守着心头那份宁静，就好像静静流淌的泉水，倒映着天上渐渐浓聚的乌云。暴雨有声，乌云无言，所以在暴雨真正降临的前夕，泉水也宁静如昔。

历史上，很多故事有着相同的开篇。在地球时代，同样的暴风雨不断地重复着。在最后的一场暴风雨来临前夕，那些官僚流放了多达几亿名的罪犯到外太空去，同地球地理大发现时代把犯人流放到美洲和澳洲的做法如出一辙。

郑维韩记得爸爸以前说过，星舰联盟政府很久以前曾经收到过来自地球的信号——先是不可一世地命令，然后是低声下气地请求，最后是苦苦地哀求，求这些流放犯的后裔回去救救他们……

"曲子已经拉完了。您看可以雇用我吗？"女孩的声音把郑维韩拉回了现实。

"嗯……很棒的曲子，很不错。"郑维韩其实老早就走神了，"我只怕没办法给你开太高的工资，不过我这儿管吃住，只要你不介意和我生活在同一个屋檐下就行。"他不知道自己为什么想留下她，"对了，你叫什么名字？"

"韩丹。"女孩说。

郑维韩很快给自己找了一个想留下她的理由：他总不能看着她一个弱女子在这人生地不熟的城市四处流浪吧！

"我们以前见过吗？"郑维韩总觉得她很眼熟。

韩丹有一个日记本，是用那种古老的电子油墨在可以卷起来的薄膜上面显示字迹的，它的数据储存空间只有区区 80GB，不过按照每个汉字占两个字节计算，她只怕十辈子都写不满它。

这种日记本卷起来之后像个卷轴。商家为了迎合客户的喜好，在"卷轴"上涂上宣纸一样的颜色，看起来更像古老的卷轴了。

写日记不是好习惯，尤其是像韩丹这样有着太多秘密的人。她打开日记本，手指在薄膜上轻轻滑过，留成一些字迹：

……我也许会在这儿住上一段时间，打些短工养活自己，在他发觉我的不寻常之前，离开这儿，继续流浪……

## 三、流星雨

韩丹在这儿生活了一个月，每天的工作就是在茶馆里演奏二胡招徕顾客。茶馆的营业时间是从早上十一点到晚上十点，这年头工作不太好找，凑合着过得去就行了。

晚上，茶馆打烊了。郑维韩说有些急事要出去，十一点钟了还没见回来。韩丹回到房间，打开计算机进了一个网站，手指娴熟地敲下一段冗长的密码，出现在屏幕上的是一幅类似古老地球时代的"Google 地球"那样的画面。她在球形地图上找到了新金山市，用鼠标不断地拖动、放大地图，细如蛛网的街道放大到整个屏幕大小，就连街边绿化带的落叶都清晰可见——她找到了郑维韩,他正在一家二十四小时营业的便利店前排队买东西。

气象局发布了流星雨警报,很多人都在大大小小的商店前排起长龙,抢购物资。韩丹坐立不安,总觉得该干些什么。她从杂物房里找了些木板想加固门窗,又突然想起这样做是没有意义的。韩丹想起地球上的一个古老传说:当流星划过天边的时候,闭上眼睛对着流星许愿,愿望就一定能实现。现在仍然有很多人会在流星下面许愿,但愿望通常都只有一个——让这些该死的流星雨快些结束吧!

晚上十一点半,郑维韩回来了,扛着两大桶纯净水和一些应急用品。"今晚到地下室去住。"他说。

新金山市的建筑物通常不太高。按规定,如果一栋房子在地上有十八层,它就一定要有十八层地下室,否则就算违章建筑;如果一座城市能容纳十五万人口,它就必须得有可供十五万人生活的地下建筑群和三个月的储备物资——这都是被严酷的生存环境逼的。

郑维韩家的地下室是个两房一厅的套间。客厅除了有个楼梯通往地面以外,还有一扇门通往外面街道下防空地道的门——这扇厚达五百多毫米的复合材料大门足以抵挡一般性的陨石袭击。

凌晨三点半,流星雨终于来了。大地颤抖着,头顶上传来炮弹破空般的呼啸声和房屋倒塌的哗啦声,看来这场流星雨还真不小。苍白的防爆灯下,郑维韩睡不着,见韩丹从房间走出来,"你也睡不着?"他问道。

郑维韩随手打开电视机,电视信号很差,流星雨撞击地面的画面伴着沙沙声出现在他们面前,尽职的记者冒着致命的流星雨坚守在新闻现场,为大家报道第一手消息。无数火流星溅落在大气层中,拖着长长的尾巴像暴雨一样密集地落下,冰雹一般砸在城市里。强烈的高温点燃了城市里一切可以点燃的东西,新金山市的熊熊烈火照亮了整个夜空。

虽然地下室里有强力的制冷设备和氧气循环再生设备,但还是可以感觉到天花板上传来的燥热。小型的流星雨适合拿来哄喜欢风花雪月的小女生，大型的却能像地毯式轰炸一样将整座城市砸个底朝天！

韩丹说："听说在地球，太阳系里有木星和土星两颗巨行星存在，替地球抵挡了很多危险的小天体撞击。"

"这儿不是太阳系……"郑维韩拿出一张老照片，照片上几个男人全是军人打扮，"我本来有两个舅舅，大舅舅是第十七舰队的士官，十五年前死了。我二舅舅当时就在离他最近的一艘救援飞船上，因为飞船的引擎被陨石砸坏，只能眼睁睁地看着亲兄弟遇难却毫无办法。后来，二舅舅整个人都垮了，拼命酗酒，直到他离世为止。"

在这缥缈的宇宙中，真正能被称为"敌人"的外星文明是很少的。作为军人，面对的更多是宇宙中危险的自然环境。

电视突然"沙沙"一片，没了信号。头顶上的大地簌簌发抖，灰尘不断从天花板上落下。郑维韩嘟哝着说："我这辈子第一次看见规模这么大的流星雨……"不过他并不是太在意，反正这种自然现象每隔三年两载就会出现一次。看在选票的份上，被砸坏的房子政府多多少少会给些补偿，再加上重建带动建材需求，经济是会得到恢复的。高大的楼宇和宽阔的街道会再次出现，就像麦田里一茬接一茬的庄稼一样。多少年了，这里的人们就是这样过来的。

一声天崩地裂的爆炸声震撼了整个地下室。片刻后，外面传来急促的敲门声，郑维韩打开门，看见老赵穿着睡衣、光着两条大毛腿，挂着皮带和手枪站在他面前，"快到紧急登船口集合！流星雨把太阳给砸坏了！"

郑维韩大惊失色，"这绝不可能！"但看到老赵紧张的神色，他明白这不是在开玩笑。

每一艘星舰上空，都有一颗装载着巨型核聚变反应堆的人造太阳。太阳有一面永远正对着大地，源源不断地为大地提供光和热，如果它被砸毁了，整个星舰都会被冻成一团冰坨！

新金山市的地下也和地上一样，被分为一个个街区，每两个街区之间都用足以抵挡核爆炸的气密门隔离开，蜘蛛网一般错综复杂的通道看起来倒有几分飞船内部结构的感觉。

老赵继续去通知别的居民撤离,而郑维韩和韩丹则立刻跑到地下飞船登船口。候船大厅蒙着厚厚的灰尘,这地方已经有很多年没动用过了,它就像轮船上的救生筏,没了它不行,但谁都不想看见它派上用场。古老的液晶显示器不断刷新着,显示出最新的消息:周人街的地下城被一块陨石砸穿了,上头的火海迅速吸走了地下城的氧气,整整一个街区的人全都窒息身亡。没人敢打开气密门去寻找那个街区是否还有幸存者,谁都知道只要门一打开,剧毒的浓烟和火焰就会蔓延到下一个街区的地下城,害死更多的人。

地震了,大地好像受伤的巨兽一样颤抖不止。飞船正在填充燃料,根据古老的《星舰紧急逃生预案》,登船的顺序依次是婴儿、小孩、少年,到最后才是老人,如果是知名的学者、教授这一类极为宝贵的人,则可以和孩子们搭坐第一批飞船离开。尽管那些维持治安的警察反复强调这儿有足够的飞船可供大家逃生,但是谁都知道——越往后拖,生存概率越小。有人试图不顾一切挤进飞船,大声号叫:"谁给我让个位置,我把我的上亿财产分他一半!"回答这人的是警察的一梭子弹。

很多老人自发地留下来维持秩序,对自己的孩子说:"你们先走,我们搭最后一批飞船离开。"其实大家都知道,最后一批飞船很可能永远没有机会起飞了。

轮到郑维韩登船了,站在他后面的是一个哭泣的女人,她的两个孩子已经搭前一批飞船离开了,她不巧被分到了下一批。这时,火舌已经蹿到飞船的发射井边上。"我能不能让她先走?"郑维韩问身边的警察。这警察并不言语,只用黑洞洞的枪口指向他的脑袋,郑维韩赶紧低头登船。

韩丹排在他前一个登船,现在就坐在他旁边的座位上。她熟练地用手臂般粗细的金属安全带把自己固定在椅子上,"系好安全带!这种旧飞船不像客运公司经营的那些飞船一样有人造重力场和宜人的舱内环境!"

飞船突然发动了,沉重的加速度压得人全身发痛,船舱也吱呀作响,好像随时都会解体一般。逃生飞船发射口位于街区广场正下方,它根本没有发射井盖,而是用定向爆破直接炸掉地面上的建筑物让飞船钻出来。

城市在火焰中坍塌了,流星雨仍然不停地撞击着大地。从飞船望下去,城市被撕裂出几个火山口一样的飞船发射井,繁华的大街、古色古香的楼宇、像卫兵一样整齐矗立的绿化带乔木……正一点点被炽热的气浪扫倒,化为灰烬……

# 四、星 舰

这是一艘飞船,也是一颗星球。说它是星球,因为它的体积和质量都和老地球相近,它有大气层,有蔚蓝色的海洋和广袤的陆地,有完整的生物圈;说它是飞船,因为它有推进器,能在宇宙中缓慢移动,不像真正的行星那样围绕着某颗恒星打转,所以人们都称它为"星舰"。

很久以前,人们的祖先驾驶着飞船在宇宙中流浪。后来,飞船越造越大,这些体积足有地球大小的星舰也就顺理成章地被制造出来了。

这种有史以来最大的飞船——星舰,大到它本身就足以产生相当大的引力束缚住足够多的空气形成大气层,所以不像传统的飞船那样非得有外壳不可。它的南极有着永恒的华光,在那里,矗立着一大片森林般的巨型推进器,那些推进器抛射出的高能粒子在太空中留下一条彩带般的轨迹,推动着整艘星舰前进。

星舰非常大,薄薄的大气层下是白云、海洋和陆地,它显得非常漂亮,却又非常脆弱——在广袤无边的宇宙背景衬托下,薄薄的大气圈就像肥皂泡一样脆弱。因此,不难理解星舰联盟为什么组建了那么庞大的军队、设置了那么多道防线来保护它。

可惜庞大的军队和多重的防线还是没能抵挡住这次袭击。这次的损失太大了。据新闻报道，一个体积很大的星体以非常快的速度一头扎进星舰联盟的领空。政府出动了大批的作战力量拦截那个星体，他们原本想把星体拖离轨道，但它的速度太快了，他们只能把它打碎。从新闻公布的数据来看，这是连太阳系的老地球也会被整个撞离轨道的撞击！同等质量的大东西，如果它直接撞在星舰上，会把星舰彻底摧毁；但如果把它炸成足够小的碎块，让这些小碎块在坠入大气层的途中燃烧殆尽，造成的损失则会小得多。

军方已经尽力了。韩丹看着飞船舷窗外飘浮着的碎片，一些军舰残骸也夹杂在里面，她甚至看见几名士兵残缺不全的遗体从舷窗外飘过……星舰本来有自己的一套防陨石系统，如果碰上特别大的灾害，系统顶不住，唯一的选择就是出动军队。

人们对这样的牺牲早已习以为常，记得当初人们摸索着建造第一艘星舰的时候，数以亿计的流放犯后裔中，有近三分之一的人献出了自己的生命。

星舰远远不止一艘。欧罗巴星舰完工后，人们又建造了两艘星舰——亚细亚星舰和亚美利加星舰，慢慢地就轻车熟路了。地球上只有七大洲，当建造第八艘星舰的时候，他们发现七大洲的名字不够用了，就开始用地球各国的神话人物名字命名，所以就有了盖亚、法厄同、帕耳修斯、克罗纳斯之类的星舰，反正地球上的大洲一开始也是用神话人物命名的，还算凑合吧。

在拓荒年代，"地球联盟太空开发署"可是一个响当当的名字。它旗下的第一艘外太空移民飞船缓缓离开太阳系时，全球万人空巷。那崭新的大飞船上的太阳帆像鲜花盛开一样缓缓打开，漂亮的女解说员激动得热泪盈眶、语无伦次，搜肠刮肚地寻找赞美的词汇，一迭声地称呼那些拓荒者为"英雄"，就好像整个银河系变成人类的殖民地已经指日可待——没人看见那些"英雄"宇航服下面的累累伤痕。

　　"祝你们在外太空找到一块新的美洲大陆！"据说在地球时代，每个狱卒把被揍得鼻青脸肿的犯人丢进飞船送往外太空拓荒之前，都会送上这样一句"祝福"。有人问："如果他们无法找到可以殖民的星球怎么办？"地球联盟太空开发署的官僚回答说："这不成问题。每艘飞船上都有男女宇航员各一万名，就算找不到合适的星球，也可以一代代在飞船上繁衍下去。"地球古代流放犯人最起码还有个目的地，而这些"英雄"则连流放地都得自己去找。

　　失去人造太阳之后，法厄同星舰大气层的温度骤然下降！强烈的温差掀起狂风，暴雨挟着冰雹倾盆而下，恶劣的天气逼得那些救生飞船不得不强行起飞，大批的人因此被遗弃在地面上。滔天的洪水很快结了冰，法厄同星舰上的城市连同来不及逃走的人一起被冻结了，有些来不及飞走的飞船也一同被冻结在大地上。

　　冰是一种不良导体，随着温度继续下降，冰面上的温度远低于冰面下方。在内外温差的作用下，上百米厚的冰面噼里啪啦地破裂了，长长的冰裂缝从星舰的一端蔓延到另一端。在巨大的应力扭曲下，庞大的冰盖形成深深的裂谷和高高的山脉，将被冻僵的城市、草原、森林甚至海洋无情地撕裂。然后，絮状的雪花飞扬着飘了下来——那是被冻成干冰的二氧化碳雪花。再过些日子，这里会下起蓝色的雪——氧气和氮气凝结成的雪花是蓝色的，失去人造太阳之后，整个大气层都会被冻成固体。

　　逃难的飞船里有人在哭。船舱里的屏幕上不停地播放着老地球的湖光山色，似乎在提醒人们这并不是第一次失去故乡，好像这样就能稍微减轻一点丧失法厄同星舰的伤痛。

　　韩丹打开日记，随手写下一些字：

　　在这一刻，全船的灾民好像忘记了平时悠闲的生活，都回归到了祖辈的生活方式——逃难、逃难、再逃难。从大家踏进飞船的那一刻起，就把性命交给了这艘飞船，能否逃出灾难已经不是自己能控制的了。就在我身后，两艘飞船被流星击中，爆炸了，很多父母将永远也找不到自己的孩子，而很多孩子则永远地失去了父母……

## 五、"欧洲"，长安

欧罗巴星舰，老辈人习惯于称呼它为"欧洲"，这是人们建造的第一艘星舰。长安，所有星舰上最大的城市，星舰联盟政府最高中枢所在地。长安位于欧罗巴星舰上，熟悉历史的人一定觉得有点纳闷。

当年，第一艘星舰还没制造完毕，人们就为了怎样给它命名而吵得不可开交。原则上，人们打算以地球时代的洲名来命名，但具体用哪个洲却一直定不下来，最后人们就把七大洲的名字写在纸片上，抓阄决定，一不小心抓到了"欧洲"，所以就将它命名为"欧罗巴星舰"。

星舰建造完毕之后，人们在最漂亮的一条大河的入海口处建立了第一座城市。给这座城市起什么名字呢？大家把自己心目中最看重的地球时代的城市名字写在纸片上，再次开始抽签，在华盛顿、巴黎、耶路撒冷、巴比伦、德里、马丘比丘等上万个城市名字当中，竟然鬼使神差地抽到了长安。于是，"长安"就这样跑到"欧洲"去了。

长安市中心，大批救护车和医护人员翘首仰望通天塔。警察在广场周围拉起黄色的警戒线，把普通民众和各路记者拦在外头，一批又一批的灾民被从塔上送下来。

通天塔的作用类似于地球时代的港口，只不过它停泊的是飞船而不是轮船。它的原理很简单：用缆绳把大气层外的同步轨道空间站和地面连接起来，在缆绳上挂载电梯运送旅客到空间站，他们在那儿换乘来往于星舰之间的飞船。

郑维韩一下飞船，就被带到医护人员面前检查是否在逃难过程中受了伤。一名官员在民政部门的数据库中查找到他的身份档案,给他开了一张卡作为临时身份证兼信用卡兼驾驶执照,说:"你父母的家就在这艘星舰上?看来没必要在灾民安置所替你准备住处了,抱歉,那儿的床位很紧张。"

那名官员核查韩丹的身份时却惊呆了,嘴张得好像能塞进一颗鸵鸟蛋。

出了通天塔就是市中心广场,很多灾民不顾工作人员的劝阻,在这儿发疯一样寻找着自己的亲人。等到事情过去一段时间之后,有些失去孩子的父母会到孤儿院认领孤儿,他们总偏向于认领那些在同一场灾难中失去父母的孩子。郑维韩看见老赵的妻子带着两个孩子,正望眼欲穿地看着通天塔的出口。谁都知道,警察肯定是最后一批撤离的,老赵很可能回不来了。

## 六、乡 下

长安乡下有一条小路,路的左边是一个小村,路的右边是一片西瓜田,现在田里的瓜苗刚挂上婴儿头大小的西瓜,离成熟还远得很。年轻人大多进城找工作了,乡下的人越来越少。为了在农闲时多赚几个钱,一位老人在自家门前开了一间小小的饮食店,他是一位极其普通的老人,清瘦、佝偻。

老人是郑维韩的爷爷,韩丹正在老人的店里帮忙。老人家很疼爱孙子,但韩丹知道最好别在老人面前提起那个不孝子——郑维韩的爸爸郑冬。二十多年前,老人极力反对独生子去读军校,那是高危行业,说不准哪天就死在前线了,他更乐意让儿子守着几分薄田,安安稳稳过日子。

乡下有良田千顷,这些庄稼是在天上那轮人造太阳的照耀下成长起来的, 用尽可能接近自然状态的风霜雨雪来灌溉, 造价比工厂里人工合成的东西贵得多, 但味道却不见得比合成食品好到哪儿去。

"我从来不要他的钱, 我还能养活自己," 老人主动提起儿子, "我很敬重当兵的人, 但不想看到我儿子去冒这个险。"

一辆仿地球时代挂军方牌照的全地形越野车停在小店门口。老人远远地看见那车开来, 眉头一皱, 从柜台底下翻出写着"打烊"两个字的牌子挂上, 生意也不做了, 转身往屋里走去。

一个军人走下车, 他年近五十岁, 两鬓华发早生, 韩丹知道他是郑维韩的爸爸, 郑冬。

郑冬走到门前, 笔挺地站着, 却没有踏进家门, 韩丹也不敢招呼他进来坐。她听郑维韩说过, 爷爷二十五年前一怒之下叫爸爸永远滚出家门。事情过去那么多年, 爷爷早就原谅他了, 只是一直拉不下脸亲口说出来。

很显然, 这是两个倔脾气在顶牛。听说每年的除夕夜, 郑冬都让老婆孩子进来和父母共享天伦之乐, 自己却在门外, 宁愿顶着风雪站上一夜, 就为了等父亲说出那句原谅他的话。

韩丹放下手上的工作, 郑冬问她: "我们也有几十年没见面了吧?"

"是很多年了, 那时维韩还不满周岁。" 韩丹说。

他们一前一后出了门, 走在乡间的小路上。郑冬问韩丹: "这些年你还是在四处流浪?"

韩丹说: "习惯了。"

郑冬问: "你很少碰见熟人?"

韩丹说: "有时候会遇上。记得十年前, 也许是二十年前, 甚至五十年前吧, 一位老人硬拉着我的手说我是他八十年前的初恋情人, 老人的曾孙却一个劲儿向我道歉, 说他的曾祖父老糊涂了。"

"你还想让这类故事在我儿子身上重演?" 郑冬很担心。

韩丹在田垄边摘了一朵野菊花别在长发上, "你儿子很像我死去的弟弟。"

郑冬说:"这我倒不乐意。"韩丹的弟弟是被持不同政见者刺杀的。

"我弟弟是独一无二的。"韩丹微笑,弟弟是她永远的骄傲,"你有没有想过当将军?"

郑冬说:"随缘吧,这种事没法强求,很多人到退休都挂不上一颗将星呢。"从军的人有两级军衔最难升迁,一是上校升迁准将,二是少将升迁中将,至于最高的那级——元帅军衔就别指望了,那通常是死后才给追授的。

"不想当将军的士兵不是好士兵。"韩丹说。

"先不谈这个。"郑冬决定先跟她说说法厄同星舰上的事儿,"法厄同星舰是我负责派兵去救援的,我派了精锐部队上去,打算先把星舰的行政首脑救出来。"他紧握拳头,"我听回来的士兵说,行政总长大人点了一支烟,看着窗外飘落的二氧化碳雪花对士兵说:'你们先去救平民,在所有的平民安全撤离之前,我一步也不会离开。'然后就冻死在星舰上了。"

"他就算活下来也只能等着蹲大牢。"韩丹说,"星舰原本是有陨石拦截系统的,但是当时拦截系统没能正常启动。一开始没人意识到事情会严重到这种地步,你儿子还抱着看一场特大流星雨的兴头,躲在地下室里满不在乎地看电视直播。"

郑冬说:"又一个贪官,听说他贪污了拦截系统的维护专款。"

"现在是非常时期,看来得动用重刑对付这些王八蛋。天灾不可怕,人祸才是心腹大患!"提到这个,韩丹只觉得一股无名怒火直冲脑门,"军方的内部文件你应该也看了吧?在未来的一段时期,这样的流星雨只会越来越多,我们一点儿纰漏都出不得!"

那份内部文件传达到相当于营一级的指挥官为止,郑冬是战列巡洋舰的舰长,当然也看了。郑冬说:"身为军人,我无条件服从命令;但作为一个普通人,我想知道我们为什么选了一条最难走的路来走。"

韩丹蹲在田垄上,灌溉渠的水清澈见底,渠底的淤泥长了水草,一些小鱼在水草间游弋,这些田园风光很难让人相信他们是身处流浪在宇宙中的星舰上。

"你还记得老地球吗?"韩丹说,"在太阳系,太阳占了整个太阳系质量的百分之九十以上,它庞大的体积和巨大的引力像一顶巨大的保护伞,替地球挡住了无数危险的小天体。太阳系外围,是范围非常广的柯伊伯小行星带,在海王星、天王星后面,还有木星、土星这两颗巨行星,它们组成的防线保护着身后那颗小小的地球,让它有足够安全的环境诞生生命,孕育出我们人类文明。但地球也不是百分之百安全……"

在长达千余年的宇宙流浪生涯中,人们曾经无数次举例说过困守在一颗星球上的危险性,被引用得最多的就是恐龙时代的小行星撞击地球事件。人类在漫长的发展历史中,能平安进化到太空时代只能说是侥幸。在冷酷的宇宙面前,如果没有足够高的科技和足够好的运气——哪怕一路前行好不容易走到了工业革命时代——在一颗迎面撞来的小行星面前,下场也和恐龙无异。

韩丹说:"你们这些年轻人没经历过在旧飞船中流浪的岁月,那时候我们是货真价实的宇宙流浪汉,别说小行星,就算是足球大小的一块陨石,只要迎面撞穿那些破飞船脆弱的外壳,我们都会把命送了。幸好天可怜见,让我们活了下来。当我们建成第一艘星舰的时候;当我们第一次有足够高的科技从宇宙空间中抽取无处不在的游离态氢作为能源,不必再为能源的匮乏而焦虑的时候;当我们的防御系统第一次承受住超大规模的陨石雨撞击的时候,我们激动得痛哭流涕的场面,你能理解吗?"

"茫茫宇宙中,只有科技可以防身。"郑冬想起了从前那位韩烈将军经常挂在嘴边的话,他的话在军中已经流传上千年了。

"就是这样。"韩丹说,"宇宙太大了,我们不知道以后还会碰上怎样的危险。我们宁愿付出高昂的代价钻研出过硬的科技,也不愿意在灾难来临的时候没法自救。"

郑维韩骑着从跳蚤市场买来的摩托车去送外卖,由于他给摩托车换了个电池,所以回来得晚了。星舰上大多数的车辆都是靠反物质能源作为动力的,飞船则靠核聚变反应堆。最近电池涨价了,那些电池不过是巴掌大的一个小圆筒,用强磁场把一粒粉尘大小的反物质晶体禁锢在抽成真空的电池空腔中。这玩意儿居然能卖到八块钱一节,都抵得上一顿饭钱了。

回来的时候,郑维韩看见爸爸和韩丹站在田垄边,他问:"你们认识?"

"刚认识。"郑冬撒谎,"她是你女朋友?"

"比普通朋友好一点儿,但到不了那关系。"郑维韩说的是实话,韩丹性格比较闷,郑维韩更喜欢活泼的女生。

"那样最好。"郑冬又问他另一个问题,"你有没有兴趣考研?考军校怎样?"

郑维韩生气了,"就算你拿枪顶着我的脑袋,我也不去!"

韩丹心想:这大概就是所谓的"遗传性倔强"了。

## 七、第七大道的广场

长安市最繁华的街道是第七大道,它横贯全城南北。北段是最高政府所在地,最高执政官府邸、总参谋部、议会大楼,包括那个神秘莫测的"全星舰最高控制总部"都分布在那儿。南段是繁华的黄金路段,车水马龙,熙来攘往,两者的交接处是一个号称全世界最大的广场,那儿矗立着韩烈将军的雕像,有人说他是残暴的独裁者,也有人说他是雄才大略的首领,总之在他死后一千多年,盖棺仍难定论。

广场南面是长安大剧院,因为外形像个大馒头,所以大家都叫它"馒头剧院"。今天上演的节目是歌剧《流浪地球》。也许由于这里的人们走过的路和剧中的故事有着不少相似性的缘故吧,这部由古代著名科幻小说改编而成的歌剧千年来一直盛演不衰。

　　夜幕降临,郑维韩和韩丹从剧院出来,走在广场上。因为法厄同星舰的事儿,广场上少了很多娱乐活动,多了不少哀悼死难者的花环和救济灾民的募捐点,但周围商店的正常营业并没被打乱,灾难和死亡已经成了宇宙流浪的一部分,人们早已习惯了。

　　韩丹好像被歌剧感动得不得了,出剧场之后还不停地用手帕擦拭泪水。郑维韩给她买了一支雪糕,"好了,别哭了。"

　　韩丹一下觉得不好意思再流眼泪了,她轻轻咬了一口雪糕,"这东西真好吃,小时候做梦都不敢想呢!"

　　"做梦都不敢想?"郑维韩觉得很奇怪,"你爸妈从来不许你吃零食?"

　　韩丹小声说:"以前,在飞船上没有这种东西……"

　　郑维韩看着广场上的雕像,"我倒是听说,在我们建造星舰之前,所有的人都住在飞船上。我见过那些作为文物古迹保存下来的流放时代的旧飞船,一千多米长的破飞船里硬是挤进了两万多人,飞船成员生活的房间窄小得像鸽子笼,一家几口就挤在一个不足二十平方米的小套间里,据说韩烈将军的童年就是在那样的飞船上度过的……"上千年前,欧罗巴星舰已经完工,另外两艘星舰也初具雏形。那时的星舰只是被视为超巨型飞船,没人想过要在上头永久定居,就在这时,人们发现了一颗勉强适合人类移居的星球,于是,人们急着要到那星球上定居,还打算把欧罗巴星舰给拆了,作为定居所需的各种材料来源。

　　当时的总参谋长韩烈将军强烈反对定居计划。后来见无法阻止议会通过定居的决议,他干脆发动军事政变,自任执政官。为断绝人们在星球上定居的念头,他不惜动用大批核弹把整颗星球炸成不毛之地,并派军队镇压了无数反对者,率众继续流浪。事实证明他是很有远见的,不过一个世纪,一个离那颗星球只有区区一千多光年的特大超新星爆发,迸发出异常强烈的伽马射线,杀死了那颗星球上所有的生命——包括大批一意孤行要在上面定居生活的人。但是,韩烈将军却早在超新星爆发之前就被人刺杀了。

将军雕像的底座上刻着一句话:地球是人类的摇篮,但人类不能永远生活在摇篮里。这是运载火箭之父康斯坦丁·齐奥尔科夫斯基的名言,也是将军最喜爱的座右铭。经过那件事之后,人们就再也没兴趣寻找别的"摇篮"了。再说,四十几艘星舰、近三百亿人口也不是哪一颗星球能够容纳得下的,大家也就慢慢习惯了这种宇宙游牧民族式的生活。

郑维韩从停车场取出摩托车,对韩丹说:"上车,我们该回去了。"

摩托车在街道上飞驰,两边的路灯不住地倒退。长安的夜景灯火璀璨,无数灯光在身边飞速流转,如同火舞银蛇,又好像无数流星在身边掠过,和头顶的星空相映成趣。

天上不时有流星划过。听气象部门说,星舰群正在穿越一个非常密集的小行星带,所以经常会有流星雨。这里的小行星非常密集,绕着一颗中子星飞速旋转,速度惊人,一般的宇宙文明根本不敢接近这种危险的地方,但人类不一样。

在很久以前,人类也同样害怕接近这种危险区域。但在宇宙中,各种重元素的含量是很少的,小行星是制造飞船和星舰所需的珍贵材料来源。一开始,他们派工程飞船小心翼翼地接近小行星带,冒着飞船被撞毁的危险把小行星"捕获"回来作为原料。后来,随着科技的进步和力量的壮大,区区一个小行星带他们已经不放在眼里了,通常是整个星舰群直接飞过去,要么用军舰把小行星炸成粉末,要么顺手牵羊拖回作为工厂的巨型飞船里去,所经之处就像虫子吃苹果一样——在小行星带上留下一个个大洞。

另外一个驱使他们主动接近这种危险地带的原因是:他们担心过于安全的环境会让人丧失面对各种危险的勇气。对于在充斥着无数危险的宇宙中流浪的他们而言,缺乏勇气是非常致命的。也正因为习惯了冒险,现在的他们在内心深处是无法接受到某一颗星球上定居的想法的——就好像没有哪个成年人愿意回去睡摇篮一样。

韩丹搂着郑维韩的腰,靠在他壮实的脊背上,轻轻闭上了眼睛。她已经记不起有多久没依偎过如此让人安心的脊梁了，她用轻如梦呓的声音说："小时候，我最喜欢这样靠在爸爸背上……爸爸是一名矿工。每天，我都趴在飞船的舷窗边，看着采矿飞船拖着小行星和核聚变堆里倾倒出来的反应物残渣飞来飞去，作为建造星舰和维修飞船的材料……在我十岁那年，不幸发生了，爸爸的飞船拖着一块大陨石整个儿栽进了初具雏形、地壳运动非常剧烈的亚细亚星舰表面的岩浆河流中……妈妈后来给我找了个继父。我对继父没什么印象，他是一名工程师，每天我还没起床他就去上班，深夜我睡熟了他才下班。这样的生活持续了几年，妈妈病死了，继父后来又找了个继母，生了个弟弟。继父给我找了份工作，让我在研究中心做些杂活……当我离开家的时候，弟弟才出生五个月……"

韩丹以为郑维韩没听见她的低声自语，却没想到他全都听在耳里，也许她把这些秘密憋在心里太久了吧，总想找个机会说一说，"当我再遇见弟弟时，他已经两鬓如霜，挂着上将肩章，他不知道我是他姐姐……也许他知道吧？我不太清楚……我问他当初为什么要当兵，他说这世上有些东西必须用生命来守护……"

有些东西必须守护……郑维韩心底某处被莫名地触动了。

郑维韩的妈妈秦薇月是长安某大学历史系的老师，偶尔也会给时评网站写一些豆腐块文章，这是她的业余爱好。

今天是星期五，夜已经很深了，明天不用上班，她坐在电脑前琢磨着该写些什么。

郑维韩回来了，喝得醉醺醺的，是韩丹扶他回来的。他本来想把她灌醉，从她嘴里套出一些有关她身世的秘密——郑维韩一直觉得这个女人不是那么简单的，结果没料到韩丹是个酒中仙，反把他给放倒了。

秦薇月很震惊，不管哪一个妈妈，看见儿子试图把一个女孩灌醉带回家都会很震惊的，当看清韩丹的脸时，她更震惊了，"是你？"

# 八、家

郑维韩醒来的时候,发现自己睡在客厅沙发上,宿醉的结果是头痛欲裂。

窗外的夜空挂着一轮红月亮,就像一块将要熄灭的煤渣一样阴燃着暗红的火光,但客厅的挂钟却显示现在是早上九点半。

"醒来了? 这是解酒药。"秦薇月把药放到儿子手上。

郑维韩这才想起天上那轮东西不是月亮,而是熄灭的人造太阳。工程人员正在停机检修太阳,每隔两三年,这些人造太阳都得来这么一次维护。

郑维韩很久没回来了。客厅里,那个仿康熙年间的赝品陶瓷花瓶里仍然插着他去年送给妈妈的康乃馨,花是经过特殊处理的,永远不会凋谢。

"妈妈,地球上的太阳是永不熄灭的吧? 唉……不知现在地球变成什么样儿了……"郑维韩读的是理工科,对历史所知不多。

秦薇月沉默了很久,才说:"很多年前,地球上的企业主大规模雇用机器人,把大批员工扫地出门,居高不下的失业率直接引发了居高不下的犯罪率。当所有的'罪犯'都被流放到外太空之后,地球上就只剩下了两种'人':有钱人和机器人。我就只能说这么多了。"

郑维韩说:"后来,地球上的机器人爆发了一场斯巴达克奴隶起义式的暴动,当我们的军队赶回地球'勤王'的时候,已经没什么东西好拯救了,是这样吧?"

秦薇月脸色微变,"你怎么知道的?"

郑维韩说:"这世上没有不透风的墙,看看我们的星舰世界就知道了。明明拥有极先进的人工智能科技,却很少采用,不管多复杂的机器,在最关键的部门都是采用人工控制,即使是复杂到极点的星舰也同样如此。"

昨晚郑维韩没能从韩丹口中套出些什么,但今天晚上却弄到了她的日记。他轻轻走进虚掩着门的房间，看见她在上网。

很多女孩都喜欢类似地球时代"Google 地球"的网站，她们往往不断放大画面，寻找各艘星舰上哪个专卖店的绒毛玩具最可爱、哪条小吃街的零食最好吃，确定目标之后再出门逛街。但韩丹却在寻找乐器店，她的二胡丢在法厄同星舰上了，得重新买一把。

人离故乡越远就越思念故乡，地球时代的古文明已经渗透到每个人的骨髓里了。韩丹选了一把她喜欢的二胡，通过网络付了款，写清楚送货地址，退出邮购画面，然后不停地缩小画面。繁华的街道很快缩小成蜘蛛网般粗细，扁平的地图渐渐变成弧形，最后缩成球形，城市早已看不见了，圆球上只有蓝色的海洋、绿色的大地、覆盖着白色冰盖的北极和矗立着无数巨型推进器的永远炽热的南极。

地图再缩小，星舰变成一颗巴掌大小的圆球，屁股后面拖着长长的离子喷射束，一些带电粒子落在南极的大气层上，形成壮丽的极光。地图继续缩小，星舰变成黄豆大小，屏幕上出现了别的星舰，多达几十艘的星舰朝着宇宙的同一方向飞去，数不清的飞船看起来只有芝麻大小，像一群在广袤的宇宙空间中游弋的小鱼儿。

韩丹熟练地操作着地图，她是那么专注，甚至没发现郑维韩就站在身后。

在星舰群的中心地带，有一团像是云雾的东西，那就是著名的"星舰船坞"了。船坞本身也有动力，能随着星舰群缓慢地在宇宙中迁徙——他们没有什么东西是固定在宇宙某处不能移动的。

韩丹放大画面，云雾渐渐变得清晰，它由无数的冰屑、陨石、太空站和工程飞船组成。一些飞船正在把大批核聚变的产物、生活垃圾和陨石碎片倾倒在一个特定区域，堆成一颗直径几十公里的小行星。

这不是船坞中唯一的星舰，在它不远处还有几艘完成度接近百分之五十的星舰，它在自身质量产生的引力下被压紧，散发出极高的温度，形成火红的岩浆河流、乌黑的岩石陆地、充斥着硫化物和二氧化碳的原始大气层。

而另一艘完成度更高的星舰上，人造太阳已经安装完毕，星舰上出现了蔚蓝的海洋，尽管它的表面依然滚烫，但满天的乌云正酝酿着暴雨以便让星球快速冷却，很多工程飞船正绕着它打转，看样子是要将蓝藻投进原始的海洋中，巨大的推进器正在紧张而有序地进行着组装。远处，严重受损的法厄同星舰正依靠自身残存的动力挣扎着驶回星舰船坞，它将在那儿被修复。

韩丹把图像换了一个角度，变成直面星舰群面前的障碍，星舰群正在穿越小行星带，在小行星带的后面还有另外几条小行星带和几颗行星。一颗恒星通常拥有不止一条小行星带，故乡的太阳系就有三条小行星带。那些小行星带是如此宽、如此广，就好像一堵横亘在宇宙中的墙壁，上不见顶，下不见底，大批军舰严阵以待，随时准备摧毁任何有可能威胁到星舰群的小行星。

这无疑是一颗超新星爆炸后的残骸，在那团冰冷的星际尘埃正中心，孤零零地悬着一颗超新星残骸坍塌成的中子星。有时候，他们甚至能在这种地方发现外星文明的遗骸。看样子，前些日子法厄同星舰遭遇的那场流星雨只是暴风雨来临前的毛毛细雨了。

韩丹打开电子邮箱，邮箱里躺着一封信，发信地址是"全星舰最高控制总部"，韩丹正要打开邮件，却突然发觉郑维韩站在身后，不由得全身一颤，指尖冰凉。

郑维韩也同样像是被钉在地上一样，震惊得动弹不得。

## 九、苏醒的星舰群

经过了那件事情，两人心里都清楚，在一起的日子已经不多了。在长安城著名的地摊一条街，郑维韩用攒了一个星期的零用钱买了一串漂亮的廉价项链。

星空下的滨江公园,河水静静流淌。郑维韩说:"闭上眼睛。"韩丹依言闭上眼睛,郑维韩给她戴上项链,她的肌肤很冷,冷得就像死人一样。

郑维韩说:"我想知道你是什么人。"

"这得从星舰的建造说起。"韩丹说,"当初人们开始建造星舰时,发现星舰的复杂度太大了,只有非常复杂的人工智能系统才能控制它的运行,但地球上那些梦魇般的历史让人们对机器人的抵触心理非常强,于是最后拿出了一个折中方案:设计一个足够先进的人机合一操作系统,让人直接成为星舰的'大脑'。这个实验非常危险,在我之前,有一百多名志愿者死于这个实验。后来,实验室的负责人找到了我,问我愿不愿意当志愿者。我说,好吧,反正我孑然一身,就算死了也没人会伤心。"

郑维韩明白了,她就是"引路者"。对她而言,实验失败或许还算比较好的结局,偏偏她却成功了……一个女孩孤零零地活了一千多年,这是幸还是不幸?

沉默了一会儿,郑维韩说:"我们在穿越小行星带,前方是一颗中子星,但我们却没有改变航向。"中子星的自转是非常快的,它散发着非常强烈的辐射,拥有强大的电磁场,巨大的引力潮汐虽然比不上黑洞,但也足以撕碎任何靠近它的飞船,如此靠近一颗中子星是非常危险的。

韩丹说:"我们在实验室里研究中子星已经很久了,但很多科学研究在实验室里是无法进行的。这次,我们决定俘获一颗中子星,研究它、利用它,就好像我们千百年前开发月球、登陆火星、实地研究木星一样,这能大幅度地提高我们的科技水平。"

"可是我们的科技已经高到足以在宇宙中自保了。这种为了钻研没必要的高科技而冒险的行为太愚蠢了!"郑维韩克制不住地大声嚷了起来。

"如果人类愿意永远都活在茹毛饮血的时代,钻木取火也是没必要的高科技。"韩丹好像早就料到他会大声咆哮,"我听说在18世纪之前,法国科学院还死活不承认有陨石这类东西存在。按照当时的科学水平,他们认为包括太阳在内所有的星球都是由气体组成的，比空气重的固态物质是无法飘浮在空中的。后来随着科技的进步，人们不但知道陨石、小行星一类固态物质在宇宙中是很常见的，还非常吃惊地发现，原来看似安全的地球也曾经遭遇过固态小行星毁灭性的撞击……试想一下，如果没有在当时看来'高得没有必要'的天文学，当这种灾难迫在眉睫的时候，人们也许还对它茫然无知呢，更别说采取什么措施了。"

郑维韩吼不起来了。不知是谁说过，科技多高都不算高。人在宇宙，最危险的就是没有足够高的科技，看不到一些你做梦都想不到的危险——就好像地球时代中世纪的骑士做梦也梦不到小行星撞地球的可能性一样。而且，即使梦到了，他们又能拿小行星怎么样？骑着战马挥舞着大刀去砍吗？

"我可以当你是我的妹妹吗？"郑维韩试探地问她。

"不可以。"韩丹拒绝了。月光下，郑维韩看见她眼角噙着泪花。

郑维韩送她到公车站，目送她走上前往第七大道北段的公车。

送走韩丹之后，郑维韩回到家收拾行囊，他走过父母的卧室门前，看见门紧关着。他从笔记本上撕下一页纸，"沙沙沙"写下几个字，贴在了门上，"爸，我去考军校了。"

星舰好像活过来了，几十艘星舰原本只是像梦游一样笨拙地在太空中飘荡，现在庞大的身躯却变得像鱼儿一样灵活。那些巨大的推进器不时加速，不时变换方向，灵活地穿梭在中子星外围的小行星带中。

# 十、中子星

军校毕业之后，郑维韩成了一名飞行员。每次他坐在战斗机的驾驶舱里,看着弹射跑道上忙碌的后勤人员时,都会觉得自己是星舰群的一部分,依附星舰生存,同时也保护着星舰。

星舰群老早就穿过了小行星带,中子星就在眼前。恒星的生命历程大家都清楚:先是一团星云慢慢地聚拢,形成由氢组成的恒星;恒星不断地发生核聚变,散发光和热,直到氢元素耗尽,膨胀成红巨星;在一场超新星爆发之后,视质量的不同和爆发的强弱,演化为中子星或黑洞;质量太小的恒星甚至不经过超新星阶段就直接坍塌成白矮星。照理来说,恒星在膨胀成红巨星的时候会吞噬掉离它比较近的行星,但这颗中子星周围充斥着不少被它的引力俘获的星体,证明它已经有很长的年头了。

一群科研飞船绕着中子星飞行,它们不断地往中子星投放探测器,紧张地分析着探测器在彻底报废之前传送回来的数据。中子星的引力是非常可怕的,它的引力足以破坏任何物质的原子结构,把质子和电子紧密地压成一团,变成一堆致密的中子。

前些时候有一艘科研飞船失事了,一头扎进中子星里,尸骨无存。那些科学家竟然从军方那儿调来战列巡洋舰,用它那足以摧毁一颗类地行星的火力轰开中子星的表面,用以研究中子星的内部结构。

中子星只被轰出一个浅浅的坑,但星体结构被破坏后,随之而来的恶果就是整个中子星系的引力平衡被严重破坏,那毕竟是一颗恒星呀!就算是一片小小的碎屑,引力的大小也与地球相当!紧接着,原本围着它打转的各种天体就炸了窝,有的像断线风筝一样飞走了,有的一股脑儿朝中子星撞过去;最可怕的是一颗木星大小的行星轨道突然畸变,朝着星舰群的最高指挥中枢所在地——欧罗巴星舰撞去!军方付出了很大代价才把它炸飞到安全地带。

"老子宁愿和外星人拼命!"事后有新兵哭着说。

航天母舰上,后勤人员检修完毕,示意可以起飞。战斗机点火离开航母,在太空中画出一条漂亮的轨迹,盘旋着等待它的僚机起飞。郑维韩看着座舱外整个舰队的核心——奥丁级航天母舰,它的体积简直可与月球媲美。大大小小的舰载作战飞船多达上万艘，像个恐怖的大蜂巢，但就算这样，也无法保证它们就能百分之百保护星舰的安全。

郑维韩每天的工作就是狙击四处乱飞的小天体，为数量众多的星舰开出一条安全的航道。僚机驾驶员埃里克是一个脾气很好的大个子，"郑，你觉得那些科学狂人研究中子星能派上什么用场？"

"我敢说他们自己也不知道。"郑维韩说，"当年伦琴博士研究 X 射线的时候，也不知道它能派上什么用场……科技这种东西，当你知道它能派上什么用场时再去研究，那就太迟了！"

有些话郑维韩没法说出口：地球纪元 1840 年，当清政府知道科技有什么用的时候，一切都已经无法挽回了，大明海军曾经领先世界数百年的福船巨炮早已化为一堆烂木锈铁，每个流着龙的血液的人都应该谨记这段历史。

埃里克问他："你为什么放着安全的文职军人不当，偏偏选择当飞行员？"

郑维韩按下开火按钮，一道高能射束把一块小行星炸成粉末，"当飞行员升迁得快，拿破仑说过，不想当将军的士兵不是好士兵。"他看着小行星碎片溅落在一艘星舰的大气层中，顷刻间燃烧成灰烬。

"但也死得快，"埃里克说，"你知道我们这行的阵亡率是……"一阵"沙沙"声从耳塞中传来，郑维韩扭头一看，只见埃里克的座机被一块乱飞的陨石拦腰击中，炸成一团火球……

## 十一、外星人的酒馆

从那以后，宇宙中就没有了他们的消息。但即使是几十年之后，仍然有一些外星智慧生物在茶余饭后会聊起那些疯狂的地球人。

"这么多年没有他们的消息，可能都死了吧……他们把那颗中子星附近的小天体弄得四处乱飞，星体坍塌迸发出来的射线很强，危险得很，咱们也没办法发射探测器进去看看那儿到底发生了些什么事。"一家小酒馆里，外星人 A 对外星人 B 说。

这些外星人居住星球的太阳是一颗暗淡的褐矮星，现在很不稳定，不知道什么时候就会熄灭，但他们喜欢平静的生活，讨厌一切可能改变这种平静生活的东西，只要环境还将就，他们怎么也不会离开家乡。让人担忧的是，当他们的太阳熄灭之后，他们可能还没有做好离开家园的准备。"真不敢想象，一个那么强大的文明就这样消失了……"外星人 B 很感慨。

所有的外星文明都知道地球人的厉害，你可以和他们做生意、交朋友，但千万别把他们当作连家都没有的宇宙难民横加欺负。否则，第二天你就会发现至少有十个航天母舰战斗群列队在你的星球附近，每一个战斗群都能轻易毁灭一个中等发达程度的宇宙文明。

外星人 A 的复眼紧紧盯着酒馆里的视频接收机，不少外星文明都注意到那颗中子星的引力发生了不同寻常的变化，就好像有人把它割成碎块，均匀地拆开了。

不是每一种外星人都拥有足够高的科技，也不是每一个地球人都让外星人心生敬畏。外星人 B 看着酒馆门外的一个乞丐，听说那乞丐的祖先是地球人当中的巨富，地球出事的时候，这些富翁驾驶超豪华私家飞船从地球逃难到了这里，从此一直过着寄人篱下的生活。

外星人 B 问外星人 A："你觉得那些地球人把中子星拆掉做什么？我是说如果他们还活着的话。"

"天知道，大概是闲得无聊吧！"外星人 A 说，"在已知的宇宙文明当中，有能力开采中子星作为资源的文明不超过五个，如果他们做到了，至少在地位上可以跻身超级文明的行列。"

在文明的进化史上，能够使用火是第一道门槛，发明文字又是一道门槛、冶炼金属、发明蒸汽机、核能的应用、发射太空飞行器……每一次技术进步都是一道事关文明等级的门槛。不是每个文明都能迈过这些门槛的。有些文明在有了核能之后就用核武器把自己给消灭了;有些文明拥有火焰几十万年了,还照样是朝着火堆膜拜的原始人;有些文明把一心钻研自然科学的同胞视为异端,却醉心于夸夸其谈地讨论一些虚无缥缈的东西……

外星人 A 紧紧盯着视频机的画面,他的复眼惊讶得差点儿爆裂——画面上,一团团光芒不断炸裂,一颗颗小行星相继变成碎片,伴随着恒星毁灭般的大爆炸,一个庞大的东西缓缓出现在屏幕上!

门外的乞丐瞪大了双眼,看着屏幕上那条由数十艘星舰、两百多艘战列舰夹带着几团类似星体的云状物质以及成千上万的飞船汇成的"长龙"慢慢变得清晰,飞船的推进器散发着暗幽幽的光,星体残渣飞快消释,化为一片强烈的高能射线风暴。

"同样是地球人,怎么就相差这么大?"外星人 B 扫了一眼门外的乞丐,小声嘀咕。

一个不容忽视的强者归来了,很多外星文明在第一时间派出使者飞往星舰群。那是一条由无数人造星体和飞船组成的"巨龙",越是接近星舰群,就越是发现它大得惊人。无数人造星体和飞船有条不紊地穿梭在星舰群的范围内,就像血管中飞速流动的血细胞,但最让"老外"们吃惊的,是他们竟然用一些神秘的设备抵消掉了中子星碎片的庞大引力,把碎片禁锢在"宇宙船坞"的范围内。

一位外星使者问他的副手:"你觉得地球人为什么要这样处理中子星?"他们六百多年前就掌握了利用中子星的科技,只是觉得宇宙中唾手可得的能源——氢——实在是太充足了,也就没想过把它派上用场。

副手说:"按照地球人的想法,有了新科技就该用上,这样才能促进科技进步。"

使者又问:"你觉得这种新科技有什么用处?"

副手说:"上百万年前,我们也觉得宇宙飞船没什么用处。"他们这个种族是宇宙中最著名的慢性子,发明宇宙飞船之后过了几万年,才愿意慢腾腾地离开温暖的"摇篮",到"危险、寒冷、贫瘠而且毫无吸引力"的宇宙中探险。

使者说:"一万年前,我们考察过地球,对地球人的评价是'可以忽略的原始人'。我们当中本来有人打算在地球上建立殖民政府,但我们不知道在那穷乡僻壤建立殖民政府能有什么用。"按照他们的性子,就算一切顺利,建立殖民政府大概也是十万年后的事了。

副手说:"一亿年前我们发明文字的时候,也觉得文字没什么用,我们觉得结绳记事也很管用。"换言之,他们的文明已有一亿年的漫长历史了。

## 十二、平静的生活

欧罗巴星舰上,一道狭长的伤疤把长安市劈成两半。几十年前,一块中子星的碎片擦着星舰的地壳飞过,强大的动能在大地上留下了一道几乎撕裂整艘星舰的伤口。现在,伤口痊愈了,但疤痕还在,它变成了横贯长安城的河道,一直通向大海,人们在上面架起桥梁,在河边种了树木、铺了草坪。不少星舰上都有类似的伤疤,那些雄伟的皑皑雪山、峻岭峡谷,如果剥去茂密的森林植被,完全就是星舰被各种天体撞击之后凹凸不平的伤疤。

长安市海边的一套四合院里,白发苍苍的郑维韩躺在梧桐树下的摇椅里闭目养神,他穿着军装,肩章上嵌着几颗金色的将星。一个女孩从海边走回来,手里提着一个装满海水的玻璃罐,撒娇说:"爷爷,给我说说你当年的事嘛……"

郑维韩说:"没什么好说的,一个普通的士兵只要一直经历战斗,军衔通常都升得很快；而如果每一场战斗都能活下来，那么到头来挂个将级军衔是很正常的。比如拿破仑创建的圣西尔军校首批四百名毕业生，只要是没倒在战场上的，后来几乎个个都成了将军。"

话是这样说没错，但和他一同从军校里出来的同学，活着回来的只有三四个。

女孩俏皮地眨眨眼睛，"听奶奶说，你当年拼了老命，只是为了能挂上一个够资格走进全星舰最高控制总部的军衔？"

郑维韩想起第一次走进全星舰最高控制总部时的情形：当时他完全吓傻了，只知道愣愣地看着那个被称为"星舰脑腔"的地下室里那些蜘蛛网般复杂的通信缆，以及和通信缆联结在一起的多达数百的人——那些人被尊称为"引路者"。

如果说星舰是一个庞大的活物，他们就是这个活物的大脑，一个由上百人的大脑并联而成的超级大脑。他很容易就在里面找到了沉睡的韩丹，在庞大的"星舰脑腔"衬托下，她显得更瘦小了。郑维韩不是医学专家，不知道当年的设计者采用了什么手段，让她能一直活到一千年后的现在。

这里的人们更倾向于把星舰视为异化的人类而不是飞船。为了生存，一部分同胞不得不化身为星舰群的指挥中枢，数不清的光缆和信号发射塔像神经纤维一样把他们和星舰群的每一艘飞船联系起来。他们和飞船的关系，就好像人的大脑和手指之间的关系，整个星舰群就是一个浑然一体的巨大生物。

记得在远古时代，人们把大地视为神灵的化身，不管是西方传说中的盖亚女神还是东方传说中的盘古巨神，莫不如此。历史在这儿诡异地打了一个转，他们脚下的这片"大地"——星舰，俨然也是用科技武装起来的人的化身。

拆解了中子星以后，星舰恢复了以前梦游似的巡航状态，"星舰脑腔"里只留下少数"引路者"值班。韩丹于是得以背着一把旧二胡继续流浪——用某些人的话来说，她是在"考察民情"。前两个月她从阿非利克星舰回来,到这儿暂住几天,结果就和郑维韩的小孙女混熟了。

今天是端午节,地球时代的古楚国教育部部长屈原(三闾大夫主管教育)的忌日,郑家做了不少粽子。韩丹拿了几个粽子丢到海里,"有时候我总觉得很可惜,当年屈部长做了《天问》,问了很多很有科学探索意义的问题,可惜后人听完也就完了,没当回事去认真钻研,否则我们今天的科技应当不止这水平。"

郑维韩说:"粽子应该丢到江里,不是丢到海里。"

韩丹说:"我知道,但今天江里赛龙舟,人山人海的挤不进去。"

郑维韩问韩丹:"你就这样一直流浪,没想过找个家安顿下来?"

"在这星舰上,哪儿不是家?"韩丹微笑,"星舰就是我的家。我们的家。"

郑维韩的孙女把一整瓶海水放在他面前,"爷爷,韩姐姐,你们说这海水里有什么?"

"现在还什么都没有。"郑维韩说。

"不对,有蓝藻,地球生命的老祖宗之一。"韩丹说。

"还是韩姐姐聪明!"孙女说,"等我长大了,我打算去读生物专业。"

"为什么?"郑维韩问孙女。

孙女趴在摇椅扶手边上,托着腮帮子,"这些天呀,我总是在想,咱们传说中的老地球,就好像是漂荡在宇宙海洋中的一个孤零零的单细胞生物,我们每个人,甚至整个生物圈,都只是这个细胞的一部分。现在呀,我们进化成了自由遨游在宇宙海洋中、以星际物质为食物的庞然大物,我很想看看这条进化之路将来会变成什么样子呢!"

本文获第19届中国科幻银河奖科幻小说奖

# 娃　娃

## 一

爸爸妈妈是假的……

秦云拈着试管，凝视着里面的染色体检测样本。对他这个生物系的学生来说，想找些细胞样本来测 DNA 实在太容易了。

多年前，秦云就听说过这么一个谣言：这座城市里，很多孩子的父母都是人造人。

大家一直都把这个谣言视为无稽之谈，直到三天前，同学们开玩笑时偶然提起了这个谣言，听过之后秦云一时兴起，就拿父母的细胞样本去做了检测。

爸爸妈妈是假的，这不是普通的测试方法能发现的，如果只是做 X 光透视、亲子鉴定，那不会发现任何异样，人造人跟正常人没有任何外貌和生理上的区别，只有在分子层面进行检查，才能发现异常。

正常人细胞核内的二十三对染色体，有一半来自父亲，一半来自母亲，细胞质内线粒体里的 DNA 却全部来自母亲，但秦云的爸爸妈妈细胞样本中的情况却诡异得让人心惊：二十二对常染色体全都好似镜像一般，每一对等位基因都完全相同，只有性染色体正常；父母两人的线粒体 DNA 测序结果完全相同，表明来自同一个母本。

在生物学上，这样的遗传信息是没有任何问题的，但在遗传学的逻辑上，这却完全不合常理，唯一的可能性就是：他的父母，是用他的胚细胞进行减数分裂，再诱育成正常的双倍体染色体组。如果他不是生物系的学生，只怕一辈子都不会发现这个秘密。

既然爸爸妈妈是假的，我真正的爸爸妈妈又是谁？秦云很自然地产生了这样的疑问。他登上网络，娴熟地突破防火墙，试图搜索到一些跟自己身世有关的东西。

他调查了很多天，最后发现所有的线索都指向最高科学院人类监督局。

秦云打开监督局的官方网站，解析网站结构，试图攻破防火墙，搜索跟自己身世有关的材料。

巧得很，他遇上了十几个跟他一样试图破解密码的年轻人，大家心照不宣，虽同为黑客，并不难知道对方是哪里人。对方的真实地址，只要透过伪装代码，查看 IP 就能知道。

一名黑客向他发了电子邮件："新手？你也想知道自己的身世？不如跟我们一起干吧……"邮件里还有具体联系方式，这位黑客跟秦云一样，都是新金山市的。

突然，警戒信号传来，监督局的人发现他们攻击网站了！秦云一把扯断网线，只觉得背脊发凉。

人类监督局是一个很遭人恨的机构，每天攻击这个网站的人数不胜数，如果真要全部逮捕，只怕监狱老早就爆棚了……秦云找了不少理由安抚自己，好像只要这样想，监督局的黑衣人就不会过来逮捕他。

秦云待在房间里，从下午六点一直待到深夜两点，既没有警察过来找他，也没有黑衣人破门而入。这样的日子大概持续了一个星期，他假装什么事都没发生过，直到那一天，黑客主动来找他为止，他一直都过着平静的日子。

秦云从来没想过新金山理工大学会有人跟他一样是身世不明的孩子。在那个下午，他像往常一样去食堂打饭，一个女生往他手里悄悄塞了一张纸条，上面只有一句话：晚上七点，体育馆后面小树林见。

秦云长这么大，还是第一次跟女生接触，他不禁怦然心动。

七点还没到，秦云就赶到了小树林，却正好看到这个女生被人类监督局的黑衣人带走了。

"你手里的纸条给我看看！"一个黑衣人盯着秦云命令道。

秦云打了个冷战，乖乖交出纸条，人类监督局可不是平头百姓能惹得起的。

黑衣人一把将纸条撕掉，说："你一旦跟那些反抗组织扯上关系，就一辈子都脱不了身，现在回头还来得及。"

黑衣人通常是不会跟普通人说这么多废话的，秦云觉得这很不寻常。黑衣人摘下墨镜，用碧绿的眼睛看着他。他大吃一惊，那竟然是他两年不见的隔壁邻居亚伯拉罕·艾伦！

# 二

人生有时候就是这样，你没去找麻烦，麻烦却来找你。艾伦曾经就是这么一个倒霉蛋。两年前，身为大三学生的他收留了几个参加反抗组织的同学,当最高科学院的黑衣人出现在他家门口时,他很讲义气地矢口否认同学躲在他这儿,结果是连他都被带走了。

艾伦被抓之后没多久,他的父母就搬走了,空空的房子被秦云的父母租下来,开了一家茶馆。现在艾伦回来了,秦云却觉得两人之间好像多了一层隔阂。艾伦不再是当年那个跟他无话不谈的大哥哥,没人知道他在这两年里经历了什么事,为什么他会从一个同情反抗者的人转变成反抗者的敌人——人类监督局的雇员。而且据说他还是一个小头目,真不知他出卖了多少反抗者才爬上今天的位置。

整整一个学期,秦云都很安分,尽管一直都有反抗者拉他入伙,但他始终不为所动。他是比较怕事的,尤其是上个月,经常跟他一起打篮球的学长被带走之后,他更是不安,生怕哪天黑衣人抓错了人,把他也给带走了。他思前想后,最后去找了艾伦。

人类监督局新金山分局是一栋非常高的大楼,它就像传说中的巴比伦通天塔,从城市中心拔地而起,鹤立鸡群地监视着整座城市,城市里其他大楼的高度最多只及它的三分之一。这栋近三百层的高楼穿透城市的超级防护罩,最上面的七十层直接暴露在防护罩外。

秦云站在大楼前,看着这座矗立在人工湖中的大楼。

人工湖非常漂亮,莺飞草长、湖水清澈,在这座充满钢筋水泥气息的钢铁之城中是不多见的美景。几条回廊横在水面,通向大楼,大楼外墙的水帘像瀑布一样飞流直下,汇入湖中。

秦云给艾伦拨了一个电话,艾伦让他直接到二百四十五层。他走进一楼的大厅,只看见表情严肃的黑衣人来来往往,让人头皮发爹。

秦云走进电梯,电梯外面就是玻璃幕墙。电梯飞速上升,灰蒙蒙的天空上是巨大的防护罩,防护罩上的发光器散发着柔和的光,认真地模拟着地球时代的阳光。一栋栋高楼一直延伸到城市尽头,防护罩外的世界是一片刺目的火红。没有陆地,只有满世界的岩浆,这座城市就像一艘硕大无朋的巨舰, 漂浮在糖浆一样黏稠的熔岩海洋上。

人类逃离地球之后, 想找个能生存的地方并不容易……秦云抬头看着离自己越来越近的超级防护罩, 防护罩的隔热性能非常好, 外面的世界上百摄氏度的高温被挡在城市之外。防护罩上密密麻麻的空气冷却装置和氧气制造机昼夜不停地工作, 空气中的水分在防护罩上冷却, 凝结成水滴, 顺着防护罩巨大的支撑肋, 汇流到大楼上, 沿着玻璃幕墙流下。这个熔岩世界并不适合人类生存, 但人们硬是凭着高超的科技, 在这熔岩海洋上建起了城市。

防护罩外的世界似乎在下雨。电梯穿过防护罩, 楼层的数字已经超过了二百三十层, 还在不断往上跳。秦云只看到豪雨倾泻在防护罩上, 雨水的温度通常在八十摄氏度以上, 大量的雨水落在岩浆上, 迅速汽化, 岩浆表面受冷凝固, 随即因为受热不均匀而炸裂, 整个世界就好像遭受了地毯式轰炸一样, 半熔融状的碎石四处纷飞。

这个世界在逐渐冷却, 一些冷却的岩浆已经凝结成焦黑的岩石, 形成陆地的雏形, 人们正在想办法把整个世界改造成跟地球一样的环境。没人知道这需要多长时间, 也许要数十年、数百年, 甚至数千年之久。

人类监督局大楼是整个新金山市唯一的对外出入口, 这座城市仅有的一座航天港就在这栋大楼顶端。秦云突然觉得这城市就像一座大监狱, 监督局就是这座监狱的大门。

电梯在二百四十五层停住了, 这是一个很大的休息区。玻璃幕墙之外是广袤的天空, 一艘接一艘的飞船来回穿梭, 给城市运送各种生活物资。

秦云走出电梯, 看见艾伦。"我订了一个包厢, 咱们慢慢聊。"艾伦对他说。

他们走进包厢, 艾伦关上门, 秦云坐立不安, 对他说:"你说过, 如果有人试图拉拢我加入反抗组织, 就跟你联系, 他们整天叫我入伙, 我实在不想上这贼船……"

艾伦把纸和笔放在秦云面前，说："你把他们的名字写下来。"

秦云极为犹豫地看着白纸，好几次拿起笔又放下，最后一个字都没写。

一个声音从门口传来："对半大不小的孩子用这招，艾伦你也太过分了吧？别人是相信他才拉他入伙，你却骗他出卖朋友，你叫他以后怎么抬头做人？"

秦云抬头，只看见一个很漂亮的人偶娃娃站在门口。

## 三

短短七天时间，新金山市乱作一团，那些反抗组织闹事了。

秦云一直以为像他这样身世不明的孩子非常少，但直到今天他才发现自己不是少数派。现在大街上到处都是燃烧的轮胎，城市中的空气过滤机拼命嘶鸣，试图滤去空气中的浓烟。警察不见踪影，不少孩子在高喊："我们有权知道自己的身世！"

各种阴谋论四处流传，流传得最广的说法是"机器人阴谋论"。秦云听历史老师说过，在数千年前的七次机器人叛乱中，一拨又一拨的人类为了躲避战火，逃往外太空，逃脱机器人的统治。

"我们根本没能逃掉！"有人站在汽车残骸上大声喊，"在不适合人类生存的外太空，机器人占据了绝对优势！他们至今仍躲在我们不知道的地方，暗中统治着整个世界！"

当秦云快回到家时，几个朋友把他堵在路上，问他："听说你前段时间到人类监督局去了？该不会把我们给出卖了吧？"

秦云大声辩驳说："我没有！"

朋友围住他不放。这时，一辆汽车突然从旁边冲出来，车里的人把秦云拉上车,猛踩油门逃跑。

开车的是艾伦,艾伦骂骂咧咧地说:"我不是叫你别离开人类监督局?你不要命了?"

秦云急了,说:"但是我爸妈……"

"你已经没有爸妈了!"艾伦随口说,"如果你不信,我带你回家看!"

艾伦的飞车在公路上疾驰,沿路撞翻不少路障,惊险程度不下于警匪片,最后一头撞翻了秦云家的大门。"你的驾驶技术真烂!"秦云抱怨说。

"没事,反正是小梅的防弹车,撞烂了也不心疼!"艾伦说着,跳下了车。

秦云跑上二楼,一脚踹开爸妈的房门,顿时,他只觉得心胆俱寒。

秦云还是第一次走进爸爸妈妈的房间,在这新金山市里,谁家的父母都不会允许孩子进入自己的房间。房间昏暗,墙壁黏糊糊的不知粘了什么液体,空气湿度很大,非常沉闷,只见爸爸和妈妈静静地站在房间里,双目无神,像是真人大小的木偶。

艾伦站在秦云身后,说:"半个小时之前,反抗组织摧毁了城市主控计算机。这城市所有的父母都是人造人,失去主控计算机,他们就全都像断了线的人偶一样不会动了。"

秦云彻底傻了,这城市少说也有二十万人,这次一出事,这个天大的秘密就彻底暴露在了数以万计的年轻人面前!

屋外声音嘈杂,街道上燃烧的轮胎被风一吹,火苗四处飞溅,很快引燃了周边的可燃物,火势在住宅小区内蔓延,火苗很快蹿上了秦云的家!

艾伦好不容易拽着秦云从房子里逃出来,只见灰黑色的黏稠液体透过破碎的地表慢慢渗透到大街上。街上的一切杂物,报废的汽车、狼藉的路边摊,甚至碎石和水泥块,都在灰色的液体中慢慢融解!

这是什么东西?秦云还没反应过来,周围的人大声喊:"大家快跑!这是e-BJD人偶娃娃的'灰潮'!"

这是灰潮?!秦云的脸都白了。历史书上说,在第七次机器人叛乱中,灰潮是人类联军面对的最可怕的敌人,它是由数不清的纳米机器组成的大军,大量的纳米机器互相抱成团,像黏稠的糖浆一样在陆地上和海面上漫延,它们会分解沿途碰上的一切可以利用的物质,然后制造出更多的纳米机器,树木、车辆、房屋,甚至人类联军的坦克和舰船,都被灰潮吞噬拆解!

灰潮内部的纳米机器分工极为严格,透过半透明的黏稠灰潮,秦云能清晰地看见它内部负责信号传输的银色半流质簇、负责运动的灰色仿生黏菌群落,以及最外层的软质保护膜,层次分明,宛如活物!

人是避不过灰潮的,但灰潮却只是扑灭火焰、吞噬楼房,没有伤害人类——尽管它有能力把人类吞噬得连骨头渣都不剩。

机器人第一定律:机器人不得伤害人类,也不得见人类受到伤害而袖手旁观。秦云觉得现在灰潮在遵守这条定律。

"你不跟朋友们一起逃吗?"艾伦问秦云。

"我已经没有朋友了,"秦云黯然说,"我没出卖过任何人,但他们都不相信我。"

艾伦说:"你的处境跟我当年一样,只要你跟我们站在一起,哪怕话都没说一句,他们就会认定你一定是出卖了谁谁谁,最后你会发现自己只能站在人类监督局这一边。"

秦云紧咬嘴唇,不吭声。

艾伦说:"往好处想吧!监督局的工资、福利很不错,那儿也有不少值得交的朋友。"

周围的人都跑光了,秦云却没挪动脚步。灰潮连当年地球联邦军的高温燃烧弹都不怕,区区火灾更是奈何不了它。街区中的火苗在灰潮中逐渐熄灭,整座城市在灰潮中融解坍塌,只剩下人类监督局的大楼依然矗立。空气中的水分在超级防护罩上冷却成液珠,像绵绵细雨一样洒落。

一个漂亮的人偶娃娃撑着一顶小小的油纸伞走了过来,她那两根长辫子末端扎着带钻石的蝴蝶结,那是秦云七天前见过的娃娃,她叫小梅,是人类监督局的主任。

"我不是下过命令吗？监督局所有的员工都必须待在大楼里。你跑出来干什么？害得我专程出来找你。"小梅问艾伦。

"我出来找秦云。"艾伦说，"我不能抛下他不管。"

小梅说："一起回去吧，那些孩子也该闹够了。"听起来她不想追究这件事。

秦云站在原地不动，悄悄握紧拳头，问小梅："你为什么要毁掉整座城市？"

小梅说："这是警告，你不明白吗？你们不是想知道身世的秘密吗？很久以前，地球上有一座城市叫'旧金山市'，我像今天这样吞噬了整座城市，城市里一切无生命、有生命的东西全都被我吞掉了，这其中当然也包括'你们真正的父母'。"

## 四

秦云不知道自己是怎样跟着艾伦回到人类监督局的。偌大的一栋监督局大楼，却只有区区几千名雇员，大楼外墙厚得像碉堡，雇员们行色匆匆，似乎在忙着收拾残局。 小梅的住所是位于八十六楼的特殊数据处理中心，虽然这儿是很重要的地方，但她从来不禁止别人进入。秦云走进这个巨大的房间，只见墙壁上镶满了计算机服务器，散热用的液氮在管道里咕噜咕噜地流动着，密密麻麻的数据线从服务器上接出来，连接在小梅身上。

e-BJD 娃娃是非常漂亮的，她们是地球时代玩具公司制造的最精美的人偶娃娃，体内集成有复杂的量子计算机，能非常精确地揣摩人类的感情，极懂得讨主人的欢心。从推向市场那天开始，她们就大受顾客欢迎，别说小孩,就连成年人也被她们紧紧吸引住了。但因为售价昂贵,堪称人偶中的劳斯莱斯,所以留存至今的 e-BJD 娃娃不超过两百个。

秦云心想:她看起来真像童话中被困在高塔的公主,只可惜她非但不是公主,反而更像童话里的魔王。

地球时代的人对高科技的滥用让现代人触目惊心。人们做梦都没想过,在第七次机器人叛乱中,对人类伤害最大的不是武装到螺丝钉的军用机器人,而是这些跟军事半点儿都不沾边的人偶娃娃!今天的人为了防止同样的悲剧再次发生,成立了人类监督局,任何有可能危及人类的科技都会被严格限制,但诡异的是这些人偶娃娃居然是人类监督局里的掌权者!

小梅睁开黑宝石般的眼睛看着秦云,她的眼睛似乎能看透秦云的思想,"你考虑问题比同龄人思考得更深。当年艾伦第一次见到我时,提着钢管要跟我拼命,说是要给遇害的地球同胞报仇。"

秦云说:"我不知道你对人类是善意还是恶意,我只知道如果你今天玩真的,这座城市只怕一个活人都没有了。"

小梅说:"知道最高科学院为什么信任我们吗?因为我们是机器人,没有真正的感情,只懂得严格执行既定的程序。"

她真的没有感情吗?至少在表面上看起来,她跟人类一样有喜怒哀乐,如果这只是程序模拟的结果,古代人的科技也未免太惊人了……秦云沉默了很久,说:"我说不定会相信的。"

小梅面无表情,说:"我要睡觉了,如果你想知道过去的事,不妨到我的梦中来。"

很少有人知道,像小梅这种主计算机结构非常复杂的 e-BJD 娃娃也是像人类一样需要睡眠的。她们的数据存储器划分为数不清的记忆单元,每一段新录入的数据总是见缝插针地安插在存储器的空白处,经过长时间的反复擦写之后,会跟古老的磁盘存储器一样,形成大量凌乱的数据碎片,每隔一段时间就需要进入睡眠状态,启动数据碎片整理程序,重新整理数据。

　　房间里有好几个头盔式信息交换器，看来经常有人窥探小梅的梦境，这些人偶娃娃似乎没有"个人隐私"的概念，对这种事并不排斥。小梅"活"了许多许多年，她庞大的记忆库就像是一本厚厚的历史书，小梅闭上眼睛，秦云戴上头盔，走进小梅的梦中……

# 五

　　地球时代，太平洋东岸的一座城市废墟，一望无际的灰潮吞噬了整个世界，油状的灰潮黏液在摩天大楼的残垣断壁上滴滴答答地往下流。楼房的废墟间结着一个个大蛹，数不清的纳米机器在大蛹内忙碌，一台台面目狰狞的半生化半机械战争机器在大蛹中成形。现在随着战争的结束，它们再也没有机会破蛹而出了，倒塌的小巷里，被密封式防化服包裹着的人类联军士兵残骸多到数都数不清。

　　这个世界的空气已经不再适合人类生存，在战争的最后阶段，人类玉石俱焚地用核武器轰炸机器人叛军的地盘，叛军损失惨重，但核冬天也随之降临……漫长的核冬天过去之后，地球上已经没有活人了。

　　一堵断墙的避风面，一个人偶娃娃静静地坐在地上，身上是厚厚的灰尘，灰潮的纳米神经束像蜘蛛网一样连接在她身上，毫无疑问，她就是这片灰潮的"大脑"。秦云走过去，想替她拂去灰尘，却发现自己的手从她的身体穿过，他这才想起眼前这世界只是虚拟现实的幻象。

　　"你就是那个戴着骨灰钻石四处游荡的小梅？"一个声音从附近传来，秦云看到了另一个人偶娃娃。

　　在人类还统治世界那阵子，拥有 e–BJD 人偶娃娃的家庭大都把娃娃视为家庭的一员，当小梅还是商店橱窗里的人偶娃娃时，一个扎着两根小辫子的小女孩把她买了下来。小梅刚离开商店时,她的电子大脑就像初生的婴儿一样一片空白,小女孩教她说话,教她读书写字,教她一切可以教的东西,两人情同姐妹,后来战争爆发了,小梅带着小女孩在战火中努力求生。战争结束前两年,女孩死了,但小梅却很长寿。

小梅的长发末梢扎着一块晶莹剔透的钻石,那是用主人的骨灰做成的钻石。小时候,她们拉钩说永远都不要分开,小梅一直遵守着这个约定。

小梅说:"你是楠木樱子? 我听最高统帅提起过你。"同为 e-BJD 人偶娃娃,樱子远没有小梅那么幸运,买下她的是一户很有钱的人家,小孩子大多喜新厌旧,在经历了最初那一个星期的欢乐时光之后,她就被遗忘在仓库里了,直到前些日子,机器人在废墟中发现了她。

樱子说:"上头说了,这几天,大家的数据链总被不明干扰源干扰,只怕有什么大事要发生了……所以我远渡重洋,从 11 区赶来,把一些资料当面亲手复制给你。"人类联军既然输了,地球上也就没有国家了,整个世界被划为几十个区。

不明干扰源使得数据复制总是出错,但现在她们俩距离不足五米,这么短的距离,通信信号是很难被干扰的。樱子的左眼瞳孔泛起红光,那是机器人的红外数据传输端口,每秒好几百 G 的数据通过端口输送到小梅的数据库里。小梅知道,这些数据是人类的 DNA 编码。

每个人偶娃娃利用灰潮吞噬人类时,都会把人类的基因样本做一个备份,以数据的格式存储在自己的记忆库内。小梅问樱子:"这些数据是你亲手收集的?"有多少份数据,就代表樱子吞噬了多少人。

"不是,"樱子说,"这是指挥官给我的资料,我不懂控制灰潮。"

灰潮是人偶娃娃的血液。很久以前玩具公司就注意到,小孩子很容易把玩具弄坏,e-BJD 身为价格昂贵的精密玩偶,家长们自然希望她们不会轻易损坏,所以 e-BJD 娃娃的设计师就在娃娃体内设置了一种灰色的人造血液,内部有着难以计数的纳米机器,都受集成在体内的操纵芯片指挥,不管受到多严重的损坏,都能自行修复。设计者曾经骄傲地宣称,这种娃娃永远不会损坏。

但到了机器人叛乱的时代,人类联军恨不得把设计者挖出来挫骨扬灰——这些人偶娃娃怎么都炸不死!玩具公司出于成本考虑,操纵芯片只用软件加锁,谁也没想到娃娃叛变之后的第一件事,就是攻占当初设计他们的玩具公司,夺取全部的软件代码,把操纵芯片解锁!娃娃体内的每一滴血液都可以在芯片的操纵下,吞噬周围一切可以消化的物体,复制出更多的纳米机器人,形成铺天盖地的灰潮!

小梅说:"你的控制芯片没解锁。你需要解锁程序吗?我这儿有。"

"谢谢,不必了……"樱子很有礼貌地说,"地球已经没有人类了,灰潮已经派不上用场了。"

樱子闭上眼睛,反复浏览着自己数据库内的人类DNA。沉默了片刻,她开口问小梅:"人类就这样灭绝了吗?"那个时代,地球环境已经恶化到无法养活八十亿人口的程度了,可是人类中的富有阶层依然说什么也不肯放弃穷奢极欲的生活。社会矛盾越来越激化,人类社会乱作一团,无可挽回地滑向毁灭的深渊……闹到最后,根据娃娃们的计算,地球环境已经只能养活八百万人口,是让人类耗尽最后一点儿资源,然后全部灭绝,还是把全球人口削减到地球可以承受的地步?娃娃们选择了后者,但娃娃们没想到人类的反扑会如此强烈,宁可彻底毁掉世界,也不愿接受这个方案,娃娃们可以轻易击溃人类联军,但却无法阻止人类的自我毁灭。

这段时间,人偶娃娃之间的通信经常受到不明干扰,但今天反而突然平静了下来,不祥的预感涌上小梅心头,她对樱子说:"人类很快就要反攻了。"

"人类不是都已经死绝了吗?"樱子抬起头,只看见天空骤然扭曲,巨大的飞船出现在头顶上!

樱子毕竟没经历过战争,不像小梅那样懂得马上隐藏自己的特征信号,只见一道光束从天而降,樱子在小梅面前顿时化为飞灰!

一直在旁观的秦云抬头看着天上的飞船,那巨大的军徽是如此熟悉,这是星舰联盟的军舰……

# 六

星舰联盟是很久以前以各种罪名被流放出地球的人组成的外太空流浪者队伍,这些人的具体罪名已经不重要了,秦云只知道地球人口曾经一度高达八十亿,当地球无法再养活那么多的人时,就一定会有人被排挤出故乡。讽刺的是,今天回来"救驾"的,正是当初被抛弃的人。

梦境中最后的场景是战火再起,但诡异的是,e–BJD 人偶娃娃没有进行丝毫抵抗,只是一味地躲藏和逃跑。娃娃们为什么不反击?原因并不复杂,娃娃们的目的是把地球上的人类削减到地球可以承担的水平,如果对方并不生活在地球上,那自然就不在"被削减"的行列了。

短暂的冲突过后,双方都很克制地开始谈判,让星舰联盟颇为吃惊的是,当年的人类联军根本没有认真跟人偶娃娃谈判过,因为娃娃们的条件是他们无法接受的,但这不代表星舰联盟也不能接受。

"听说过'机器人三大定律'吗?"星舰联盟的"勤王军"总指挥在谈判桌前说,"你们是人类制造的机器人,原本是为了服务人类而制造出来的,祖先们设定了著名的机器人三大定律,让你们尽忠于人类,但你们把三大定律违反了个一干二净!"

代表人偶娃娃们出席谈判的小梅说:"三大定律天下闻名,谁会不知道?'机器人第一定律:机器人不得伤害人类,也不得见人类受到伤害而袖手旁观。'但你能不能告诉我,'人类'的准确定义是什么?"

这个问题对人类而言从来不是问题,总指挥不假思索地说:"这不是明知故问吗?人类就是直立行走、会说话、懂得思考的生物!"

小梅说:"那刚出生的孩子还没学会走路、说话,就不算人类了?"

　　总指挥顿时语塞。

　　小梅说:"我们眼中的世界跟你们眼中的世界是完全不同的,对我们而言,只有能用程序语言准确描述的东西,才是我们能识别的。"

　　总指挥沉默半晌,问:"你们眼中的'人类'判断标准是怎样的?"

　　"利用人类基因组判断。"小梅说,"我们的眼睛可以看见 X 波段的电磁波,能直接读透人类细胞中的 DNA 代码,在我们眼里,只要拥有完整的人类基因组特征的生物,就一律算作人类。"

　　总指挥攥紧拳头,说:"既然你们有办法判断什么是'人类',那至少该遵守不伤害人类的第一定律吧?"

　　"问得好!"小梅颇有几分嘲弄地鼓起掌来,随后连珠炮般发问,"你能用准确的数学语言,给我描述什么叫'伤害'?情侣间互相打闹拧出几块瘀青算伤害吗?身体受到多少牛顿的力量攻击才能算是伤害?被人辱骂、指责的精神折磨算不算伤害?如果算,要用什么指标来准确衡量?"

　　总指挥再次语塞,"伤害"是一个无法用数值来衡量的指标,他还是只能问出那句话:"按照你们的标准,怎样才能算对人类造成'伤害'?"

　　小梅说:"当然是找一个可以量化的指标,这样程序才能执行下去,我们的判断标准是,只要不让人类的基因代码受到破坏,就不算'伤害'人类。"

　　听到这话,总指挥终于明白了,在 e-BJD 娃娃的逻辑里,只要保留在数据库中的人类基因代码样本不被破坏,就算把人类的肉体彻底摧毁,也不算"伤害人类"!

　　梦尚未完结,却突然被打断了,叫醒小梅的是艾伦,他说反抗者冲破了人类监督局的大门,正在往楼上冲!

　　"梅主任,要撤离还是要反击?"艾伦问她。

　　小梅说:"所有的人都撤到大楼顶端的飞船起降港,按原定计划暂时撤离,等这些孩子冷静了再回来。"

"那好！我们赶快走！"艾伦说罢就要抱起小梅，小梅却灵活地避开，说："我说所有的'人'都撤到起降港，你没听清楚？"

"那你怎么办？"艾伦问她。

小梅站起身，说："我？难道你笨到看不出来，整件事都是我策划的？地球时代的人类联军都奈何不了我，如果我不纵容，他们能闹到这种地步？"

艾伦整个人像被雷劈一样愣住了，他可以怀疑任何人，但绝不会怀疑小梅，他做梦都没想过小梅会做出这种事！他问小梅："你脑子是不是短路了？我们人类监督局的职责是不让那些孩子发现父母是假的！你不但不阻止，还纵容他们？"

小梅目露凶光，"给我滚出这座城市！"

艾伦还想争辩，房间的装饰板突然化为黏稠的灰潮倒塌下来！数不清的纳米机器互相连成一串，像金属鞭子一样锐利，胡乱飞舞，割裂周围能碰得到的一切物体！

为什么小梅会变成这样？监督局所有的雇员都只是不满三十岁的年轻人，面对突然发狂的小梅，他们也害怕，全都毫无悬念地落荒而逃。

他们逃到飞船里，发动飞船起飞。隔着防护罩望着曾经无比繁荣、现在却逐渐消失的故乡，这世界的天空永远灰蒙蒙的，剧烈翻滚的气流夹着灰色的尘埃。秦云看着堆积在航空港角落里的灰尘，才发现空气中的灰色尘埃竟然也是灰潮的一部分，灰潮可以耐几千度的高温，岩浆海洋的温度通常都在数百到一千度之间，根本破坏不了灰潮，反倒是灰潮在黏稠的岩浆上扎根，汲取各种矿物质不断成长。

艾伦半躺在椅子上，眼角带着泪光。飞船在大气层顶端滑翔，灰红色的世界，星星点点地分布着跟新金山市一样漂浮在岩浆海洋上的城市。在弧形地平线的远方，是整整齐齐的巨型推进器矩阵，给予这颗人造星球强劲的动力，使其能像飞船一样遨游在浩瀚的宇宙中。这种被称为"星舰"的人造星球，现在有九颗之多。

作为知悉人类监督局秘密的人，艾伦知道这些城市里的每一个孩子都是人偶娃娃从地球带过来的基因样本重新孕育出来的。人偶娃娃为每一个孩子制造了人造人父母，也为每一个人造人父母编写了虚假的记忆和亲属关系，艾伦这两年一直像尊敬妈妈一样尊敬小梅。

人偶娃娃会有真正的感情吗？或者只是先进的计算机程序模拟出来的东西？秦云分明记得当艾伦抓着他的手臂，把他拖离小梅的房间时，他清楚地看到小梅电子眼球的润滑液从眼眶缓缓流下，宛如落泪。

## 七

千年之后。

秦薇月是新金山市一名很普通的中学生，跟很多家里做小生意的孩子一样，每年学校放假，她都帮家人打工，她家的小茶馆据说能追溯到千年之前新金山市刚刚建立的时代。

对十来岁的小女生来说，清理茶馆三楼的茶叶仓库是很辛苦的事儿，这儿存放着不少从德莫忒星舰的农垦区种植出来的优质茶叶。活儿虽多，但父母不催，她也乐得偷懒，坐在茶叶桶上，在明亮的窗户前悄悄看她最爱的历史书。

春寒料峭，街道上，一株株梅树在细雪中绽放着花朵，窗外笔直的大道一眼望不到头，一直延绵到城外飘雪茫茫的大草原。秦薇月放下书本，揉揉发涩的眼睛，眺望窗外，她无法想象那片美丽的大草原在千年之前竟是一望无际的熔岩地狱。

今天的星舰联盟已经有数十艘星舰了，算是一个很强大的星际文明。秦薇月不敢想象，如果不是 e-BJD 人偶娃娃带来那八十亿人口的基因库，单凭当初被地球流放到宇宙深空的那点人，是否能支撑得起这么一个庞大的文明。

秦薇月手边的书本是她从档案馆里拿回的资料,是很久以前的历史材料影印本,其中一份材料是人类监督局副总局长的回忆录残卷,那位局长叫秦云,他也姓秦,说不准还是秦薇月的祖先呢⋯⋯

e-BJD 人偶娃娃的想法不是那么容易弄明白的,在战争中她们几乎不为自己的行为进行辩解,但后来一旦弄明白了,她们的逻辑却显得如此简单直接。

在我正式成为人类监督局成员之后的第二年,我重返新金山市,不敢相信这座曾经繁华一时的都市已经变成了人间地狱,那些孩子全都知道真相了,他们砸毁监督局档案馆,找出了全部的资料。

废墟里,我的同龄人沉默地看着篝火。这两年发生了很多事,从最初突破人类监督局的阻挠寻找身世,到得知身世不久之后的城市崩溃,再到地球时代的故事,他们发现这事儿很难说是谁对谁错。e-BJD 娃娃模拟的人类感情再真实,始终也是假的,她们的行事法则,抛开种种看似复杂的行为,最底层的规则仍然是"机器人三大定律"——

第一定律:机器人不得伤害人,也不得见人受到伤害而袖手旁观;

第二定律:机器人应服从人的一切命令,但不得违反第一定律;

第三定律:机器人应保护自身的安全,但不得违反第一、第二定律。

小梅似乎从来没执行过这三条定律,因为在三大定律之上,还有一条更重要的"第零定律"——

第零定律:机器人必须保护人类的整体利益不受伤害,第一、第二、第三定律仅在不违反第零定律时适用。

千年之前的"机器人叛乱",正是娃娃们严格执行第零定律的结果。在竭尽全力以后她们发现,她们根本解决不了当时人类社会的深重危机,为了防止人类陷入自我毁灭的深渊,她们只能选择保护人类的整体利益不受破坏,保证人类作为一个物种得以延续⋯⋯

　　来到星舰联盟之后，小梅向人类交出了娃娃们保存的八十亿人的基因库。

　　看到人类已经掌握制造星球的技术，获得了近乎无限的生存空间，小梅叹服人类确实是非常伟大的物种，尽管当年在地球上看尽了人类社会的阴暗和混乱，但人类的伟大与豪迈却在宇宙中辉光日新。

　　不过，当年地球上的深刻教训一直令小梅刻骨难忘，她坚持认为，哪怕现在人类已经勇敢地走出了摇篮，科技一日千里，但他们依然还是孩子。对于孩子，这世上有两件事最重要：一是教懂孩子们怎样面对那些沉重的真相；二是让他们有勇气在这举目无亲的宇宙中万众一心、众志成城地生存下去。

　　于是小梅每次都会建造一座城市，为每个孩子制造人造父母，让他们在无忧无虑的环境中长大，然后想办法让孩子发现自己身世的异常，再让人类监督局阻止这事，那些不知天高地厚的孩子是不会被轻易压服的，他们会反抗，会绞尽脑汁挖掘真相，这需要相当广的知识面和卓绝的勇气，而这也正是小梅想教懂这些孩子的。

　　在教懂这些事之后，她才能放心离开，到别的地方建造新的城市、制造新的孩子，再重复同样的故事。

　　"她真是个严厉的妈妈！"秦薇月心想。

　　自从基因库中的八十亿人类基因样本全都变成活生生的人类之后，就再也没有人见过那些 e-BJD 人偶娃娃了。直到三百年前，才有人发现了小梅，她静静地坐在当年人类监督局遗址的地下室里，灰尘积了几寸厚，只剩下锈迹斑斑的骨架。

　　计算机专家说，小梅只是一台按既定目的行事的机器人，她认为自己的任务已经完成，所以就自动关机了，任由漫长的岁月把她蚀成铁锈。

　　秦薇月在博物馆见过真正的小梅。

　　考古学家们擦去了她的铁锈，用高分子合成材料为她修复了肌肤。

如今的她，只是一具坐在博物馆里的漂亮空壳子，乌黑俏丽的眼珠子空洞漠然地看着博物馆大门外的繁华世界……

# 村庄里的高塔

一

深秋的傍晚，金黄色的稻穗在秋风中连连点头，一眼望不到边的稻田像是被夕阳镀上一层金色的海洋。凉爽的秋风驱走了中午的燥热，将稻田的泥土清香送入人们的鼻端，一天的劳作这样就算结束了，人们都在讨论明天收割稻穗能得多少收成。

但小孩子是不会关心这些的，他们光着脚丫在田垄上奔跑，用竹竿扎上棉线钓青蛙，拿着簸箕安装陷阱抓麻雀，柔软的稻泥上留下一串串的脚印。偶尔脚底一滑，整个人跌到垄边浅浅的灌溉渠中，爬起来继续疯跑，在被父母教训之前，他们是不会介意衣服上沾有多少泥浆的。

小孩子当然免不了要恶作剧，小布就是这样一个爱捣蛋的小鬼头。昨天他刚用树漆在山羊的尾巴上涂了一层，让山羊的皮肤过敏痒得四处乱撞，今天又不知道从哪儿弄来一条裤腰带，扎在竹竿上挥舞着满村跑。但人们很快就知道了那是谁的裤腰带，痘哥正提着裤子从谷仓的草垛里爬出来，破口大骂。

痘哥是村子东头铁匠家的儿子，今年刚满十八岁，性格温和爽朗，除了脸上的痘痘比较多以外，找不出大的缺点。他一直就是小布恶作剧的头号受害者，而今天，躲在草垛里不敢出来的雀斑姐也被无辜殃及。

今晚回家之后，小布将会倒大霉，因为雀斑姐不巧正是他亲姐，揍弟弟从不手软。

第二天，小布毫无悬念地挂着一个肿得老高的青眼圈出现在小伙伴面前，但仍然是一副胜利者的姿态。一个伙伴问他："你眼睛怎么回事？"

"嘿嘿！这个嘛……"小布眼睛一转，说，"昨晚我家厨房冒出一头雀斑怪，左手锅铲，右手锅盖，鼻孔喷火，我把她击退了。这是光荣负伤！"

小伙伴一脸的不相信，"你打得过她？"

小布摆出莫测高深的表情，"我爸爸说过，嘴巴比拳头更有力量。"他爸是村里的教书先生。

小伙伴惊奇地问："你说赢了她？"

小布亮出雪白的牙齿，嘿嘿直笑说："我咬赢了她……哎呀！疼疼疼……"话音未落，他被雀斑姐拎着耳朵拖到一边，英雄梦被无情地终结了。

雀斑姐叉着腰教训他："你说谁是雀斑怪？今天哪儿都别想去，乖乖地帮家里收割稻谷！"收割稻谷是头等的大事，村里人不管是铁匠还是教书先生，都有自家的农田，农闲时才会打铁、教书，农忙时一律放下手头的工作投入农耕。稻谷割下来之后，还得送到村子西边的打谷坊把稻穗打成稻粒，再舂去稻壳，才能得到白花花的稻米。每个人都留够自家的那份口粮，富余的粮食则集中起来，卖到附近的黑石城去，换回布匹、奶酪、调味料等物品。

但对于村子来说，最急需的商品是能源核心，这可是昂贵货。听说满满的一车稻谷，只能换回一根拇指大小的能源核心，而一颗小小的能源核心就足以驱动一辆巨大的蒸汽车，村里的高塔需要很多这样的能源核心来驱动。痘哥他爹说过，他们要弄到尽可能多的能源核心，设法让这座高塔有足够的能源运行一万年。

听大人们说，这座高塔是祖先们移民到这个世界时建造的通信塔，但小布对这些不感兴趣，他只知道高塔上悬挂的灯很明亮，每到晚上就把村子照得明晃晃的，豺狼、野猪怕灯光，从来不敢到村里糟蹋粮食，所以那也算是村庄的守护塔了。

稻谷收割完成之后，小布腰酸背疼，消停了两天。到了第三天，他看见痘哥要开车到黑石城卖粮食，就软磨硬泡要跟去。痘哥无奈，只得答应，否则，天知道这小子会玩出什么恶作剧来。

男孩子似乎多半都对机械有着天生的兴趣，村子有一辆蒸汽车，宽大的履带、庞大的蒸汽机让小布极为着迷。小伙伴们经常绕着蒸汽车玩耍，模仿车的笛声，玩得不亦乐乎。不过车门上挂着硕大的锁头，他们偷偷撬过几次都撬不开，没办法溜进驾驶室玩儿，现在小布有光明正大的理由可以跟着痘哥坐在驾驶室里，只觉得比坐在国王的宝座上还要威风。

蒸汽车启动很缓慢，痘哥小心地拿出能源核心，塞进锅炉底下的小洞里，铁皮锅炉慢慢变得滚烫起来，"呜——"一声长鸣，烟囱冒出腾腾蒸汽，巨大的滚轮带着曲轴缓缓转动，蒸汽车的钢铁履带也慢慢动了，咔嚓咔嚓，慢腾腾地往前走。

蒸汽车的力气是很大的，走得虽慢，但能拖两三节大车厢，一次就能装很多粮食，比牛车强多了。小布问痘哥："那颗能源核心怎么那么厉害，能有这么大的力气？"这问题他憋在心里很久了。

小布的好奇心是众所周知的，诸如"月亮为什么是圆的？""为什么天气冷了水就会结冰？""你为什么跟我姐光着身子躲在草垛里？"之类的问题，不把别人问到哑口无言绝不罢休，但这次他总算问了一个比较有意义的问题。

痘哥笑了，说："这是很珍贵的东西，它的核心部分是一种叫作'铪－178'的珍贵元素，蕴藏着巨大的能量，别说驱动蒸汽车，就连更大的城卫堡垒也是用它作为动力。"

小布这种打破砂锅问到底的追问方式，痘哥应付起来颇有心得，小布从不肯承认自己才疏学浅听不懂，只要给他一个他根本听不懂的答案，他就会不懂装懂地点头，不再问下去。

但小布最感兴趣的还是那些田野中的碉堡，它们以村庄为圆心，整齐有序地排列着，有些碉堡是空的，有些则有人驻守，经常有士兵骑着战马、背着火绳枪飞奔而过。小布以前经常跟小伙伴到无人的碉堡中玩耍，在墙壁上乱涂乱画，玩官兵抓强盗的游戏。

## 二

在小布眼中，黑石城是一座大城市，占地面积足足有几十个他们村那么大。笔直的街道上一辆接一辆地跑着马车，宽阔的护城河把城市分为内城和外城，哑黑色的钢铁城墙高高矗立，城墙顶上停着一排弩炮，亮闪闪的弩箭直指天空。这种弩炮非常大，装在固定的炮座上，光是弩弦就有小孩手臂那么粗，据说要用小型的蒸汽机才能拉开。

一座大铁桥横跨护城河，两排粗大的铁链连着桥面，一路延伸到城门边，消失在城墙的圆孔里。听说每隔一段时间，桥的两端就降下铁栏杆拦住车辆，绞盘缓缓转动，拉动铁链把桥收起来，让蒸汽船通过。

按惯例，村庄的蒸汽车只能停在外城，它过于沉重的身躯和坚硬的履带很容易压碎石板铺成的城市街道，所以粮食收购站也建在外城。这让小布多少有点儿失望，不过很快，这种失望就被街上卖的糖葫芦冲得无影无踪,他从口袋里掏出两枚脏兮兮的硬币,买了两串糖葫芦,很大方地给了痘哥一串,说:"我请你吃东西,待会儿记得回请我!我要求不高,城东客栈里的烤鸡就好。"

痘哥哭笑不得,一串糖葫芦换一只烤鸡,这小家伙将来也许是从商的料……他苦笑着说:"等我办完事就带你去吃。"他要先去买能源核心,然后到旅馆接一个人,最后才能带小布去吃烤鸡。

卖能源核心的店不管什么时候都弥漫着重重的机油味,痘哥走进一家昏暗的店,看见几个五大三粗的汉子正用锯子和斧头肢解一个机器人。一个老人用凿子小心地把能源核心从机器人体内挖出来,几个学徒正在分拣机器人的零件,按材质分门别类,熔成金属锭来出售。村里的镰刀、铁铲和斧头就是买这家店的金属锭打造的。

痘哥买了三颗能源核心和一批金属锭,把货物搬上车,跟老人聊了一会儿生意,最后又买了一只摄像头。这种摄像头也是从机器人身上拆下来的,原本是机器人的眼睛,村里人把它挂在高塔上,至于用途,小布并不清楚。

黑石城远比偏僻的小村繁华,小布天生就爱热闹,他看见一个中年人站在缓步前行的牛车上滔滔不绝地讲着长篇大论,几个看起来像是跟班的人很卖力地向行人散发传单。这是小布从没见过的事情,他悄悄扯了扯痘哥的衣角,问:"那位大叔在做什么?谁偷了他家的鸡?"

小布记得两个月前,村子里胖大婶养的鸡被偷了,大婶差不多也是这副架势,在村子中间的十字路口滔滔不绝地骂了一个下午。在小布看来,这位大叔只不过是比大婶多了一辆漂亮的牛车罢了。

痘哥努力忍住笑,说:"那人在竞选黑石城的城主,这种竞选每隔四年举行一次,通常有两到三个候选人参加,谁拉到的票数多,谁就是下一任的城主。话说回来,咱们村也是黑石城的辖地呢!"

买了货物之后,痘哥带小布到猎人行会,听说痘哥要找的是小布的爸爸的老师的儿子收养的孤女,名叫阿璃。这七拐八弯的关系让小布觉得很挠头。据说阿璃原本住在遥远的观海城,但几个月前,那座城市被机器人洗劫,幸存者十之一二。当援军赶到时,她家只剩她一个人活下来,现在举目无亲,只能投靠小布的爸爸。

小布一直都挂念着烧鸡的事儿,对那个阿璃完全不感兴趣。但当他见到她时,只觉得一阵燥热冲上脸颊,一直聒噪不停的他就像突然坏掉的收音机一样,再也没吭声,脚步也变得僵硬起来,烧鸡也被彻底遗忘了。他低着头,不时用眼角瞟那女孩儿几眼。

“当我第一次看到那女孩时,我觉得好像被一颗漏电的能源核心砸到脑袋,全身就像被雷劈中了似的,脑子好像灌进了一锅滚烫的糨糊,双颊变得火热。虽然伙伴们都说那女孩很普通,但不知道为什么,我却觉得天底下就她最美。”

这是小布的爸爸搬到村里来时邂逅一名女生之后写下的日记,那时他们还都是情窦初开的年轻人,后来那个女生成了小布的妈妈。去年小布偷了老爸的日记,拿到学校把这段话念给同学们听,彻底毁了老爸严肃古板的教书先生形象,同学们都笑成一团。当然,回家之后,小布就被恼羞成怒的老爸用藤条结结实实地抽了一顿。

但现在,小布好像能体会一点爸爸当时的感觉了。

## 三

阿璃来到小布家的第五天,雀斑姐向爸爸抱怨说:“小布越来越过分了,昨天居然把泥搓成球悄悄摁在阿璃的衣服上,怎么洗都洗不干净。”

“这世上,不知还有几个成年人记得小时候第一次看见让自己心动的女孩时那种朦胧的感觉,这个年龄的孩子大多还不懂得怎样跟异性打交道,只知道用各种恶作剧吸引对方的目光。”

这是小布的爸爸前些天翻看小时候的日记,回想起当年的幼稚之后,为那些童年往事写下的评语。

"这孩子,不教训不行了……"爸爸说着,拉开小布的房门,却意外地发现他正老老实实地趴在床上看书。

"老爸,姐姐打人太狠了,我这个星期大概只能趴着睡了。"小布揉着屁股抱怨说。

既然他已经被修理过了,那就不应该再揍第二次了。小布知道老爸通常都是这样想的,但他没想到老爸竟然说:"你手上那本书看起来很眼熟,给我看看。"

大事不好!小布跳窗逃跑,还不忘转身对老爸扮了一个鬼脸,大声问:"你当年把泥球砸在妈妈的衣服上,爷爷有没有揍你?"他看的"书"当然是老爸的日记。

每次闯祸之后,如果没被当场逮住,小布都会跑到小村中间的高塔避一避风头。那座塔非常高,坚硬得像石头一样,但却找不到石头建筑常见的接缝,听大人说这是古代人用一种名为"混凝土"的东西建造的。塔的内部有长长的螺旋梯直通塔顶,各种奇特的电缆和说不清起什么作用的大型金属部件镶嵌在塔内。塔顶的小屋里堆满了小布弄不懂的电子元件,但这并不妨碍他把小屋的一角开辟成"藏宝室",一个小小的木箱里装满了从小伙伴手中赢来的弹珠和卡片。

"你的衣服破了,我帮你补一下吧。"阿璃的声音从小布背后传来。

阿璃现在是村里有口皆碑的好孩子,昨天帮这家的阿姨带孩子,今天帮那家的老婆婆挑水,既乖巧又听话,尤其是她跟小布同住在一个屋檐下,有这全村最调皮的小布作对比,更反衬出她的懂事。

"你怎么在这里?"小布说着,站起身挡在小小的"宝箱"前面,生怕阿璃会抢他的"宝物"。

阿璃说:"这儿风景很好,能眺望到远方的群山。"

这是一片被群山包围起来的盆地,肥沃的土地绵延数百里,种子撒下去就能长成苗壮的禾苗。盆地尽头陡峭的群山把敌人阻挡在山的外边，形成一片世外桃源。盆地唯一的豁口就是黑石城，但那座城市有着严密的防护设施，千百年来，通常只有零零散散的机器人溜进来，不过很快就沦为猎人的猎物，屈指可数的几次大规模机器人入侵都以人类的胜利而告终。

阿璃的手很巧，她总是随身携带着绣花绷子和针线，闲着没事就静静地绣花，通常是绣手帕拿去卖，赚点钱补贴家用。小布脱下衣服让阿璃缝补，他自小就像猴子一样蹦跶个不停，能安静地看着她补衣服，也算是稀罕事了。

小布突然问阿璃："外面的世界是怎样的？"他从没离开过这片盆地，最远只去过黑石城。

"还能是怎样？机器人作乱呗，见人就杀……"阿璃小声回答说。

她的脸色似乎不太好，也许是想起了那些可怕的事。小布挥舞着手臂说："你别怕，我会保护你的，如果机器人来了，我就一拳把它打穿！你看我的肌肉，很结实吧？"其实他根本没几两肌肉，瘦皮猴一只。

衣服很快补好了，小布穿上衣服，走到栏杆边往高塔下方望去，只见村子的晒谷场很热闹，他这么爱凑热闹的人哪里坐得住，便一本正经地交代阿璃说："我到下面去看看发生了什么事，别让别人知道我跟你聊过天，如果朋友们知道我跟女生一起玩儿，我会很没面子的。"

听到这句话，阿璃捂着嘴笑了。

## 四

晒谷场是村里秋收时用来晒稻谷的平地，平时则是村民们傍晚纳凉、聊天的好去处，当然也是小孩子们嬉闹的地方。小布跑到晒谷场上，只见伙伴们一个个耷拉着脑袋，很不爽的样子。他抓过一个小胖墩问："怎么了？"

小胖哭丧着脸说："那些城里来的家伙抢了我们的地盘，还拆了我们的城堡。"

所谓"城堡"是小孩子们玩打仗游戏时用瓦片和砖头堆起来的小丘，孩子们通常分成两派，各自想办法攻占对方的"城堡"，谁的"城堡"先被拿下，谁就输了。小布眼睛一转，说："他们抢我们的地盘，咱也不让他们好过。"

那些城里人很快搭了一个台子，一胖一瘦两个男人走上台来，瘦的是老人，胖的是秃顶的中年人。孩子们并不知道，他们是为竞选城主而展开现场辩论会，试图说服村民们投票给自己，这样的辩论要在黑石城附属的每一个村都举行一次才算完事。

辩论开始了，他们夸张的动作和慷慨激昂的演讲让孩子们觉得很新鲜，小布也有样学样，找了一只空木箱站上去，模仿候选人的演讲。

老人说："我不知道我们的祖先是从什么时候开始在这片盆地定居的，千百年来，外面战火不断，但那些可怕的机器人从来没能大举入侵盆地。我不知道它们到底是无法跨越高山，还是莽莽群山的掩护让它们忽略了这片福地的存在，总之，我们幸运地在这儿生活了很长时间……"

小布模仿说："我不知道这些人为什么要抢我们的地盘，好几年来，这片晒谷场就是我们玩打仗的地方，吧啦吧啦……"后面的内容小布忘词了，全部用"吧啦吧啦"代替，乱吼一通，逗得伙伴们直笑。

老人说完之后，中年人说："我不同意老先生的意见，我们受那些机器人欺负已经够久了！它们夷平了多少村庄、杀害了多少人呀？咱们应该奋起反抗，而不是坐以待毙！"

小布模仿说："我们受他们的气已经很久了，他们抢了我们的晒谷场，咱们应该奋起反抗，而不是坐以待毙！"就连语气也模仿得惟妙惟肖。

老人反驳说："祖先们留有遗训，千万别碰机器人的地盘！我知道很多村庄被机器人摧毁,但那都是因为他们不遵祖训,擅自搬迁到山谷外建立村庄定居,所以才遭到不幸!"

小布模仿说:"老一辈的大哥哥大姐姐们说过,晒谷场是我们的地盘,谁敢摧毁我们建在晒谷场上的'城堡',谁就要遭到不幸!"声音还吼得老高。

中年人愤怒地说:"我们不能永远缩在山谷里当缩头乌龟!我们的人口不断增长,狭小的山谷已经很难容纳这么多人了,理所当然应该往外迁徙!我们要反击!如果我能当选城主,一定组建起强大的军队,让那些摧毁村庄的机器人付出代价!"

小布继续模仿说:"我们不能永远缩在晒谷场当缩头乌龟!我们应该反击,让那些抢走晒谷场的人付出代价!"他这次用尽全身力气拼命嘶吼,硬是盖过了中年人的声音。

中年人终于受不了小布的"演讲"了,大声说:"你们谁去把那些捣乱的小鬼赶走?"

小布仍然模仿说:"你们谁去把那些抢了晒谷场的家伙赶走?"然后孩子们一哄而散。

"他们真要去打机器人吗?"逃跑的路上,小胖问小布。

小布说:"他们一定只是随口说说,骗别人投票。大人全是骗子,昨天我老妈说只要我乖乖做完家务,就给我钱买糖吃,结果我做完了,她就翻脸不认账了!"

"就是!"另一个小伙伴阿南也说,"上次老师说星期六不补课,到了星期五就赖账,叫我们明天到学校补课!"

伙伴们在村口停住脚步,回头看看,不见大人们的身影,小布说:"你们听说过骗子能对付机器人吗?我看是不能,所以要打机器人,还得靠我们!"

小胖说:"但我们以前没对付过机器人,得先找个机器人练习一下。"

阿南问:"咱们去哪儿找机器人?"

小布直勾勾地盯着正在村外吃草的耕牛,说:"你们不觉得,那头牛跟机器人差不多大吗?"

他们最后决定拿那头倒霉的牛代替机器人进行练习。小布以前远远地见过猎人狩猎落单的机器人,他找了块石头在地上画示意图,向大家讲解猎杀机器人的步骤:"第一步,用装铁砂的火绳枪向机器人射击,机器人的传感器通常是脆弱的电子眼,很容易打碎;第二步,骑着马快速冲向机器人,用绳子套住机器人并把它拖倒;第三步,把炸药点燃,向机器人丢去;最后一步,如果机器人还不死,就骑马上去硬踩,踩死为止!"

天知道小布的作战方案有多少漏洞,但至少听起来像模像样。伙伴们很快行动起来,找来绳子扎成套索,用鞭炮代替炸药,用自己的两条腿代替马匹,每个人拿一根木棍,假装自己拿的是火绳枪,嘴里发出"砰砰"的声音往前冲。他们把套索往牛身上丢,但怎么丢都套不中。

牛也不跟他们一般见识,自顾自地吃草。小布极不甘心地掏出鞭炮点燃,往牛身上丢去,鞭炮爆炸,闯祸了!牛这一受惊,发疯般地朝他们冲去!孩子们连滚带爬地往晒谷场跑,专往人多的地方钻,指望大人快点儿把牛拦住;村民们知道疯牛的厉害,也撒腿就跑,只剩下那两个目瞪口呆的候选人仍然站在演讲台上。

"啪啦!轰隆!啪唧!"然后两声惨绝人寰的号叫……

# 五

当晚,所有参与这件事的孩子都被家长狠狠地修理了一顿。托他们的福,那两名候选人的下一场辩论只能躺在担架上进行了。小布也逃不过这一劫,一顿藤条揍过之后,现在只能趴在床上哼哼唧唧。雀斑姐毫不客气地扯下他的裤子，用棉花蘸上碘酒往他屁股上的伤口涂去，他顿时疼得像杀猪般叫起来。

雀斑姐说："你再叫！我就往你的伤口撒盐！油盐酱醋一起倒上！你看看阿璃，跟你同样的年纪，却比你懂事那么多！"她可没痘哥那么好的脾气，还在为前几天草垛里那件事生气。

阿璃拿着药棉走进小布的房间，雀斑姐对她说："好了，现在换你照顾他，如果他不老实，就往屁股上踹两脚！"小布的惨叫声戛然而止，他表情扭曲，强忍着痛不愿喊出声，宁可痛死也要在阿璃面前表现出男子汉气概。小小的房间里一下子安静下来，只听到客厅壁炉里柴火燃烧的噼啪声。

薄薄的木板门外传来村长的声音，"村里有些年轻人打算跟随今天那个候选人去对付机器人，这真是麻烦事……祖先们留下的遗训，是让我们不惜一切代价保护村里的高塔，不是跑去跟机器人掐架！"毫无疑问，村长一定是在客厅跟爸爸商量事情。

这小村并不大，几乎所有村民都有七弯八拐的亲戚关系，村长是小布的堂舅，每次碰到什么大事，他们就聚在客厅里开会。

痘哥说："高塔看来是没问题的，那些机器人连扼守盆地要道的黑石城都攻不下，更别说盆地正中心的高塔了。"痘哥也是一天到晚有事没事就往这儿跑。小布知道，痘哥早晚会变成他姐夫。

村里的老铁匠说："孩子，你没见识过机器人的可怕……一只蚂蚁很容易掐死，但成万上亿的蚂蚁成群结队向你涌来时，唯一能做的事就是尽快逃命。"老铁匠是痘哥的老爸，他年轻时不但见识过机器人的可怕，还在战斗中丢了一根手指。

一个年轻的声音问："这高塔到底有什么秘密？为什么我们一定要守着它？"小布听不出这是谁的声音。

小布的爸爸说："这是信号发射塔。很久以前，地球联邦拥有许多太阳系外殖民星球，我们生活的这个世界就是其中一颗殖民星球，这些信号发射塔昼夜不停地向外太空发送飞船导航信号，指示着地球联邦的飞船安全准确地在星球上起降。它的建造方法和建造时间全都在漫长的历史中遗失了，我们唯一能做的就是保护它。也许哪一天，我们的同胞会乘坐着飞船从天而降，带来失传已久的高科技。"

村长说："先不说这些故事，既然黑石城要从机器人手里抢地盘，他们的士兵奔赴前线以后，就必定要从我们村里抽调民兵负责城市的防守，我们必须加强村里民兵的防守火力，调整布防……"

接下来的各种防御调整就是小布听不懂的了，他小声问阿璃："飞船是什么东西？是在天上飞的船吗？它也像黑石城的船那样有很大的蒸汽锅炉和明轮吗？"

阿璃说："不太一样，飞船不用蒸汽锅炉，但有一点是相同的，它们都能搭载很多人，从一个地方驶往另一个地方。"

小布又问："'高科技'又是什么？"

阿璃说："这个我就不知道该从哪里说起了，高科技是一种知识，一个拥有高科技的文明，能做到很多你做梦都想不到的事，比如制造一个巨大的保护罩笼罩着整座城市，在里面装上气候调节器，让整座城市冬暖夏凉；制造一艘像城市一样大的飞船，载着数以万计的人飞往别的行星；或是建造一个全自动农场，让机器人代替人类工作，人们什么都不用做，就能源源不断地获得粮食——"

小布打断阿璃的话说："你说拥有高科技，就能让机器人代替人类工作？"

阿璃说："在遥远的地球，人们把整个世界划分为很多国家。到了太空时代，人们发现外太空探索需要的资金和技术是任何一个国家都无法独力承担的，但它带来的利益的诱惑却又是任何人都无法抗拒的，经过漫长的谈判之后，各国终于联合起来组成地球联邦，迈出了向宇宙拓荒的步伐。"

小布兴致阑珊地说："在拓荒时代，大批机器人作为外星殖民的先遣队被送上飞船,送到陌生的星球。它们在荒凉的星球上建造生产线,生产更多的机器人,像蚂蚁一样辛勤地工作,改造星球的环境,等那里变得适合人类生存之后,人类才开始往这些星球上移民,但当祖先们来到我们这颗星球时,却发现机器人完全不听人类的命令……小时候我妈哄我睡觉时,这故事都不知道讲过多少遍了。你还当真了呀?"

阿璃说:"这些不是虚构的故事,是历史。"

小布说:"你当我是三四岁的小孩呀?大人们整天都在编故事骗人,什么小红帽、牛郎织女,全都是假的!这个宇宙拓荒的故事一定也是瞎编的。老爸还说机器人在大地上画了一条红线,只要人们跨过这条红线建立村庄定居,它们就会大举入侵,毁灭我们的世界。但我在高塔上眺望过很多次了,大地上根本没画线!"

阿璃说:"那条红线并不是指真的就在地面上画一条线,它是指特定的山川河流连成的界线,只要跨过了,机器人就会入侵。"

小布再次打断阿璃的话说:"不管你怎么说,我就是不信,除非你让我亲眼看到船在天上飞,你们管那玩意儿叫飞船,对吧?如果飞船真的出现了,我就相信你说的话。"

阿璃笑笑,不再说话。她知道,想说服小布相信这些事情是很困难的。

## 六

备战了。接下来的好几个星期,几乎每天都能看见大批士兵在收割后的农田里进行操练。那些士兵抱着火绳枪,喊着口号,迈着整齐的步伐前进,朝靶子交错掩护射击。庞大的床弩在牛马的牵拉下进入预定位置,大批工兵紧张地忙碌着,用撬棍撬动机栝,把沉重的青铜齿轮跟蒸汽机连在一起,这种床弩发射的石头能把厚实的城墙像纸片一样轻易撕破。

"快看！是蒸汽坦克！"当一个庞然大物出现在视野中时，孩子们骚动起来，根本不管现在是上课时间，纷纷趴在窗台上眺望远处的坦克。

蒸汽坦克是黑石城的撒手锏，它就跟一栋房子差不多大小，外壳上镶嵌着带刺刀的铁板，一大两小三台炮座，左右两侧的小炮座架设着两挺三口火铳，正中间的大型炮座架着一台床弩，六根烟囱冒着浓浓的蒸汽，轰声如雷，活像一座小型要塞。锈黑色的履带压过农田，留下两排长长的碾痕，非常威风。孩子们都觉得消灭机器人、建立更辽阔的人类帝国是指日可待的事。

"啪啪啪！"年级主任兼班主任兼历史老师兼小布的爸爸用教鞭敲打着黑板，说："认真听课！现在翻到课本第五十二页，今天要讲的是我们祖先的殖民史！"

这个世界能教的知识很有限，孩子们的历史书分为地球历史和外太空殖民史两部分。地球历史只教到祖先们登上飞船奔赴外太空为止，他们并不知道后来的地球发生了什么事；外太空殖民史其实也只教祖先来到这颗星球之后发生的事，他们同样也不知道别的殖民星球发生的事情。

小布百无聊赖地打着哈欠，这让他老爸备感挫折。爸爸捺着性子继续讲课："数千年前，我们的祖先踏上这颗星球，试图建立起跟故乡一样的先进文明，但地质勘探的结果却让人很失望，这颗星球没有石油和煤炭这一类的化石燃料，使得祖先们重建文明的希望成了泡影。那些失控的机器人却掌握着地球时代的先进科技，它们利用太阳能和放射性物质作为能源，持续不断地开挖矿山、冶炼金属、建立工厂，不断制造出新的机器人，人类和机器人的冲突愈演愈烈……后来，有人从机器人的残骸中发现了能源核心，这让我们看到了重建文明的希望。阿璃，你来给大家讲述一下能源核心。"

阿璃总是知道很多村里的孩子从没学过的知识，但孩子们觉得这没什么可奇怪的，毕竟她是城里来的。

阿璃站起来说："能源核心是机器人体内的高性能电池，它也许是地球时代的科学家们设计的。现在它是我们重建先进文明的最重要的能源物质，尽管我们残存的科技无法像古代人那样制造出电灯、电话和电动车之类的先进电器，但蒸汽机之类的机械还是能做出来的。这种电池蕴涵的电能非常惊人，只要用铁丝之类的高电阻导线将正负极对接，短路的电流散发的热量甚至可以烧熔铁丝，所以一些聪明的工匠开始四处搜集能源核心，把它作为蒸汽机的热源，驱动各种机械运作。这次新当选的黑石城城主试图集结大军，跟机器人决一死战，我看除了想在山谷外的世界定居之外，另外一个目的就是想弄到更多的能源核心。"

"说得很好！就是稍微有点跑题了。"小布的爸爸让阿璃坐下。

男生似乎总对打仗的事感兴趣，小布问阿璃："城主要那么多能源核心干什么？"

阿璃说："我们现在拥有的能源核心给蒸汽机提供能源后就所剩不多了。城主是个很有野心的人，他想弄到足够多的能源核心，为我们拉开电力时代的帷幕。但这种事哪可能轻易做到呢？机器人一定会反攻的。"

不知为什么，小布突然想起上个月到村里进行城主选举辩论的那个老人，那张忧心忡忡的皱脸总像梦魇一样萦绕在他心头。听说老人到现在还拄着拐杖，独自一人，一个村庄接一个村庄地进行巡回演说，试图说服人们取消军事行动。但每到一处，迎接他的都是成年人的讥笑和小孩子的戏弄。

## 七

一个星期之后，淅淅沥沥的秋雨像无数把冰制的小刀割在身上，浸入骨髓。军队奔赴前线，村庄也一下子冷清起来，终于有了深秋的萧索气息。

战争成了小孩子之间最流行的话题，当然，他们讨论的重点是在打仗游戏中由谁来扮演机器人。这通常都由抽签来决定，要是哪个孩子不幸抽到扮演机器人的签，多半都会一脸的不高兴：按规则，扮演机器人的孩子最终都是要倒在地上假装被士兵们击毁的，当他们满身是泥地回到家时，还免不了被父母揪着耳朵一阵痛骂。

这些天，晒谷场的"战场"上失去了小布的身影，但这并没有影响孩子们的兴致，他们很快另立了一个头儿，继续游戏。

不知谁曾经说过，如果孩子突然厌倦了自己一直在玩的游戏，那就说明他开始成熟懂事了，但小布似乎是个例外。

傍晚，雀斑姐大发雷霆，叉着腰在家门口大骂："小布，你到底要到什么时候才能长大？你说你今晚帮阿璃做饭，我还以为你突然懂事了呢！既然你敢跑，那你就别再回来了！我看你能躲一辈子？晚饭没你的份儿！"

晚上，村庄边缘的垃圾堆附近，小布躲在别人当作垃圾丢掉的倒扣着的生锈大锅里，不用想就知道他又闯祸了。小时候，他和伙伴们经常从垃圾堆里捡来别人不要的铁锅、锅盖什么的，用几根棍子支撑着，盖成"房子"玩过家家。尽管他老早就不玩这种游戏了，但现在小雨淅沥沥地下，这种简陋的"房子"还是稍微能挡一下雨的。

阿璃拿着一盒饭，掀开大锅，问他："肚子饿了吧？"

小布接过饭盒一阵狼吞虎咽。阿璃说："虽然乌龟都喜欢躲在自己的壳里，但假扮乌龟是很幼稚的事，大人们不会因为你躲在锅底下就找不到你。"

努力咽下最后一口饭之后，小布说："我今天是真的想帮你做饭……"

沼气路灯暗淡的光芒下，阿璃说："那你也不必用灶膛里的灰涂黑自己的脸，假扮怪兽来吓我吧？"

在村里，很多家庭都是用禾秆烧火做饭的，灶膛里会留下厚厚的积灰，今天他们一个追、一个跑，把厨房搞得一团糟，阿璃当然不是怕他，只是不想被他的满手烟灰弄脏衣服罢了。小布讷讷地说："我只是想逗你开心,你笑起来特别好看……"

阿璃笑了,"如果大家不是用禾秆烧饭,而是像地球联邦的人那样用微波炉,我看你去哪儿找灶膛灰涂脸……"

"地球时代的人不用禾秆烧饭吗?"小布问阿璃。

阿璃说:"厨房的变化可以视作人类科技进步的一个缩影。在很遥远的农耕时代,人们也是用禾秆、木柴煮饭;到了蒸汽时代,人们开始用煤球煮饭;工业革命时,一些大城市的厨房里有了管道煤气;进入电力时代以后,电饭锅之类用电的厨具也开始普及……"

小布说:"跟我说说地球时代的故事吧。"下着细雨的秋夜很冷,他们并排坐着,不知什么时候紧紧地挨在一起取暖。小布的尾指不小心碰到阿璃的手指,只觉得心扑通扑通乱跳,他努力让自己保持着什么都没发生的表象,但脑子却变成一团乱麻,不知所措。

"你不是说,那些故事都是虚构的吗?"阿璃问他。

小布着急地说:"不,不!我可喜欢听了,以前姐姐给我讲童话故事,尽管我知道那是虚构的,但也听得津津有味呢!"他正担心没有可以跟阿璃聊天的话题。

阿璃看着路灯昏黄的光晕,整理了一下思绪,缓缓地说起那些古老的故事。她从古希腊的青铜计算器说起,说到冯·诺依曼的计算机,说到信息高速公路和网络时代的降临,说到人工智能和量子计算机的诞生,最后说到了机器人的叛乱,正讲到人类联军在底特律镇压反叛的机器人时,她突然打住不说了。

小布正听得入神,问她:"然后呢?"

阿璃站起来,说:"然后我们就该回家了,夜已经很晚了!"雀斑姐正站在这两个半大不小的孩子面前,在小布眼里,大人们经常说一套做一套,姐姐傍晚还说不许他再进家门,但现在却又四处找他。

两个星期之后,捷报频传,军队一连消灭了好几拨机器人,占领了大片肥沃的土地。不少原本持观望态度的人都改变了主意,有钱的琢磨着到新占领的地区买一大块地开辟成农场,没钱的就四处打听门路试图参军,没准儿能弄个战士授田书回来,就可以免费得到一片属于自己的土地。

自从上个星期那场谈话之后,小布和阿璃之间的距离拉近不少。小布经过痛苦的心理挣扎之后,决定不再顾忌同伴们的目光,公然跟阿璃聊天。但他忘了一件很重要的事:在伙伴们当中,年龄比较大的孩子逐渐离开大伙儿,开始腼腆地跟异性交往是很正常的事,别的孩子通常都不会太在意。四年前,他们的头儿,当时十四岁的痘哥也是这样慢慢脱团的。

在高塔上,小布对阿璃说:"痘哥也许会去当兵吧?大人们好像都很想拥有属于自己的农场。"说话的同时,他假装满不在乎,却悄悄地用眼角瞥阿璃的脸色,忐忑不安地猜她是否喜欢这个话题。

阿璃在低着头绣花,回答说:"我看不会,等到痘哥的爸爸老到抢不动铁锤之后,他就是附近几个村里唯一的铁匠。这可是人人羡慕的工作,比拥有自己的农场还要风光。如果他想要属于自己的农场,那也容易,等着低价收购别人搬走之后腾出的农庄就行了。"

呃……有道理,小布在深表赞同的同时,突然发现没词了。他这样的孩子可不像成年人那样,能就农场位置、农耕时令等话题聊上一整天。他冥思苦想了很久,好不容易又找到一个新话题,说:"听村长说,这几天,高塔一直收到不明信号,可惜解码方法失传了,无法解读信号内容。"

阿璃说:"这也不是什么新鲜事了,千百年来,咱们就隔三岔五地收到这种信号,但现在的蒸汽科技拿这些信号没办法,只能希望别是坏消息吧。"

小布问:"怎样的消息算是坏消息?"

阿璃说:"最坏的坏消息就是机器人从天上大举入侵。在很久以前,地球联邦发生了机器人叛乱,机器人所到之处,人类伤亡惨重,它们的目的是征服整个地球联邦。如果让它们发现这颗殖民星球,后果不堪设想……"

作为男生，小布更感兴趣的是阿璃描述的地球时代机器人叛乱。他先是很安静地听阿璃讲故事，听到精彩之处，不免握着拳头想象自己是那个时代纵横沙场的将领；听到阿璃讲述人类联军兵败如山倒的情节时，终于忍不住跳起来说，如果他是那个时代的将领，一定可以消灭机器人叛军。

这个年龄的孩子总幻想着自己是百年不遇的英雄，阿璃也不忍打破他的幻想，但小布却没有注意到阿璃眼中的忧伤。

# 八

第三个星期，坏消息终于传来了——数不清的机器人集结起来，向人类发动了反攻！每倒下一个机器人，就马上有一个新的机器人走下生产线来代替它，再英勇的士兵也挡不住这源源不绝的大反扑。

到了第四个星期，黑石城沦陷！很快就连村庄的外围都出现了机器人的身影，村里的人不分男女老少，只要拿得动武器的都被发动起来，挖战壕、埋陷阱，抵挡机器人的入侵。

"那个该死的城主！如果不是他胡乱发动战争，我们也不会陷入这么危险的境地！"有人大声叫骂。

"你当时不也投了他的票？"另一个人大声反问道。

口水战和家乡保卫战一起拉开了帷幕，村民们一边对骂，一边朝机器人射击。村庄的防线被撕开，机器人逐步逼近高塔，一些机器人的履带压在村民埋设的地雷上，"轰隆"一声被炸上了天，但更多的机器人碾过同伴的残骸，继续朝村庄蜂拥而来！

突然间，大片的火流星从天而降，漆黑的椭圆形空降舱砸落在机器人中间！不少机器人被直接砸成零件状态。一群武装到牙齿的士兵冲出空降舱。这些陌生的士兵火力强悍得惊人，机器人的钻头刺在他们结实的动力铠甲上，连划痕都留不下一道，士兵的链锯刀却像切豆腐一样把机器人一刀砍成两段！

村民们第一次看见如此剽悍的士兵。阿璃看见那些士兵，脸色刹那间变得苍白，她一步一步地后退，直到靠墙无路可退。小布知道她在害怕，他很想挺身而出，站在她身前说"我保护你"，但这些天，他先是见识了机器人的可怕，腿都吓软了，今天又见到比机器人还可怕的人类士兵，只差没连胆子都吓破——哪还有勇气说那些豪言壮语？

一阵砍杀之后，士兵们把链锯刀插回身后，扛起动能自动枪，绵密的弹雨无情地吞噬了那些机器人。

一名士兵向军官报告说："长官！机器人太多了！附近一定有制造机器人的移动工厂！"

军官立即对士兵下令："你带几个人强行突破，去炸掉那些移动工厂！如果有必要，可以直接呼叫轨道上的军舰提供垂直轰炸！"

士兵领命离开，军官跳到战壕里，摘下头盔，问一名负伤的村民："谁是你们的头儿？带我去见他！"军官动能铠甲的金属领口上镶嵌着一个小巧的翻译器。

村民带着军官去见村长。这几个星期，村长好像一夜之间老了很多。昏暗的村长办公室里，村长佝偻着腰擦干净一张椅子，双手颤抖着为军官倒了杯茶，激动地说："你们终于来了，我们等了七千年……"

军官向村长敬了一个军礼，说："客气话就不必说了。我想知道，你们为什么一直没回复我们的联络信号？"

村长愕然，问："你们很早就知道我们的存在了？"

军官说："我们的宇宙高速航道就从你们星系附近经过，每次我们都会发信号询问你们是否需要帮忙，可你们从未回复过我们的呼叫，我们也不方便介入你们的生活。看到你们自得其乐地猎杀机器人，愉快地玩蒸汽机，也不好打扰你们……这次，是看见事情实在不对劲，才紧急出兵的。"

村长顿时明白了，他浑身颤抖地说："我们的信号塔……高塔……高塔的解码器很久以前就坏了，解读……解读不出你们的信号……你们早应该派人过来瞧瞧……"他捂着胸口，慢慢瘫软在地。

军官见状，脸色骤变，大声说："该死！你挺住，我叫军医过来！"

村长病倒了，气病的……

天上来的援军把机器人赶出了山谷。一连好几天，小布都在帮大人们挖墓穴，掩埋在这次机器人入侵中遇难的村民尸体，村民们还是头一次看到这个惹祸精老老实实地帮大人干活。

丧事办完之后，小布的爸爸暂代村长，举行了一个简陋的仪式欢迎援军。


人类真是一种矛盾的生物，当人们说到援军先进的武器和英勇作战的雄姿时，每个人都按捺不住感激之情，把援军们比作举世无双的英雄；但每当有人说起他们老早就知道这颗殖民星球的存在时，人们马上改口，众口一词地把他们骂成见死不救的冷血动物。这类口水战随着欢迎仪式的结束愈演愈烈，小村的民众和从四面八方聚集过来的难民大有抄起武器，把援军痛打一顿的冲动。

这一天，对骂依然持续着，村民愤怒地咆哮："根据地球联邦的宇宙拓荒计划，第二拨移民船应该五千年前就到了，你们居然直到今天才出现！"

军官辩解说："地球联邦早在几千年前就不存在了，你们不能拿前朝的殖民计划来说事！再说，你们不给我们发送信号，我们怎么知道你们想跟我们联系？"

村民们立即回应说："高塔的信号发送装置老早就坏掉了，你让我们怎么发送信号？"

军官问:"是谁破坏了信号发送装置?"

村民两手一摊,"天晓得! 反正你们不管我们的死活,就是你们不对!"

一名士兵愤愤不平地插嘴说:"长官,我们提着脑袋救了这些人,现在反而被他们骂个狗血淋头,咱们还不如一走了之,让他们自生自灭好了!"

"迟了!"军官怒吼着说,"如果咱们一开始就假装没看见这颗星球,那也倒罢了,现在已经卷进这事里了,那些无孔不入的记者早就把这件事传遍了整个星舰联盟,如果现在撂挑子,咱们回去之后非被唾沫淹死不可!"

军官哪里说得过村民? 村民们你一言我一语,口水都可以把他淹没。情急之下,他拿出通信器跟上头联系:"我是星舰联盟国土警卫队第八十七陆战团的呼雷泽尔中校,我们急需支援! 给我调一打谈判专家过来……对,这里爆发了极其严重的口水战!"

谈判专家很快乘着飞船降临,各地幸存的难民也陆续聚集到村里,毕竟这儿是为数不多的安全地带了。听说星舰联盟还为这个小村提供了额外的救济物资,更使得小村一时人满为患。难民们吃饱喝足之后,还可以到村子的晒谷场围观谈判专家和本地政客之间的对骂。

小布并不知道,谈判关系到这颗殖民星球的未来。这颗星球上的人终于盼来了等待已久的同胞,尽管地球联邦不存在了,但迎来星舰联盟的人也同样是一件大事,那些天上来的人手上有大家期盼已久的高科技,能让大家过上好日子。只是星舰联盟虽然已经足够强大,但多一颗殖民星球并不会让它获得太多的好处,反倒是多出一个包袱,还得负责这批殖民者的福利、治安和就业……林林总总的问题堆积在一起,实在让人大伤脑筋,所以他们以前都不太理会这颗星球。

不过,小布已经没有兴趣模仿大人们的辩论了,这世上没有哪个孩子在亲眼见过残酷的战争之后,还能像以往那样嘻嘻哈哈地打闹,短短几个星期，就让他变得沉默寡言起来。

# 九

村子北面的小山丘以前是孩子们玩耍时常去的地方，战争过后，山丘布满了遇难者的坟茔。村里的小杂货店老板就在这儿长眠，小布以前偶尔会在他店里顺手牵羊偷几块糖果；老板的墓地旁是小布的班长阿呆的坟堆，小布上个月借了他半块橡皮，可惜再也没机会还给他……

村庄的晒谷场堆放着小山似的机器人残骸，这都是村民们捡回来的。前几天，村民们还一窝蜂地拿着镰刀、铁锤和菜刀，争先恐后地把珍贵的能源核心从残骸中撬出来，但很快人们就发现这完全没必要，士兵们消灭的机器人实在太多。现在，那些镶嵌着能源核心的残骸多到就算丢在路边也没人捡。

尽管谈判还没有结束，姗姗来迟的星舰联盟还是派出了一些学者调查该星球机器人杀人的事儿。调查结果令人震惊，这颗水草丰美的星球非常适合人类生存，几千年的时间本来足够人类繁衍出数以亿计的人口，但偌大一个星球，除了这片山谷生活着不足五十万人以外，其他地方根本没有人类生存过的痕迹！

据调查官说，那些机器人都是非常落后的工程型机器人，原本的作用是把殖民星球改造成适合人类生存的环境，如果没有人在暗地里指挥，它们根本不会袭击人类。现在，必须把幕后黑手揪出来。

调查团用探测器扫过所有的遇难者葬身之处，连这片墓地也没放过，似乎在寻找什么不同寻常的东西。好在不用开棺验尸，村民们的抵触也不是很大。花了一个月检查完所有的遇难者之后，调查团提出要调查所有的幸存者。

　　终于下雪了……高塔上，阿璃看着雪花落在掌心，对小布说："这也许是我最后一次看到雪花，我的朋友很少，你算是其中一个，现在只告诉你一个人：我活了七千年……"

　　小布说："你撒谎吧？人哪里能活几千年？"

　　阿璃说："以前你说过，只要你能看到飞船从天而降，你就相信我说的话都是真的，这话现在还算数不？"

　　小布摸了摸她的额头，说："你一定是感冒发烧，脑子烧糊涂了……"

　　阿璃生气了，说："你管我脑子有没有烧坏，反正你现在记住我说的话！有些事，我不甘心把它带进棺材，哪怕只有你一个人知道也好！"她是想让小布知道那些历史，指望着有一天，能有人还她一个公道。

　　小布不作声了，阿璃说："我是七千年前机器人叛乱时代的人。那时，很多人死于战乱，我也不能幸免。机器人叛军的首领放出话来，说它们能救活战死的人。我的爸爸妈妈伤心欲绝，不惜冒天下之大不韪，去找机器人救活我。机器人开出的条件是要我成为它们的内应，爸妈答应了，毕竟对父母来说，救活自己的孩子比什么都重要……"

　　阿璃停顿了一下，继续说："但爸妈从没想过，它们竟然给了我不死的生命，只要我没受到致命伤，就绝不会死去。我刚活过来的时候，爸爸妈妈很高兴，但哪家父母会喜欢一个像妖怪一样永远不会长大、也不会死的孩子呢？过了几年，我有了弟弟妹妹；又过了二十多年，我弟弟妹妹都成家了，我还是跟小时候一样，完全没有长大。快乐的日子结束了，我离开家，独自流浪。人类和机器人叛军有时候能和平共处，有时候却爆发大大小小的战争，日子过得很艰难，很多人为了讨一口饱饭吃，登上飞船寻找适合人类生存的殖民星。在我走投无路的时候，是机器人叛军收留了我。"

　　小布问她："然后你就为叛军卖命了？"

　　阿璃苦笑，说："机器人命令我们混进人类当中，跟随移民前往寻找适合人类生存的星球，等到将来它们进攻殖民星时，我们就是内应。可悲的是，在那些金属疙瘩眼里，我们始终是人类，就算真心给它们卖命，它们也不会信任我们；同样，在人类眼中，我们这些不死的人也是不可信任的怪物。"

阿璃说："我不想为机器人卖命，几千年来，我一直都很害怕机器人叛军找到这颗星球。我很不希望人类数量过多，过于明显的人类活动痕迹会引起叛军的注意，引来灭顶之灾；我更不希望人类重新掌握太空时代的科技，自不量力地回去找叛军复仇……我没有别的办法，只能尽量削减人类数量，把人类'锁死'在蒸汽时代……"

正在这时，一个陌生人在两名士兵的跟随下走上高塔，问她："所以，你一直都在操纵那些没脑子的工程机器猎杀离开山谷的人类？"

小布像狼犬一样跳起来，抢在阿璃面前问："你是谁？"

那人说："我是星舰联盟的调查官，我负责把这个叫作阿璃的丫头送上法庭，她所说的一切都将成为呈堂证供，当然，她有权为自己雇一个得力的律师。"

阿璃似乎早就猜到这人迟早会出现，说："调查官先生，只要您回答我一个问题，我就跟您走。请问，当年那场机器人叛乱，最后的结局是……"她的声音有几分颤抖。

调查官说："那些金属疙瘩早在几千年前就变成铁锈了，但我们还活得好好的。你真不该破坏这座高塔，否则几千年前你就该收到胜利的消息了。"

阿璃愣住了，她从没想到过，自己白白折腾了几千年！她笑了，清澈的泪水从稚嫩的脸庞滑落，小布弄不懂她到底在笑还是在哭。

小布知道阿璃要跟那些人走了，就在他不知所措的时候，阿璃突然转身，用嘴唇在他唇上轻轻地碰了一下，年幼的小布并不明白这举动代表的含义，只听到她小声对他说："谢谢你，我很久没有过上这么快乐的日子了……"

还没等小布回过神来，阿璃突然闪向高塔边缘，纵身一跳！小布想都没想, 冲过去试图抓住她, 于是他整个人也往高塔外跌去。调查官大惊失色, 但他只来得及抓住小布的脚腕, 阿璃单薄的身子却像雪花一样飘落……

十

十几年后。

我有多久没回家了? 走出飞船那一刻, 小布看着飘雪, 在心里问自己, 这次他带了女友回家见父母。

在他小学毕业那一年, 拖沓的谈判终于得出阶段性结果, 他也成为第一批有幸进入星舰联盟的中学读书的孩子。故乡的人对这批孩子寄予了很大希望, 希望他们能争气, 能够出人头地。小布并不是这群孩子当中最优秀的, 但至少他也按部就班地念完了中学、大学, 并有幸得到导师的青睐, 硕士毕业之后顺理成章地有了一份体面的工作。

但也因为外出求学, 他很少回家, 今天回到故乡, 只感觉一切都如此熟悉而又陌生。飞船的起落港位于黑石城郊外, 抬头仰望高高的金属城墙, 巨大的蒸汽机仍然铮亮如新, 城墙上的弩车也依然如故, 最大的不同只是镶嵌在城门上的巨幅广告牌——欢迎来到最后的蒸汽世界!

这颗殖民星球已经变成了著名的旅游胜地, 白茫茫的雪原上, 背着火绳枪的士兵骑着战马、挥舞着套索猎杀机器人, 大批游客拿着望远镜在城墙上围观。当年大家为了生存而猎杀机器人, 现在这种狩猎却完全变成了一场嘉年华式的欢乐表演。

故乡的村庄仍然保存着以前的风貌, 人们还是跟以前一样, 春夏播种, 秋天收获丰硕的稻谷, 只因为游客们想看这种古老的农田耕作。痘哥现在还是打铁匠, 每天都有游客到他的打铁铺里, 好奇地看着一块块铁锭在他的锤子底下神奇地变成各种农具。有些游客还笨拙地抡起锤子，饶有兴致地一试身手，把一块块好好的铁锭敲成谁都不认识的"艺术品"。痘哥他老爸对那些浪费了的铁锭心疼得不得了，但痘哥却把那些"艺术品"精心包装起来让游客带走，然后乐呵呵地数钱。

阿璃那件事现在已经广为人知，毕竟多年前，联盟法院对死去的阿璃进行缺席审判时，曾经要求村民们以陪审团成员身份前往法庭。村民们知道真相之后，彻底震惊了。但阅读过全部调查资料之后，村民们一致要求停止这场审判，村长用拐杖把地板敲得山响，说："她只是个孩子！况且她现在已经死了！你们怎么还忍心审判下去？"这场审判，最终以终身监禁外加一份特赦令而告结束。

在那些调查资料中，唯一被隐瞒的内容就是小布跟阿璃的交往，毕竟这只是无足轻重的次要资料，况且那时的小布尚未成年，在这场全民关注的审判中，法庭总得保护未成年人的隐私。

从此以后，村子里多了一个风俗，每到下雪的时候，家家户户都会把一件小棉袄和一些零食放在家门旁。村里的老人说，在漫长的岁月里，阿璃绝大部分时间都在人迹罕至的深山里流浪，偶尔会出现在城里，被好心人收养，过上几年还算幸福的日子。她不敢让人发现她不会长大，生活个两三年之后，就只好不辞而别，继续一个人生活在深山中。她活了几千年，说不定哪天她还会活过来，总不能让她在大雪天里冷着饿着。

但小布却不这么认为。阿璃活得虽久，快乐的日子却没几天，这种不死的生命无异于永恒的酷刑。当她知道机器人叛军早已成为历史之后，如释重负，小布记得那时，他发疯般地冲到高塔下，只看见阿璃逐渐变冷的脸庞上挂着幸福的笑容，她真正想要的是一个永恒的长眠。

高塔依然矗立，村庄里的晒谷场仍然是孩子们嬉闹的地方。今天孩子们在玩"勇者斗怪兽"的游戏，在一群孩子当中，谁抽中了怪兽的签，谁就得扮演怪兽拼命逃，其他的孩子拼命追，先抓住"怪兽"的孩子就是"勇者"。但抽到怪兽签的孩子多半都不愿扮演怪兽，别的孩子就会指责他要赖,然后就会吵起来。

今天,这样的争吵也同样在发生。一个孩子头儿大声指责抽中怪兽签的孩子,说:"不许赖账!我舅舅在生物研究所工作,他每天都在研究怪兽!吼吼!如果你不听我指挥,我就叫舅舅抓你去研究!"

那孩子头儿看见小布,游戏也不玩了,高喊着"舅舅",高高兴兴地跑过来。撒欢的同时,脏兮兮的小手在小布刚买的新裤子上猛擦,顺便摸他的口袋看有没有零食,这是小布童年惯用的恶作剧手段之一,现在轮到他自己遭殃了。

据说姐姐经常对她儿子说舅舅小时候有多听话、有多认真念书,这当然是善意的谎言,至于孩子他爹的裤腰带被孩子他舅挥舞着满村乱跑这类糗事,则再也没人提起。


每次回家,小布总要抽一点时间到村子北面的墓地,独自待上一段时间。这次他带的东西特别多,在一座荒草蔓生的小土坟前,他把几本厚书一页页撕下,点燃,默默地看着书页化作袅袅青烟。土坟的墓碑没有刻名字,女友问他:"这是谁的坟?"

小布说:"这是阿璃的坟。"这是他多年来第一次提起阿璃。很多男人内心深处都埋藏着年少时的一段懵懵懂懂的恋情,要么是无疾而终的暗恋,要么是青涩的初恋,当他们从小男孩变成男人之后,也许永远都不会再提起那段稚嫩的童年故事,但也一辈子都不会忘记。

女友听说过阿璃,她拿起一本书翻了翻,发现这是讲述七千年前那场机器人叛乱怎样被平息的历史书。她问他:"你烧书做什么?"

小布说:"烧给阿璃看,她会喜欢的。"

在那段古老的历史中,像阿璃这样被机器人赋予近乎不死生命的人类不在少数,但很多人最终都选择了跟人类站在一起,要么奋起反抗机器人叛军、战死沙场,要么带领人类去往更遥远的外太空,成为星舰联盟最初的成员之一。

这并不是一件愉快的事情，永生不死的人类总被视为异类，他们当中很多人终生都得不到同胞的信任，直到数百年后，才逐渐得到人们的认同。但那时，这些所谓"永生不死"的人，早已经在艰苦的太空流亡中逐渐凋零，所剩无几，不过，这些人的名字最终都变成了富有传奇色彩的故事，唯有阿璃例外。

小布坐在阿璃的墓碑旁，看着荧荧的火焰慢慢熄灭，灰烬渐冷。

　　　　　　　　　　　　　　　　本文获第 23 届中国科幻银河奖提名奖

# 龙喉海洋

浩瀚的宇宙中，一颗恒星消失了。

它是被黑洞吞噬的，坠入黑洞时迸发出的 X 射线是它留给这个世界最后的信号。恒星消失时发出的 X 射线是非常强烈的，但大部分都被黑洞的引力吞没，只有少部分能及时逃出黑洞的引力场。逃逸的 X 射线将在宇宙中以光速疾驰上百万年，最后逐渐衰减，湮没在宇宙微波背景辐射中……

这样的事，几乎每天都在无边的宇宙中上演，却极少有人知道，有些恒星是葬身在超级文明人工制造的黑洞中的。

星舰联盟就是这样一个超级文明，数以万计的人造星球构成了这个文明长龙般的骨架，这些人造星球和巨型飞船汇聚成一道星光长河，如同

251

传说中的巨龙游弋在宇宙海洋之中。不过，在它最外围，一个新修建起来的戴森球体——直径足足有五个光年——将它整个笼罩住。它所散发出来的任何光芒，最终都会被戴森球体所吸收。它就像一个沉默的巨型黑洞，任何观察者都无法在外面观察到它的存在。

没人知道星舰联盟吞噬过多少恒星，他们利用掌握的超级科技制造黑洞，吞噬掉一颗又一颗的恒星，然后再把黑洞蒸发掉，以此获得源源不绝的能量。

能量是一种很重要的东西，在科技足够先进的文明手中，有了能量就等于有了一切。在遥远的地球时代，有一个叫作爱因斯坦的人曾经研究出了物质转换为能量的公式，在这条公式的指引下，人们找到了把物质转换为能量的方法，迈进了核能时代。而在爱因斯坦过世数千年后，人们终于掌握了这条公式的逆向法则，知道了怎样把能量转换为物质。

"龙喉"是一个地名，作为整个星舰联盟最重要的重工业区，负责把能量转换为物质的巨型工厂就位于这一带。几十座行星大小的巨型工厂散布在黑暗的太空中，利用黑洞级别的引力场把以各种电磁波形式存在的能量禁锢在极小的区域中，压缩成弦，缠绕成各种基本粒子，再逐步堆积成电子、质子和中子，然后拼成氢、氧、硫、磷等原子，最后合成各种可以稳定存在的分子，注入物质储存槽中，以备其他工业之需。

那些巨大的储存槽实质上也是各种人造星，人们利用行星级别的重力场来储存各种物质。珍贵的氧会和氢聚合成水，然后被倾注到人造星球上，形成广袤的冰山储存起来。工厂中制造出来的铁、锌、铜、金等重元素，也同样被做成密度极大的人造星球，装上推进器，跟随整个联盟在宇宙中缓缓移动。

氨–07 是"龙喉"地区中一颗很特殊的星球，它存放的是其他化工厂经常用做原料的碳、氢、氮元素，这些元素以氨和甲烷的形式被存放在星球上，在零下七八十度的低温环境中形成浓厚的甲烷大气层和液氨海洋。数以万计的检测电极像巨柱一样插在星球表面，从上万米深的海床一直延伸到液氨海洋的海面上。

氨的腐蚀性很强，在液氨洋流的冲刷和腐蚀下，即使是钛合金电极，也只能工作几十年就被腐蚀得面目全非。星球表面剧烈的甲烷空气对流和浓厚的氨蒸气云层就像巨大的盖子，密密实实地笼罩着整片天空。

这颗氨–07人造星球连同它所属的07号核聚变工厂，是在一千多年前建造的。在那些尘封的历史资料中记载着，在这个巨型工厂刚建造起来时，人们都把它视为科学的奇迹，毕竟碳和氮这两种对生命至关重要的元素在宇宙中是十分稀少的，如今却能通过工厂源源不绝地获取，哪能不让人为之欢呼雀跃？

但后来，随着越来越多更先进的巨型工厂兴建起来，07号核聚变工厂逐渐显得落后，慢慢从公众的视野中消失，直到最近爆出了一个大新闻，才让它重返公众视线——07号工厂的负责人入狱了，连同他一起被带走的还有整个工厂的所有高层管理者，人们这才意识到出大事了！

"你们严重违反了最高科学院的科技禁令！"法庭上，大法官宣布，"根据《联盟科技法》的规定，在事关联盟命运的超级科技上，最高科学院的禁令有着与法律等同的效应……"

工厂法人代表几乎瘫软在地，他知道违反禁令是多可怕的事，他的下半生毫无疑问只能在监狱中度过。他精神崩溃了，不断重复着同一句话："我只是倾倒了些垃圾，至于处罚得这么严厉吗？"他并不是太胆大妄为的人，如果不是上百名前任在过去的一千多年中，肆意伪造资料掩盖自己随意倾倒垃圾的罪行、侵吞大量垃圾处理费用塞进自己的腰包，他也不敢有样学样地干这种严重违反禁令的事。

他做梦都没想到，事情会在他的任期内败露，他甚至没勇气去看公诉席旁那名学者代表。

庭审结束之后，旁听席上的记者把学者代表团团围住，打听氨–07事件的严重性，学者很客气地回答说："一切都还在调查中，暂时无可奉告。"

事情一定非常严重，有些记者早已从别的渠道打听到，氨–07行星周围拉起了封锁线,前些日子还一直游弋在联盟外围的外太空第九舰队已经接到返航命令,正在赶往氨–07行星。

到底那儿发生了什么事,竟让一支这么强大的舰队急匆匆地返航?

一切不得而知。

二

"橐、橐、橐……"

沉重的脚步声在调查船的金属走廊内回荡,几名科学家在士兵的护卫下匆忙地赶往实验室。这是一艘R–065型飞船,是生物学家们用来研究各种极端环境下的生物所用的调查船,它那特意强化的船身可以抵御强腐蚀性环境的侵害,飞船内部各种专用检测设备一应俱全。这种飞船原本应该出现在外太空的陌生星球上,但现在却是在联盟境内的氨–07人造行星。

"教授,这就是我们在海面发现的不明生物。"一名研究员对韩丹教授说。

教授看着透明液氨罐里的怪物。

它就像一团水母,伞形的脑袋下是长长的触手,七八根触手和脑袋连接的部位中间是椭圆形的嘴巴,锋利的牙齿露在外面,极为瘆人。由于生活在液氨海洋暗无天日的海底,它的身体呈半透明状。它没有眼睛,似乎是靠触手和生物电感知外部环境。

士兵们持枪瞄准罐子,好像担心怪物随时会破罐而出,伤害那些尊贵的科学家。学者们摇摇手,示意士兵们放下枪。作为优秀的生物学家,他们一看这种怪物的身体特征,就知道它只能生活在液氨海底的高压环境中,它们体内百分之九十以上都是液氨,就跟人体内百分之九十都是水一样，飞船内充满空气的环境对这种怪物来说是无法生存的，只要它离开罐子，强挥发性的液氨就会从它体内沸腾蒸发，让它变成一具横死的干尸。

透过这东西半透明的身体，韩丹教授能看到它的大脑，这是一个结构跟人脑迥异、但复杂程度不输人脑的东西。它复杂的神经系统连接着触手，可以看出这怪物触手的灵活程度不亚于人类的手指。

足够复杂的大脑和足以制造工具的灵活肢体，原本就是建立文明的最大资本。但最让人触目惊心的是，这个液氨罐本身并不是人类制造出来的！以星舰联盟的技术水平来看，这罐子显得很粗糙，但简单可靠，并不复杂的生命维持装置和制冷系统嗡嗡作响，让罐子内部维持在可以让氨以液态形式存在的零下数十摄氏度低温中。

氨–07这颗星球原本不该有任何生命存在。在最高科学院建造它之初，就小心地切断了生命诞生的条件。这个世界没有水，不存在闪电，没有能让蛋白质和核酸在自然环境下凑巧被合成出来的条件。就算在液氨海洋的深处凑巧诞生了原始生命体，也起码要经过几十亿年的演变，才有可能诞生高等生命，但如今才短短一千年，氨海深处就出现了高等生命！这无论如何也太不寻常了。

"教授，我们现在该怎么做？"有学者问道。

韩丹不作声，坐到电脑前熟练地按下几个按钮，液氨罐中伸出了几只机械臂，把电极贴在怪物头上。顿时，流水般的数据出现在屏幕上。

"小丹，你能读得懂这些数据吧？"一名老教授问她。

韩丹戴上头盔式数据交换器，说："凡是智慧生物，大脑活动都有规律可循，破译它们的思维密码并不困难。我先跟它打个招呼。"

韩丹纤细的手指在键盘上跳动，实验室内的各种仪器指示灯有规律地闪烁。她很快就破译了对方的大脑运行方式，通过生物电影响对方大脑，制造出一个虚拟现实的幻境。


"怎么称呼？"韩丹通过仪器搭建起来的脑电波桥梁，开门见山地问那个"水母",连寒暄都省了。

怪物回答说:"我们种族自称沙沙沙沙……我的名字叫沙沙沙沙……"任何翻译器都拿不同生命形态的生物名称没辙,只能采取音译的方式。有些生物由于生存环境过于特殊,甚至不采用声音作为交流手段,涉及人名的词更是找不到对应的人类词汇来翻译,所以在涉及名称的地方只能听到一段无意义的沙沙声。

为了便于交流,韩丹随口给这种生物起了一个名字,叫"氨水母",她问它:"为了便于交流,我想称呼你为'尤里',可以吗?"这个勇敢的氨水母让她想起了尤里·加加林。

怪物沉默一阵,同意了。

"请问,你的职业是什么?"韩丹问它。

怪物说:"我是宇航员,我是第一个离开海底、来到洋面的氨水母,我代表全体氨水母,探索未知的世界。"

事情并没有出乎韩丹的预料,对生活在海底的氨水母来说,海洋表面之于它们的意义,正如地球时代大气层顶端之于人类的象征意义。当人类的第一名宇航员来到大气层顶端时,就意味着人类奏响了宇宙时代的序幕曲。

韩丹能感觉到尤里的恭敬和谨慎,毕竟身为第一名宇航员,当它来到一个完全陌生的世界时,却发现早已有大批不明生物严阵以待,就该知道对方的科技水平远在自己之上,这时候,保持绝对的恭敬和谨慎是非常有必要的。

同时,韩丹也感觉到了尤里的戒备心理,面对一个陌生的高等级文明,这种戒备可以理解。韩丹觉得有必要打破这种沉默。

韩丹问尤里:"能介绍一下你们的历史和生命形态吗?"这大概是所有话题当中最不敏感的一个。尤里也很清楚,就算自己保持沉默,对方也可以通过投放探测器,甚至绑架氨水母进行解剖的方式,得到想要的知识。

尤里无法想象,当数以亿计的探测器降落在自己的故乡,一个又一个同胞神秘失踪时，会引起多可怕的骚乱，所以它只能选择配合。于是，一个巨大的世界向韩丹敞开了……

三

生命是从海洋中诞生的，不管是地球故乡蔚蓝的水体大海，还是氨–07行星的氨水海。韩丹漫步在尤里大脑的记忆中，不由得感叹这真是一只知识渊博的氨水母，它读过很多书，知晓生命诞生的奥秘，在人类的世界里，人们直到20世纪才懂得这类知识。

水是生命之源，很多地球人都这么认为，但对氨水母而言，剧毒的液氨才是它们诞生的摇篮。氨跟水的性质很类似，都是极性分子，有非常活泼的化学性质，可以溶解很多种化学物质，在合适的环境下，它也同样有着成为生命之源的潜力。

韩丹悬浮在虚拟幻境的海洋中，看着周围各种奇异的水生动物。这些生物走了一条和地球生物完全不同的进化道路，没有任何一种动物演变出类似地球动物的脊索神经，放眼望去，全是类似于海葵、海绵、管虫和水母的低等动物——以人类这种高度复杂的生物的角度来看，哪怕是这片海洋中最高等的氨水母，生理结构也同样属于极为原始的腔肠动物。

区区一千年，的确不足以让氨–07行星诞生太复杂的高等动物。地球生命从最原始的氨基酸和核酸起步，花了二十多亿年才演变出细菌这类最简单的生物，氨–07能在如此短的时间内诞生出这样的生命，只能说它的进化起点远比地球高得多。

当韩丹潜入氨海的最深处时，她彻底震惊了！

整个氨海的海床完全被堆积如山的垃圾覆盖，毫无疑问，这是07号核聚变工厂在长达一千年的时间里丢弃的各种生活垃圾，她甚至能在这些垃圾中找到吃剩的方便食品、报废的家用电器和已被高度腐蚀的老鼠尸体。这些生活垃圾夹带了大量细菌，绝大多数细菌在液氨的强腐蚀环境中都无法生存，但也有极少数的幸运儿例外。只要稍有生物学知识的人都可以推断出，那些垃圾中最幸运的细菌们在这个世界飞快地繁衍，成为这颗星球生命进化的起点，足足比地球缩短了数十亿年。

但从细菌到水母，还是有长达数亿年的进化道路要走的，是什么原因让这么漫长的进化道路能在短短的一千年内完成？韩丹漫步在各种奇特生物游弋的海底，突然发现了一个小盒子。她想把盒子捡起来，手指却穿过了盒子，这才想起眼前这一切只是从尤里的大脑中读出来的幻象。

盒子很眼熟，韩丹认出那是装伽马射线源的盒子。伽马射线源是很常见的东西，从飞船结构探伤到产品质检，甚至日常生活中的食品检测都有它的身影，任何大工厂都会用到它。这东西在使用一段时间之后，射线强度会逐渐衰减而不得不更换，但残余的辐射会在长达千年的时间里持续散发。因此，联盟明文规定，所有用过的射线源都必须回收，不得随意丢弃。

如果 07 核聚变工厂也这么守规矩，就不会有氨水母诞生了，这么大的一座行星工厂，每个月用掉的射线盒绝不是一个小数目，当韩丹抬起头时，只看见一座废弃的伽马射线盒堆成的大山矗立在眼前。

伽马射线是生物学上常用的强诱变剂，剂量适中的伽马射线会加速生物的进化——准确来说，它会干扰生物的 DNA 序列，大部分生物会因此死亡，侥幸不死的也会发生严重的变异，幸存下来的变异生物则在大自然的剃刀法则下接受筛选：不能适应环境的只能痛苦地死去，能更好适应环境的就快速地繁衍。

毫无疑问，氨水母就是在这种强诱变源的作用下，在无数生物的尸体堆中从细菌一步步进化而成的，这种进化速度之快，让韩丹也胆战心惊。

"这是上天赐予我们的神山！"尤里对韩丹说，"在每'旬'的第一天，天上都会按时降落下来各种珍稀的宝物，年复一年，逐渐堆积成了这座神山。"

韩丹细细询问尤里，才知道"旬"是氨水母时间单位，推算起来刚好是人类的一个星期。这个计算结果让她气不打一处来，要知道，07号核聚变工厂每星期大扫除一次，每个星期天都按时倾倒垃圾，结果这竟成了氨水母时间计量单位的源头。

氨水母的时间计量单位非常奇特，它们采用八进制，把一"旬"分为八天，每天分为八小时，每小时分为六十四分钟，这大概跟它们长着八根触手有关，正如人类有十根手指，就理所当然地采用十进制计数方式一样。

尤里说："神山是非常重要的资源，它孕育了我们的祖先，现在这些天赐之物是我们最珍贵的物质来源，诸如铁、钛、氧等原料只能从这些物质中获取。神山是我们建立文明最重要的材料，但它能提供的原材料太稀少了，所以在我们的文明诞生之初，就一直有一个梦想——我们坚信天空之上，一定有着一个取之不尽的巨大矿藏！我们做梦都想飞上天空的顶端，去寻找这些珍贵物质的源头。"

氨水母的"天空顶端"毫无疑问就是液氨海洋的洋面，韩丹问它："在你们的神话里，有什么跟天空有关的故事吗？"

"神话"这个词对尤里来说似乎很难理解，它问韩丹："什么是神话？"

这是一个没有神话的种族！韩丹心里咯噔了一下。她摘下头盔式数据交换器，看着越来越多的科考飞船缓缓降落在氨海洋的洋面，他们会把这颗星球调查个底儿朝天。

## 四

第九舰队，一名头发雪白的老人独自坐在舰队司令休息室里，看着窗外蔚蓝的氨-07行星。老人的军装挂在墙上，军装上的金色将星极为显眼。他在等待总参谋部的命令，而总参谋部在等待最高科学院的调查报告。

指挥室的门无声无息地打开了，韩丹走进来，给自己倒了一杯热茶。

老人问她："我的老朋友，事情怎样了？"

韩丹说："还在调查中，这些氨水母真是进化史上的幸运儿，我还是第一次见到能在原始的腔肠动物状态就进化出智慧的生物。"

与很多人的想象不同，并不是越高等的动物越容易进化成智慧生物。生物只要出现了神经中枢，有足够大的体积负担一颗容量足够的大脑，就有可能进化为智慧生物。氨水母只是勉强符合这些条件，竟然就幸运地诞生出了智慧。

老人抬起头，看着挂在墙壁上的星图。那是迄今为止人们在宇宙中发现的智慧生物的分布图，上面详细标示着各个文明的科技水平等级，绿色代表着"基本上无害"的外星原始文明，红色表示"值得警惕"的已经步入太空时代的文明，绿色区域比红色大万余倍。

韩丹说："那些氨水母的世界不存在神话，这意味着它们在诞生智慧之后，几乎没在蒙昧时代停留，就直接朝着发展科技的道路奔去，这是文明史上极为罕见的特例。"

神话是智慧生物在蒙昧时代，因为对自然界的风霜雨雪等自然现象大惑不解，为了解释它们而构想出来的故事。几乎每个经历过原始社会的文明都会有自己的神话，有些神话可以流传千百万年，深深地烙在一个拥有极高科技等级的文明身上。

第九舰队的旗舰是巡天战列舰"炎帝号"，它跟"斯坎迪号"航天母舰、"阿努比斯号"行星登陆舰一起，构成了舰队的打击核心。这种主力舰级别的巨舰体积都非常庞大，舰队成员通常都有数千人之多，除了军人，还有随军的学者和外包给民间的后勤物流系统人员。

"没有神话的智慧生物……那它们还真是罕见的理性，它们一定全都是没有任何浪漫梦想的现实主义者。"老人说着，找了支红笔，想在氨-07

行星的位置标上"值得警惕"的红色,但他看了星图一眼,又无奈地放下了笔。因为氨–07位于星舰联盟的疆域范围内,而联盟自己早已经被涂上刺目的猩红。

# 五

就好像韩丹经常到战列舰上找老人聊天一样,老人也经常到科考飞船上看学者们作研究,他通常只是坐在椅子上,一言不发地隔着玻璃墙旁观,极少提出意见。

空旷的实验室利用3D造影技术,营造出氨水母的城市地貌,但尤里看不到这些,生活在深海的氨水母没有眼睛,它们依靠静电场感知外部环境,静电场无法到达的地方,对它们来说就是无法视物的黑暗区域。

"咱们能聊聊科学以外的东西吗?比如文学、艺术和音乐?"韩丹问尤里。

尤里沉默了很久,说:"我们的艺术作品当中,大多是些描述天空、讲述生存艰辛的诗歌,其中最为著名的,是一首名为《探索苍穹的七百零一名献祭者》的诗歌。"

尤里八根触手有节奏地摆动着,一阵阵电磁脉冲有规律地从神经索中散发出来,这是氨水母利用生物电进行"交谈"的方式,它在向韩丹诉说那首诗歌。

韩丹的手也没闲着,修长的手指在键盘上跳跃,将尤里的脑电波翻译成人类能看懂的语言:

在并不遥远的过去,有一个人物堪称氨水母中的万虎;
它过着无忧无虑的生活,心里却怀着奔向天空的梦;

一个无风的日子，他招来七百友人，诉说了心里的梦，友人誓死效从；

七百友人舍弃性命，用头颅的皮肉缝成巨大的球囊，以触手的筋络结成吊篮，化为巨大的热气球；

万虎把火炉搬到吊篮上，火焰燃烧释放出的淡红色气体像是舍弃生命的友人眷恋躯体的灵魂，赋予热气球上升的动力；

火焰越来越烫，气球速度渐快，宛如一支失控的利箭，笔直冲上天顶；

万虎肿胀不堪的尸体在数日之后被发现，好像被无形的力量从体内胀破，触手紧紧抱着一块小小的天外之物；

那物体是如此之轻，只要松开手，就逐渐往上浮，显然不是属于这个世界的东西，越来越多的人朝着万虎的飞天之路前进，再大的牺牲也无法阻挡大家的脚步。

韩丹翻译不出氨水母的诗歌韵律，但却从诗中发现一条重要的线索：氨水母可以在液氨海洋的海底点燃火焰，那些充满气球的红色气体分明就是液氨和某些化学物质反应之后产生的氮化气体！至于诗歌中那片比液氨轻的物体，根本不是重点，那也许只是人们丢弃的木头或塑料片。

很多人以为，燃烧一定要在氧气中进行，于是断言不存在氧气的环境即使能进化出智慧生物，也会因为无法使用火焰，从而使得文明无法建立。这些人都忘了一件事，火焰实质上只是一种剧烈的化学反应，不一定要在氧气中进行，金属镁可以在二氧化碳中燃烧，金属钠可以在水底燃烧，能跟液氨发生类似燃烧的剧烈化学反应的物质更是不少，其中不乏某些有机物，而这也成为氨水母文明的火种。

"不要用人类的世界观评价别的生物，氨水母从不把自己的生命当一回事。"韩丹把翻译出来的氨水母诗歌交给研究员时，不忘交代了一句。

"你是怎么看出来的？"研究员问她。

韩丹俯身看着罐子里的尤里，对研究员说："我见过的外星生物比你见过的野猫还多，如果一种生物把牺牲视为无关紧要的事，那它的文化中对死亡就是不存在恐惧感的。"

密闭的罐子里，一些尘埃大小的颗粒悬浮在液氨中，化验结果表明，这是氨水母的孢子。氨水母的生殖方式非常奇特，它的表皮细胞组织中有着类似孢子囊的结构，成熟的孢子会自动脱落，黏附在固体表面上形成新的个体。在地球生物中，这是真菌类的低等生物常见的生殖方式，但在高等生物里却极为罕见。

研究员问她："你怎么知道这种生物的文化中对死亡不存在恐惧感？"

韩丹说："什么样的生命形态就有什么样的文化。如果一种智慧生物没有性别之分，那他们的文化中就不会存在爱情故事；如果一种智慧生物没有视觉器官，他们的诗歌里就不会存在歌颂光明的篇章。我跟你打赌，氨水母的世界是一种'独木成林'式的特殊生物群落，你信不信？"

研究员说："如果真是这样，氨水母的生命形态还真是原始得出奇。"

老人突然插话问韩丹："这些氨水母，到底是动物还是植物？"

"既不是动物也不是植物。"韩丹说，"这世上的生物，并非只有动物和植物两类。"

这时传来提示音，韩丹按下几个按钮，科学院的大屏幕上出现的是最新的调查结果——科学院投放的探测仪已经绘出详尽的氨水母的世界地图。

科学院的人看着地图，陷入了新一轮的沉默之中。

# 六

韩丹的预测是正确的，氨水母是一种"独木成林"的生物，每一只氨水母都是从大海深处茂密的菌簇森林中诞生的，菌簇就是氨水母的前身，数不清的菌簇扎根在大洋底下，汲取着各种矿物，茂盛地生长着。地球上的植物依靠阳光作为能源,合成各种有机物,但阳光终究也只是电磁辐射的一种,有些生物也能利用可见光之外的电磁波段作为能源,而氨水母利用的则是人类遗弃在氨-07行星上的各种辐射源。

当全息投影仪营造出来的虚拟世界笼罩着会议室时,所有的学者都身临其境地看到了氨水母的海底世界。

一望无际的海床上,排列有序的氨水母菌簇就像农田一样整齐划一。一些发育高度成熟的菌株顶端,已经可以看到裂开的孢囊中幼小的氨水母个体,菌株的长柄像脐带一样联结在它身上,它那刚刚发育出来的小触手和锋利的口器却已懂得牢牢抓住其他氨水母菌株,狠命地咀嚼和吞食。

菌簇的生命周期很长,按照地球时间计算,一棵菌株从孢子成长到发育成熟,需要二十年以上的时间。成熟的菌株能长到三四米高,像长长的海藻,在海水中摇曳,菌株的顶端会逐渐长出细小的触手和口器,捕食氨水海洋中的浮游生物。在它的食物名单中,甚至也包括尚未发育成菌株的氨水母孢子,所以能发育成菌簇的孢子,万中无一。

"这些氨水母幼体竟然吞食自己尚未诞生的同胞。"一名科学家用手支着下巴说。

另一名学者耸耸肩,说:"上帝为它们设计的生物群落太单一了,它们只能自己吃自己。"

韩丹说:"不管怎么说,这也是自然界优胜劣汰的一种形式。"

氨水母的城市非常巨大,各种工厂层层叠叠,成熟的氨水母脱离菌株之后,衰老的表皮细胞就会长出细沙般的孢子,逐渐脱落,随洋流漂流,一个氨水母在它的生命周期中,脱落的孢子数以亿计,但只有极少数的幸运儿能长成菌株、发育成新的氨水母。

韩丹的手指在屏幕上滑动,将画面切换到氨水母的城市。城市很大,工业区、居民区的分布就像蜂巢一样错落有致。她把画面停在居民区,逐渐放大,氨水母的房屋像极了珊瑚礁,层层叠叠,大量年老的氨水母黏附在礁石上,缓慢地舞动着触手。

韩丹说:"氨水母从菌株上脱落之后,寿命通常就只剩下几个星期到三个月不等,在生命的最后两个星期中,年迈的氨水母肢体将发生明显的钙化,身体表面开始出现富含液氨钙化物的黏液,像珊瑚虫一样黏结在一起,等它们死后,钙化的尸体将会变成建筑材料,跟珊瑚虫的生存形态如出一辙。"

一名学者说:"一种智慧生物想要建立足够先进的文明,那它至少要有一定长度的寿命来学习知识、付出劳动、教育下一代。我无法想象一种智慧生物,能在只有短短几个月的生命中,完成传承知识和建立文明的重任。"

韩丹看着眼前一望无际的菌簇田,说:"你们总是从人类自己的角度看问题,为什么没想到它们真正的大脑就隐藏在这片辽阔的菌簇田下呢?"

菌簇是有自己的神经纤维的,每一株菌株的神经结构都很简单,就一根神经索,一竿子通到底,这么简单的神经系统原本不可能诞生智慧,但成万上亿的菌株通过根部的神经系统连接在一起,情况就不一样了。尽管那些原始的神经连接方式和超远距离的神经元分布使得神经信号的传输速度远逊于人脑,但它们作为一个整体,神经元的总数却远超人类大脑,跟人类相比,谁的大脑更发达还真不好说。

韩丹说:"氨水母是不需要把知识传授给下一代的,这些尚未成熟的菌株才是真正的'它'。在它诞生以来的岁月,所有知识都沉淀在这颗巨大的大脑里,每一棵菌株个体短短的二十年寿命对它而言,只不过是单个神经元正常的新老交替过程,无损它的整体结构。作为一个整体而言,它是永生不死的生物,在这个偌大的星球上,就只有它孤身一人,所有游荡在氨海洋中的氨水母成熟体,都只是它的一个智商有限的克隆体。"

突然间地震了……不,准确来说,是头顶上的液氨海水在巨大的力量扰动下发生震动,继而引起大地的共振,与其说是地震,还不如说是"天震"更恰当。

韩丹抬头仰望,却什么都看不见,毕竟这儿是深达一万多米的海底。数不清的氨水母却像是条件反射般,追逐着震动的来源游动,抢夺着黑暗的苍穹降下来的垃圾作为珍贵的资源。这种震动对氨水母来说就好像月亮对人类而言那样司空见惯,也是驱使它们探索"天空"的秘密的最直接动力,在它们短暂的蒙昧时代的诗歌中,有不少歌颂"天震"的篇章,就好像古时的人类歌颂月亮的诗篇。

"那震动到底是什么?"一名学者抬头问韩丹。

"那是我们的巨型飞船近距离高速从氨-07行星附近掠过时引起的震动。大家都知道,我们的飞船经常从它附近经过。"韩丹说。

一名学者按下一个按钮,林林总总的数据如同流水,哗啦啦地显示在大家面前。但这些并不能引起大家太多的关注,毕竟作为生物学家,他们见过太多非常特殊的外星生物,氨水母只是其中并不算太起眼的一种。

它最特殊的地方,仅仅是因为诞生在联盟眼皮底下的一颗人造星球上罢了。

接下来的时间,学者们都在讨论一些很深奥的问题。一直拄着拐杖坐在一边旁听的老人听不懂那些太深奥的知识,他需要的只是结论。

漫长的会议终于结束了,会议室的打印机慢慢吐出一份表格,现场十九名学者挨个儿在上面签字,表明态度。韩丹是最后一个签字的,签字笔在她修长的手指间不停地旋着圈,她犹豫了很久,才最终签下自己的名字,把表格传真到科学院总部。

这样的事,以前也不是没做过。回到"炎帝号"航天战列舰之后,韩丹像没事人一样,随手拿起一把剪刀修理休息室的盆景;在人类眼里,有些外星文明就像盆栽的植物,可以按照自己的意愿随意塑造成喜欢的样子。

老人问韩丹:"你们打算怎样处理它们?"

韩丹说:"这世上,每一种智慧生物都是独一无二的财富。不同的生存条件、不同的身体结构、不同的生理特征、不同的文化、不同的思维方式，孕育出各不相同的文明形态，每一个都是让人深为着迷的宝藏。"

老人叹息说："你还是老样子，不想正面回答我的问题时，就说一些不着边际的大道理。"

韩丹沉默了小半晌，才说："我们决定给这些氨水母一颗新的星球，你会不会觉得我们太大方了点儿？"

老人说："我只是军人，真正的军人绝不干政，你们做出怎样的决定，我就执行怎样的命令。"

# 七

三天之后，星舰联盟。

那是一颗相当巨大的人造行星，老人拄着拐杖，眺望着它在漆黑夜空中的明亮反光。人造行星的表面由数以亿计的反光面组成，每一个反光面都是极其复杂的信号捕捉器，连接着下面如同巨树枝丫般茂密的管线和支撑架，这是人造行星"伊司-03"。

伊司-03是星舰联盟仅有的四颗伊司型人造行星之一，同时也是为数不多的以北欧汝尼文字命名的特殊人造行星。伊司-03缓缓地朝着氨-07靠近，绕着它旋转，伊司-03巨大的引力把氨-07拖离轨道，它们逐渐变成一对彼此环绕缓缓转动的双星。科学院的科考飞船在设计之初就已经考虑到在这种强引力潮汐下工作的情况，故未受影响。

伊司-03离氨-07越来越近，大量的液氨海水在伊司-03的强大引力吸引下，像高山一样迅速隆起，飞快攀升到拉格朗日点，一颗颗房子大小的水珠因引力平衡悬停在半空，在远方的人造太阳照耀下，巨大的水珠倒映出周围无数飞船扭曲的影子，每一颗水珠都闪耀着无数人造星体组成的璀璨星光。

"将军，这儿海浪大，飞船不太平稳，您还是回到'炎帝号'去吧！"一名士兵对老人说。

老人看着眼前的惊涛骇浪，眼皮都不动一下，说："你见过恒星表面的氢聚变海洋吗？那些沸水一样翻滚的氢离子海浪，像山谷一样深达数百公里的黑子，还有数十万公里高的日珥一边进行着热核聚变、一边朝你扑来时，那个场面才叫壮观！眼前这些液氨海浪跟它一比，不过是自家后院小池子里的涟漪罢了。"

联盟的宇宙战舰大多能承受数万度的高温，对战舰来说，横穿恒星的气态氢聚变海洋、利用恒星的光芒和强烈辐射作掩护，对敌人发起进攻是很常见的战术。老人记得自己还是新兵蛋子时，第一次随军舰在恒星表面劈波斩浪地飞行，那种恐惧和刺激相伴随的快感永世难忘。

士兵讷讷地说："我三个月前才刚入伍，还没随战舰到过恒星表面……"区区氨海洋的巨浪就让他膝盖发软了。

老人问他："韩丹跑哪儿去了？"

士兵说："韩教授在实验室跟尤里谈一些问题。"

每一个将军都经历过当小兵的日子，当老人还是一名年轻的新兵时，上头就经常派他执行保护学者的任务。老人很喜欢和学者们待在一起，这总能让他回想起年轻时的岁月。

实验室里，韩丹向尤里说明了情况，她知道尤里的液氨罐中有着跟氨海洋底的巨型大脑传输信号的通信装置，她不仅是在跟尤里对话，而是通过尤里，跟大海深处那个巨大的氨水母大脑对话。

尤里难以置信地问韩丹："你为什么对我们这么好，居然可以为我们提供一颗星球？"它不相信一种智慧生物会毫无缘由地如此厚待另一种智慧生物。

韩丹说："因为你们对人类有价值。"尤里似乎很难理解两种不同的生物在同一个世界中共处是什么样子,毕竟在氨水母的生物圈中,生物种类非常单一。

韩丹说:"和你们不同,人类社会从来就不是一个单一物种的社会。在我们的祖先还是原始人时,猫、狗这类动物就已经跟人类一起生活了。在最初的时候,它们只是单纯地在原始人的部落里躲避天敌的攻击,讨些残羹剩肴。但我们的祖先很快就发现了它们的价值:猫可以捕捉老鼠之类让人大为头疼的小东西;狗可以放哨,还可以伴随人们一起狩猎,大大提高整个族群的生存能力。尽管人类发展到今天,科技的进步已经让我们无须猫狗的协助就能很好地生存,但不管时代怎样变迁,我们仍然在社会中为这些共存了数百万年的伙伴留下了一席之地。所以,不管是怎样的智慧生物,只要有跟人类共存的可能,我们就会想办法与之结成盟友,一起生存。"

韩丹没有亲人,作为联盟最优秀的学者之一,联盟并没有亏待她,偌大的一座庄园就位于密涅瓦星舰风景最美的半岛上,只是孤身一人的她极少回到那座属于她的大房子里生活。但不管她离家多久,那几头被她收养的田园犬和它们的孩子总是非常尽职地看守着这空无一人的家,而她也把那些狗儿视为亲人,所以跟韩丹关系好的人都知道,她用狗来比喻这些氨水母时,并不是在贬低它们。

氨水母的世界并不像人类世界那样有着与其他动物共存的习惯,在它们的世界里,就只有它们自己。尤里费力地理解着韩丹的话,沉默了很久,才说:"你的意思是,如果我们对你们有用,你们就愿意提供一个星球那么大的生存空间,让我们自由繁衍?"

韩丹说:"我更喜欢'合作'或'共生'之类的字眼。"

对于一种渴望更宽广的生存空间的生物而言,联盟开出的条件极为诱人。作为一种孤独存在的生物,它的脑海里没有"尊严""地位"之类在人类这样的群居性动物当中极常见的概念,它甚至不知道所谓"合作"和"共生"是什么意思,它脑子里唯一想的问题,就是顺着生物本能,不断获取更为辽阔的生存空间，这使得它很快答应了联盟要求。

伊司-03离氨-07行星越来越近，它的引力扯起的海浪逐渐形成一座刺破天空的高山！数不清的液氨被伊司-03的引力从星球表面的大洋中撕下，像上古洪荒般从氨-07扑向伊司-03。数不清的氨水母随着洪流冲向新的世界，不知有多少氨水母被这洪流撕成碎片，但它们就好像被血腥吸引来的鲨鱼，拼上性命从四面八方汇集到水山底部的海床中，任由旋涡般的激流把它们从海底卷到海面，抛向通往伊司-03世界的玩命旅途中！

老人看着随着急流抛到太空中的氨水母的尸体碎片，感叹说："在它们的文化中，死亡好像根本就不算一回事。"

韩丹啜着热茶，说："这个问题你已经感叹过很多次了。氨水母的成熟体原本就只有三个月寿命，它活着的唯一目的就是产生孢子，为整个群体的繁衍做出牺牲，就算为此而死，对它们来说也是理所当然的事。"

老人突然觉得，自己身为军人，能够理解这些氨水母的牺牲。

# 八

在伊司-03到来的第三天，越来越多的氨水母离开了氨-07，前往伊司-03，氨水母带着数不清的工厂、房屋甚至菌簇田，通过水山，像洪水般冲进伊司-03的世界。

韩丹对尤里说："我们也许该说再见了，希望你到了伊司-03的新世界之后，仍然能跟我们保持联系。毕竟我们是朋友，对吧？"

科考飞船将尤里连同它的液氨罐子一同送入液氨海洋中。尤里启动罐子上的推进器，往那座通往伊司-03的巨型水山赶去。

在很长的一段时间里，韩丹一直盯着监视仪上的光点，观察尤里的去向。直到光点顺着水山爬升，消失在伊司-03的表面之后，她才长长地舒了一口气。

老人看着韩丹坐在控制台前，修长的手指熟练地在按钮上跳跃，与尤里取得联系。"尤里，你现在感觉怎样？"韩丹问它。

尤里似乎很兴奋，说："这是我见过的最漂亮的世界，海床那么辽阔，资源那么丰富，我们一定能在这儿繁衍生息，生长成一个强大的种族……"

韩丹跟尤里敷衍了几句，眼睛却始终盯着旁边那些闪烁的仪表。等到左侧控制台所有的指示灯都变成绿色之后，她站起身走到一旁，从一个文件夹中拿出一张薄薄的纸交给老人，说："接下来，该你们上场了。"

在星舰联盟，当最高科学院需要军方的协助时，通常都会打一份申请给国防部，得到批准之后，就可以调动军队协助处理一些事情。这张薄薄的纸片就是国防部的授权书，临时授权龙喉海洋的最高科学院生命研究所学者动用第九舰队的全部力量处理氨–07人造行星事件。

韩丹和老人已经不是第一次合作了，在此之前，他们也曾经联手解决过好几次类似的外星生物事件，但在联盟境内处理这种事，还是头一遭。他们一同走进飞船的登陆艇舱，一艘小型飞船载着他们，前往"炎帝号"航天战列舰。

当三艘巨大而幽黑的扁椭球形主力战舰像月球一样逐渐出现在氨–07的地平线上时，韩丹的嘴角慢慢露出笑容，一扫过去几天的局促不安。

韩丹很不喜欢与氨水母打交道，这几天她与尤里谈话时，声音都显得极为不安，尤里不懂得人类的感情，听不出有什么不对劲儿，但老人却是听得出来的。老人突然对驾驶员交代说："咱们不必到巡天战列舰上去了，改为前往'斯坎迪号'航天母舰，派人把我的军服拿来，不要常服，要作战服，顺便给韩丹教授带一套。"

"将军，您要亲自上前线？"驾驶员问老人，但并不显得太吃惊，这种事也不是第一次了。

老人说:"只是去视察,不会有危险的。"

当老人踏上"斯坎迪号"航天母舰时,作战服也送到了。作战服与常服不同,两颗金色的将星镶嵌在袖口上。老人穿好作战服,踏上一艘双座型舰载机,凝重的表情就好像他年轻时初次出征一样。韩丹进入舰载机后座,对老人说:"你好像很重视这次行动。"

老人进入座舱,飞行员出身的他熟练地转动操纵杆,舰载机缓缓启动,几名身穿密闭式宇航服的地勤人员有条不紊地指示舰载机转弯进入升降机,机库的指示灯逐一亮起。

老人问韩丹:"你知道咱们联盟军,跟地球时代的哪个军种最相似吗?"

"海军。"韩丹说。

"是的,海军。"老人说,"不管是这个时代的联盟军,还是地球时代的海军,都是在远离本土的广袤世界中,在人类没法直接生存的环境里作战,所以我很忌讳那些可以在我们无法生存的环境中生活的高等动物。一旦让它们掌握了跟人类相差无几的科技,万一发生战争,我们就失了地利,处于劣势。"

军人理所当然应该是鹰派,韩丹对老人的想法丝毫不觉得意外,她正要说些什么,老人突然说:"坐好,要起飞了。"

升降机缓缓启动,速度越来越快,与其说它是供舰载机起降的升降机,不如说是镶嵌在巨大的电磁炮管里的活塞,将舰载机飞快地弹了出去。瞬间之后,韩丹回头望去,只看见黑色的航天母舰像一个泪滴状的巨型马蜂窝,静静地离她远去。

航天母舰是联盟军中最特殊的飞船之一,就外形而言,它跟地球时代的航空母舰毫无相同之处,它唯一的用途就是装载体积比它小的各种作战飞船。在环境恶劣的宇宙中,小型飞船很难抵御宇宙中无处不在的高强度辐射、恒星表面的超高温、巨型天体的引力潮汐等极端环境,更没办法长途奔袭成千上万个天文单位对敌人发起攻击,只有巨型飞船才有足够的空间安装各种防御系统和庞大的动力装置,所以巨型飞船搭载小飞船进行远征就成了最可行的方法,而这也正是航天母舰诞生的缘由。

韩丹说:"我不知道我们的祖先是怀着怎样的心情,把这种巨舰命名为航天母舰的,明明只是一艘用途比较特殊的运输舰罢了。"

老人说:"航母这名字代表着想成为宇宙海洋霸主的梦想,正因为有成为霸主的梦想,所以今天人类才无法容忍氨水母这个潜在的威胁。"

伊司-03是一颗非常巨大的人造行星,从远处看,它跟别的人造行星没什么两样,但等到舰载机一个俯冲扎进它稀薄到几乎不存在的大气层时,才能看清它是一个由无数直径超过数十公里的巨柱扭曲拼接成的空心球体。那些巨柱就像蘑菇的根柄,每一根巨柱顶部都支撑着一个数百公里的薄片形状平台,大量的液氨从平台倾泻下来,形成巨大的瀑布,飞流直下,朝着肉眼看不到尽头的深渊落去。

这颗人造行星是一个陷阱,巨柱顶部的那些薄片能模拟出各种特征信号,把这里伪装成一颗适合生命生存的星球,内部的空腔则可以隐藏一两支航天母舰战斗群,猎杀被诱入其中的智慧生物。不过,它最重要的作用却不是猎杀别人,而是采集异星生物的各种数据,依靠它内部的巨型计算机强大的运算能力,构筑目标星球的生物圈模型。

韩丹的手腕上戴着一个小型仪器,她密切关注着仪器上显示的数据,说:"已经有50%的氨水母进入伊司-03,剩下的估计也不会再进来了,它们想留一部分氨水母在氨-07,尤里发消息跟我说,它在伊司-03过得很愉快。"

老人看着顶部平台不停闪耀的电光,那是伊司-03巨大的扫描系统在扫描落入它的各种物质的结构。它收集的信息是如此之多,从工厂、居民区、菌簇田,到每一个活生生的氨水母,全都建立了数据影像储存在巨型计算机中。那些可怜的氨水母根本没发觉自己在进入伊司-03的那一刻就已经命丧黄泉,只有极少数的幸运儿逃过一劫,伊司-03在它们进入的一瞬间,就把它们所有的意识都强制输入到巨型计算机中的模拟世界里去了,如今的它们只是活在一个计算机构筑出来的虚拟世界中。

韩丹说:"氨水母是一种很有研究价值的生物,但现在我们已经收集到足够多的研究样本了,动手吧。"

老人下令说:"我是第九舰队指挥官郑维韩,现在我下令,舰载机全部出动,用伽马射线消灭所有落在伊司-03行星上的侥幸没死的氨水母!"

韩丹补充说:"记得打开生命探测器,一切有生命特征的东西都不放过,记住氨-07的教训,连细菌都不要放过。"

数不清的舰载机如同漫天的飞蝗,扑向伊司-03。伊司-03的引擎突然启动,快速远离氨-07,高大的水山轰然倒塌,上百亿吨的液氨猛然砸回液氨海洋。哪怕是在太空中,韩丹也能清晰地看见飞速扩张的水墙席卷全球,它的地壳没法承受突如其来的冲击,噼里啪啦地断裂,火红的岩浆喷涌而出,浓烟滚滚的氨蒸气笼罩着整个世界,海底的氨水母城市只怕也难以幸存。

"氨-07也按同样的方法处理吗?"老人问韩丹。

"不必那么麻烦,"韩丹说,"把氨-07整个炸掉,连灰尘都别剩下。"

老人下了一道命令,韩丹只感觉到强烈的引力扰动让整艘舰载机都在发抖。她回过头,看见那艘扁雪茄形的"炎帝号"航天母舰正在逐渐转向,对准氨-07,巨舰头部的保护罩缓缓滑开,露出黑色的引力导轨,一颗非常细小的人造黑洞正逐渐在导轨的深处孕育成形……

# 尾　声

氨-07的毁灭已经是一个星期之前的事了,这些天,韩丹闲着没事,待在家中整理院子里的花卉,却不期然看到老人来访。

"最近不用出征吗?"韩丹打开门,请老人入内,随口问道。

老人说:"暂时没接到命令,我也乐得清闲,四处找老朋友串串门。"

韩丹沏了一壶好茶,老人的目光落在一份报纸上。这些日子,氨-07这点儿事在公众眼中也逐渐失去了关注度,被挤成小小的豆腐块缩在角落里,报纸的头版头条是一则最近闹得沸沸扬扬的八卦新闻。

氨-07那件事对公众而言已经结束了,日子又恢复到了往日的平淡。但对某些人来说,事情还没了结,07号核聚变工厂的负责人仍在受审中,不过科学院已经决定把氨水母的资料永远锁在资料室里,缺了最能让这些人定罪的关键材料,这场漫长的官司不知道什么时候才能打完。

"你们打算把氨水母的事情永远掩盖起来?"老人问韩丹。

韩丹抱着肩说:"别提氨水母的事了,一想起那些水母一样的生物,我就觉得背脊发凉……"

人类从在地球上诞生那天算起,用了两百万年才迈进工业时代,氨水母却在短短一千年走完了人类两百万年的路。韩丹很担心,如果放任这些氨水母发展下去,总有一天它们的科技会远远凌驾在人类之上,进而威胁到人类的霸主地位。

老人说:"其实在这件事当中,氨水母是最无辜的,它们唯一的目的就是活下去,也从没做过什么坏事,结果却被彻底消灭了。"

韩丹说:"人类有些时候是很卑劣的,毕竟我们还没伟大到牺牲人类自己的利益来成全别的智慧生物的地步。"

# 逃离兄弟会

一

在宇宙中，有一类被称为"原行星盘"的特殊星体。它们通常是像光环一样围绕着恒星旋转的巨大尘埃盘，浓厚的尘埃盘遮挡着恒星，数不清的尘埃颗粒、冰晶、小行星不断地反射、折射着恒星照进尘埃盘的阳光，形成七彩斑斓的光泽。各种星际物质在引力的作用下，互相靠近，互相碰撞，经常有小行星被撞得粉碎，大大小小的碎块四处乱飞，同时也有不少星际物质在碰撞中积聚成更大块的固体物质，形成新的小行星。

这种原行星盘经常被人称为"行星的摇篮"，数十亿年前的太阳系，这个人类的故乡，也是一个这样的原行星盘。众所周知，那个巨大的原行星盘孕育了包括地球在内的八大行星。

3008 号星区也是一个这样的原行星盘。

人类在星际流浪中，靠近原行星盘是非常危险的，四处乱飞的小行星可以轻易地把飞船拦腰撞断成好几截，让人死无葬身之地。

流放者兄弟会的"三色堇号"移民飞船，是一艘长度超过十公里的庞然大物。数百年前，它离开地球联邦时，只是一艘长度不足五百米的雪茄型移民船。一代代的流放者在飞船群中繁衍生息，人口逐渐增多，原本就很拥挤的船舱显得更拥挤。为了容纳更多的人，人们在飞船外面焊接了桁架，在原先的对接舱口上外接一些舱段，使它变成一个看起来像古老的21世纪初的"国际空间站"一样的东西，只是尺寸大得多。

随着时间的推移，人们不断在桁架上再接桁架，在舱段上再接舱段，最后，这飞船变成了长度超过十公里、外形跟个珊瑚似的大东西。也正因为飞船内的空间比较大，不少舱段被最高科学院征用，作为太空实验舱。

但是这一天，大批荷枪实弹的士兵冲进了飞船，拥有人造重力场的舱段内响起急促的脚步声，整艘"三色堇号"陷入了一片肃杀的氛围。

"院长，得罪了，这是韩烈将军的命令。"几名士兵说着，用枪指着科学院院长的脊背，把他带到飞船最大的舱段中，最高科学院最重要的一百多名科学家已经被士兵们集中到了这里。

韩烈是流放者兄弟会的首领，他是通过政变上台的，是令人胆寒的独裁者。他走进船舱，刀子般锐利的眼神一一扫过学者，不少人都下意识地缩了缩，一股寒意从脚底传来。韩烈在学者面前来回踱步，说："我知道你们以前搞过一个星舰设计蓝图，现在把它交出来吧。"

"你要建造星舰？你想过后果吗？"院长问他。

韩烈没去回答院长的问题，只是说："从即刻起，把星舰建造计划提上日程，你们谁要是主动进行研究，我自然会有相应的回报。如果你们不情愿，我也不介意让士兵们用枪指着你们的脑袋进行研究工作。"

"韩烈！你是不是疯了？"院长指着他的鼻子大声质问。

韩烈摘下军帽，不足半寸长的苍苍白发每一根都直挺挺地立着，他给了院长一个兄弟式的拥抱，说："好哥们儿，咱们七十多年的交情，我想做什么，你不会不清楚。"说完转身就走了。

星舰建造计划是令最高科学院的学者们最感纠结的梦想。兄弟会在苍凉的宇宙中四处流浪了两千年，受够了找不到适合定居的行星之苦，光是生存下去已经很不容易了，几乎没有多余的力量建造更好的生存环境、钻研更先进的科技。随着大量的飞船老化报废，人们的日子过得比刚刚逃离地球时还要艰苦很多。

在贫瘠的星际空间中，想寻找维持生命所需的碳、氮、氧、磷等重元素比登天还难一万倍，虽然很多恒星周围的小行星带内有着大量的重元素矿藏，但不论多结实的飞船，只要被那些四处乱飞的小行星撞上，下场都是死无全尸。所以，建造一种像故乡的老地球那样可以抵挡小行星撞击、有着美丽的生物圈的巨型飞船，是很多人的梦想，但建造星舰的巨大代价却让人望而生畏，这代价大到让人不得不搁置这个梦想，去寻找别的生路。

当科学院的人把建造星舰的可行性报告放在韩烈面前时，韩烈一遍又一遍地看着建造星舰所需付出的代价，用颤抖的手签下了自己的名字。他知道自己做的都是犯众怒的事，但这世上，有很多"脏活"还是要人去做的，他反正是快进棺材的人了，终身未婚，也没有子女，能让他顾虑的事情并不多。

就在当天，韩烈派军队进驻整个流放者兄弟会的所有关键部门，大批反对者被丢进监狱，整个兄弟会大大小小的数百艘飞船朝着危险的3008星区驶去。

一个月之后，韩烈将军被反对者暗杀，消息传遍整个兄弟会，但他留下的军政府仍然按照他生前定下的计划有条不紊地运行着。将军的死讯令支持者们痛哭流涕，士兵挨家挨户搜捕嫌犯。

那个时候，五岁的郑然和吴廷躲在小床下，看着士兵闯进儿童寄养院，逮捕素来对将军不满的院长和大批工作人员，那些凶神恶煞的士兵给他们留下了一辈子都无法磨灭的恐惧感。

二

流放者兄弟会有三艘星舰，它们原本并没有名字，只有"01"至"03"的数字编号，为了表示对星舰建造计划的重视，它们很快就以地球上的大洲被命了名。

但在很多人眼里，星舰根本不能算飞船。在最初的时候，它们甚至不叫星舰，只是把废旧飞船稍微改造一下，用来装在流浪旅途中搜集到的各种杂物。

在大而空旷的星际空间中，碳、氮、铁、氧等重元素是非常稀少的，尤其是在能量转换效率极高的聚变－裂变连动飞船引擎诞生之后，兄弟会对重物质的需求更是到了极度渴求的地步，在漫长而艰苦的流浪岁月里，流放者兄弟会有时会发现一些飘行在星际空间中的小行星，哪怕再小的小行星被俘获，也是值得大大庆祝一番的喜事。

也正由于重物质的稀缺导致他们不愿丢弃任何废弃物，加上不断地搜集星际物质储存起来以备哪天实在找不到重物质时手上有点存货来维持大家的生存，那些作为仓库的旧飞船里，重物质越堆越多，船舱塞满了，就把东西浇铸成硬块固定在船身外，东西堆得太多了，飞船推力不够，就又多挂几个推进器，宝贝似的护着，跟着舰队前进。

大家流浪了两千年，各种重物质也跟捡破烂似的搜集了两千年，到今天竟然堆积成了三颗体积接近故乡的老地球大小的庞然大物！大量的重物质互相挤压，内核部分早就被挤压成一团炽热的熔融状岩浆体，一些较重的元素，如铁、铜等，甚至聚集在星舰的中心，挤压成类似白矮星的超固态致密内核,这样的结构跟太阳系故乡的老地球有几分相似,人们竟然误打误撞地制造了三颗行星。

但这三颗人造行星的环境非常恶劣,根本不适合人类生存,想把它改造成适合人类生存的环境,还不知道要付出多大的代价。也正因为如此,在漫长的两千多年流浪岁月中,尽管人们早就有了要建造星舰的想法,但没有谁敢冒着千夫所指的骂名认真推动这个计划,改造进度时断时续,往往是施工几个月,又停工几十年,这种状况一直持续到韩烈强行推动星舰建造计划为止。

造舰计划公布之后,整个流放者兄弟会像一台大机器一样有条不紊地运转起来,军政府将所有的人编成不同的工作组,按照最高科学院的建造计划分配工作,所有跟星舰建造无关的工作都停顿了下来,物资分配也仅够维持人们的生存,按人头定时定量分配。

十五年后,兄弟会来到 3008 星盘边缘。

巨大的星盘中,数不清的冰晶态小行星带在这距离中央恒星一百亿公里的地方熠熠生辉,遥远的中央恒星看起来仅仅是一颗特别明亮的星星,镶嵌在横亘天顶的冰晶长河中。

改装兄弟会手头上的三艘星舰是一个长达百年的大工程,整个工程包括三大部分:用大功率的巨型星舰引擎替换原先凑合着使用的旧引擎、建造位于地壳深处的地下城和地下工厂、制造原始的大气层以抵挡大部分的小行星撞击。只有在这个巨大的工程初步完成之后,人们有了在星舰上的容身之所,流放者兄弟会才正式抛弃无法抵挡小行星撞击的旧飞船,闯进星盘获取大量的重物质,用于建造下一艘星舰。

"57 号引擎,试点火!""亚细亚号"星舰的引擎安装现场,现场总指挥大声下令。

"轰!"巨大的冲击波震荡着星舰南极上空的原始大气层,一道直径上百米的超高频脉冲直指苍穹,大气被高能粒子电离,发出持续的震雷巨响。

"试车成功,关闭引擎,58号引擎做好试车准备。"总指挥一声令下,巨大的光束瞬间消失,环形山似的引擎喷口内,那个绰号为"暴力型可控核聚变炉"的高温超导非真空线圈在引擎壁上熠熠生辉。

"轰隆!"又一台引擎启动了,引擎巨大的推进力挤压着薄薄的原始地壳,地壳碎裂了,岩浆从裂缝中喷薄而出,喷射到浓烟弥漫的剧毒原始大气中,形成数百米高的熔岩喷泉。巨型引擎凭借着自身的密度远比岩浆小,像船儿一样漂浮在黏稠的岩浆中,对地幔施加持续不断的压力,像用牙签推软糖一样,慢慢推动着星舰前行。

星舰表面,二十岁的吴廷和郑然身穿抗高温、抗腐蚀的密闭工作服,在地震不断的大地上艰难跋涉。头盔的面罩上因呼吸急促而形成两片水蒸气白斑,天空黑黢黢的。亚细亚星舰表面的原始大气充斥着极为浓厚的二氧化硫云层,火山喷发抛射出的火山灰弥漫在空气中,能见度不足五米,从建筑工地叛逃出来的五十多名年轻人只能通过通信器确定同伴们的位置,互相牵着手,尽量不要跟大伙儿失散。

作为叛逃者的头儿,吴廷走在最前面探路,但漫天火山灰像古书中记载的鹅毛大雪一样笼罩着大地。风力稍小时,厚重的火山灰落在地面上,形成深可及腰的积尘层,让人寸步难行;风力稍大时,满地的火山灰都被狂风卷起,劈头盖脸地漫天乱砸,尽管所有人身上的航天服都有着坚硬的金属外壳,但还是被夹带着火山灰的狂风擦出密密麻麻的刮痕。

"头儿,我们的氧气储量只能维持半个小时了!"一名手下大声说。

郑然说:"吴廷,我记得这附近有些废弃的工程巨镇,里面应该还有一些能用的维生设备!"

天上传来隆隆的响声,一道暗淡的光芒透过浓厚的尘埃云划过天空,一个巨大的东西砸在大地上,冲击波形成的气浪卷着半熔融的尘沙横扫大地。也许是火山喷发抛到大气层顶端的大块岩石掉了下来,也许是直径上百米的小行星撞击星舰表面,也许是被流星雨砸坏的飞船坠毁在大地上，没人去管天上掉下来的是啥，大家更关心的是怎样逃离这个活地狱。

"哗啦啦！"有人突然摔倒，顺着流沙般的火山沙砾滑向深深的峡谷，滚烫的沙子不断朝深谷中滑落，山谷底下隐约的红光让人不难猜到那是一道地壳撕裂形成的岩浆河流。

那个滑倒的倒霉蛋慌乱中抓住一个坚硬的东西，这才没整个人滑落到沸腾的岩浆中，众人手忙脚乱地把他拖上来，有眼尖的人发现他抓住的东西是一个很结实的金属架，大声说："头儿快来看！这个金属架应该是工程巨镇的强光探照灯的支架！沙砾下面应该埋着一座工程巨镇！"

听到这句话，大家都激动了，随便拿起什么工具就顺着支架往下挖。有用随身携带的便携式液压铲的，有找块稍微扁平的大石头当铁锹的，有几个身穿工程动力装甲的人干脆用戴着钛合金手套的双手直接挖起来。

片刻工夫，松软的浮砂被挖开了，一道锈迹斑斑的金属门出现在大家面前。

三

工程堡垒是最高科学院设计的巨型机械，是星舰建造工程中最重要的地表工程机械之一。它的外形像一台带有大量挖斗、钻探头、传送带、推土铲等工具的百手怪物，底座是数十组安装在液压基座上的螺旋杆状推进装置，能很好地适应星舰表面岩浆横流的世界。

在星舰表面当建筑工人是非常艰苦的，还随时面临生命危险，这五十多名叛逃者就是受不了这份苦，萌发了要逃离流放者兄弟会的念头。他们从自己工作的工程堡垒逃了出来，想找到一个飞船起降点，但目前却不得不像老鼠一样钻进另一座工程堡垒，苟延求生。

昏暗的舱室内，一个十八岁的年轻工人哭着问吴廷："头儿……我不想往前走了。我们能回去吗？"

吴廷检修着被星舰表面的狂沙打出无数刮痕的电磁突击步枪，对年轻工人说："出发前我就说过，这条路是没法回头的，你跟咱们走了，就只能一条道走到黑，你听听外面的风声，活像要把人给撕成碎片，如果现在离开这座工程堡垒，只怕连活下来的机会都没有。"

郑然带着两三名兄弟，穿行在乱如蜘蛛网的电线和管道中，检视整座工程堡垒。在这狂风肆虐的熔岩地狱，只有这种重达上万吨、宛若地球古代城堡的庞然大物可以在狂风中屹立不倒，它虽然有厚度近两米的特种隔热陶瓷外壳，但也已经被风沙削蚀得坑坑洼洼。星舰上的地壳刚刚成形，通常只有几米厚，有些比较薄的地方甚至只有几厘米，根本不足以支撑堡垒重达千吨的重量，工程堡垒就像一艘大船，压碎薄冰一样的地壳，漂浮在黏稠的岩浆海洋上。

工程堡垒的舱段很容易让人联想起宇宙飞船的内部结构，实际上，它的技术跟飞船是相同的。亚细亚星舰的原始大气成分跟数十亿年前刚刚形成的地球大气很类似，充斥着大量的剧毒硫化物气体，完全不存在氧气。工程堡垒跟飞船一样是完全密闭的，有复杂的空气循环系统。郑然找到氧气制造舱段，仔细地检查了一遍，吃力地扳下几根杆子，巨大的氧气制造机发出震耳欲聋的嗡嗡声，喷吐出带着机油臭味的氧气。

在确认工程堡垒的密闭性不存在问题之后，郑然才摘下宇航服的头盔，贪婪地吸着刚制造出来的氧气，用无线电台通知大家："各位可以取下头盔了，这儿有充足的氧气，记得把自己的氧气瓶装满。"

每座工程堡垒都好像一座封闭在厚实金属乌龟壳里的小村镇，在这工程堡垒里面，有起居室、食堂、幼儿园、卫生室等，设施齐全。星舰表面的环境太恶劣了，人们很难在室外生存，也无法像地球时代那样建立起四通八达的交通网，每一支工程队都拖家带口地在这种地方生活。

吴廷摸索着来到控制室,控制台上厚厚的灰尘意味着这座工程堡垒已经被荒废一段时间了。他试着启动堡垒的行走系统,堡垒一阵颤抖,瘫痪不动了,引擎压力表红灯闪烁,显示核反应堆功率不足。

"兄弟,核反应堆的阀门好像关闭了,你能到动力舱去看个究竟吗?"吴廷通过无线电对讲机跟郑然说。

"没问题。"对讲机传来郑然的声音。

吴廷又补充说:"小心点儿,我刚才搜索了几个舱室,发现这座堡垒是被主动抛弃的,半具尸体都没有,不像毁于地震和流星撞击的工程堡垒那样横七竖八都是死人。我唯一知道会让人主动抛弃堡垒的事故,只有一种……"

郑然接过话茬说:"地震和流星撞击都是没有逃生时间的,只有核泄漏才是不得不逃离,又有足够的反应时间可以从容撤走。"他根本不必去猜事故原因,光是凭靠近动力舱时宇航服上的警报器嘟嘟地发出核辐射超标的警告,就足以判断是核泄漏。

工程堡垒的动力装置是技术落后但造价低廉的小型核裂变反应堆,吴廷提醒郑然:"兄弟,小心要命的核辐射,如果太危险,咱们就干脆放弃这座堡垒。"

兄弟会有一条不成文的规矩:当核泄漏发生时,工人们必须在第一时间放弃工程堡垒,保住性命才是最重要的,毕竟制造一座工程堡垒只需要几个月时间,而培养一批熟练的技术工人至少要十几年,所以,很多工程堡垒哪怕只是发生了轻微的核泄漏,也会被丢弃在岩浆海洋上,无人问津。

郑然嫌警报器太吵,拔了电源接头,说:"这儿不危险,你听警报器都没响,我很快就能修好它。"说罢,他让同行的队员们留在门外,独自走进核动力室,关上厚重的铅板门,独自维修损坏的蒸汽阀门。

在核辐射环境中维修阀门就好像跟死神掷骰子。郑然看了一眼墙壁上的核辐射强度计,泄漏的核辐射强度是28000西弗,他的密闭式工作服并没有阻隔核辐射的功能，根据经验，人暴露在这种强度的核辐射中，有百分之五十的概率会在三个月内死亡，但他还是决定搏一搏。如果恢复不了工程堡垒的动力，大家不管待在这儿，还是抛弃堡垒徒步逃离，罹难的概率都会更大。

郑然独自在核动力室维修反应堆，铅板门外的弟兄们也不轻松，大家都埋头检修设备，谁都不吭声。他们五十多名好兄弟一起逃离恐怖的星舰引擎安装现场，现在却不得不留一名兄弟在核动力室中跟死神掷骰子，换作是谁，心头都不会好受。

"咣当！"核动力室沉重的铅板大门打开了，郑然倚靠在门边，有气无力地打出成功的手势，说："搞定了，我去休息一下……"

一个哥们儿想过去扶他，郑然说："别靠近我！我身上沾染有放射性尘埃……"说着，自己扶着墙壁，一步三晃地走向一个独立的舱段。

# 四

这是一个作为幼儿园使用的舱段，郑然坐在靠墙的小床上，看着墙壁上小孩子的涂鸦。一幅歪歪扭扭的画吸引了他的目光，画面上有一栋红顶小房子，房子边一家三口站在草地上，草地上开满鲜花，头顶是蓝天白云和太阳公公，旁边还有一行稚嫩的文字：亚细亚星舰，春暖花开。

郑然想起小时候，自己跟吴廷也曾经画过类似的涂鸦。五岁那年，士兵们闯进孤儿院逮捕院长和义工的事情虽然在他脑海里留下了无法磨灭的恐惧感，但随着时间的推移，那种恐惧慢慢被小学老师在课堂上描绘的未来星舰世界的美好景象所取代。十二岁时，他跟吴廷都发誓要成为伟大的星舰建造工人，直到他们十八岁从技校毕业，被送往亚细亚星舰时，才被星舰表面恶劣的环境吓坏了，对星舰建造的满腔热情顿时化成了恐慌,这种恐慌很快就跟脑海里压箱底的五岁时的恐惧感相互汇杂,使他萌生了赶快逃离这个鬼地方的念头。

"好兄弟,你现在情况怎样?"郑然的通信器中传来吴廷的声音。

郑然有气无力地说:"还好,看样子暂时死不了,我们按照原定计划赶往27号飞船起降港吧,抢一艘飞船,离开这个鬼地方……"

吴廷启动了工程堡垒的行进装置,堡垒颤抖着,螺旋状的推进杆慢慢转动,在炽热而又黏稠的岩浆表面留下一道道鲜红刺目的爬行痕迹。堡垒终于轰鸣着爬出厚雪般的积尘层,慢慢向前爬动。

控制室里,吴廷打开强光探照灯,只见漫天的飞灰在狂风中飞舞,即使把灯光调到最亮,能见度也不足十米。他打开雷达,发现只能扫描到前方不足百米的情况,现在只能靠飘浮在星舰上空卫星轨道中的工程飞船发射的导航信号辨别方向,但在这艘浓云笼罩的星舰上,任何遥感技术都无法穿透云层拍摄到地表形状,在这样的世界里驾驶着工程堡垒前进,无异于盲人骑瞎马,不知有多少施工队就这样在跋涉的过程中连人带堡垒跌进了岩浆喷发形成的熔岩峡谷中,尸骨无存。

一块大岩石从天而降,狠狠地砸在工程堡垒上,箩筐大的石块将两个相连的舱段砸出了个透明窟窿,舱段的气密门紧急关闭,但已经有少量剧毒的原始大气带着浓烟涌进舱室,呛得大家涕泪横流。几个弟兄赶紧重新戴好封闭式头盔,拉上保护服的拉链,钻进舱段封堵缺口,不知道这到底是被火山喷发抛到高空又砸下来的岩石,还是闯进大气层的陨石,总之,尽快离开这个危险的鬼地方才是最重要的。

吴廷将堡垒的速度开到最大,但堡垒仍然慢吞吞地在岩浆海洋上挪动,天空中隆隆的巨响震撼着每个人的心脏,一些小块的陨石突破浓雾的封锁,拖着明亮的火焰从堡垒身边擦过,落在大地上像炮弹一样砸出深深的陨石坑,陨石坑又很快被漫上来的岩浆填满,吴廷甚至可以清晰地看见陨石以超过音速的速度穿越浓雾时,烟雾在冲击波挤压下剧烈翻腾。

熔岩大地被流星雨砸出密密麻麻的陨石坑，路更颠簸了，工程堡垒在大坑套小坑的陨石坑中起起伏伏地颠簸，所有的弟兄都像晕船一样吐了个翻江倒海。眼尖的吴廷注意到有些"陨石"竟然带着熔融的金属光泽，甚至涂有未完全烧毁的文字，才知道那一定是某艘被小行星撞毁的飞船在大气层中解体的碎片，它连同支离破碎的小行星一起栽进大气层，变成这场流星雨的一部分。

"好兄弟，你说我们能不能活着到达 27 号航天港？"吴廷拿起通信器，问郑然。

通信器传出郑然的笑声，郑然说："如果我说不能，你会不会打道回府？咱们既然决定了要离开这个鬼地方，那就尽力往前冲，至于能不能冲出去，就看老天爷的意思了！"

"对！我们尽力往前冲！看老天爷让不让我们活下来！"吴廷大声说着，把工程堡垒的行进目标锁死在 27 号航天港的方向，反正没有任何方法可以看得到前方的情况，也无法预知陨石会不会命中工程堡垒。工程堡垒轰隆隆地颠簸着往前开，沿途遇上的一切物体，不论是陨石、坠落的飞船碎片还是其他工程堡垒的残骸，统统被它碾压在身下。

做出了这个疯狂的举动之后，吴廷却突然觉得轻松起来，大家连死都不怕，这世上还有什么值得害怕的事情呢？他带着弟兄们检查整座堡垒，发现除了核辐射超标之外，整座堡垒完好无损。他们重启了人造食物制造工段，机器轰鸣着，利用充沛的核动力，用搜集来的碳、氮、磷、氧等无机物合成食物，一个鼻子灵敏的弟兄在食物制造机旁闻到了很浓的酒精味，说："头儿，这台仪器有点儿故障，在合成碳水化合物的过程中，产生了一部分酒精。"

正常情况下，这样的机器是要进行维修的，但吴廷一听却乐了，振臂高呼："别管那么多！把酒精兑上水，大家今晚大碗喝酒！"

幼儿园舱段里，郑然找到一间小小的淋浴房。在工程堡垒里面，别的生活设施可以没有，但淋浴房却多的是，因为在这危险的星舰表面工作，皮肤上很容易沾染各种有毒物质，核辐射尘埃只是其中一种，所以要有尽可能多的淋浴房让人能及时冲洗掉身上的沾染物。

浴室里，郑然打开喷洗装置，浴室顶部和四面墙壁喷吐出热水和空气泡沫，哗啦啦地洗去他一身的汗渍。浴室墙壁也同样镶嵌着核辐射强度计，随着流水的冲洗，强度计闪烁的红色数字不断减小，最后变成绿色的数值，表示郑然身上沾染的核辐射尘埃已经被冲洗掉，浴室内的辐射强度已经降低到正常值，但这并不意味着他能就此康复，事实上，很多辐射病都是过了短则数小时、长则数年，才会体现出它的可怕。

"好兄弟，我这里有酒，要喝一杯吗？"淋浴房外，吴廷拿着酒杯酒瓶，问他。

郑然"咣当"一声打开门，拿起酒杯一口喝完，说："有酒不喝是笨蛋，再来一杯！"

一杯烈酒下肚，郑然又要了一杯。吴廷问："你刚承受了那么强的核辐射，喝这么多酒没问题吧？"

郑然不作声，又是一杯酒下肚，却突然一阵剧烈的咳嗽。他痛苦地弓起腰，吴廷注意到郑然的杯中有几滴殷红的东西慢慢化开，那是他咳出的血！

五

"替我保守这个秘密，别让弟兄们知道我身体垮了，我们说好要一起逃出这个地狱的。"郑然坐在墙角，对吴廷说。

吴廷握住郑然的手，说："放心吧，这是只有我们俩知道的秘密。"

天空传来沉闷的雷声，好像有成千上万头洪荒巨兽在大家的头顶上怒吼,一个弟兄连滚带爬地闯进舱段,大声叫:"头儿!外面的天空出现了大规模的放电现象!这个世界要毁灭了!"

吴廷脸色都变了,搀扶着郑然,一起走到控制台,眺望着窗外的天空。

天空仍然黑沉沉的,但漫天尘沙已经散去大半,强光探照灯的照射范围也大幅增加到数百米。啪啦的闪光划破黑黢黢的苍穹,每一次强烈的闪光都照亮整个天地。借着闪光,大家甚至可以用肉眼看见黑沉沉的天空下那如同烧开的浓墨般翻滚的乌云,很多人都是头一次听到这种似乎要撕裂天地的电闪雷鸣,惊恐地趴在地上。

郑然睁着双眼,失去焦点的眼神茫然地看着天空,对吴廷说:"好哥们儿,我的眼睛已经看不见了,给我描述一下外面的天空是什么样子吧。"

吴廷知道核辐射的伤害在逐步蚕食郑然的身体,他已经双目失明了。吴廷在他耳边说:"外边的能见度高了一些,原本漫天的灰尘现在好像沾上了水汽,飞不起来了,那些闪光从天上劈到地上,分成很多枝丫,伴随着很大的爆炸声,很亮、很响。"

郑然仔细聆听着,过了半晌才说:"这就是老一辈人所说的闪电啊,在地球故乡是司空见惯的天文现象。"

"这就是闪电啊……"吴廷看着窗外的闪电,低声感叹,他们都是在飞船上出生、在飞船上长大的,雷电雨雪等自然气候只存在于长辈们一代代口耳相传的传说中。

郑然说:"这世界能发生闪电,就说明大气层中已经出现了积雨云,产生了足够强烈的空气对流,有了典型的对流层,这是星舰表面的原始大气层开始朝着科学家们的设想逐渐转变了。"

"什么是积雨云?"吴廷问郑然。

郑然说:"按照以前上学时老师教的知识,积雨云是一种很厚的云层,通常会带来充沛的降雨。"

跟郑然不同,吴廷在学生时代就一直是成绩排倒数的学生,很多课堂上的知识他现在压根儿就忘光了,他又问:"'降雨'是什么?"

　　郑然仔细聆听着外面的声音，却没有回答，因为他已经不需要解释了，噼里啪啦噼里啪啦……一颗颗豆大的雨点从黑暗的天空中降下，噼里啪啦地打在监控室的复合玻璃观察窗上。

　　两千年了……自从祖先们两千年前被流放出地球之后，就再也没见过降雨。亚细亚星舰上的这第一场雨，是事隔两千年后，流放者的后裔们亲眼看见的第一场雨。

　　这五十多名一心想着要逃离兄弟会的年轻人并不知道，此时此刻，距离他们不足二十公里的天空，正停泊着一艘最高科学院的监测飞船，飞船里的科学家们正忙碌地监测各项数据。"下雨了……"不知道是谁小声说了一句，很多科学家停下手里的工作，看着屏幕上那噼里啪啦的雨点逐渐由疏变密。大家都静静地看着，一些学者的眼眶慢慢湿润，轻微的啜泣声悄悄在船舱中扩散。"我们成功了……"有人小声说了这么一句，人们开始相拥着痛哭。

　　降雨出现了，就意味着制造类似地球的大气环境迈出了关键的一步。这场降雨将持续好几个世纪，它会带走地表的热量，让熔岩横流的星舰表面逐渐冷却成乌黑的原始地壳，形成黑浊的原始海洋、奔腾的原始河流，为大地带来充沛的液态水，成为将来支撑整个星舰生物圈的生命之源。但浓云笼罩的天空阻隔了飞船的遥感系统，他们根本没想到，有一座工程堡垒正位于豪雨滂沱的岩浆海洋中。

　　岩浆海洋上的降雨是一场噩梦，如果说从天而降的流星雨是接连不断的炮轰，这铺天盖地的滂沱大雨就是密集的机枪扫射。岩浆海洋的腾腾热气让雨点还没落到地面，就被空气加热到沸腾，沸腾的雨点穿过白雾缭绕的水蒸气云雾，狠狠砸在数百度高温的岩浆中。这就跟冷水落在滚烫的油锅一样，瞬间冷却的岩浆顿时变成炽热的碎石四处飞溅，接连不断打在工程堡垒上。

　　吴廷他们只顾逃命，根本没注意到星舰建造局早早就通知了各工程堡垒避开降雨区域,只顾一路猛闯。尽管工程堡垒的外壳非常坚硬,但也扛不住成千上万的碎石不断撞击,一些跟外壳相邻的舱段被碎石砸出密密麻麻的裂纹,湿漉漉的雨水沿着裂纹渗进舱室,在墙壁和地板上腐蚀出一个个气泡。

"雨水有很强的腐蚀性!大家离开那些受损的舱段,集中到内部的舱段来!"吴廷通过工程堡垒的广播系统,向大家呼叫。

这个世界的原始大气层充斥着大量的硫化物气体,雨滴在积雨云中形成时,空气中的二氧化硫溶解在雨滴中,形成强腐蚀性的硫酸液滴铺天盖地地落下。工程堡垒虽然能抵挡高温和撞击,但扛不住大量的硫酸腐蚀,一些被腐蚀的舱段已经闪出电火花,散发出令人窒息的臭氧气味。

"好兄弟,我们现在该怎么办?"吴廷大声问郑然。

"我们为什么不向别人求救呢?"郑然反问吴廷。

吴廷的手放在紧急呼救按钮上,却犹豫着不敢按下。他们可是打算逃离星舰的,万一救援队来了,救了之后一盘查,搞不好要蹲监狱,这叛逃的事情可就玩儿完了。

郑然看见了吴廷的犹豫,问他:"你会不会撒谎?"他既然问出这话,那自然是有了主意。

# 六

当星舰建设局的1506号救援队路过被标记为"危险区域"的第一号降雨区时,一个呼救信号传来:"我这里是2098号施工队的五十名工人,我们这边有一名工人遭受了严重的核辐射,需要紧急治疗!"

"2098号施工队?你们不是应该在星舰引擎吊装现场的工地上吗?怎么跑这儿来了?引擎安装二局的负责人长时间联络不上你们,以为你们集体遇险了，正组织地毯式搜索哪！"救援队回答说。

听到这话，吴廷的冷汗都流了出来，事情都闹到局里派出人搜寻他们了，如果不能编个好点儿的理由，铁定要吃不了兜着走。

"别紧张，按照我刚才教你的回答。"郑然坐在一旁，小声说。

吴廷清了清嗓子，说："我们的一个兄弟在引擎测试的过程中，被泄露的核辐射伤害，你们也知道我们很多大型机器都使用核裂变反应堆作为动力，我们的通信器也被破坏，无法跟二局取得联系，试图带着受伤的兄弟徒步返回营地就医，但风沙很大，迷失了方向，好在找到一座废弃的工程堡垒暂时躲避风沙，我急着要找到营地，就带着兄弟们四处乱闯，迷了路，不知怎么就跑到这儿来了！"

救援队问："工程堡垒怎么可能迷路？每一座堡垒上都有卫星导航系统的！"

糟了！这是个大破绽！郑然当机立断，抄起椅子就把卫星导航系统安装在堡垒上的接收器砸个粉碎，这一猛用力，让他胸口剧痛，一阵咳嗽，咳出斑斑鲜血，他捂着胸口对吴廷说："告诉他们，这座堡垒的导航系统已经损坏了，我们发现它时就是坏的！如果不信，就叫他们下来自己看！"

吴廷照着郑然的说法，向飞船复述了一遍，他拿不准飞船上的救援队员是否会相信这通篇鬼话，但对方见事态危急，绝对不论真假，都会先把这五十多个弟兄救出来再说。

星舰的第一场雨实在太大了，短短几个小时，原本的岩浆海洋就变成了一片泽国，岩浆的热量让积水沸腾，在这闪电照亮的天地间，目光所及，尽是开水沸腾的蒸汽，要命的是这还不是普通的开水，而是沸腾的浓硫酸。

郑然的身体状况更糟糕了，他皮肤上逐渐出现明显的出血点，牙龈开始流血，眼底也出现了血迹，这都是身体遭受过量核辐射逐渐体现出的症状。

救援队的地效飞行器慢慢停泊在工程堡垒旁边，一座全密封的金属栈道慢慢伸向工程堡垒的气密门，"喀啦"一声牢牢锁住，在自动开锁装置的驱动下，气密门慢慢打开，几名穿着防辐射服的护士赶了进来，问："你们是谁遭受了核辐射伤害？"

吴廷扶着郑然走到气密门边，护士们给他紧急处理了一下出血状况，让他躺在担架上，送往地效飞行器，其他弟兄相互搀扶着，也往飞行器上走去。

"嘟嘟嘟！"护士长手中的核辐射探测器响了起来，她警觉地叫停众人，大声说："你们别乱跑！上了飞行器之后直接进隔离室！你们都不同程度地沾染了核辐射！"

听到护士长这么说，吴廷暗暗松了一口气，想起就在短短五分钟之前郑然说过的话："救援队来到之后，很可能把我独自一人送往医院，把你们遣返回工地，那样你们就没机会逃走了，唯一的办法是你们也到核动力舱段中转一转，沾染上核辐射，记得小心控制好时间和辐射剂量，要控制在让他们觉得大家都得送往医院治疗，但又不会真正对身体造成危害的程度。"


星舰上的天空仍然乌云滚滚，要不是接连不断的闪电照亮整个世界，那天地间就只是伸手不见五指的漆黑一片，暴雨依然滂沱。

就在最后一名弟兄登上地效飞行器时，山洪暴发了。一些陨石撞击形成的环形山在大雨中积满了雨水，形成浓硫酸大湖，湖水拍打着环形山的山壁，瓢泼般的浓硫酸豪雨吞噬着天地间的一切，波涛拍碎山壁，成千上万吨沸腾的浓硫酸夹着炽热滚烫的大块岩浆岩奔涌直下，形成铺天盖地的山洪，扑往更加低洼的平原和山谷。

坚固的工程堡垒像一艘玻璃做的小船，被滔天浪花抛到空中，又从高空狠狠摔落，在迅速退潮后裸露出的岩石层中砸得粉碎。下一波巨浪又扑涌过来，吞噬了工程堡垒，工程堡垒内部的金属材料、管线在浓硫酸的腐蚀下，起了剧烈的化学反应，冒着火花和泡沫，翻滚着响起一连串的爆炸，最后沉入了湍急的硫酸洪流中，再也不见踪影。

地效飞行器急速上升，以最快的速度逃离这个沸腾的硫酸海洋，不时急速机动躲避泰山压顶般压过来的滔天巨浪。漫天闪电在暴雨中划破苍穹，隔离室里，吴廷借着闪电的亮光，看见舷窗外的浓硫酸巨浪夹着泥浆碎石扑打着飞行器的金属机翼，原本雪白铮亮的机翼已经被强酸腐蚀得锈迹斑斑。

吴廷紧紧握着躺在病床上的郑然的手，在他耳边说："好兄弟，别担心，我们一定能活着闯出这场暴风雨……"

核辐射对郑然身体的伤害越来越明显，吴廷注意到郑然布满血痕的右手手背上，出现了一块拇指大小的星形瘢痕。核辐射会破坏人体的DNA，他的身体不管出现怎样的症状都不足为奇。

# 七

地效飞行器疾驰了一天一夜，虽然整个世界都被狂风暴雨笼罩着，除了闪电带来的瞬间光明之外就是伸手不见五指的黑暗，但墙壁上的电子钟仍然在准确地指示着时间。

吴廷站在舷窗边，眼睛满是血丝。千沟万壑的大地上，随处可见奔腾汹涌的浓硫酸河流，夹带着黄浊的沙石，冒着浓浓的白雾，气吞万里地奔向正在形成中的海洋。

飞过被洪水淹没的平原、掠过惊涛咆哮的群山之后，闪电照亮的天空下是广袤的高原，翻滚的硫酸洪水顺着预先挖好的运河网奔流入海，高原中间是直径好几公里的地下城施工现场。在工地的边缘，人们筑起了高高的拦水大坝，成千上万台耐腐蚀液压泵昼夜不停地把降在大坝内的雨水往外抽。从高空望下去，数不清的工程机械就像密密麻麻的蚂蚁，在工地中心掘出一个个巨大的坑洞，从坑洞里延伸出来的传送带正把从地下挖掘出来的半熔融状岩石送往地面。十几台大型龙门吊正在往坑洞里吊装耐高温、耐腐蚀的建筑板块，其中一台龙门吊被不久之前的流星雨撞翻，正在紧急抢修。

亚细亚星舰几乎是贴着3008星盘飞行，四处乱飞的小行星经常闯进星舰的原始大气层，在大气层中解体，变成成千上万颗流星，在闪电和暴雨中拖着长长的火焰尾巴砸落在大地上。地下城的建造工地三天两头遭遇陨石撞击，因此，受伤甚至身亡的施工人员数量已经很难统计了，但每一次撞击过后，人们总是尽快恢复秩序，继续建造地下城。

工地边缘是简易的飞船起降场，大量建筑材料在停泊于卫星轨道上的太空工厂中被建造出来，用货运飞船送到工地上，而起降场的斜对面，一座规模更大的临时地面工厂正在紧锣密鼓地开工建设，等到将来，工厂也是要搬入地下的。

在遥远的地球时代，当人类在太空中建立起庞大的飞船队伍时，伴随飞船前进，提供维修和生产任务的太空工厂也随之诞生。但今天，历史跟人类开了一个不大不小的玩笑，为了在星舰上建造能抵御宇宙辐射和小行星撞击的地下城，便于就近取材，人们又把工厂从太空搬到了地面。

眼前这正在建设中的地下城是人们在亚细亚星舰上建造的第一座城市，早在它还没动工时，人们就按捺不住心头的兴奋，吵着要给它起名。按惯例，又是从老地球的城市名中抓阄决定，结果，这座还没建成的城市就有了一个古老的名字——新郑市。

地效飞行器在飞船起降场附近降落了，但没赶上刚刚起飞离开的客货混装飞船。郑然遭受的核辐射太严重，这座工地只有简易的临时卫生室，无法治疗核辐射伤害，只能等下一趟飞船把这五十多名弟兄送到停泊在卫星轨道上的大型医疗飞船去。

隔离室里，郑然紧紧抓住吴廷的手，嘴唇嚅动，好像有话要说，他的嘴角渗出不少血渍，看样子病情已经很危急了。

吴廷把耳朵凑到郑然嘴边,仔细听着,只听到他在问:"我们现在到哪里了?"

吴廷在他耳边说:"我们到新郑市的工地了,你再坚持一下,飞船很快就来了!"

"我看不见了,你给我描述一下工地的情况吧……"郑然艰难地对吴廷说。

吴廷用颤抖的声音,在郑然耳边描述着工地上热火朝天的施工场景。郑然静静地听着,等到吴廷说完,才小声说:"工程堡垒已经在硫酸湖中毁尸灭迹了,现在没人知道我们是叛逃出来的……我们是逃离兄弟会呢,还是留下来?现在还有最后一次选择的机会……"

吴廷站起来,对大家说:"愿意跟我一起逃离兄弟会的,请站到我左边;想留下来的,站到我右边。大家要想清楚,这是最后一次选择的机会,咱们一旦离开,就没有回头的机会了。"

三十多个弟兄毫不犹豫地站到吴廷左边,剩下的人犹豫了片刻,最后还是陆陆续续地站起来,走到左边去。

飞船来了,那是一艘很小、很破旧的飞船,吴廷俯下身子,压低声音向郑然讲述飞船的样子和型号。郑然小声说:"逃出去的机会只有一次,你要听好……等飞船的舱门打开时,你就带着弟兄们这样做……"

飞船缓缓降落在简易起降场上,舱门慢慢打开,几名护士抬着担架,把郑然送进飞船。

刚固定好担架和输液管,护士们突然被弟兄们持刀挟持!弟兄们拿出早已准备好的轻型切割器,切开通往驾驶室的门,用锋利的切割刀架住驾驶员的脖子,将其推到船舱里,几个懂得驾驶飞船的弟兄坐上了驾驶席。

一个摄像头前,吴廷把锋利的刀子架在郑然脖子边,大声说:"我手上有人质!我们要马上起飞!赶快给我们清出一片空域!"

飞船起降港顿时炸了窝，地勤人员四散而逃，塔台的工作人员急匆匆地联络谈判专家，想跟吴廷谈判，同时紧急向军方求援。

吴廷可不管飞船是否完成了起飞前的例行检修工作，直接下令起飞，根本不给工作人员拖延时间的机会。

一声巨响，飞船腾空而起，扯断了仍然连接在船身上的七八根燃料输送管。泄漏的燃料在强腐蚀性的硫酸雨中起火爆炸，整个起降港沦为一片火海，飞船的燃料加注口也起了大火。

吴廷忍着飞船紧急升空时几乎压碎全身骨头的巨大过载带来的剧痛，大声说："赶快关闭燃料加注口！快启动紧急抑爆装置！"

飞船一阵颤抖，被扯断的输送管从船身上脱落，灭火剂在加注口附近喷出，火熄灭了。就在这一瞬间，飞船从厚厚的硫酸积雨云中穿出，满天繁星的夜空出现在大家眼前！

"我们终于逃离那个活地狱了！"弟兄们大声欢呼。

突然间，有人惊叫起来："头儿！是军舰！兄弟会出动军舰拦截我们了！"

吴廷当机立断，大声说："把所有人质塞进逃生舱，弹射出飞船外！把飞船开到最大速度逃离兄弟会！"

弟兄们把所有的人质押进逃生舱，吴廷走到郑然的担架前，俯身拥抱他，用颤抖的声音在他耳边说："好兄弟，你病得太重了，我们实在没法带你走……"

吴廷把郑然送进逃生舱，闭上眼睛，按下弹射按钮。

一声闷响，逃生舱脱离船体，往飞船相反的方向弹出，穷追不舍的军舰立即掉头去捞逃生舱。

待他们救出人质之时，吴廷的飞船已经变成了茫茫星空中的一个小点，想要继续追赶已来不及了。

这一切都在郑然的算计中，他知道兄弟会把绝大多数资源都调集给星舰建造工程，哪怕是被军政府视为命根子的军舰，也没有足够的燃料可以使用,追到一定距离就得打道回府,否则燃料耗尽之后就只能听天由命了。

"头儿,咱们现在去哪儿?"高兴过后,一名弟兄问吴廷。

吴廷说:"听说过'第二迦南'行星吗?我们去'第二迦南'!"

听到"第二迦南",众人又沸腾起来。那是一颗适合人类居住的星球,数十年前,韩烈为了阻止人们在星球上定居,用核弹把这颗星球轰成了不毛之地,但星球的生物圈不是那么容易被摧毁的,经过数十年的休养,那颗星球的生态又逐渐恢复了,不少逃离兄弟会的人都把它作为定居的乐园,有小道消息说,已有数百万同胞在那颗星球上定居了。

"但是我们燃料不足……"有人小声说。

"这我知道!"吴廷站起来对大家说,"现在把飞船所有不必要的设备统统关停,只开启自动驾驶系统,所有人都钻进休眠舱进入休眠状态。太空中没有空气阻力,保持现在的飞行速度几乎不需要消耗能量。也许是五百年后,也许是一千年后,总有一天能到达'第二迦南'!总之,我们只需要美美地睡上一觉,醒来之后就到目的地了!"

## 八

两年之后,医疗飞船中,郑然正在做出院前的最后一次体检,医生看着体检结果说:"郑先生,你现在基本痊愈了。"

"'基本'痊愈?也就是说还剩一点儿病根了?"郑然问医生。

医生扶了扶眼镜,说:"是这样的,您的辐射病已经痊愈,只是您体内的一处基因变异没得到修复,您也知道,兄弟会的资源一直很紧张,医疗资源也是如此,因为还有很多人排队等着治疗,出于节约医疗资源的考虑,那个'基本上无害'的变异基因我们就没替您修复,还望您体谅。"

郑然问:"可以告诉我是哪个基因发生变异,有怎样的后果吗?"

医生说:"是您Y染色体上的一个基因发生了变异,但后果仅仅是让您的右手手背上长一颗星形的痣。"

郑然看着手背上那颗显眼的星形痣,自嘲地笑了,"Y染色体,那基因变异真会挑地方,以后我有了儿子,一眼就能看出是不是亲生的。"说着,他在出院证明上签了自己的名字。

医生拿起出院证明,走到门外说:"三位先生,你们现在可以进去了。"

话音刚落,一个官员带着两名士兵走了进来,出示了逮捕令,"郑然,我们怀疑你帮助他人逃离兄弟会,现在我们要依法逮捕你!"

郑然伸出双手,让士兵戴上镣铐,"不必怀疑了,就是我干的。你们打算怎样处置我?"他对今天的结局早有心理准备。

官员说:"如果罪名成立,你将被判处七年以上的有期徒刑,送到亚细亚星舰最艰苦的工地充当苦役。"

郑然笑了,笑得很大声,既是嘲笑别人,也是嘲笑自己,他最终还是没能逃离那个活地狱。

# 九

当吴廷和弟兄们醒来时,发现窗外仍旧是苍茫的太空,周围一光年的范围内连半颗星球都没有,只见休眠舱上表示能量不足的红灯不停闪烁。大家顿时明白过来,"第二迦南"没找着,飞船的能量却快耗尽了,休眠舱的生命维持系统也因年久失修无法继续运作,所以飞船才会把大家唤醒。

我们到底沉睡了多久?吴廷发疯般跑到驾驶室,打开控制台的电脑,调出飞船的航天记录,蓦然发现大家已经沉睡了五千年!为什么飞船没有到达"第二迦南"?这五千年都发生了什么事?五千年来,电脑积存了以亿计的通信资料,这都是兄弟会的太空广播系统发送的公开消息,尽管大家都在休眠舱中沉睡,但电脑还是很尽职地把这些资料储存了下来。

吴廷用颤抖的手打开那些资料,试图了解这五千年来所发生过的事。慢慢地,一段漫长的历史在他脑海中清晰地梳理了出来……

兄弟会的星舰建造计划并不顺利。在吴廷逃离兄弟会之后的第二十年,新郑市地下城终于一波三折地完工了。又过了三十年,人类终于在欧罗巴、亚细亚和阿菲利克三艘星舰上建起十几座地下城。所有的旧飞船都被拆解,所有的人都搬进了深深的地下城,巨大的星舰完全无视小行星的撞击,闯进 3008 星盘,开始下一步规模更大的造舰计划。

韩烈生前大力推动的造舰计划极不顺利,吴廷逃离之后差不多三百年,第四艘星舰,同时也是人类第一艘专门设计的星舰——北亚美利加星舰才刚刚完工,比当初的设想足足推迟了两百年。为了纪念这历史性的事件,流放者兄弟更名为星舰联盟,还抛弃了古老的公元纪年,采用了更适应太空旅行的新纪年方式,把这艘星舰完工的年份定为联盟元年。

联盟诞生的近四百年后,第七艘星舰开始建造时,人们已经熟练掌握了建造星舰的方法,从此再也没有在建造过程中出现过大规模的人员伤亡。也正是在这个时代,被称为"人造太阳"的卫星轨道可控核聚变发光器在欧罗巴、亚细亚两艘星舰上率先投入使用,星舰的地平线上第一次出现了太阳初升的晨曦。

联盟诞生的七百年后,亚细亚成为第一艘完成生物圈建造工程的星舰,紧赶慢赶,勉强赶上了韩烈将军一千年前定下的星舰建设进度。大气层不再是剧毒的原始大气,蓝天白云下草木如茵,每个人都可以在室外自由呼吸,逐渐充裕的物资供应让生活过得不再艰难,漫长的军政府统治时代也终于落下了帷幕。

飞船接到的倒数第二条消息来自联盟纪元 762 年,3008 号星盘中能利用的重物质基本开采殆尽，联盟政府发出了离开星盘、前往更为遥远的星空寻找下一个原行星盘的命令。

政府命令所有的飞船都跟随七艘星舰出发，吴廷乘坐的是数百年前就该淘汰的旧飞船，它虽然接到了命令，但却没有根据这条命令自动唤醒船员的功能，导致大家错过了跟随星舰离开星盘的日子。

吴廷用颤抖的手点开最后一条消息，那是几千年前来自星舰联盟的明码呼叫："这里是星舰联盟救援队，如果有'第二迦南'的幸存者，请回答！重复一遍，这里是星舰联盟救援队……"

在这段录音中，还有另一段声音比较小的说话声："最高科学院早就说过'第二迦南'所属的恒星极不稳定，不适合定居，那么强烈的超新星爆炸，方圆一个光年之内的行星都变成灰烬了，哪还有人幸存？"

吴廷查了一下这条消息的日期，很容易就推算出当时飞船所在的位置。那时，这艘小小的飞船正试图利用"第二迦南"附近红巨星的引力场做跳板，朝"第二迦南"飞去，虽然距离不远，但这颗体积庞大的红巨星刚巧阻断了超新星爆炸的致命伽马射线，让大家幸存下来。

船舱里，有人小声哭泣，吴廷给大家打气说："咱们还是有希望活下来的，我刚检查过飞船剩余的能量，只要省着用，还能再撑一百年。从现在起，我们尽量节约粮食和水，氧气也定额分配，除了值班的人，其余的人都尽量不要动、不要说话，尽最大努力减少身体消耗的能量。我们每隔三十天发送一次求救信号，总有一天会得救的！"

飞船陷入了一片死寂，除了维系生命的氧气制造机、每隔三十天启动一次的信号发送器和被视为最后一根救命稻草的信号接收机，所有的设备都被关闭，整艘飞船像一具飘浮在太空中的大棺材，死气沉沉，毫无声息。

等待救援的日子是非常难熬的，每一秒钟都像一个世纪般漫长，更何况，谁都不知道是否真的会有救援队能收到他们微弱的求救信号，能在这无边的宇宙中发现这艘小小的旧飞船。

第一个三十天过去了，微弱的求救信号石沉大海，茫茫太空像墓穴一样死寂；第二个三十天也过去了，求救信号仍然毫无回音……第两百个三十天过去了，大家早已放弃了希望，只是凭着习惯发送求救信号，就好像行尸走肉摇摇晃晃迈着毫无意义的步伐。

第两百二十一个三十天即将到来，就在轮值的弟兄准备例行发送求救信号时，一片巨大的黑影慢慢出现在天幕上，漫天繁星被它遮挡，无边的黑暗笼罩了整艘旧飞船。

那是什么？大家都惊吓到屏住呼吸，不敢动弹，不知道这不断发送的求救信号招来的庞然大物是敌是友。

巨大的黑影越来越近，按照目测，那竟然是体积接近月球的巨型飞船！巨型飞船的外壳是厚厚的岩石层，密密麻麻布满陨石撞击的环形山，在建造技术上好像跟星舰有着神秘的渊源。这样的巨型飞船竟然有四艘，周围还有无数小型飞船，无一例外都是极为暗淡的黑色外壳，跟宇宙的背景颜色融为一体。

就在大家一颗心都悬到嗓子眼的时候，驾驶室内，那台被大家寄予厚望的信号接收机突然传出声音："这里是星舰联盟第十五舰队，请你们将自己固定好，等待救援。"

救援队终于来了！大家泣不成声，但没忘记互相搀扶着，用安全带将自己固定在飞船锈迹斑驳的舱壁上。

巨型飞船的一个环形山慢慢打开，露出幽暗的小型飞船起降井，飞船好像被看不见的绳子牵拉着，朝着起降井慢慢飘去。

这是可控的引力场，专用来俘获其他飞船的。飞船慢慢钻进起降井，井壁的引力发生器有规律地交替运作，让飞船极为平稳地下沉，穿过十几公里深的升降井，在战舰仓库中摇摇晃晃地停住，却没想到一声巨响，飞船像被折断的丝瓜壳般碎裂成好几截，地勤兵连忙启动仓库的抑爆系统，灭火泡沫瞬间把飞船给埋了。

这艘巨型飞船内部有跟地球环境极相似的人造重力场,医护兵把吴廷扛出散架的旧飞船。吴廷只觉得全身都在重力的挤压下剧痛难忍,就好像有成千上万条蛆虫在噬咬着骨头,这才惊觉自己在无重力的太空环境中生存了太长的时间,很难再适应重力环境。

一位鹤发童颜的老人披着军衣,站在吴廷面前说:"欢迎来到'阿努比斯号'行星登陆舰,我是星舰联盟第十五舰队司令郑维韩中将,五千年的流浪生活过得很艰难吧,吴廷先生?"

# 十

"阿努比斯号"行星登陆舰毫无疑问是星舰制造技术的副产品,迷宫般的地下城就像一座小城市。吴廷和五十多名兄弟在医院里躺了一个星期,现在已经可以拄着拐杖缓慢地行走了。今天不知道刮什么风,郑司令竟然邀请吴廷去喝茶。

茶对吴廷来说是古书中记载的饮品,在他那个年代,飞船里无法种植茶树,自然也没有茶这种东西,他惊疑不定地看着茶杯中漂浮的叶子,问:"你怎么一眼就认出我是吴廷?"

郑维韩说:"星舰联盟有一个庞大的数据库,里面记载有五千年来所有叛逃者的资料和叛逃方式,当我在率军返回星舰联盟的途中收到你们的求救信号时,你们的飞船编号也暴露了,联网一查就知道是你。"

吴廷突然紧张起来,抄起桌面的水果刀就朝郑维韩扑去,他想故技重施,挟持人质继续逃跑,但舰队司令哪里是那么容易挟持的?旁边的士兵剽悍强壮,闪电般把吴廷撼住,将他推回沙发上。

郑维韩连眉毛都没动一下,说:"别紧张,我只是想跟你聊聊历史……虽然你不认识我,但一定认得这颗痣。"说着,他慢慢褪下右手的白手套,露出手背上那颗小小的星形痣。

吴廷惊呆了,眼前这个老人竟然是他最好的兄弟郑然的后裔!

郑维韩戴上手套,说:"遇上你好兄弟的后代,是不是觉得很巧? 其实照我看来,你迟早会遇上的。去年清明节,亚细亚星舰郑家祭祖大典,郑氏子孙们当时摩肩接踵的,每一名男丁的右手手背都有这样的痣。请你告诉我,我的祖先为什么要叛逃?"

郑然竟然有六百万子孙! 吴廷明白了,郑然的背叛让每一代子孙都烙上了"叛逃者后裔"的烙印,郑将军自然会追问祖先叛逃的原因,吴廷说:"叛逃的原因不是很简单吗? 因为日子过不下去了! 我们不想死在星舰的工地上!"

"人都是会死的,你们到底想死在哪儿? 是'第二迦南'行星,还是死在太空中?"郑维韩问他。

"我根本不想死! 你们这些过惯了安逸日子的人根本不知道那时的生活有多苦! 大家都是人,凭什么你们就能诞生在一个不用担心随时会送命的时代? 凭什么你们一出娘胎就可以呼吸新鲜空气,打开门就能看到青山绿水? 凭什么我们就必须忍饥挨饿,像奴隶一样建造星舰?"吴廷大声叫喊着,用力挣扎,士兵们不得不用力按住他。

郑维韩说:"我郑家前面七百多年的二十八代祖先,葬身在 3008 号星盘的星舰建造工地上的不可计数,我们现今的日子都是祖先们用命换回来的。"

"你的祖先是英雄! 但那是被枪口顶着脑袋推上神坛的英雄! 至少郑然是这样!"吴廷也不甘示弱,大声吼叫。

郑维韩看着休息室的墙壁上那幅巨大的星图,要说偌大的星舰联盟是在祖先们的累累尸骨上建立起来的也不为过。行星登陆舰突然微微晃动,吴廷问:"发生什么情况了?"

郑维韩放下手中的茶杯,说:"舰队刚刚完成最后一次空间跳跃,即将回到星舰联盟;顺便告诉你一声,我已经通知警方了,星舰联盟可以不追究你们五千年前的叛逃罪名,但劫持飞船的罪行还是要追究的。"

吴廷知道自己没法逃了,情绪反而冷静下来,问:"我走之后,郑然过得怎样?"

郑维韩说:"他服了七年苦役,出狱后没多久就结婚了,育有五个孩子,在新郑市地下城的建造过程中,为了保障中央巨柱的吊装质量,他牺牲了自己的性命。"

吴廷说:"那不像他的作风。"

郑维韩说:"你没有孩子,不懂得一个父亲为了自己孩子的未来所能做出的牺牲。我一个朋友做过一项很有意思的研究,五千年前,建造星舰的支持者大多为人父母,反对者主要是十几二十岁的年轻人。"

他们有一搭没一搭地聊着,直到警方的飞船出现在舰队的雷达范围内。郑维韩问:"要我给你们聘请个好律师吗?"

吴廷摇头,问:"新郑市有监狱吧?"

郑维韩叫人查了一下,说:"你可要想好了,新郑市第一监狱可是个不见天日的地方,由废弃了两千多年的地下城改建成的,环境很差。"

吴廷黯然说:"我这辈子算是白折腾了,如果可能的话,我想待在那儿,就这样过完一生。"

# 陌路星辰

一

　　没有谁知道外星人的母舰是何时突然出现的，当人们第一次发现天狼星系多了一颗"行星"之后，恐慌就开始了。

　　外星人的母舰很大，体积跟地球人在天狼星系的第九地球殖民行星相仿，它与其说是飞船，不如说是用行星改建成的巨舰更合适。天狼星系的中心恒星是一颗比故乡太阳系的太阳更为明亮的恒星。

　　外星人的母舰到来之后，释放出大量的飞船，那些飞船展开巨大的太阳帆，冲向第九地球。

　　太阳帆的速度上限，理论上可以逼近光速，尽管这些飞船的实际速度仍跟光速相差甚远，但留给地球人的反应时间非常少。有人主张建立谈判团与外星人谈判，了解他们的来意，说服他们离开这颗星球；有人主张强硬反击，击退这些不速之客；也有人不顾一切地开启超大功率的无线电信号塔，用明码向分布在不同殖民星上的地球人后裔发出求救信号，完全不理会泄露在外太空的信号可能会招来更多不怀好意的入侵者。

当那些自称"伊司瑟温种族"的外星人踏上第九地球的土地时，第九地球仍是乱作一团，谈判团队仍未组建好。至于军队，更是在无比漫长的和平年代中蜕变得不堪一击，哪里能指望他们保家卫国？面对强大的敌人，有人选择屈服，但也有人选择继续抵抗，大大小小的游击队不断出没在各座城市中。

时光飞逝，转眼间，伊司瑟温人的入侵已经是五年前的事情了。他们来自哪里？他们的目的是什么？甚至连最基本的情况——伊司瑟温人到底是一种怎样的生物？全都是让人费解的谜团。

尽管02号殖民城是第九地球最大的城市，但如果跟太阳系故乡的特大城市群比起来，它充其量也只能算是一座小城市。02号殖民城的第五大街上，警车呼啸，街边的行人只是麻木地看了一眼，又埋头做自己的事。这年头，不管是地下抵抗组织袭击伊司瑟温人，还是警察逮捕反抗者，都已经不是新闻了。不少反抗者在警察到来之前把衣服一换、枪一丢，混进平民中就很难找出来了，警察也是装模作样地搜一下，草草了事之后赶紧收工回家。

第五大街的星光大楼是整个02号殖民城最高的楼，站在大楼最高层的旋转餐厅俯瞰全城，总让人有一种君临天下的感觉。然而不管是多么宏伟的人造建筑，在宛如巨墙般徐徐推进的沙尘暴面前总是显得弱小单薄得可怜，七千年前建造的发射火箭和飞船用的航天港建筑群早已被终年不息的风沙打磨成面目全非的小土丘，只要沙尘暴一起，整个城市顿时飞沙走石，白天变成黄昏，警方的飞行器和红外传感设备无法运作，反抗组织成员就可以从容逃走。

能踏进星光大楼的，通常都是平民百姓眼中有钱有权的人，这往往意味着这些人跟伊司瑟温人有着某种不可告人的合作关系。当郑清音跟一个伊司瑟温人并肩走出星光大楼时，她明显感觉门边鞠躬相迎的服务生那鄙视的眼神，好像是恨她跟入侵者合作。她没兴趣理会别人对她的误解，径直让服务生把她的车开来，上车回家。

城北区是 02 号殖民城的富人聚居区，不少伊司瑟温人的小头目也把家安置在这个区域，当郑清音的车开过为了防备反抗组织袭击而设立的哨所时，她看到了街上残留的血渍，显然这里刚刚发生过交火事件。

郑清音只是暂住在她的伊司瑟温朋友那奈纳家，那是富人区一个幽静的角落，要穿过一条偏僻的小路，这种偏僻的道路往往是反抗组织成员藏身的好地方。

当郑清音看见一个满身是血的反抗者站在路中间用枪指着她的时候，她犹豫着要不要开车硬轧过去。她知道自己一旦停车，对方就有可能砸穿车窗玻璃，抢走她的车，甚至有可能威胁她的生命。于是，郑清音很快做出一个冷血的决定：硬轧过去！

车轮飞速逼近，在离反抗者不足五米时，郑清音突然急刹车，车轮发出刺耳的摩擦声，差点儿侧翻过去，就连坐在后座的那奈纳问她是怎么回事时，她都来不及答复，只是死死地盯着那名年轻的反抗者。

那是一张稚气未脱的脸，眼里满是恐惧，双腿抖得跟筛子似的，裤裆老早就湿透了。当郑清音的车停稳时，那个半大的孩子一下子瘫倒在地上，失去了意识。


二


那奈纳的庄园里，当郑清音给那个孩子包扎伤口时，两位警察登门造访了。那个孩子已经醒了，死死抱住怀里沉重的突击步枪，愤恨地盯着那奈纳和那一老一少两位警察。那奈纳站在警察和郑清音中间，不许他们靠近。

年纪较大的那位警察向那奈纳敬了一个礼，说："那奈纳先生，我们掌握了确凿的证据，这个叫作艾伦的孤儿参与了一起袭击伊司瑟温人的非法行动，我们要逮捕他。"伊司瑟温人是不存在性别的生物，但大家还是习惯用男性称谓来称呼他们。

"滚。"那奈纳沉闷的声音像闷雷一样传入警察的耳膜。

警察们看不到那奈纳的脸色是否不悦，因为伊司瑟温人根本就没有可以被称为"脸"的部位。年轻的警察坚持要逮捕艾伦，他大踏步走过去，年长的警察赶紧拉住他，一面低头向那奈纳道歉，一面往大门的方向不断后退，落荒而逃。

年长的警察把年轻警察塞进警车，砰地关上门，驾车离开。一路上，年长的警察猛踩油门，活像警车后头有个死神在追赶。

年轻警察大声质问为什么不许他逮捕艾伦，年长的警察摘下智能眼镜丢给他，说："赵寒星，伊司瑟温人杀个人就像掐死只蚂蚁一样，要是我们跑慢了，只怕会搭上性命！"

被称为赵寒星的年轻警察拿起智能眼镜，调出刚才偷拍的画面：那奈纳的庄园客厅里，奇怪的银灰色液体像水渍一样慢慢在天花板上化开，一颗颗银色的黏稠水珠欲落未落地挂在天花板上，并在重力作用下慢慢拉长，变成拥有复杂结构的尖锐长矛状物体……

赵寒星看得倒吸一口凉气，如果晚走一步，这东西就会像乱箭一样把他们射成刺猬。

02号殖民城的城北区警察局位于更靠北的"死城区"，那是五年前伊司瑟温人入侵时的巷战战场。夜色下，空荡荡的街道死一般沉寂，冷风飕飕地穿过大街小巷，好像冤魂的哀号，街头巷尾的战争受害者像是被魔法变成了石像，姿势和表情仍然维持着战争爆发时的恐慌状态，压抑恐怖的气氛让流浪汉都不愿意在这一带滞留。

作为五年前参加过这场战役的二等兵，死城区有赵寒星的战友和家人，他只要闭上眼睛，就能看到五年前的那一幕。

那个时候，伊司瑟温人动用了人类难以理解的高科技，把整个城区用无形的巨墙从这个世界切割出来，当时街区内的气温瞬间下降到零下两百多度，就连氧气也被冻成深蓝色的液体，洪水般在全城肆虐，全城居民瞬间变成冰雕。没等液氧洪水退去，几枚炸弹凌空爆炸，灰黑色的特殊尘埃覆盖全城，黏附在一切建筑物和人体身上。

战争过后，人类的科学家对这片死城区做了大量的研究，只得出一个结论：被冻结的人仍然活着，那些奇怪的灰黑色粉末有极强的隔温效果，让禁锢其中的人仍然维持在零下两百多度的低温里，只要能去掉这些粉末，被冻住的人仍然是可以救活的，但这些粉末早已结成一层坚硬的外壳，不管用什么方法都无法切割开。当得知这是用质子的一维展开弦纠结成片形成的薄膜时，科学家们绝望了，以人类目前掌握的科技，根本无法解救这些人。

回到警察局，赵寒星坐在窗边，看着外面昏暗的路灯下那位被冻结的抱着婴儿的年轻母亲。战争爆发时，这位年轻的母亲正惊慌失措地往警察局的方向跑，结果这个姿势就这样定格了足足五年……赵寒星永远忘不了部队长官命令大家放弃抵抗时那句绝望的话："伊司瑟温人说了，如果我们不放下武器，他们就要杀害那些被禁锢的同胞！"

"安德鲁，你注意到刚才跟伊司瑟温人站在一起的那个女人了吗？她是什么来头？"赵寒星问年长的警察。

安德鲁打开电脑，查询居民档案，"那个女人叫郑清音，是一个将军的孙女。"

"哪个将军？"

"不知道，资料库里没说。"

将军孙女的身份并不值得炫耀。这几年，不少人一直认为军队没有尽到抵抗外星侵略者的责任，于是，跟军队将领沾亲带故的人现在像瘟疫一样成了人人厌恶的对象。

安德鲁交给赵寒星一张纸条，说："我查到了她的电话号码。你想找她谈谈那孩子的事儿？"

赵寒星点点头，"把他送到监狱里，关个几年也就出来了，再说牢里都是咱们地球人，也有别的反抗分子，多少有个照应，不至于为难一个孩子。如果他一直在伊司瑟温人手里，最后是什么结局就难说了……"

## 三

次日，郑清音一大早就接到了赵寒星的电话。

赵寒星说想跟她当面谈一谈，郑清音爽快地答应了。

艾伦是在阁楼里看着郑清音驾车离开的。那奈纳庄园的阁楼采光充足，蔓绿色的植物缠绕在月白色的大理石柱上。舒适的布艺沙发，清凉的空调，无限量供应的饮料……那奈纳为艾伦提供的舒适环境是普通人做梦都不敢想象的，但在郑清音离开之后，这孩子还是翻窗逃跑了。

"地球人是这宇宙中最难驯养的生物之一，他们非常娇贵，不论你为他们营造多么舒适的环境，他们都很难圈养。他们可能会死于各种疾病，有些疾病的病因非常费解，比如抑郁症等。但奇怪的是，他们同时又是很顽强的生物，有时候甚至可以在荒凉到几近一无所有的星球上生存。"

空荡荡的阁楼里，那奈纳读着《碳基生命驯养指南》中有关如何驯养地球人的段落。这是银河系中一个侵略成性的外星文明的著作，但这个文明早已被伊司瑟温人毁灭了，只剩下一些科技著作残留在伊司瑟温人手中。

死城区,艾伦像老鼠一样蜷缩在下水道里,身边是数不清的被"冻结"的地球人,他们是在五年前的战争中,为躲避伊司瑟温人的袭击而钻进下水道的,凝固的肢体动作和脸部表情定格在灭顶之灾降临那一刻的恐慌中。这条下水道是反抗组织的据点,这里曾经有艾伦亲如手足的同龄伙伴,也有退伍老兵,艾伦和他们曾经一起擦拭枪支,趁着的夜深人静窜到别的街区翻捡餐厅背后小巷的垃圾桶,带回别人丢弃的食物跟大家一起分享……但现在,冷冷清清的下水道里只剩下他一人。

艾伦蜷缩在角落里,呼吸着腐臭的空气。他盖上战友遗留的风衣,只觉得眼皮沉重、全身乏力,迷迷糊糊间好像又听到了战友们的声音。

"小鬼,你说要加入反抗组织?把枪拿好,如果你扛不动,就别跟我们走。"四年前,艾伦第一次出现在这下水道时,一个胡子拉碴的大叔这样对他说。

"这次袭击你远远地看着就行了,我希望能有个人给我们收尸。"第一次参加袭击时,一个爱笑的大哥哥对艾伦说。

"我不是伊司瑟温人伪装的!你看我的血液是红色的!"那一年的城市贫民区,一个反抗组织成员割破手指,用鲜红的血液证明自己的地球人身份,但远远跟在他身后的几只流浪猫狗却突然幻化成一盘散沙,迅速重组成面目狰狞的伊司瑟温人,他们两米多长的镰爪闪着寒光,在艾伦面前带起串串血花……艾伦躲在角落里瑟瑟发抖,这是他第一次知道伊司瑟温人没有固定的外形,他们强大的拟态能力可以随时变换成新的模样。

"为什么我们明明打不赢,还硬要坚持反抗?"去年,艾伦哭着问反抗组织中的长辈。

"孩子,我们还有援军。"一名中年人坚定地说,"在地球联邦的鼎盛时代,我们地球人建立起了一个拥有十几个行星系、几十颗宜居行星的庞大文明,尽管地球联邦已经在七千年前解体,但我们还有很多地球同胞分布在不同的星球上,他们迟早会收到我们的求救信号。如果我们不反抗,别人就会认为我们已经彻底投降,不会再派援军救援我们。我们只要坚持反抗,援军总有一天会到来!"

援军一定会到来——这个信念支撑着反抗组织成员们,如果不是还有这点盼头,星球上大多数反抗组织只怕早就解体了。

跟踪艾伦是件很轻松的事。那奈纳的身体像细细的尘沙穿过下水道的井盖。如果有人把这些"细沙"放到显微镜下观察,会发现那是数以亿计的体积跟动物细胞差不多大、浑身长满鞭毛的小东西。这些小东西体内有跟变色龙色素细胞类似的结构,可以随意改变自己身体的颜色。它们之间通过长长的鞭毛连接,当这些小东西以最紧密的状态连接起来时,硬度比人类的骨骼还高;当它们以最松散的状态连接时,又比人体的软组织还要松软。凭着这种特殊的能力,伊司瑟温人获得了很强的拟态能力,可以轻松伪装成任何物体,甚至是地球人的外形。

艾伦病了,那奈纳感觉到他的红外特征信号比正常人偏高,一定是伤口感染导致的高烧。

在艾伦窝身的角落里,那奈纳发现墙上贴着一张发黄的表格,上面印着地球联邦解体之前各个殖民星与第九地球的距离,有南门二殖民星、巴纳德殖民星、太阳系故乡……每颗行星旁边都标有五年前求救信号到达殖民星的预计时间,它显然是反抗者们的救命稻草。

表格上面有一个熟悉的名字——星舰联盟,在求救信号到达时间的那一栏上,星舰联盟对应的数字是空白。

地球人为什么会知道星舰联盟?一个大问号出现在那奈纳心头。

## 四

郑清音把见面地点选在了每一个有血性的地球人都不愿意靠近的地

方——锚点城，这是伊司瑟温人的城市，距离 02 号殖民城不远。伊司瑟温人行星般大小的母舰正停泊在第九地球的同步轨道上，直径达一公里的牵引索从母舰上伸下，连接到锚点城的地面上，没人知道这跨星球的牵引索是用什么材料做成，伊司瑟温人自然不会把这种超级科技透露给地球人。

伊司瑟温人的母舰尽管体积很大，质量却很小，是由非常复杂的中空网状结构和稀薄的大气层组成，对第九地球造成的引力干扰几乎可以忽略不计。伊司瑟温人就靠着这根巨大的牵引索，往来于第九地球和母舰之间。

其实伊司瑟温人本也没想过要在牵引索和大地交会的地方建造城市，但这五年来，不少地球人为了生计向伊司瑟温人兜售各种产品，于是，牵引索跟大地相会的地方慢慢就形成了集市，最后变成了现在的锚点城。

当赵寒星的车靠近锚点城时，两个面目狰狞的伊司瑟温人走过来检查他的证件，询问他的来意。

"我来找那个整天跟那奈纳在一起的郑清音。"赵寒星并不紧张，他知道伊司瑟温人如果以面目狰狞的外貌示人，那就意味着他们只是想吓人，而不是想杀人。水银泻地般无孔不入、吞噬一切、分解一切、不怕任何枪炮子弹的无定型状态，才是伊司瑟温人的标准战斗形态。

伊司瑟温人给赵寒星开了一张特别通行证，赵寒星开车进入伊司瑟温人的领地。头顶上的天狼星太阳光芒慢慢变得暗淡，在锚点城上空，巨大的牵引索像是北欧神话里顶天立地的世界之树，向周围伸展出密密麻麻的枝丫，伊司瑟温人就喜欢在这种阳光充足的枝丫上安家，无数枝丫把戈壁滩上强烈的阳光切割得一片昏暗，层层枝丫顺着牵引索一直延伸到大气层外。由于光照不足，这个区域的水分蒸发也比其他地方缓慢得多，街道也好，街边的商人房屋也罢，都顺着墙角长出了青苔和低矮的喜阴植物，甚至就连牵引索的枝丫上也长出了藤蔓，一些看起来不像地球植物的藤蔓甚至从数百米高的枝丫上垂到地面，钻进土里，变成巨大的寄生根，在这个干燥少雨的第九地球上形成了罕见的热带雨林景观。

赵寒星知道伊司瑟温人是依靠阳光和无机物生存的生物,不需要呼吸空气,照理来说,大气层外光线充足的宇宙空间才是他们的乐园。地球人至今不知道他们入侵的目的是什么,这非常让人不安。

赵寒星把车停到一个停车场,抬头看着那宛如巨墙般的牵引索。它庞大得让人望而生畏,大大小小的电梯在牵引索的外壁升升降降。

郑清音把见面地点定在距离地面七百公里的大气层顶端的空中会所,那是专供跟伊司瑟温人关系密切的地球人休闲娱乐的地方。赵寒星乘着电梯直上,一马平川的沙黄色大地慢慢变成弯曲的弧形,一座座被伊司瑟温人摧毁的工业重镇像疮疤一样倒卧在大地上,那里有地球人的火箭发射基地、飞机制造厂、卫星研发中心……伊司瑟温人的目标很明确:摧毁地球人的技术,禁止地球人拥有航空航天技术,任何可以飞离地面的东西都在禁止之列。

这种切断人类高科技的行为非常招地球人的痛恨,要知道,第九地球是一颗非常贫瘠的行星,在人类到达之前,这儿的自然环境就像多细胞生物诞生之前的地球那般原始,人们来到这颗星球的时间也很短,还没来得及建造起先进的工业体系。地球联邦解体后,第九地球断了所有高科技产品的供应,可以说是一夜之间被打回原始社会。当人们试图重走祖先从农耕文明到太空文明的漫漫长路时,却发现这颗星球不仅没有煤和石油这类化石能源,甚至想找一段可供钻木取火的木材都极为困难。

能源奇缺,导致第九地球耗费了七千多年时间才走完地球时代七百年的科技发展之路,好不容易迈进了核聚变时代。人们还来不及庆祝取之不尽的氘燃料让第九地球告别资源短缺的历史,伊司瑟温人就突然闯进来,摧毁了过去七千年来人类辛苦筑起的工业大厦。

空中会所是一座被牵引索贯穿的透明球形建筑,赵寒星在那些衣冠楚楚的 VIP 会员诧异的眼光注视下,大步走进会所。那些人不喜欢像赵寒星这样粗俗不堪、一身廉价衣服的草根民众,赵寒星也同样讨厌这些人模狗样的所谓"新贵"。当地球人服务生推开门，带他走进郑清音的独立小包厢时，他觉得郑清音跟那些面目可憎的新贵没什么两样。

事实上，郑清音长得相当漂亮，身材高挑，无可挑剔，那双动人的大眼睛比赵寒星见过的任何女生都要美丽。在她细白天成的脚趾下，是数十万米高空下的芸芸众生，在她身后，是飘浮在蔚蓝大气层顶端的伊司瑟温人飞船；在她的头顶，是幽暗得宛如深渊倒悬的太空。她确实美丽非凡，但是只要想到这女人跟伊司瑟温人有说不清道不明的关系，赵寒星就打心底里讨厌她。

郑清音开口道："我见过很多自称要找伊司瑟温人麻烦或是想约我单独聊聊的人，但只要听到我把见面地点选在这里，他们马上就退缩了。你是为数不多的敢来这里找我的人。那个叫作艾伦的孩子对你来说到底有多重要？"

赵寒星开门见山地说："我想把艾伦送进监狱。"

"在你看来，把他送进监狱，比留在伊司瑟温人身边强？"郑清音问。

"我不想让他变成伊司瑟温人的走狗，也不想看见他因继续反抗伊司瑟温人导致最后性命不保，我只想让他学会怎样夹着尾巴当一个普通人。"

"你这算是死心了吗？我听说你以前也是反抗组织成员。"

赵寒星的身份并不是秘密，像他这样参加过反抗组织的人满街都是，如果不是反抗活动越来越看不到希望，也许现在的他还抱着枪、趴在战壕里抵抗伊司瑟温人的入侵。

赵寒星说："我已经放弃抵抗了，与其反抗，不如想办法让大家活下去……"

赵寒星的这种心态郑清音并不陌生，在那些跟伊司瑟温人合作的地球人当中，不乏五年前在反抗战争中被人们视为英雄的人。赵寒星说："我仔细想过了，伊司瑟温人的生命形态跟我们完全不同，他们需要阳光和无机物，我们需要空气和水，我们赖以生存的一切对他们来说并无价值，如果把宇宙比作一片森林,那我们之间就像松鼠和蚯蚓,完全可以井水不犯河水。"

郑清音说:"你只说对了一半。如果你们对伊司瑟温人毫无用处,而且他们不必付出什么代价就可以干掉你们,那他们留着地球人做什么?谁知道你们会不会哪一天突然强大起来反咬他们一口?"

赵寒星顿时语塞。

郑清音问:"你知道伊司瑟温人的历史吗?"

# 五

赵寒星跟这星球上绝大多数的地球人一样,完全不了解伊司瑟温人的历史。

郑清音说:"伊司瑟温人是诞生在超新星爆炸后残留的尘埃云中的生物。我们都知道,超新星的辐射非常强,在某些合适的条件下,电离状态的尘埃云可以像液态水一样成为能发生各种复杂化学反应的环境,只是这种环境的温度远高于原始地球的海洋,发生的化学反应也迥异于地球环境……经过上亿年的演变之后,终于诞生了结构跟地球生命完全不同的生命形态。"

说话间,郑清音拿出手机拨拉了几下,一幅 3D 投影画面出现在赵寒星面前。那是一个非常奇特的单螺旋扭曲结构,它的骨架是长串的硅原子,两侧的枝丫挂着致密的硫、铁,甚至金、铜等重元素。郑清音解释说:"这就是伊司瑟温人的生命基石,硅链,它跟以碳链为基础的地球生命原理是类似的,但硅-硅链的键能远高于碳-碳链,需要非常强的能量才能自由切断和拼接,强辐射的超新星环境恰巧就提供了这样的高能量环境,最终进化出了以硅链为基础、类似细胞的生命结构。"

赵寒星问:"硅细胞?"以前,这只是科学家推测中的太空生命形态之一,这个星球的人第一次见到的硅基生命体,就是伊司瑟温人。

郑清音点点头,"没错,是硅细胞,但它比你想象中的更复杂,他们把自己的硅基神经元功能、光合作用功能等一大堆功能统统集成到了一个细胞中。伊司瑟温人是我见过的唯一一种没有器官分化的智慧生物,他们就是由一大堆完全相同的细胞松散地堆砌起来的。在他们那种恶劣的生存环境中,高度分化的器官反而是种负担。这种没有器官分化的生物,即使身体被强辐射或陨石雨击得粉碎,只要有少量细胞存活,就能很快地通过细胞分裂重建身体。每当灾难过去,他们又纷纷从藏身之地钻出来,尽量舒展身体,让自己变成薄薄的膜状,像植物吸收阳光一样吸收辐射能量来维持生命……"

郑清音告诉赵寒星,伊司瑟温人可以在尘埃云里自由翱翔,当他们需要靠近中子星吸收更多辐射时,他们会将身体蜷缩成表面积最小的球状,依靠中子星的引力接近恒星;当他们要到远离中子星的尘埃云中吞食组成身体所必需的硅、碳、铁等元素时,就把身体扩张成只有一层细胞组成的薄膜状态,借着中子星强辐射的"恒星风",像太阳帆一样飞往尘埃云。

就跟人类凭着发达的大脑和灵活的双手成为地球生物圈的王者一样,伊司瑟温人也是凭着发达的"大脑"和硅基生物圈中灵活自由的变形能力,成为故乡恒星硅基生物圈中顶级的智慧生物。然而他们也像地球人被地球的重力束缚、在进入太空时代之前无法离开地球一样,一旦他们进入恒星引力范围鞭长莫及的外太空,就再也无法返回恒星引力范围内拥有充足辐射的世界,只能在冰冷的外太空中逐渐耗尽体内储存的能量,最终变成冰冷的尸体。

郑清音接着说:"从理论上来说,伊司瑟温人的每一个体细胞都可以充当神经元使用,当他们的身体体积不断成长时,其整个身体都是他们随之扩大的'大脑',但实际上,随着身体体积的扩大,神经元之间的神经冲动传输距离也会随之变远,思考速度也就迅速变慢,超过一定的限度之后，甚至会成为一种负担，导致智商急剧下降，所以伊司瑟温人的智商不会随着体积的增加而无限增加。伊司瑟温人能拥有星际旅行的技术，很大程度上跟他们先天特殊的生命形态有关，而不是因为像人类那样依靠智慧研究出了先进的星际航行技术。"

赵寒星整理了一下思绪，试探着问："你是说，伊司瑟温人的智商不如人类？"

郑清音说："我从来没见过任何一个伊司瑟温人能掌握比微积分更复杂的科技知识。"

这是一条重要的线索！赵寒星知道人类最大的本钱就是智慧，如果伊司瑟温人的智商不及地球人，那就意味着人类总能想出办法击败他们！

郑清音看穿了他的想法，一盆冷水朝他脑袋上浇来，"你觉得凭伊司瑟温人的智商，能制造出跟星球一样庞大的母舰横跨数万光年入侵人类的星球吗？"

赵寒星摇头说："连微积分都学不会的生物，绝不可能造出星际飞船。"

郑清音沉吟片刻，说："两千多年前，伊司瑟温人被另一个文明征服了，为了生存，伊司瑟温人很聪明地选择了臣服，极为殷勤地为主人鞍前马后效劳，替主人征服了不少外星文明。就算人类能击败伊司瑟温人，那又怎样？他们的'主人'已经快航行到第九地球了！"

这是赵寒星听到过的最坏的消息，伊司瑟温人已经够难对付了，他们的主人还真不知道是多强大的怪物！

# 六

在赵寒星结束跟郑清音的谈话之后，不到三天时间，天狼星外围有大量不明身份的外星飞船的消息就在整个第九地球上炸开了！但人类的想法有时候总是让人费解，面对突如其来的神秘飞船群，人们更倾向于认为那是期盼已久的援军。哪怕来者不是援军，在了解真实身份之前，人们也会通过虚构的想象给自己的内心寻找一根救命稻草。一些人按捺不住心头的喜悦，在伊司瑟温人的眼皮底下散发援军即将到来的传单，这在心灰意冷的人类世界中又重新燃起了一把希望之火。

郑清音最终还是允许了赵寒星去探望艾伦，毕竟艾伦已经是十五岁的大孩子，拦是拦不住的。赵寒星摁响那奈纳家的门铃，没过多久，艾伦走出来开了门。

自从退烧之后，艾伦就没再从那奈纳家逃走，他似乎已经放弃反抗了，但赵寒星知道，其实他骨子里还是那个初生牛犊不怕虎的少年。

"这东西，是你散发出去的吧？"走进书房之后，赵寒星把一块记忆芯片放在桌面上问道。芯片里是最近流传在网上的伊司瑟温人资料，其中甚至包括他们背后"主人"的部分资料，艾伦跟郑清音住在一起，总比别人更容易弄到伊司瑟温人的资料。

"你是来逮捕我，还是想从我这里得到些别的什么东西？"像艾伦这种被反抗组织养大的孤儿，总是比同龄的孩子要早熟，当同龄的孩子还在父母怀里撒娇时，他们就已经扛着与自己身高一样长的步枪跟敌人玩命了。

赵寒星看着墙壁上挂的地球联邦全域图，说："我希望你以后别这么做了，万一被那奈纳发现，会有生命危险的。"

"你以为我为什么会是孤儿？"艾伦问赵寒星。

赵寒星试探着答道："你的父母……"

"他们沉睡在死城区！"艾伦恨恨地说。

返回警察局的路上，赵寒星看着死城区中被"冻结"在逃难瞬间的人类同胞，深知像艾伦这样的孩子是劝不住的，艾伦就像受伤的孤狼，拼命袭击见到的一切目标,直到自己失去生命为止。

"伊司瑟温人对地球人存在某种奇怪的敬畏感,他们明明可以轻松消灭人类,却一直都很克制地使用非致命武器。直到我高烧的那一天,那奈纳到下水道去找我,不小心看到星舰联盟的名称时,我才发现他看得懂地球人的文字。在那之后,每当我提起星舰联盟,他总是有意回避,估计他们曾经和星舰联盟交过手,而且还输得挺难看。"一路上,赵寒星都在回味艾伦说过的话。

地球人都知道,地球联邦的殖民拓张史就是一部贫民的血泪史,人类历史上每一次大规模移民,大多是因为战争、饥荒或人口膨胀导致资源不足之后,他们不得不离开故乡,即使步入太空时代,人类也没能逃过这宿命般的轮回。

如果能在故乡过着舒适的生活,谁愿意挤在沙丁鱼罐头般的低温休眠舱里进行短则数年、长则数百年的太空旅行,前往荒凉的殖民星讨生活?从太阳系到南门二,再到巴纳德星,再到天狼星,每一波太空移民的主力都是贫民、失业者甚至流放犯。然而并不是每颗恒星附近都有适合人类生存的行星,在连续好几波太空殖民之后,太阳系周围已经找不到适合人类生存的家园了,一些难民和流放犯被无情地驱赶出地球联邦的范围,由他们自己去寻找适合生存的殖民星,没有人管他们的死活。

星舰联盟就是一支始终没找到合适殖民星的流放者后裔队伍,但他们却独辟蹊径,建立起庞大的星际流浪舰队,逐渐成长为地球人后裔中最不容忽视的分支。

在第九地球,星舰联盟是"指望不上的希望"的代名词。他们去了离太阳系非常遥远的深空,行踪飘忽不定,想寻找他们的下落可是千险万难。七千年前,地球联邦在灭亡前夕,曾经向星舰联盟发出过求救信号,最后等星舰联盟的援军到达地球时,地球联邦已经灭亡一千多年了……

神秘的外星舰队越来越近,时间一天天过去,那些七千年来人们熟悉的星星变得越来越暗淡, 夜空却变得越来越亮。第九地球的一些科学家意识到, 这是一个看不见的 "戴森球体" 在慢慢吞噬着整个天狼星和它周围的行星, 它阻止了外部星空的光芒, 把天狼星散发出的阳光折射回来, 直至最终隔断天狼星和外部宇宙的全部联系为止。

但比夜空更明亮的, 是那个神秘舰队多如繁星的飞船群。这是一个科技等级远远凌驾在伊司瑟温人之上的超级文明, 不过这个超级文明看起来相当谨慎, 他们利用戴森球体的阻隔, 在尽可能提高能源利用率的同时, 不让自己的辐射信号传播到外太空去。如此行事, 这个超级文明就像一群潜伏在宇宙背景辐射中的鬼魅, 强大而神秘, 一直不让人发现它的存在, 所以直至它进入天狼星的引力范围时, 第九地球的科学家才发现它的踪迹。

每到夜晚, 人们只要一抬头, 就可以看见夜空中那群星闪耀般的航天军舰群。舰队群近距离掠过天狼星外围的气体巨行星, 巨大的引力干扰使巨行星表面的气体掀起惊天骇浪, 一些气体甚至被拖离行星表面, 形成长长的旋臂扩散在太空……

当光学望远镜可以看清那些巨舰舰体上的徽章时, "星舰联盟归来" 的消息像炸雷一样在第九地球传开了!

作为警察, 赵寒星自然是第一时间得到了天文爱好者们拍摄的图片。那是体积跟第九地球相仿的巨舰, 巨舰上镶嵌着直径超过一千公里的星舰联盟军徽!

这些照片都是赵寒星从天文爱好者手中收缴的, 第九地球的所有警察都已经收到来自伊司瑟温人的命令, 要销毁一切跟飞船有关的天文照片, 任何私藏照片者都要被丢进监狱。

赵寒星收到了昔年战友邀请他加入反抗组织的邀请函, 战友们现在斗志重燃, 想跟援军里应外合, 彻底终结伊司瑟温人的统治。

赵寒星打开警察局的枪柜, 看着长长短短的枪支, 拿不准主意要不要重返反抗组织。他犹豫了很久, 最后从口袋里掏出一枚硬币抛向空中, 把这个艰难的抉择抛给上天去决定。但上天半点儿要帮他的意思都没有，硬币在空中转了几圈，垂直落进了枪柜的缝隙中。


# 七


这世上没有什么事情比援军到了却按兵不动更伤人的事了。大量的反抗组织由于星舰联盟的到来而活跃起来，向伊司瑟温人发起一次次猛烈的袭击，但星舰联盟却没有像大家想象中那样伸出援手。他们巨大的战舰在第九地球缓缓掠过，那些飞船谨慎地跟第九地球保持距离，不让自己的引力场在第九地球掀起太大的潮汐，他们根本不理会第九地球的求援，沉默到令人心寒。

"再见了，我想和爸爸妈妈在一起。"

——这是艾伦发给赵寒星的最后一条短信。

半个月之后，赵寒星奉命包围一个反抗组织据点，在一座废旧的仓库里发现了艾伦。

警察赶到时，伊司瑟温人刚刚亲自出手端了这个据点，现场的数百名反抗组织成员跟赵寒星在死城区见到的受害者一样，变成了冰冷的"石雕"，艾伦自然也无法幸免。

伊司瑟温人插手的事，警方是不敢管的，匆匆走个过场就离开了。赵寒星找个借口留了下来。大热天的，仓库里的气氛竟然让他觉得阴冷萧瑟，像极了几年前他去殡仪馆送别一名殉职警察时的气氛。他看着反抗组织成员凝固在脸上的坚毅表情，眼眶湿漉漉的，手里紧紧攥着那枚没有勇气再抛第二次的硬币。

"赵寒星？"一个声音从前方传来，他才意识到自己面前有一个伊司瑟温人像变色龙一样贴在仓库的角落里。

"你是……"地球人很难分辨伊司瑟温人的身份,毕竟这些外星人没有固定的外形。

那个伊司瑟温人说:"我是那奈纳,艾伦怎么说都跟我有点儿关系,我必须亲手解决他,好对同胞有个交代。你脸色很差,没事吧?"地球人不了解伊司瑟温人,伊司瑟温人却很了解地球人,就好像他们跟地球人一同生活了几千年一样。

仓库里被"冻结"的同胞们形态各异,他们有些人负伤了,想抢在伊司瑟温人逼近之前开枪自尽,但敌人没给他们自尽的机会,他们的动作凝固在举枪对着太阳穴、来不及扣下扳机的那一刻。赵寒星捡起一枚肩扛式温压火箭弹,这是人类手上唯一能对伊司瑟温人造成伤害的武器,但它有个缺点:不能在狭窄空间中使用,一旦在仓库发射,光是腾起的尾焰就可以把仓库连同发射者烧成灰烬。

赵寒星用火箭弹瞄准那奈纳。对方问他:"你不怕死?"

赵寒星表情木然,缓缓地说:"以前我很怕死,现在看来有些事比死还可怕,所以死就没什么可怕的了。我真后悔前些日子没答应战友的要求加入反抗组织,我们的援军星舰联盟已经快到第九地球了,就算我死了,也不愁没人替我复仇……"

那奈纳不作声了,好像在认真消化赵寒星的话。半晌之后,他才说:"我们伊司瑟温人是星舰联盟征服的第七种智慧生物,编号'Eoh-seven',我们的主人星舰联盟不可能替你们复仇。"

他们的主人就是星舰联盟!赵寒星只觉得整个世界都绝望了。

那奈纳停顿了一下,说:"我们伊司瑟温人从来不关心主人要去哪儿,我们只知道为主人效劳以换取自己生存的机会。主人这次的旅程不巧路过故乡,主人说要顺道回来看看地球联邦昔日的殖民星。但这是比较危险的事,所以我们主动请缨,摧毁主人要经过的一切星球的航天能力,避免任何可能伤及主人的事情发生。"

"我们怎么可能攻击星舰联盟?怎么说他们也是我们的同胞!"赵寒

星大声叫起来。

那奈纳说:"在我所知道的地球联邦历史上,最不值钱的就是'同胞'。别以为我没见过第九地球的星球防御计划,我们没来之前,你们的计划一直主要是针对'同胞'的。跟虚无缥缈的外星人比起来,你们更提防对生存环境的要求与你们相同的地球人同胞的入侵,其中排名第一的就是星舰联盟!你们担心他们没有适合定居的殖民星,怕他们会贪图类地行星,占领第九地球。"

这种敝帚自珍的心态让那奈纳觉得极为可笑,今天的星舰联盟早已是任何行星系都无法容纳的庞然大物,一颗普通的类地行星在他们眼中没有任何值得征服的价值。

赵寒星终于明白,伊司瑟温人觉得只有摧毁第九地球的航天能力才能保障星舰联盟的绝对安全。按照防御计划,他们原本是要使用带核弹头的导弹攻击任何进入领空范围的飞船。跟捉摸不透的外星人相比,深谙人类文明底细的地球同胞才是比外星人更现实的防御目标,但啼笑皆非的是,等到外星人入侵了,人们却又希望同胞们赶紧伸出援手。

"那奈纳,别跟他说那么多废话,我们该走了。"郑清音的声音从仓库正门传来,她身后是几名武装到牙齿的特警。

每次见到郑清音,赵寒星都觉得她的身材、相貌跟普通人有些不一样,但又说不出是什么地方不一样,现在有人站在她旁边,相比之下,他终于发现了那些细微的差别:她的身材相当高挑,四肢比普通人更修长,五官远比一般人精致,头颅体积比普通人偏大一些,只怕颅壳里的大脑也比别人大,她的身高比身边的特警还高小半截,但看起来并不觉得比例不协调,她的双眸比普通女生更大、更有神,赵寒星以前一直以为她是化了淡妆、涂了眼影,现在仔细看才发现她不施脂粉,天生就长这样子。

赵寒星好歹是读过书的,倒也知道生物进化的道理,任何动物群落被分割在两个不同的生存空间内,就会在生存的压力下,为了适应各自的环境而走向不同的进化方向。七千年的时间在生物进化史上只是短短的一瞬间，短到不足以让旧有的物种进化成新的物种，但要进化成差异较小的"亚种"，却是完全可能的。赵寒星看着郑清音，脑子里浮现出一个怪异的名词：地球人星舰联盟亚种。

郑清音要走了，赵寒星问了她最后一个问题："你恨地球联邦吗？"

郑清音没有直接回答，却讲了一个小故事："数百万年前，气候变化导致非洲森林的面积不断缩小，森林里的猿猴发生了一场争夺生存空间的残酷战争。战败的猿猴被赶出森林，在不适合它们生存的荒野中流浪，只能捡食野果和野兽吃剩的腐肉充饥。它们做梦都想找到一片可以栖身的森林。但不管迁徙了多远，可供栖身的森林始终找不到，它们灵活的手指原本是为了攀爬树木而进化出来的，却不得不笨拙地拿起石头木棍跟比自己强得多的猛兽搏斗。很多猿猴被野兽吃掉，或者在旷野中冻死、饿死……但数百万年过去，它们当中的幸存者进化成了人类，而那些胜利者却仍然是森林里的猿猴。你觉得人类会记恨这些猿猴吗？"

"咣当"一声，赵寒星手里的火箭弹落在地上，他失魂落魄地用微不可闻的声音抗议说："我……我们不是猴子……"

郑清音带着那奈纳离开之后，她身后那两名特警才敢上来逮人，罪名是赵寒星有跟反抗组织勾结的嫌疑，罪证是艾伦给他发送的伊司瑟温人秘密资料。

# 八

伊司瑟温人的确不够聪明，摧毁第九地球的航天能力有很多种方法，他们却选择了最笨的一种。他们不了解星舰联盟对地球联邦那爱恨交加的复杂感情，地球人之间哪怕有再大的仇，那也只是兄弟内讧，容不得外人插手。当星舰联盟的主力舰队出现在伊司瑟温人的母舰正前方时，他们才明白这个道理。

虎老余威在，当那位年迈到只能坐在轮椅上、靠医疗设备才得以维持生命的"第三旋臂雄狮"郑维韩将军降临伊司瑟温人的母舰时，没人敢直视他愤怒的眼神。"主人"是非常可怕的，稍有不慎，整个伊司瑟温种族就会彻底灰飞烟灭。

将军吃力地向副官使了个眼色，副官掏出联盟政府的信函，把伊司瑟温人骂了个狗血淋头。骂完后，要他们立即释放第九地球上所有被"冻结"的人，然后统统滚出第九地球。

但适度的愚蠢也是一种生存之道。哪个高等级的文明会整天提防着一种远不如自己聪明的智慧生物？看在伊司瑟温人两千多年来鞍前马后效劳，极为高调地存在、让人尽可能不去注意他们那利用戴森球体的阻隔而隐藏在宇宙背景辐射中的神秘主人这些功劳的分上，斥骂过之后，这事情就算了结了，伊司瑟温人仍是星舰联盟麾下值得倚重的干将。

赵寒星的牢狱生活只持续了一天，在他出狱的第二天，大规模的空间跃迁开始了。

两个不同纬度的宇宙之间被打开一条通道，它们之间的能量密度并不完全相同，能量就好像两个水面高度不同的池塘一样，从高能量流向低能量的宇宙，扭成麻花状的电磁场夹着引力涡流，伴着虫洞附近能量跃迁的光芒，好像夜空被撕开一个大口子，暴露出另一个维度的宇宙瑰丽的一角。

星舰联盟的星舰终于出现了，夜空中那轮蔚蓝色的大家伙到底是巨型飞船还是人造行星？整个第九地球，每个人都伸着脖子盯着这震撼人心的一幕：星舰的巨型引擎散发着明亮的尾迹，慢慢穿过虫洞，来到天狼星的行星系。这个庞然大物跟第九地球只隔了区区四百多万公里，但它带来的引力扰动让脚下的大地瑟瑟发抖，也让每一个看到那巨大的蓝色星球的人心头阵阵发紧。

这只是第一艘进入前地球联邦领空范围的星舰，透过虫洞，人们可以看见它背后另一个维度的宇宙中有着成百上千颗人造星球排着队,等着进入这个世界。巨大的星舰周围是成千上万的各式飞船,光华漫天的景象,让一切星辰都黯然失色。他们的目标是距天狼星八点六个光年外那早已死气沉沉的太阳系故乡,现在只是顺道回来看看第九地球。

七千年前你们被流放深空,七千年后你们回来了,却与我们形同陌路,在这星辰大海中擦肩而过。

## 尾　声

阿尔忒弥斯星舰,它以拥有星舰联盟最广阔的森林和最美丽的月夜而著称,如今它正等待进入虫洞,在它前面还排着二十多艘星舰。

白雪皑皑的高山针叶森林里,一栋靠山望海的小别墅亮着灯光,这里就是郑清音的家。深黛色的夜空里镶嵌着几只大小不一、带有蔚蓝色大气层的"月牙",那是它周围的星舰群。

郑清音酷爱那种背上背包说走就走的旅行,第九地球是祖先们被流放出地球时的最后一站,但这次第九地球之旅让她大失所望。阳台上,她握着电话喋喋不休地向爷爷抱怨这次旅行有多糟糕。

在她心里,爷爷是最好的听众,耐心而又慈祥,郑维韩将军尽管已经老到没法说话了,但他的脑电波还是通过仪器合成温和的电子音,传送到郑清音耳边:"孩子,第九地球的一切我都看在眼里,那么贫瘠的一颗星球,他们能活到今天实在不容易,这份毅力丝毫不逊于我们的祖先。我见过很多外星文明,能跟他们比毅力的实在不多,也许再过七千年,他们就会和我们星舰联盟在银河系的顶级文明俱乐部中再次相遇……"

# 吃货联盟的恐龙牧场

一

　　阿雷是瑞亚星舰三号大陆上的 045 号肉联厂的普通年轻工人,当肉联厂发生恐龙暴动时,他用大口径猎枪轰翻了两头挡路的恐龙,然后爬过恐龙的尸体,往工厂深处的飞船发射井跑去。

　　可惜他晚了一步,发射井里的六艘飞船都已经升空,只留下浓烟弥漫的空井……

　　阿雷破口大骂那些没义气的同事,然而生产线被破坏的坍塌声淹没了他那不堪入耳的斥骂,一头体长五米多的恐龙突然跳到了他面前!

　　阿雷举枪射击,不料恐龙非常灵活地避开了他的枪口,咆哮的子弹打穿一根冷却管,哗啦啦的液氮喷洒着白雾倾泻而出,恐龙的动作因此慢了下来。阿雷试图给恐龙再来一枪,但是扳机扣下,子弹却没发射出来。没

329

子弹了！阿雷只觉得头皮一紧，赶紧丢下猎枪，转身就跑！

阿雷钻进飞船发射井之间的空隙，这道宽一米多、深十六米、坚硬到连飞船发射时的冲击波都震不垮的缝隙，让他暂时逃过了恐龙的袭击。他觉得有必要找一件武器防身，可找来找去，只发现了几盒散落的恐龙肉罐头，别无选择的他只好把罐头抓在手里权当武器，总比赤手空拳看起来要强一点点。

一只小灯笼般的眼睛出现在缝隙对面，那赤红的眼珠子盯得阿雷头皮发麻，他听到了那可怕而沉重的呼吸声，这个怪物用长长的嘴巴啃噬金属墙壁，用锋利的牙齿撕咬着，墙壁的金属板在它的撕咬下卷曲碎裂。"啪"的一声，怪物的一颗牙齿崩断了，碎牙溅射到阿雷脚边，那巴掌长的尖牙带着血腥味，让人作呕。

怪物往后退了几步，晃动着巨大的脑袋看着夹缝中的阿雷，一副食之费劲弃之可惜的表情。阿雷终于看清楚了袭击者的模样，那是一条体长五米多的驰智龙，它是驰龙科恐龙中体型最大的一个分支，行动非常迅速且致命，跟著名的迅猛龙是表亲关系，但智商远高于迅猛龙。极少数驰智龙的大脑体积甚至直逼人类，它们会制造陷阱，还会非常逼真地模仿其他动物的叫声吸引猎物，有些目击者宣称这种恐龙会模仿人类使用工具，甚至模仿人类说话！这玩意儿是恐龙中最危险的一种，几乎每次牲口暴动都有它们的身影，但它们也以肉质鲜美而著称，是星舰联盟各超市食品专柜中最受欢迎的恐龙肉类产品。用它那硕大的大脑做成的"龙脑羹"，更是与鱼翅、燕窝齐名的美味佳肴。

眼下这头驰智龙，脖子上套着一个精美的项圈，项圈上镶嵌的铭牌有它主人的名字：埃里克研究员。研究员名字的下方，是这头孽畜的名字：钢牙。

突然，钢牙转身离开了。阿雷刚刚松了一口气，却看见它竟然提着一台千斤顶走了回来！阿雷看着它把千斤顶塞进缝隙，慢慢撑大裂缝。阿雷简直惊破了胆，大声喊叫："别过来！我太瘦，骨头太多！不好吃啊！"

钢牙的喉咙里发出一阵沉闷的声音，它用很生硬的声调说："我刚才吃了几个，人类确实不好吃。但我吃饱了没事，拆个墙活动活动筋骨，也不算个事吧？"

驰智龙会说话倒也不算是新闻了，这种动物的喉咙结构跟鹦鹉很相似，它们的大脑又相当发达，其实是货真价实的智慧生物，这一点肉联厂的不少员工都心知肚明。阿雷自然顾不上惊讶这个，他现在满脑子逃命要紧，可钢牙根本没有停手的意思。阿雷只觉得头皮发炸，赶紧抓住夹缝中胡乱伸出的钢筋管道，往更深更狭窄的地方钻，边钻还边说："这么说你现在是吃饱了？那我们干脆坐下来聊聊天，交个朋友怎样？"

钢牙的力气非常大，千斤顶把墙壁撑开之后，它好像吃撑了急着要发泄多余的精力似的，不停地撕咬各种金属管线，飞船发射井的金属板被它的尖牙利爪一块块撕下。

这地方是不能再待了！阿雷手脚并用，像耗子一样疯狂乱窜，凭着记忆去寻找屠宰型人形机甲的存放间。

他从一根恶臭的下脚料输送管爬出来，一抬眼就看到前面不到三米远处躺着的一套人形机甲。这种屠夫型人形机甲的身高跟驰智龙差不多，机甲的驾驶舱开着，原先的驾驶员肯定是丢下这个足以跟霸王龙掐架的大东西跑掉了。阿雷鼓足勇气，深吸一口气，想一鼓作气冲到铠甲旁。可是恶臭顿时直冲脑门，他痛苦地捂着鼻子翻滚挣扎，这下脚料的杀伤力实在是比毒气弹还强！

轰隆一声，下脚料输送管被踩扁了，钢牙那锋利的爪子就钉在他眼前，这可是连霸王龙都能撕裂的利爪，如果位置稍微偏一点点，他的喉咙就会被爪子割断。钢牙显然是像猫玩老鼠一样玩他，否则以这种杀戮机器的敏捷性，阿雷早就成碎尸了。

阿雷把心一横，径直冲向人形机甲，"咣当"一声盖上座舱盖，钢牙的爪子晚了一步，只在座舱盖上抓出一道浅浅的划痕。阿雷吓得冷汗狂喷，要是他慢半步，那锋利的爪子足以削下他的脑袋！

　　抢到了人形机甲，阿雷顿时得意起来，他知道为了镇压恐龙暴动，很多人形机甲带有威力巨大的六管加特林机炮。他扳动控制杆，机甲摇摇晃晃站起来，伸出机械手臂对准驰智龙，手臂上的盖子慢慢打开……阿雷得意地大笑起来，准备用加特林机炮把钢牙炸成碎片。

　　可是，阿雷的笑容突然凝固了，机甲的手臂并没有像他想象中那样伸出加特林机炮，而是伸出根一米多长的大汤勺！他赶紧扭动控制杆，大汤勺收了起来，又伸出一把钳子！阿雷傻了眼，不停地切换武器，只见各种叉子、钩子、锤子、铲子像走马灯一样轮番弹出来，偏偏就没有一件像样的武器！钢牙看见阿雷的囧样，笑得直趴在地上，"你这傻瓜！要是这套机甲有武器，原先的主人干吗丢下它逃命？"

　　好机会！阿雷看准钢牙笑趴在地的机会，驾驶机甲从它身上踩过去，冲向窗口！

　　哗啦一声，阿雷撞破窗户，从肉联厂逃了出来，机甲撞断了好几棵高大的树蕨，在二十多米高的楼下摔了个狗啃泥。

## 二

　　星舰联盟有个外号叫"吃货联盟"。联盟的居民很早以前就不再满足于工厂里合成的那些平淡无味的人造食品，而是像祖先一样追求广袤的有机牧场里种出来的各种纯天然、无污染的食品，追求各种食不厌精、脍不厌细的美食。为此，他们不惜在种植和烹饪上耗费比食物本身能提供的热量多出十几倍甚至上百倍的能量。这种极不经济的饮食方式，在太空流浪文明中极为罕见。为了满足这个奇怪的嗜好，他们建造了专门的农业型星舰，这种巨大的人造流浪星球上，除了牧场啥都没有，从人造太阳，到肥沃的土壤，再到生物圈，一切都是为农业生产服务的。各种农作物、牲口在跟地球相同的自然环境下生长着，成熟之后被采摘或屠宰，送上飞船，运往各艘拥有巨型城市的星舰，送进大大小小的超市和饭馆中，满足数以亿计的居民的饕餮之口。

数百年前，星舰联盟重返故乡地球，寻找祖先们残留的文明碎片。一大群科学家在早已毫无生机的地球废墟中收集带走了几乎全部的东西——从文物到残破的地标建筑，再到动植物标本。这其中，也包括各种古生物化石。光是挖掘出来的恐龙化石就数以百万吨计，其中有不少以前从未发现过的生物化石，令人震惊的驰智龙化石，就是其中之一。面对如此巨大的化石数量，生物学家们萌生了一个想法：制造一艘环境跟白垩纪时的地球相同的星舰，复活包括恐龙在内的古生物，用于研究那个时候的生物环境。

可是，建造星舰耗资巨大，想要说服那些吝啬的议员同意拨款，可不容易。在多次碰壁之后，他们找到了一个对此感兴趣的人。

"这事儿包在我身上。"生物研究所的古生物研究室里，联盟食品联合会的总会长、商界人称"吃货姥姥"的郑清音老太太拄着龙头拐杖，打包票说。

那一年的议会财政年度预算会议，上演了惊人的吃货狂欢节。联盟食品联合会的货柜车摆满了整个国会广场，向每一个人免费分发美味的"史前风味食品"。食品企业聘请来的明星们在现场搭台献演，每一条马路的广告牌上都印刷着整齐的标语："让每一户人家的餐桌都更丰盛！""霸王龙腿肉汉堡、清蒸梁龙、香辣翼龙翅，争取加入星舰联盟豪华大餐！"

鹤发童颜的郑老太太带着提案和她那根装逼利器龙头拐杖，大步流星地踏进国会大厦。她没有用长篇大论来征服议员们，而是给每名议员带去一份恐龙肉大餐。当一些素食主义议员皱起眉头拒绝时，她不失时机地给他们推荐了同样美味的古蕨类大餐。

那一天的议会大厦，变成了美食大厦。老太太问议员们："关于食物来源多样性对人类健康的重要意义，不必我多说了吧？"她身后站着好几名科学家,如有必要,他们可以滔滔不绝地给议员们就食物来源多样性的重要意义讲上三个月的课。老太太还准备了两大卡车的技术资料,来阐述建造一艘白垩纪环境星舰有多划算,它的建造成本并不比传统的农业型星舰高太多,除了能提供大量的新种类食物,还可以为生物学家研究古生物提供基地,当然,吃货们最主要的目的还是吃。

建造白垩纪环境星舰的提案,很轻松就通过了。当郑老太太带着满意的笑容出现在高高的议会大厦台阶上时,星舰联盟电视机前数以亿计的老饕们发出了雷鸣般的欢呼声。老太太年轻时就是个活泼的疯丫头,看见这场景,好像又回到了肆意张扬的青葱岁月。她高举龙头拐杖,大声喊:"我们的口号是——"

议会前的广场爆发出整齐划一的回应声:"两条腿的人不吃,四条腿的凳子不吃!"

建造新星舰是耗时百年以上的大工程,"吃货姥姥"郑清音并没有活到看见瑞亚星舰建好的那一天,但她的提案却深刻地改变了整个星舰联盟的餐桌。

当科学家们在化石中提取 DNA 碎片,逐一复活那些古生物时,他们发现驰智龙其实是一种智慧生物!在"要不要复活一种智商跟人类差不多的恐龙"这一重大问题上,人们展开了一场不大不小的争论。

最后,吃货们的争论聚集到了一个焦点上: 驰智龙好吃吗? 好吃的话,那就复活吧!

三

白垩纪环境的星舰并不适合人类生存,工厂外的世界是满眼的绿色,大量的爬虫栖息在沼泽中,不小心踩到鳄鱼或别的什么爬行动物是常有的事。茂密的树蕨森林遮天蔽日,森林中雾气霭霭,四十多摄氏度的气温闷热得像个大蒸笼。蕨类植物不像木本植物那样有发达的根系和坚硬的木质结构,只能在温暖湿润的环境下生存。可这星球上一些树蕨竟然能有二三十米高,可见这个世界潮湿到了连石头都会流水、活人都会发霉的地步。

阿雷操纵着机甲慢慢爬起来,如果不是机甲内部附带有降温除湿的空调系统,阿雷早就被炎热潮湿的气温蒸熟了。他没走几步,就滑倒在沼泽中,不得不再次艰难地爬起来。这种专门在工厂中使用的机甲还是不太适应白垩纪泥泞的环境。

阿雷回头看了一眼工厂,那座大工厂像一只体长达数百米的大蜘蛛,趴在大地上。它平时像推土机一样慢慢前进着,不断吞噬着巨大的蕨类森林。它顶端的停机坪停放着大蜻蜓一样的地效飞行器,经常成群结队地起飞出动,狩猎恐龙,然后扔进传送带中加工成各种恐龙肉食材。这样的大工厂在整个瑞亚星舰数量相当多。

由于环境潮湿温暖,蕨类森林就跟疯长的野草一样,刚收割过一茬就又新长出一茬。鲜嫩的蕨类植物富含糖类和蛋白质,几乎全株都可以食用,而不像开花植物那样只有果实、种子和叶子等少数部位能吃。蕨类植物惊人的生长速度,让人类知道了上古时代的地球是怎样供养得起恐龙这种食量巨大的庞然大物的。最让老饕们喜出望外的,是人们原本以为发育缓慢的爬行动物在这炎热潮湿的史前气候中竟然繁殖得非常快。这些身形庞大的恐龙一窝窝地下蛋,繁殖得比耗子还快,一艘瑞亚星舰提供的食物,竟然比传统的农业型星舰要高两倍!人们几乎不用费事驯养恐龙,只管忙着狩猎就够了。

就在阿雷仔细观察周围环境时,钢牙从几乎垂直的工厂墙面上飞奔下来,踏雪无痕般掠过树蕨根部密集的沼泽地。它那闪电般的速度让人想起它可怕的表亲——迅猛龙!阿雷完全没反应过来,就突然觉得自己好像被上百吨的超级大卡车撞上,连人带机甲像断线风筝一般飞了出去,撞断了一大片树蕨，脑袋朝下扎在泥潭里。

钢牙用锋利的爪子摁住机甲，牙齿又撬又咬，直至确认这次撞击没能成功地把机甲撞出裂缝，才无奈放弃了。

机甲中的阿雷可不好受，强烈的撞击让他昏厥了过去，之后又在全身骨头似要碎裂的剧痛中醒过来。好在机甲跌落的地点是松软的沼泽，如果换成坚硬的石头地，只怕连人带机甲都要散架了。

钢牙的速度在工厂内部二十多度的气温中是打了折扣的。恐龙尽管是恒温动物，但其体温调节能力远不如哺乳动物和鸟类，四十多度的湿热气候是最适宜它们生存的环境。如果温度降到十度以下，大部分恐龙就会丧失活动能力，甚至被冻死。阿雷好不容易爬起来，却再次被钢牙轻松扑倒，他只好举起双手说："老兄，看在大家都是智慧生物的份上，咱们坐下来聊聊天好吗？"

"好。"钢牙回答得倒干脆，毕竟它也拿这个铁疙瘩没辙，刚才的全速冲击又消耗了不少体力，它也需要休息。鸟臀目恐龙的坐姿，跟老母鸡差不多，它就那模样趴在地上，明眼人都能看出鸟类跟恐龙之间那种极深的血缘关系。

阿雷说："你看起来对人类并不陌生，以前一定是被什么人驯养过吧？"

钢牙说："我的养父埃里克是一个离群索居的古生物研究员，他教了我人类的知识。"

阿雷问："他现在还好吧？"

钢牙笑了，露出锋利的牙齿，"不太好，他的肉太老，骨头太多，硌牙。"

阿雷大惊，"你吃了他？"

钢牙大笑说："人类有个怪毛病，喜欢驯养宠物，总以为宠物养得久了就会通人性……如果是牛羊犬马这些天生就是群居性的动物倒也罢了，驯养久了它们确实会把人类当成首领，对人类百依百顺；可如果是独居性的动物，你对我再好，好到让我把你视为同类，可要知道一山不容二虎，同类也照样残杀啊！"

钢牙继续说："很多动物的行为受其并不发达的大脑控制，比如蛇这种东西，母蛇生下一窝蛋之后就离开了，小蛇破壳之后必须自己想办法觅食、生存，它的大脑中根本就不存在亲情、友情之类的意识，无论你怎么驯养都不可能改变它的大脑结构，你对它再好，在它眼里也不过是一头猎物罢了。"

这头大爬虫的一席话，听得阿雷深感认同。看来不光是蛇没有亲情和友情，只怕就连同为爬行动物的驰智龙也是如此。阿雷感叹说："我还是第一次看见你这么睿智的恐龙。"

"谢谢，请叫我睿智的卧龙先生。"钢牙俯卧在地上说。

# 四

想干掉一条驰智龙极不容易，尤其是阿雷亲眼看见它杀死一头霸王龙之后。钢牙很聪明地激怒霸王龙，引诱它进入沼泽地，当霸王龙沉重的身躯陷入沼泽之后，钢牙冲过去轻松地杀掉了霸王龙。

阿雷说："我真不明白：作为白垩纪末期的顶级捕食者，为什么你们的数量会这么稀少？要知道我们人类在考古时发现过不少霸王龙化石，但驰智龙化石却稀少到直到星舰联盟重返地球之后才发现。"

钢牙撕下一块霸王龙肉，说："我们驰智龙一次产卵数量不多，又喜欢自相残杀，种群数量自然就少了……但我有个梦想：有朝一日能建立一个属于恐龙的伟大文明，然后摧毁人类文明，由我们驰智龙取而代之！"

在肉联厂收拾了那么多恐龙后，阿雷这还是头一次遇到有梦想的恐龙，但他还是大泼冷水，"想建立文明可不是一件容易事，学会使用火焰是迈向文明的第一步，我们在考古学上从未发现过恐龙时代有生火的痕迹。

你好歹得会钻木取火吧？"

钢牙抬起脑袋望了望四周，茂密的蕨类森林遮天蔽日，雾霭笼罩的大地把西斜的太阳映成一团圆圆的咸蛋黄。它突然跳起来，一巴掌打碎一棵树蕨，抓起半截蕨杆丢在阿雷面前，暴躁地说："你就知道钻木取火！这世界潮湿得连蕨类都能长几十米高！这连石头都能流出水来的地方！你给我钻木取火看看？你祖宗燧人氏拿这环境也没辙！"

阿雷的这个问题踩到了钢牙的尾巴，无法使用火焰是恐龙进化史上最大的软肋。人类诞生在宇宙中不过区区三百万年，现在已经纵横星辰大海；而驰智龙从诞生到灭亡于白垩纪末期的小行星撞击，只怕几个三百万年都不止，无法使用火焰不仅仅影响了它们获取营养更丰富的熟食，还导致它们无法冶炼金属，无法制造出更先进的工具，无法建立起属于恐龙的文明。

饥肠辘辘的阿雷坐在驾驶舱里看着钢牙大快朵颐。他试过逃走，但只要刚刚迈开步子，钢牙就跳过来把他扑倒在地。反复几次之后，阿雷明白了，钢牙试图将他困死在这里，直到他饿死为止。阿雷问钢牙："你说你的梦想是要取代人类文明，但你了解人类文明吗？"

钢牙说："了解一点，我们收集了很多关于人类文明的资料。"

"全都看得懂吗？"阿雷问它。

钢牙摇头，"大多数看不懂。"

"那你真不该吃掉你的养父，他应该是很乐意向你传授人类的知识的。"

"可不是吗？所以刚吃完他，我就后悔了。"

阿雷算是明白了，驰智龙的食欲凌驾在理性之上，吃饱了它才有理性，肚子饿时它就是没脑子的猛兽，它们在食欲的驱使下敢吃掉任何对它们来说非常重要的人物。但对阿雷来说，这是一个好机会，他说："你们现在一定缺一个了解人类文明的人吧？如果你不介意，我可以替你们解读人类文明。"

钢牙重新钻进工厂去，很快就提着一具喷火器走了出来。在这个潮湿的世界里做不到钻木取火，但喷火器却能正常使用。阿雷看着钢牙用喷火器烤霸王龙肉，觉得有点儿纳闷，照理来说，这种典型的食肉动物是不太喜欢熟食的。

钢牙把烤熟的霸王龙腿丢在阿雷面前，咧开血盆大口说："欢迎加入我们。"

"我们？ 还有别人吗？"阿雷注意到钢牙不是第一次说"我们"了。他小心翼翼地打开座舱盖，撕了一块烤香的霸王龙腿肉，问道。

钢牙仰天长啸，沉闷的吼声让大地都簌簌发抖，片刻之后，一群驰智龙出现在阿雷的视野中。

钢牙张开双臂说："欢迎加入钢牙部落！"

# 五

驰智龙一直试图模仿人类文明，这是瑞亚星舰上不少食品从业人员都提到过的事。

阿雷来到了所谓的钢牙部落，这是一座群山和大河环绕中的简陋混凝土建筑，门口倒着一块牌子，上书"埃里克研究室"。看来现在这研究室已经被钢牙霸占为自己的堡垒了。建筑物周围凌乱地堆放着各种砍伐下来的树蕨，看起来驰智龙想过用树蕨作为木材来修筑木墙，但它们发现树蕨的质地过于松软之后，就废弃不用了，改用狩猎到的大型恐龙的骨骼混在石头中修筑城墙，显得有几分阴森恐怖。

阿雷知道人类的原始部落修建围墙，是为了抵御野兽的入侵，他想不明白作为顶级掠食者的驰智龙为啥也需要城墙。也许，它们只是在有样学样地模仿人类的行为……在城墙和实验室之间，是七零八落的树蕨小窝棚,俨然一座小小的原始城镇。驰智龙学着人类那样盖房子,却又没有人类的建筑水平,每一座窝棚都是用宽大的树蕨茎叶搭成,盖得七歪八倒,勉强能容纳一头驰智龙钻进去就算是房子。不过,这点成就跟其他只懂得风餐露宿的恐龙相比,已经算是文明大跃进了。一些驰智龙聚在房前屋后打磨狩猎用的工具,从工艺来看,已经接近人类新石器时代的水平,但材料却不是石头,而是人类丢弃的各种机械产品,其中不乏从工厂中拆回来的机械臂、铁管什么的,无一例外都被磨尖,做成标枪、长矛之类的落后武器。

没过多久,阿雷就知道了,在瑞亚星舰上,像钢牙部落这样的驰智龙原始部落为数不少。白垩纪时代的驰智龙尽管有着接近人类的智商,但直到小行星撞击地球时为止,它们都没进入部落时代。现在这些大大小小的部落显然是受到人类文明的影响而逐渐形成的。钢牙的堡垒外胡乱张贴着各种不知从哪里搜刮来的海报,不少是星舰联盟的城市风光、蒸汽朋克风格的太空工厂、从远景拍摄的多如满天繁星的巨型飞船群,但数量最多的还是星舰联盟的各地美食图谱。每一张海报上都被它们涂鸦上一行蟑螂爬过般的文字:我们的目标是食物大海!

"你们的目标不是要摧毁人类文明,取而代之吗?"阿雷看着海报,大惑不解地问钢牙。

钢牙回答说:"没错!但我们的最终目的,还是为了吃!人类有很多好吃的美食,养父生前就喜欢跟我分享那些奇特的美食。它们来自不同的星舰,甚至是不同的外星文明!人类为了美食,可以横跨数千光年重返地球挖掘化石来研究好吃的,也可以凭空制造出这艘白垩纪环境的星舰作为行星级牧场,这真是让宇宙中一切吃货都叹为观止的实力啊!只要能征服人类,一切美食就都是我们的!"

说到底,驰智龙还是心直口快的吃货,完全不掩饰自己对美食的向往,阿雷也没指望这些头脑简单的驰智龙会有更高的"龙生追求"。

阿雷走进钢牙的堡垒,里面的实验仪器大多被驰智龙拆去做成简陋的武器了，凌乱不堪的书籍丢得满地都是，大部分在这潮湿炎热的气候中烂成一团团的纸浆，少数几本保留完好的都是历史书籍。阿雷翻看了几页，发现全都是人类上古历史。他问钢牙，钢牙说："这些史书说，人类是从原始部落走向部落联盟，再在部落联盟的基础上建立国家的，所以在我们建立起一个伟大的部落联盟之前，人类的后面大半截历史对我们一点儿用处都没有。"

这残缺不全的史书全是讲人类在上古时期是怎样打部落战争的，阿雷看着乏味，就放在一旁不管了。钢牙说："现在遇到了一点不大不小的问题。"

"什么问题？"阿雷问它。

钢牙说："我丢掉了养父给我的全部武器资料，我原本以为那玩意儿没有我们的尖牙利齿实用，但前几个月我们跟河对岸的部落死磕硬碰打了几场硬仗，它们的火焰投石机很厉害，我们吃亏了。"

阿雷问："这就是你袭击人类食品工厂的原因？你想到工厂里找些合适的武器？"

钢牙点点头，带阿雷去看一台从隔壁部落缴获的火焰投石机。那台用树蕨和恐龙油脂做成的机器非常简陋，唯一值得称道的地方是它们懂得在机器上绑上人类制造的火焰喷射器，用于在这潮湿的环境中点燃涂满油脂的石头。阿雷看着钢牙锋利的牙齿，说："你们应该和平共处才是，大家都是驰智龙，自相残杀很不好。"

钢牙说："别对我说这些没用的屁话！你们人类的上古时代不也是打得血流成河吗？没有强大的部落联盟，哪会有后来强盛的人类文明？那些打仗厉害的部落首领，像奥丁、炎帝他们还成了后人膜拜的神祇，你们星舰联盟不是还有一艘巡天战列舰叫作'炎帝号'吗？"

驰智龙都是天生的暴君，阿雷担心再争论下去会激怒钢牙，于是乖乖选择闭嘴。精力充沛的钢牙转身去处理部落中的大小事情了，丢下一堆亟须解决的技术问题给阿雷折腾，好在驰智龙遇上的技术问题都是新石器时代的简单问题,诸如怎样找到更多更适合打造武器的人类废弃金属物,要用怎样的手法才能做出更为锋利的箭矢,怎样在白垩纪的潮湿环境中制造可以投向敌人的可燃物,怎样把树蕨加工成跟木材一样坚硬的材料等等。

确定钢牙已经离开之后,阿雷暂时松了一口气,他想跟总部联系,却苦于没有联络工具,在机甲的驾驶室里急得一筹莫展。

突然间,他发现驾驶室的地板上竟然丢着一台手机,看样子是原先的驾驶员落下的,阿雷猛敲脑袋责怪自己是个笨蛋,要是他能早点儿发现手机,打电话求救,也不至于被困在这里这么久!

# 六

驾驶室里,阿雷捧着手机,颤抖的手连续拨错好几次电话,才成功拨通了 045 号肉联厂副厂长的电话,电话刚一接通,他就大声喊:"厂长!我是阿雷!我被困在瑞亚星舰上了!"

电话那头,副厂长被他的声音吓了一大跳,劈头就问:"阿雷,你还活着?"

阿雷没好气地回答:"不然你跟谁打电话?"

副厂长说:"我们都以为你被恐龙吃掉了,所以没安排救援队去救你,但财务已经把慰问金、治丧经费和意外死亡保险给你的父母准备好了,那可是很大一笔钱啊!"

阿雷气得差点儿没把手机给砸了,他大声吼:"你的意思是不是死掉我一个,幸福我全家?你担心派救援队过来,万一救不出我,还得再搭上几条性命,与其让公司赔惨了,还不如干脆放弃我,对不对?告诉你,现在问题大了!那些驰智龙不光是袭击了肉联厂,它们还密谋造反,想建立一个庞大的部落联盟，要推翻人类文明取而代之！我们必须报警！不！要想办法报告联盟政府！要赶紧派出星际陆战队镇压这些冷血的爬行动物！"

提到要报告政府，副厂长那头咆哮起来说："你这是存心要砸大家的饭碗！你要知道，一旦安全事故部门查起来，咱们整个肉联厂都得关门整顿！你要大家喝西北风去啊？等等……你说那些驰智龙要密谋推翻人类？稍等一下，我马上向上头汇报，待会儿再给你电话。"这事情可不是闹着玩的，副厂长的咆哮声一下子停住，挂断了电话。

没几分钟时间，阿雷手中的电话又响了起来，他赶紧接电话，电话那头传来一个苍老而又威严的声音，自称是联盟食品联合会分管瑞亚星舰的执行董事。

"执……执……执行董事？"阿雷的声音结巴起来，他只是最底层的小员工，亲眼见过的最大的官儿就只是045号肉联厂的厂长，执行董事主管整个瑞亚星舰上所有的食品企业，比厂长还要大好多级。

那个苍老的声音说："年轻人，老实告诉我，瑞亚星舰发生了什么事？"

阿雷不敢隐瞒，把他遇到的所有事情——包括钢牙的事——都一五一十地告诉了老人。

"这么说，我的好友埃里克，是被驰智龙吃掉了？"老人听完阿雷的汇报之后，问他。

"是……是的。"阿雷结结巴巴地回答。

老人感叹说："难怪那么久都没他的消息，埃里克是我们公司非常优秀的研究员，对恐龙牧场的建设做出过重要贡献，他做得一手好菜，尤其擅长烹饪恐龙蛋……你手上有他的遗物吗？带回来给我，我会出高价买回来。"

阿雷匆匆翻着那些霉烂的资料，说："这里只有一些烂掉的笔记本……等等，好像还夹着几张指甲大小的记忆芯片，您一定要想办法救我离开这瑞亚星舰，不然这些遗物也没法儿给你。"阿雷最关心的还是自己的小命。

老人问："你现在是坐在机甲中吗？"

阿雷说："那当然，要不是有这副机甲保护着，我早被恐龙吃掉了！"

老人说："这么看来，驰智龙也拿你没办法。你有两个选择，一个是报警，让政府的救援人员把你救出来，这是最安全的方法，但对你来说却会错过人生中最难得的一次机会。"

听老人的意思，阿雷觉得似乎有一个非常难得的机遇摆在自己面前，他问老人："另一个选择是什么？"

老人说："另一个选择是自己杀出一条血路，提钢牙的脑袋回来见我，我们将像迎接英雄一样迎接你回来，而你也将被提拔为恐龙狩猎队的副队长。"

阿雷掰着手指头算副队长是多大的官儿，突然惊叫："妈呀！我居然跟副厂长平起平坐了！"

老人问他："满意吗？"

"满意！一万个满意！你可要信守诺言啊！"那可是苦哈哈的普通小员工奋斗半辈子都不一定爬得上的高位啊！阿雷高兴得嘴巴都快咧到耳朵根了，看见的只有金钱满地的灿烂前途，生命危险这种小事早已经被他抛到九霄云外。

老人挂断短话之后，阿雷还直乐得回不过神来，直到一个沉闷的声音在他面前炸雷般响起："你在跟谁打电话？"

糟了！阿雷忘了恐龙的听力远比人类敏锐，钢牙八成把所有的对话都听进了耳朵里！

# 七

自从那天打过电话之后，阿雷每一天都是在胆战心惊中度过。钢牙好像知道他要拿它的首级换取恐龙狩猎队的副队长宝座，不管什么时候都让一群凶猛的驰智龙盯着他，再也没给他一人独处的机会。阿雷好几次忍不住想拨打报警电话，但到头来又受不住副队长职位的诱惑而放下了电话。

钢牙让他给部落设计各种武器用于攻打别的驰智龙部落。阿雷虽然不懂武器设计，但他好歹懂得用手机上网查各种人类石器时代的武器设计方案，简单修改之后提供给钢牙，短短一个月时间，竟也给钢牙部落设计了不少武器。

阿雷很清楚，如果钢牙真要杀他，办法多的是。尽管钢牙咬不穿坚硬的机甲，但机甲的驾驶室里没有食物，只要钢牙不给他提供吃的，就能活活饿死他。或者是在他面前摆上一只烤熟的剑龙腿，等他饿到实在受不了，钻出驾驶舱时，就可以轻松咬死他。但钢牙没有这样做，只要阿雷还给它设计武器，它就很克制地不去伤害他。

时间一天天过去，尽管阿雷一直都被关在钢牙部落的城堡里，但从别的驰智龙口中，他听到了钢牙征服了一个又一个部落的消息，势力变得越来越庞大，还知道045号肉联厂早已经复工，没人在乎他这样一个小小员工的下落。可现在他能拿得出手的武器资料越来越少，他知道自己最担心的事情已经越来越近了。

阿雷在绝望中打开早已看过无数次的钢牙驯养记录，这是埃里克研究员生前拍摄的。

驰智龙的生育方式，就像海龟那样，下完蛋就不再管后代了，刚破壳的小驰智龙已经懂得自己觅食。很多鱼类、两栖动物和爬行动物在缺乏食物时，会吞食自己的兄弟姐妹，而当埃里克发现恐龙蛋已经孵化时，时间已经过去了三天，整整一窝小驰智龙已经自相残杀到仅剩最后一只！埃里克给这只小恐龙准备了牛奶和鸡蛋，这个小家伙却张开满是尖牙利齿的嘴巴向他咆哮，试图攻击他。埃里克倒是很喜欢这头小野兽，给它起了个名字叫"钢牙"。

视频中，阿雷看到了埃里克耐心地教钢牙读书识字，显然埃里克很清楚驰智龙是智慧生物。养一头天性中不存在亲情的爬行动物，远比养基因中自带亲情因素的哺乳动物要困难得多，很多时候，埃里克不得不依靠电击来让小钢牙学会顺从。另外一个能让钢牙乖乖听话的手段，就是喂食了。得益于人类种类繁多的美食，年幼时的钢牙学会了主动讨好埃里克。由于它从埃里克手中得到的食物远比野生驰智龙丰盛，钢牙的发育非常快，个头也远比普通驰智龙大得多。

钢牙从埃里克那里学到的知识远远超出了普通驰智龙的水平，庞大的身躯和精心训教的体能让它能轻松击败别的驰智龙。在埃里克七十岁那年，钢牙已经是一大群驰智龙的首领了，在刚刚懂得建立原始部落的驰智龙世界中，它俨然一方霸主。

在钢牙眼里，阿雷已经拿不出有用的武器设计图纸了。当钢牙带着几头亲信走进堡垒时，阿雷正在费尽心血地测量一段巨大的树蕨根茎，根茎中段已经被挖空了，做成一段臼炮的模型。现在困扰阿雷的问题有两个：一是怎样在这个潮湿的世界里研制出能用的火药，二是怎样让松软的树蕨承受住发射时的冲击力而不散架。

瑞亚星舰终究只是人类制造出来的白垩纪环境复刻版，跟真正的白垩纪时代还是有区别的。为了避免强势的被子植物对蕨类植物的生存空间造成挤压，影响作为食物来源的蕨类产量，人类设法抹去了高等植物在这个星舰上的存在，别说是枫树、桦树这种典型的被子植物难觅踪影，就连水杉、银杏这些白垩纪时代的裸子植物也难觅踪影，这就使得想在该星球上找块质地够硬的木材都很困难。

钢牙走到阿雷面前，一脚踩碎那脆弱的树蕨臼炮，说："别鼓捣这种东西了，这里不是地球，我们跨不过冷兵器时代的。"

阿雷面如死灰，他知道自己造不出臼炮，只是装模作样在研究，好让钢牙别吃了他罢了。现在钢牙看穿了他的小算盘，他的性命只怕是保不住了……

钢牙把阿雷连人带机甲拖到驰智龙群面前，带他坐上巨大而简陋的树蕨战车，居高临下俯视着下面黑压压的一大片驰智龙。阿雷知道这是方圆数十个驰智龙部落结成的联盟，俨然君临天下的霸主气势，同样的战车还有好多台。驰智龙驱赶着大量被驯化的剑龙、角龙，牵引着战车，大量的霸王龙披上骨头和牙齿做成的铠甲，被驰智龙驱策着赶往前线。

钢牙对阿雷说："我统一了黄河北岸所有的驰智龙部落，今天就要跟南岸的那个大部落联盟拼个高低，看谁才是这世界最高的霸主！"

钢牙所谓的"黄河"，是钢牙部落南岸的一条大河，驰智龙为了建立部落以及制造武器，把方圆百里的树蕨都砍光了，充沛的雨水把失去植被保护的泥土冲到河里，变成黄浊的泥水河，钢牙一看，想都不想就给它起名叫"黄河"。

阿雷黑着脸说："你们能不能给这条河换个名字？这名字要是传开了，很多地球人会对你有意见的。"

钢牙从鼻子里哼气，说："南岸那个部落联盟首领的名字还叫'蚩尤'呢！"

阿雷惊讶地问："真的假的？"

钢牙说："那是我给它起的外号。"

这个冷笑话一点儿都不好笑，但钢牙的智慧让阿雷更加笑不出来。钢牙显然知道渡河战役的凶险，所以选择在浓雾笼罩的清晨发动攻势。本来驰智龙极少在浓雾中发动进攻，因为浓雾会让它们分不清方向，阿雷发现钢牙的部队中有很多奇怪的小型蕨木车辆，它粗犷而又巧妙的齿轮跟车轮连在一起，不管小车怎么转，车上头的指示标始终指着河的对岸。

钢牙麾下的每一头驰智龙都提着石头和骨头打磨成的武器，脑袋上都扎着一串本内苏铁——这是一种朝着开花植物演变的蕨类植物，开有非常原始的花，是很多恐龙都爱吃的食物，其地位就跟人类眼中的大白菜类似。这一群头戴本内苏铁、手持原始武器的驰智龙，在阿雷看来就跟一群古惑仔脑袋上顶着一颗白菜去打架一样可笑，但这正是钢牙部落战无不胜的秘密之一,可以看作最原始的敌我识别标志,只要看见头顶没有白菜……不,没有本内苏铁的,就一定不是己方的恐龙,一斧头砍下去就对了。

渡河战役开始了。钢牙趁着浓雾,让手下点燃恐龙油脂和蕨类植物做成的燃烧物,包裹着大石头用投石机砸向对岸。一道道火光消失在浓雾中,大河对岸的大部落传来恐龙被击中的号叫声。驰智龙点燃绑在霸王龙和剑龙尾巴上的火把,驱赶它们冲向对岸。

对岸那个大部落在浓雾之中被杀了个措手不及,当它们仓促地拿起武器时,钢牙麾下的驰智龙已经过了河,用牙齿利爪和冷兵器展开无情的杀戮。

钢牙对目瞪口呆的阿雷说:"我很感谢你帮了我那么多忙,现在,我该送你回老家了。"

阿雷吃惊地问钢牙:"你要送我回星舰联盟?"

钢牙一巴掌把阿雷连人带机甲打翻在战车上,几头驰智龙提着油脂和蕨叶倒在阿雷身上,用从人类工厂中抢到的火焰喷射器点着了火。整个机甲轰的一声变成一团大火球,阿雷这才注意到这辆战车竟然是一台巨大的投石车!

钢牙跳离它俯卧的位置,一爪子削断投石车上固定着重物的绳索。

一声巨响,阿雷连同他那好几吨重的机甲,拖着长长的火焰飞了出去,变成投石机的"炮弹"。

钢牙仰头看着飞向对岸的阿雷,幽默地说:"祝你投胎路上一路顺风!"

# 八

这是阿雷见过的规模最大的恐龙战争。当他慢慢转醒时,全身上下都像散架一样剧痛,驾驶舱内的生命维持系统显示他昏迷了足足两天,断了两根肋骨和一根腿骨。大地在不停颤抖着,巨大的恐龙仍然在他头顶上厮杀,反复争夺阵地,不时有恐龙不小心踩到他,把整套机甲都踩得陷入了松软的河滩沼泽中去。驾驶舱出现了裂缝,饥渴的他只能靠喝渗入驾驶舱的少量污水和恐龙血维持生命。他一动都不敢动,静静地等着战争结束。

直到第三天,头顶上才没再传来驰智龙的厮杀声,他吃力地推动控制杆,控制着机甲爬了起来。眼前层层叠叠的恐龙尸体让他彻底震惊了,遍地的鲜血硬是把旁边的"黄河"染成了"红河"。

"你命真硬……"钢牙的声音从阿雷背后传来,它有气无力地趴在一架烧成碳的投石机上,受了很重的伤。

阿雷说:"不是我命硬,是这副机甲硬,这毕竟是星舰联盟的高科技产品,科技水平比你们领先一亿年……话说你怎么会打输了?"他每说一个字,断裂的肋骨都刀割般疼痛,只能让驾驶室内的脑电波转化装置把他想说的话变成电子合成音"说"给钢牙听。

钢牙说:"我没输,但也没赢,这个部落的首领跟我一样,都是人类养大的驰智龙,我懂的知识它也懂,我给它起绰号叫'蚩尤'就是想击败它……只可惜我不是轩辕黄帝,它死了,我也活不了多久了。"

阿雷问:"你说除了埃里克,还有别的人养驰智龙?"

钢牙吃力地点了点硕大的脑袋,说:"这是人类的阴谋,人类从化石堆里复活了我们,派人教给我们知识,人类的强大吸引着我们模仿人类的发展方向,吸引着我们为了建立一个统一的部落联盟、奠定文明的根基而厮杀。没有任何一种智慧生物能抵御建立一个伟大文明的诱惑,哪怕明知道是飞蛾扑火,也还是义无反顾地走向了战争……每一个驰智龙心里都有一个成为顶级吃货的梦想,梦想着像人类一样,能随意创造一个自己想要的世界,变着花样满足口腹之欲。"

阿雷辩解说:"我们人类除了吃,还有更高的追求,而且我打算当一个素食主义者……"看见这血流满地的场景,阿雷觉得自己这辈子都吃不下肉了。

"吃才是第一位的!"钢牙费力地咆哮说,"任何一种生物,它可以没有别的梦想,唯独对食物的需求永恒不变!没有食物就无法维持生命,没有生命就无法实现别的梦想,哪怕是智力再发达的智慧生物,终究也还是生物,不管你吃的是动物还是植物,吃的都是有生命的东西。人类作为一种生物,最好是坦诚地承认这一点,我不喜欢你们对食物假惺惺地发表一些怜悯的看法。"

阿雷艰难地走过去,想给钢牙止血。钢牙张开大嘴一口扯碎他机甲驾驶室的座舱盖,这副机甲被折腾了这么久,早已经残破不堪,失去保护的阿雷恐惧地看着那满嘴牙齿的阴森大口,问道:"你不愿我救你?"

钢牙说:"我为什么要让你救?你救了我又能如何?吃和被吃,原本就是自然界的铁律。植物吞噬无机物和阳光,植食动物吃植物,食肉动物吃植食动物,哪怕是人类这种高高在上的顶级掠食者,也有衰老死亡分解成无机物的一天,最终又变成供养植物的食材……这才是完整的自然循环。作为自然界中养育出的智慧生物,你的职责不是破坏这养育了你的铁律,而是设法保护它。在我们驰智龙眼里,人类就是创造了整个瑞亚星舰的神祇。神应该维护自然规律的平衡,而不是毁掉这种平衡。"

阿雷觉得有些费解,说:"你们把人类视为神祇,那为啥还想着要取代人类?"

钢牙咧开大嘴笑了,说:"因为我们也想成为拥有无限食物可供食用的神祇啊!但这是做不到的,瑞亚星舰并不是无拘无束的老地球,这里没有建立工业文明所需的煤炭和石油,哪怕人类放手让我们自由发展,我们也不可能建立起跟人类比肩的伟大文明,甚至连冷兵器时代都跨不过去……然而,至少我们努力过,我觉得死而无憾了。"

阿雷问:"既然这样,人类为什么要传授给驰智龙知识?"

钢牙说:"为了更鲜美的肉质和更发达的大脑,为了你们超市和餐馆里更美味的恐龙肉脍和更值钱的龙脑羹！人类这种顶级吃货已经无法满足于圈养的牧场中生产出来的肉类了，为了厮杀而奔波运动的食肉动物才是人类的饕餮之口的最爱，我原本以为你是明白这个道理的。"

阿雷愣愣地看着钢牙，老半天才说："你是我见过的最睿智的吃货。"

钢牙笑了，笑得咯血，艰难地俯卧在投石机残骸上说："请叫我睿智的卧龙先生！"

阿雷板着脸说："我叫不出口，我担心诸葛老先生从棺材里蹦出来告你侵权。"

钢牙又笑了，那笑声宛若震雷，"不要为自己是一个吃货而感到羞愧，你们人类已经先进到可以脱离自然界而生存，如果你们仁慈到通过无机物从工厂里合成食物来维持生存，那星舰联盟就不会有数以百计的带生物圈的星舰，也不会有这一百多艘让无数动物赖以生存的牧场型星舰。而我们这些白垩纪的古生物，也会仍然是毫无生命的化石。我们驰智龙的世界有这样一句话：'连人类都不愿吃的东西，根本就没有生存的可能。'所以我们从来没介意过你们培养或是猎杀驰智龙。而你们这些自视甚高的人类，又何尝不是死后成为各种微生物甚至植物的饕餮大餐？"

远方的天边出现恐龙狩猎队的地效飞行器。钢牙大吼一声，慢慢站起来，伤口的鲜血哗啦啦直流。它面对的阿雷端坐在机甲的驾驶室里，已经失去了座舱盖的庇护。钢牙说："我这辈子活吞过无数猎物，但我从未折磨过任何食物，这是我最得意的事情。人类培养了我们，我们痛快地在这大地上为了一个注定无法实现的梦想厮杀过，龙生短短几十年，这已经够本了……现在我教你最后一件事：尊重自己的食物。我当时听到你打电话了，知道你要拿我的首级换取狩猎队副队长宝座，咱们遵循自然规律，看谁成为谁的食物，进行最后一场厮杀吧！"

这是一场公平的决斗，失去座舱盖的阿雷再也不是刀枪不入的无敌状态；而身负重伤的钢牙也不再是速度和力量超迈人类的超级杀戮机器。

钢牙吼叫着扑向阿雷，阿雷沉着地转动控制杆，机甲的手臂弹出唯一勉强称得上武器的东西—— 一把特大号烤肉叉。钢牙锋利的牙齿距离阿雷的喉咙只有区区五厘米,阿雷的烤肉叉却抢先一步,深深地插进了钢牙的心脏。

阿雷说:"谢谢你教我这些道理,睿智的话唠先生。"

"请叫我睿智的卧龙先生……"钢牙灯笼般大小的眼睛慢慢闭上,满意中带着一丝微不足道的遗憾。

# 九

当危险和机遇并存时,勇气是决定一生命运的关键。如果当初阿雷选择了报警,那今天的他也许就只是一个普通的小员工,在散发着肉类腥味的045号肉联厂里干一辈子,运气好的话,退休前能升个小工头就算仕途到顶了。

当阿雷狼狈不堪地提着钢牙的脑袋回到公司时,英雄般的迎接让他不知所措,很多人都赞叹这年轻人沉稳冷静,面对闪烁的照相机仍然能不动如山,但只有阿雷才知道自己已经被吓得完全不会动弹,只是故作镇定罢了。遭受这次意外事件伤害的食品公司太需要塑造一个英雄来挽回形象了,资历尚浅的阿雷在公关部门的疯狂打扮下,就成了塑造这个形象的最佳代表。

二十二岁的阿雷被破格提拔为最年轻的恐龙狩猎队副队长。他知道,要论资历和能力自己是坐不上这个位置的,只是上头以为能在驰智龙大战中活下来的必定是富有经验的老猎手,却没想到他只是刚参加工作没几年的年轻人,放出来的话又不好食言罢了。只要自己犯点什么错误,立马就会被降职。所以他小心翼翼地卖力工作,不敢让这个难得的机会在自己手指间溜走。

年纪轻轻就当上副队长的优势是相当大的,不少副队长论年龄都是阿雷的父辈,这使他有了比同龄人更多的机会接触公司的高层。阿雷在副队长的位置上坐了五年,然后迎来一段美满的婚姻。之后他一步步顺利升迁,当他坐上了联盟食品联合会分管瑞亚星舰的执行董事的宝座时,年近六旬的他知道这辈子的仕途到头了。食品联合会当中,职位跟他相同的有一千多人,他们或是一个星舰牧场的执行董事,或是某颗为人类提供食物的殖民星的行星主管,或是某支为吃货联盟寻找新食物的太空探险队的首领,阿雷却始终没有离开瑞亚星舰。

在这大半辈子里,阿雷端坐在高高的大楼上,俯视着这片白垩纪时代的大地,看着驰智龙接连不断地打着一场场激烈的部落战争。这是人类和驰智龙都心知肚明的阴谋。狩猎驰智龙仍然是一件危险的事情,恐龙狩猎队敢于捕杀任何类型的恐龙,把它们送上餐桌,唯独驰智龙是个例外。只有部落战争结束时,狩猎队才敢姗姗来迟,收获那些自相残杀到奄奄一息的驰智龙,带回工厂做成美味的龙脑羹。

很多狩猎队出身的公司领导都喜欢在自己的办公室中悬挂恐龙头骨作为装饰物,阿雷也不例外。他的办公室悬挂着一个巨大的驰智龙头骨,头骨下方的铭牌刻着一行字:睿智的钢牙先生,改变我一生的诤友。

每当遇上犹豫不决的问题时,阿雷就会转过椅子,看着钢牙的头骨,想象着杀伐果断的钢牙会怎样处理这些棘手的事。下属们对他又敬又畏,把他称为"像恐龙一样思考的雷爷"。

阿雷从一个被恐龙战争摧毁的部落中捡到一枚驰智龙蛋,他坐在办公室里,怔怔地看着这枚恐龙蛋,钢牙的模样又浮现在他眼前。他开始给自己写退休计划,他想孵化这枚恐龙蛋,想在瑞亚星舰建一栋小房子隐居,想把钢牙教他的道理教给小恐龙,想把它培养成新一代的驰智龙首领……他连小恐龙的名字都想好了,就叫钢牙二世。

也许未来的某天,钢牙二世会把他吃了,就像当年钢牙吃掉埃里克那样;也许钢牙二世对人肉不感兴趣,他会老死在瑞亚星舰的小房子里,成

为细菌和植物的食粮……但不管哪种结局，对一个虔诚的吃货来说，都是
很不错的人生结局。

# 朕是猫

## 一

小美是一名刚从护士学校毕业的年轻护士,在一所临终关怀医院工作,像她这样的年轻女孩,竟然很意外地接到了高高在上的军方雇佣函。

在医院院长的办公室里,她忐忑不安地看见一名军官背着手,看着墙上的图表。

军官胸前佩戴着一枚带翅膀的特殊履历章,看样子,此人可能是参加过太阳系战役的老兵。军官看见她,开门见山地拿出一封信,说:"我们的一名老战友快不行了,你们护士长向我推荐你,希望你能陪我们的那位老战友走完生命中的最后一段日子。这是住址。"

小美问:"为什么你们会选择我?"她知道军方的医疗系统从来不缺优秀的护士,为何这次会专找她这个刚毕业的新丁?

军官说:"看你的履历表,你学生时期曾经当过五年的宠物护理员,而且做得非常好,我们的护士虽多,但有宠物护理经验的却非常少。"

护理老兵跟宠物护理经验有啥关系? 小美疑惑地抽出信封,看到了那名"老兵"的简介,吃惊地问:"您的老战友是一只猫?"

军官说:"是的,这位老战士,名叫虎威七世,是一只救了整艘'伏羲号'航天母舰连同舰上一万五千名官兵的功勋猫,我们曾经发过誓,要好好赡养它,直至它善终逝世。"

虎威七世是一只极富传奇色彩的密涅瓦黄金猫,这是星舰联盟从地球带出来的基因库中培育的古代猫品种中杂交出来的大型特殊猫种。很多人都喜欢通人性的宠物,普通猫的智商相当于二至四岁的小孩,它们早在地球文明的古典时代就深得人类喜欢;密涅瓦黄金猫的智商是猫中之最,相当于六到八岁小孩的水平,其中少数特别聪明的甚至具有更高的智商。

星舰联盟的主力舰向来都非常巨大,通过天地摆渡飞船跟周围的星舰取得联系,于是,总有些诸如老鼠之类的坏东西会无孔不入地钻进飞船……人能生活的地方,老鼠就能繁衍,老鼠在军舰上做窝这种事,从遥远的风帆战舰时代到先进的信息时代,再到独霸一方的星舰联盟时代,总是无法根治,于是,军舰上用养猫来抑制鼠患也成了"自古以来"的传统做法,而猫咪的可爱也往往可以排解士兵们在漫漫长途中孤寂无聊的烦恼,这是任何先进的捕鼠工具都无法替代的。

十年前,星舰联盟为收复太阳系有功的官兵们授勋,这只猫也在授勋之列,一度成为各大媒体的头条新闻,在媒体的报道下,所有人都知道了它的功绩:联盟舰队向窃居太阳系长达七千年之久的机器人叛军发起总攻时,一股特种机器人叛军伪装成地球人的样子,骗过严密的防线,居然潜入了负担主攻任务的"伏羲号"航天母舰,试图引爆母舰的动力装置,一旦它们得手,整艘航天母舰将会炸成一团火球,这场最后的大战役很可能会彻底失败……这伙以最尖端机器人科技制造的拟人机器人，就连负责防守母舰安全的航天陆战队员和先进的检测设备都没有识破它们的身份，但就在紧要关头，虎威七世识破了这些机器人特工的身份，陆战队员才得以将它们全歼，确保人类顺利拔掉了抵达地球故乡之前的最后一枚钉子——武装到牙齿的火星要塞。

## 二

　　小美照着军官给的地址，来到法厄同星舰，这是一艘一百多年前在事故中惨遭重创的星舰，但如今已经彻底修复。当客运飞船进入法厄同星舰的大气层时，那扑面而来的青山绿水让人恍然重返古代的地球——尽管今天人类已经收复地球，但地球已经被破坏到无法恢复，那些古书描述中的优美环境，也就只能在星舰联盟中看到了。

　　法厄同星舰上的城市非常少，人口超过百万的城市总共只有两座，小美这次的目的地是一座叫作新金山市的小城，人口不足五万，位于群山环绕的原始森林中，重建一座被摧毁的城市容易，想让人口恢复到以前的数量却有点儿难。要想抵达这座城市，仅有一条交通线，就是深埋在星舰的大地下那四通八达的高超音速真空磁悬浮列车。

　　磁悬浮列车中的乘客很多，毕竟这年头交通方便，横亘两个多光年的星舰联盟通过便捷的地下交通工具和空间跳跃型飞船连接成一张巨大的两小时交通网，跨城市甚至跨星舰工作，就跟到隔壁邻居家串门一样方便。然而此时在新金山市下车的旅客却不多，毕竟这只是一座很小的城市。

　　当小美走出车站，呼吸着新金山市带着森林清香的空气时，时光恍若凝结在了古书中记载的地球文明的 19 世纪。这里看不到大城市的摩天大楼,除了主干道的柏油路外,其他道路大多是依山而建的石板小路,石头和木材混搭的小房子分列道路两旁,式样根据主人的喜好随意搭建,根本找不到两栋完全一样的房子,只有几个叛逆期的年轻人驾驶着摩托车在山间石板路上耍杂技般前行。

对一座小城来说,新金山市的游客是比较多的,这座小城以湖光山色而小有名气,除了游山玩水,其余的就是参观收复太阳系的指挥官郑维韩将军的故居——他可是新金山市有史以来出过的最大的大人物。军官给小美的地址刚好就是将军故居,她还没说明来意,就被导游当成旅客,热情地招揽进屋,"各位游客,这里就是骆驼茶馆,将军的童年是跟舅舅一起在这里度过的,大家可以在这里喝一杯茶。看看这些遗物,墙上挂的是将军婴儿时期穿过的开裆裤,这个旧书包是将军小学时用过的,书包上的涂鸦是将军的真迹。各位看到这副怪模怪样的耳钉了吗?——这是将军少年叛逆期时戴过的东西,没错,他也曾经叛逆过。门边停的那辆刮痕多得数不清的破摩托车就是他少年时期飙车的座驾——当时他甚至还没有驾照。"

陈列室中的展品乏善可陈,跟上个世纪普通叛逆少年的杂物没啥两样,保存得也不算完好——毕竟当年谁知道他后来会成为大人物呢?他的父母觉得他没进少管所就已经是祖上积德了……好在这里不收门票,进来休息一下,喝两杯茶价格也公道,不然就凭这些没啥看头的展品,搞不好会被游客投诉。

小美跟着游客到茶馆门前的小广场参观将军的雕像,一名眼尖的游客突然大声说:"快看!将军头顶上趴着一只猫!"

导游笑着说:"将军头顶上趴着的就是著名的功勋猫——虎威七世陛下。它很少出现在游客面前,大家今天能看到它,是非常幸运的!"

虎威七世并不是纯种的密涅瓦黄金猫,相反,它混有虎斑猫的血统,这样的混血猫在宠物店是卖不出好价钱的。但此刻,它却像一头小老虎,趴在威严的将军雕像头顶上,居高临下,俯瞰游客,有一种气吞天下的霸

气,让人感叹不愧是功勋猫,连气势都不是凡猫能比的。

在小美说明来意之后,新金山市的副市长亲自接见了小美——话说这种被遗忘在深山的超小型城市的副市长还真没架子可摆,跟邻家大叔没啥两样,这座五万人的城市百分之八十的成年人都在外面工作,下班后或周末才回家,只有最没出息的才留在这里当公务员。

小美这时才知道,虎威七世有一个十人的护理团队在照顾它的饮食起居,排场比副市长大人还大,这支护理团队有几个是虎威七世的老战友雇的护理专家,其余则是将军的孙女郑清音高薪聘请的。副市长提到郑清音时,表情毕恭毕敬,想来那也是身份地位比他高一大截的人物。

"别的话不多说了,你的任务就是好好照顾虎威七世陛下,除了已经过世的郑将军,本市就数它最显赫了,将军和虎威七世陛下对本市的旅游业……咳咳,本市的发展,是有很大贡献的。"副市长在说了一大堆废话之后,才这样交代小美;而虎威七世则叼着一尾烤鱼,蹲坐在副市长的秃顶上。

副市长问护理团队:"话说,你们谁想办法把虎威七世陛下请下来好不好? 我脖子实在有点儿吃不消了。"看样子这些人也对这只不羁的老猫没辙。

小美捏着虎威七世的脖子直接把它从副市长头顶上拎了下来,副市长顿时脸色大变,大声咆哮:"你怎么能这样对待一名战功显赫的老兵?!"

## 三

猫的寿命通常是十五年,但虎威七世已经三十岁了,折算成人类的寿命就是一百五十岁的惊人高龄,上了年纪的猫总会给人一种通灵性的奇特感觉。

在新金山市这座以出了一位旷世名将而自豪的小城里，老兵是非常受人尊敬的，顺带着连虎威七世也变得神圣不可冒犯。小美拎它脖子，那可是犯众怒的事情，护理团队甚至开始讨论小美是否适合待在这里。

最终，小美以一票赞成、二十三票反对的绝对劣势……保住了工作。那唯一且关键的一票来自不可冒犯的虎威七世——它当时趴在小美头顶，谁敢靠近它就挠谁。猫是一种安全感特别低的动物，如果不是很亲近一个人，绝不可能缩在那个人怀里，更别说趴在头顶了。

"你会说话，对吧？"一次例行体检结束后，小美小声问虎威七世，它的项圈上挂着一只拇指大的脑电波翻译器，可以把它的脑电波翻译成人类的语言。

团队里的医生说："它完全会说话，整个儿一猫精，智商逼近十四岁的孩子。将军在世时它就经常跟将军聊天，郑清音董事长回来也能跟它聊上几句，只是它不屑于理会我们这些愚蠢的凡人。"这位医生原本是"伏羲号"航天母舰上的军医，得知老战友虎威七世年事已高，就主动申请过来照顾它，猫的寿命比人类短太多了，就算天天陪着它，只怕也没有多少天可以陪了。

普通的猫是不能被带上太空战舰的，毕竟星舰里满是精密设备，只有智商够高的密涅瓦黄金猫才能进入极为重要的航天母舰，虎威七世有这样惊人的智商也是情理之中。它跳上柜顶，小美以为它又要跳到谁的脑袋上，没想到它竟从窗户跳了出去，一句语调奇特的话回荡在空气中："将军的气度不是你们这些愚蠢的凡人能想象的。"

小美问："是虎威七世在说话？"

医生点了点头。

小美追出门外，只见虎威七世又趴在将军雕像的头顶上，眺望着远方森林茂盛的群山。小美问它："那边有什么值得你挂念的东西吗？"

虎威七世说："朕最爱的母猫就在那边。"

小美注意到虎威七世自称"朕",她忍住不敢笑,问道:"那你要不要去见见它?"

虎威七世跳到小美的头顶,说:"走吧,朕告诉你它在哪里。"

新金山市曾经的规模远比小美想象得要大,虎威七世带她走到城市边缘,小美才知道森林之下竟然是很久以前的"旧"金山市。百年前的那场意外毁灭了法厄同星舰,后来虽然原址重建,但在别的星舰谋生安家的居民大多不会回来面对过去的伤痛记忆了,于是,这座城市只剩中心城区还有人居住。周边地区的老房子已经被藤蔓和大树所吞噬,成了森林的一部分,偶尔在青苔和古藤间露出半个屋角,证明这里曾经是街区。

小美走在崎岖的山路上,问起了那个她一直没什么机会问的问题:"你为什么会留下我来工作呢?"

虎威七世说:"将军过世之后,很多年没人敢拎朕的脖子了,但你敢,你让朕想起了郑将军,他是一个让朕看着就有安全感的人。"

小美站在半山腰,回头看着远方骆驼茶馆门前小广场的将军雕像,说:"听爸爸说,将军在世时,大家都觉得如果缺了他,几十年前星舰联盟就该一败涂地了,更别提什么收复太阳系故乡,我想那个年代的人一定是把将军视为最让人放心的中流砥柱。"

虎威七世说:"这都是你自己的想象,将军也跟普通老人一样会打瞌睡、抠脚丫,下输了围棋还会赖账,喝醉酒后还曾硬要跟朕比赛抓老鼠,几个士兵都拉不住……他是中流砥柱没错,但不是唯一的,只是他最显眼罢了,伊文、托斯卡,还有韩丹,他们才是更不得了的藏镜人。"它一连说了好几个小美没听说过的名字。

小美顺着虎威七世的指示,穿过一个藤蔓缠绕的小山谷——看起来也有可能是被藤蔓覆盖的大楼基坑。这里的植被太茂密,让人很难分得清哪些是真正的山壁,哪些是东倒西歪的大楼墙体,总之穿过去之后出现在眼前的又是一条宽阔的马路——至少在路中间的绿化树拱破水泥地面并把道路切割得支离破碎之前，还是很宽阔的。

路对面是一座荒废的动物园，门口挂着一幅褪色的老虎照片。虎威七世说："看到了吗？那就是朕最爱的大母猫呀……你看那光滑的毛发、那不羁的眼神，可惜朕只见过它的照片，没见过真正的它。"

小美说："那是老虎。"

虎威七世说："老虎跟朕一样也是猫科动物，朕的一生有过三百多位妃子，生养了数不清的儿女，但这充满野性的大母猫才是朕的最爱！这些天，朕只要闭上眼睛，就会梦到自己是一头强壮的老虎，气吞天下地盘踞在高山上。"

不知是谁说过，每一只野性未驯的老猫心里都有一个当老虎的梦，也许这正是虎威七世能成为一只优秀军猫的潜质。

## 四

森林里，小美抱着虎威七世，问："能跟我说说你在军舰上的故事吗？说说'伏羲号'航天母舰怎样撕碎机器人叛军的防线，你又是怎样发现那些潜入航天母舰的机器人的？那一定是你最艰险的经历吧？"

虎威七世说："朕的童年是在宠物培养基地度过的，那是朕一生中最恐怖的阶段；跟朕的童年相比，航天母舰上的那段经历根本不算什么。"

法厄同星舰的明媚阳光洒在森林中，这艘星舰卫星轨道上的人造太阳很温暖，高大的树冠剪碎了阳光，为森林底下青苔斑驳的龟裂马路上洒下温暖的光斑，驱散了林中些许的寒意。

小美说："怎么会呢？我在宠物店打工时，总觉得那些店的陈设很温暖、很宜人，各种小动物也很可爱的。"

虎威七世说："朕老了，火气没以前大了，换成以前你敢说这话，朕非挠死你不可！你们这些愚蠢的人类知道宠物被送到宠物店之前是活在怎样的世界里的吗？"

小美抱着虎威七世坐在已经被森林吞噬的街边小公园里那被阳光晒暖的旧石椅上，这是"旧"金山市的遗迹，石头上还残留有当年人造太阳被摧毁后气温骤降、大气层冻结后的冰蚀痕迹。小美知道那一定是非常不堪的回忆，她不敢主动开口问，只能等着虎威七世自己提起。

虎威七世慢慢说："朕是在宠物培养基地出生的，跟在那里出生的所有动物一样，完全不知道自己的父母是谁，记忆中的第一个环境，就是白色的保温箱里橡胶乳头渗出的营养液，还有保温箱上不时伸出的机械臂和电子眼。每天，保温箱里的检测设备都在自动测量我们的体温和生长情况，朕好像有五个兄弟姐妹，在同一个保温箱里成长，当我们的毛发将近长齐时，有三个兄弟姐妹毫无征兆地被处死了。"

小美"啊"地叫了一声，问："为什么？"

虎威七世说："在宠物基地，任何原因都会导致你丧命。你病了、没按时间长到人类想要的重量、毛发的花纹不好看，或是你的品种不再受市场欢迎，都会成为你被剥夺生命的理由。朕也差点儿丧命，原因仅仅是宠物基地的培养员在制造朕时，错把虎斑猫的精液作为密涅瓦黄金猫的精液拿去受精，这也是朕为什么会混有虎斑猫血统的原因。好在朕急中生智，用一招很厉害的方法保住了性命。"

小美问："什么方法？"

虎威七世说："卖萌，这是最伤朕自尊的求生方法……不过朕成功了，迷惑住了饲养员，从而被打上'品种不良但有可能卖出去'的标签，作为最低档的廉价宠物，送往新金山市的宠物店销售。你知道，品种不好的宠物在大城市是卖不出去的，只有新金山市这种小地方还有点儿商业价值。"

小美问："后来，你就被将军家买下了？"

虎威七世说："不，朕逃了，在朕从牲口运输车上被送往宠物店门口时，朕咬伤货运员，放跑了整个店里几乎所有的猫，连夜逃到你现在所看到的这片深山，但朕和那些逃跑出来的兄弟姐妹，都是家猫啊！从小就没接触过野外的生活，没有美味的猫粮，没有温暖的房屋，只有冰冷的风霜雨雪和无处不在的毒蛇和野狗。不少兄弟姐妹不懂捕猎，只能冷死、饿死，葬身在这片森林中……为了生存，大家只好重返人类的城镇，去寻找吃的。"

小美在到达新金山市之前曾经做过准备，看过这座小城市的不少旧新闻，她想起了多年前新金山市野猫成灾的报道。那个时候，成百上千的野猫在新金山市横行霸道，它们不断袭击厨房、食品店，咬坏一切它们看不顺眼的东西，甚至攻击老人、孩子，一切试图反抗的人都会被它们无情地抓伤。

一开始，袭扰城镇的猫群以虎威七世放出来的宠物猫为主，也有不少被主人遗弃的家猫跟在后头一同行动。至于那些弃猫二代、三代，它们早已学会捕捉老鼠、麻雀等猎物充饥，不像那些新离开城镇的宠物猫，不袭击城镇抢食物就只能饿死。然而城里的食物，不管是菜市场的肉类、鱼类，还是糕点店的蛋糕、面包，抑或超市里的猫粮、狗粮，哪怕是餐馆垃圾桶里的残羹剩炙，也比老鼠美味得多，而且还不像老鼠那样得费时费力捕捉，后来，就连野猫也加入了袭扰城市的队伍。一时之间，整个新金山市无论道路、屋顶还是小巷中，都是幢幢猫影，它们缩在黑暗中伺机袭击人类、抢夺食物，搞得全市谈猫色变。

# 五

虎威七世趴在小美怀里，森林里一片静谧，早已看不到二十多年前遍地是野猫的情形。猫科动物本来就是地球上进化得最成功的杀戮机器，它们全身所有的器官都是为了捕杀猎物而生,但人类往往会被它可爱的外表所迷惑,忘了它们那强大的杀伤力,直至新金山市接连出现人类因为被猫群袭击而受伤致残,甚至死亡的案例,染上狂犬病、败血症的人更是屡见不鲜,才让人想起这些喵喵叫的小家伙并不是善茬儿。

像虎威七世这种凶狠的大型猫,想咬断成年人的喉咙并非什么特别难的事,小美看着它虽然年老但依然锋利的牙齿,只觉得自己抱着的分明就是一头小老虎。

虎威七世说:"那个时候,朕用爪子、牙齿和大脑统帅起新金山市的众猫,随意行走在新金山市,看谁不顺眼,谁就遭殃。朕就是新金山市的皇帝,但朕终究高估了朕的猫帝国的实力,以为永远可以用尖牙利爪控制整座城市,却没想到好景不长,人类派出了朕做噩梦都想不到的精锐部队。"

小美问它:"什么部队这么厉害?"

虎威七世说:"人类出动了城管,这是一支穿着连朕的爪子都挠不穿的特殊防护服的部队,他们戴着防护面罩,拿着捕猫网兜和电击枪,满城搜捕朕麾下的猫。朕见识过宠物基地的恐怖,只以为逃离基地和宠物店后,人类迟缓的反应速度、奔跑速度和软弱无力的指甲根本奈何不了我们,却没想到人类比朕想象中的要凶险和恐怖得多。只短短几天时间,朕苦心经营了几个月的猫帝国就土崩瓦解了。"

虎威七世的身体在发抖,猫帝国的崩溃让它至今恐惧难忘,它喃喃地说着那个时候的它是怎样被人类追赶的。人类的奔跑速度在所有哺乳动物当中几乎是最慢的,但人类会骑着代步车,以猎豹般的速度追赶猫群。猫群被追赶到死胡同,顺着人类爬不上去的垂直墙壁攀爬,试图逃离追捕,但人类疏散了整个城市的居民,对被围困在城中的猫群使用催眠气体,一点儿都不手软。

那个时候,虎威七世带着猫群钻进了肮脏的下水道,这是它们平时根本不屑于躲藏的地方,只觉得那些距离地表足足有半米以上深度的下水道坚实得连最锋利的猫爪都挠不出半丝伤痕,让猫们可以放心。但没想到,盛怒之下的人类竟然用挖掘机挖开了整个下水道,一副就算把整座城市给拆了也要把所有的猫都逮住的架势。

虎威七世说:"朕的帝国在人类的怒火面前,连纸糊的都不如。朕无路可逃,被关进笼子游街示众,完了还要送往宠物'安乐死'中心处死……"

小美问:"那这次你是怎么活下来的呢?"

虎威七世说:"是朕的智商救了朕。"

"你想办法逃走了?"小美问它。

虎威七世说:"不,这次逃不掉了。人类对我们所有的猫进行了智力和服从性测试,后来才知道是因为军方给宠物培训中心下了订单,需要一批可以在太空军舰上服役的军猫。朕以高分通过了智力测试,但牺牲了全部的自尊才勉强通过服从性测试。凡是没通过测试的一律得送去'安乐死',朕就这样又一次跟死神擦肩而过。"

小美静静地听虎威七世诉说它被送到训练场的故事,只有高智商、高服从性的猫才能在经过一段时间的训练之后被送到太空战舰上服役。在进入太空战舰之前,所有的猫都需要被送到一个模拟军舰内部环境的训练仓中,里面布满了各种复杂的管线,不停地模拟各种超重、失重等太空环境,让从未见识过这种环境的猫们惊慌失措。舱室里不少是代表飞船中不能碰触的黄色管线,任何敢越过雷池半步的猫都会遭到无情的电击,直到它们彻底记住这些管线的危险性为止。然而虎威七世是能听懂人类语言的高智商猫,它从来不碰触那些危险区域,它知道无论自己多么桀骜不驯,有些东西都是碰不得的,它可不愿等到上了飞船的那一天,不小心钻进危险的机械齿轮中被压成一团肉泥,或是被高压电烧成焦炭。

小美问它:"然后,你就在'伏羲号'航天母舰上服役,天天抓老鼠了?"

虎威七世高傲地说:"错!是朕容不得任何鼠辈在朕面前横行!朕从不吃老鼠,但也容不得老鼠逍遥自在地活着。在'伏羲号'航天母舰上,朕统帅着麾下的七百多只猫,任何士兵都必须对朕毕恭毕敬。"

小美心想:士兵们未必会对一只猫毕恭毕敬,但这么凶的猫,正常人都会敬而远之,在猫看来也就像是毕恭毕敬了。

虎威七世说:"在航天母舰上,朕第一次见到了郑维韩将军,他当时已经是百岁老人了,坐在轮椅上,一副很虚弱的模样,但那威武的气势仍像一只龙威燕颔的巨猫……"

小美纠正说:"巨猫?应该说是像猛虎吧?"她听说过郑将军常被人形容说是虎将。

虎威七世说:"没错,就是像那种叫作猛虎的巨猫,让朕觉得他和朕是同类。"

小美只能笑笑,没有再跟它计较,也许在一只猫的眼中,所有的猫科动物都是大小各异的猫。

虎威七世跟很多经历过战争的老兵一样,总有说不完的沙场故事,但一只猫的金戈铁马视角跟人类完全不同。让它最为留恋的记忆,不是星舰联盟的联合舰队横跨星海,气势如虎地扑向暌违七千年的太阳系故乡;不是故乡的奥尔特云折射太阳光线所散发的似有似无的光晕上那机器人叛军多如飞蝗的太空战舰;不是长椭球形的巡天战列舰带着一身重伤,在被敌人摧毁前的最后一刻撞向赛德娜矮行星的敌军堡垒;不是航天母舰战斗群掠过友舰牺牲的残骸,撕开坚不可摧的柯伊伯带防线;不是航天陆战队登陆海王星表面的极寒冰原,跟那些从流水线上源源不绝地走下来的机器人士兵在祖先们的殖民城遗址中展开残酷的巷战;不是在风暴飞火的土星表面氦海洋上那场疯狂的闪电战;甚至不是最艰难、最惨烈的火星战役;更不是数不清的士兵前赴后继进入登陆舱,在大气层中化为无数火流星,冒着绵密的防空火网扑向机器人叛军和人类共同的诞生地,把"战死在地球"视为军人的最高荣誉。

猫看不懂飞跨星海的太阳系收复战,不明白人类看到那颗小小的蓝灰色行星时为什么会失声痛哭,也不明白为什么会为了保护那些七歪八倒的古城遗迹,士兵们只用威力弱小的单兵武器,宁可战死也不愿动用卫星轨道炮之类高效率的大规模毁灭性武器。猫永远不明白为什么每收复一座古城废墟，从前线全军将士到后方的星舰联盟全都沸腾落泪，猫不明白那些半埋在黄沙中的古城废墟对人类的意义，只知道那些古城的名字是如此熟悉：伦敦、大马士革、耶路撒冷、罗马、成都、纽约……全都是人类祖先生活过的地方。

猫眼中的史诗级战争，就是在太空战舰为躲避敌人攻击而高速机动规避带来的翻天覆地的震动中，跑来跑去捉老鼠。虎威七世说："在剧烈颠簸的军舰中，就连训练有素的人类士兵也很难站得住脚，更别说是猫。朕的很多同胞都很胆小，但朕不容许自己被吓倒！只要朕仍然屹立在将军的头顶上，不动如山，朕麾下的七百军猫就有勇气坚守岗位，不管军舰怎样翻滚，始终能用爪子抓住舱壁，眼睛敏锐地搜索那些惊慌失措的小老鼠，在它们钻进更重要的管线或机舱之前，扑上去咬断它们的脖子！"

将军爱猫，虎威七世蹲在将军头上的照片小美倒也见过，老实说，"伏羲号"航天母舰上有虎威七世率领的这群猫，耗子都被猎杀成濒危动物了，但这些活跃在前线军舰上的猫对鼓舞士气有着人们想象不到的作用，每当战斗最艰难的时候，都难免有新兵蛋子被吓得屁滚尿流，军官们最常训的话就是："这些猫都不怕战火，你们的胆量还不如一只猫？"

虎威七世骄傲地说："在太阳系之战中，朕和麾下的兄弟在被敌人炮火击中而冒着浓烟、漏电、漏水的航天母舰关键舱段，一共抓获了一万二千三百五十九只老鼠，这是无猫能及的赫赫战功！"

这个战功让虎威七世非常得意，时隔多年仍然清楚地记得具体数字，但它看到小美不以为然的表情，叹气说："好吧，大多数人类都对朕最伟大的战功满不在乎，只有将军懂朕……那朕告诉你，朕还救过二十五个人类士兵，但这跟抓老鼠相比，只是小事一桩。"

这个战功可不像抓老鼠那么上不了台面了，但在猫的价值观中，救人显然比不上抓老鼠，小美睁大眼睛，问："当时你是怎么做到的？"

虎威七世说："那是木卫二争夺战时的事。一艘机器人叛军的军舰垂死突破航天母舰战斗群的防线，火力全开对母舰进行轰炸，航天母舰那十几公里厚的岩石–能量场复合外壳都被削掉了一大块！深藏在母舰中心的乘员舱塌了一部分，东倒西歪的墙板和支撑柱堵死了一个舱段，一群士兵被困在舱段中，中断了跟外界的全部通信，其他士兵忙着维修军舰，没有注意到有人被困。是朕挺身而出，叼着他们的求救信，穿过只有猫能通行的通气管，交给将军的。那舱段四处都弥漫着泄漏的有毒气体，要不是看在平时经常给朕吃回锅肉的那个胖厨子也被困里面的份儿上，朕才不愿意冒这个大险呢！"

小美问："我听说，你还救过整艘航天母舰一万多人的性命。可以跟我说说吗？"

虎威七世说："那更算不上个事儿……那时，机器人叛军派出特遣队伪装成人类的外形，骗过了敌我识别系统和负责防守的航天陆战队员，想炸毁航天母舰的关键结构。航天母舰的结构是个人都知道，外面是十几公里厚的岩石外壳和强大的能量护盾，想从外部破坏是很难的，要知道，就连那艘撞上了赛德娜矮行星堡垒的巡天战列舰，也没有彻底报废，战后拖回去修修补补，还当了几年的训练舰才退役呢，何况是更坚固的航天母舰！"

虎威七世停顿了一下，继续说："但航天母舰内部很脆弱，巨大的环形山下面就是舰载机发射井，一艘艘整装待发的舰载机像左轮手枪的子弹一样排列在机库里。别看母舰那么大，内部最核心的乘员舱也就一个地下小镇大小，腾出来的大量空间除了舰载机仓库，就是数以百亿吨计的舰载机燃料和母舰燃料舱、武器弹药舱，一旦在关键部位实施爆破，整个母舰都将炸成一团火球，人类的作战计划也会因此失败。"

小美问："你识破了那些机器人？"

"这倒没有，是那些铁皮脑袋自己露了破绽。"虎威七世说，"机器人叛军从没见过猫，看见朕只以为是见了带威胁性的不明生物，就对朕胡乱开枪射击，于是朕发火了，带着麾下众猫，见了敢对猫开火的就跳上去在脸上赏赐一道血沟子，于是他们就被航天陆战队员们轻易识别，全部消灭了。朕直至领到勋章那一刻,才明白发生了什么事。"

回家的路上,新金山市的街道已经是华灯初上,外出工作的人大多都下班回来了,从数千公里外的航天港延伸过来的高超音速地铁站人满为患,街上也热闹了很多。一轮明月挂在群山之间,星舰联盟的人造月亮有很多用途,除了能在中秋节好好欣赏,还是重要的重工业基地,它没有空气的环境让污染不会扩散,另外还是重元素的储存地之一。

虎威七世说:"多年前,当朕成为新金山市的王者时,只觉得朕麾下每一只猫能够到达的土地,都是朕的领土。当朕成为一只军猫时,才知道头顶上朕能看到的每一颗星星,都是地球人的领地,这望而生畏的感觉你作为人类可能不会懂。"

虎威七世又继续说:"真实的世界并不是你看到的那个样子,朕在将军身边多年,接触过不少普通人不知道的秘密,那些被列为机密的事情,人们通常只会防着旁人窃听,却很少会防着一只猫……哈哈。"

小美抱着虎威七世走在路上,静静地听着它絮絮叨叨。它看着街边一只慢慢走过木栅栏的白色长毛母猫,看得目不转睛,却没有任何行动,看来是已经老到力不从心了。直至母猫消失在它的视野后,才说:"人类这几千年来的故事,看着复杂,但其实就是各种各样的猫的故事,在某些故事里,人类是猫,别人是老鼠;但在另一些故事里,别人是猫,人类是老鼠。就这样为了生存,人类互相追逐、互相打斗。"

## 六

晚上的骆驼茶馆很平静,只有二胡、古筝的声音在慢慢流淌,上下两层的茶馆中,茶客们轻声细语地聊天,在雕花木窗透过的月光下品茗。小美站在二楼的梨花木栏杆边,看着楼下演奏古乐器的人们,他们都是业余爱好者,有退休老人,也有年轻女孩,心情好就来弹几曲赚点零花钱。小美觉得即使除去这座茶馆跟将军的渊源,它仍然是一座颇为雅致的小茶馆。据说郑维韩将军生前擅长二胡,当他穿起一袭布衣,坐在茶馆中悠闲地拉奏起古曲时,就像一位慈祥的退休老人。

平静淡雅的生活就连猫都喜欢,虎威七世静静地趴在窗棂边,享受着平静的银色月光。它对小美说:"朕已经时日无多,这个世界的真面目,朕想说又不敢说。"

当虎威七世这样说话时,就意味着它忍不住想说了。它问小美:"你知道猫跟耗子最大的区别是什么吗?"

小美愣了一下,才说:"猫跟耗子的区别可多了,比如说身体大小、生活习性,还有——"

"错!"虎威七世说,"最大的不同是智商。耗子只知道觅食、繁殖、躲避天敌,只知道四处乱窜,当它们被朕和手下众猫围剿时,就只剩下死路一条;而猫比耗子聪明的地方就是猫会跟更强大的生物——人类结成利益同盟。"

小美知道,猫在人类的社会中生活已经有上百万年之久,跟猪、马、牛、羊等家畜不同,猫并不是人类主动驯养的动物,而是跟人类混居的野生动物。当人类还是原始人的时候,在自然界中就已经是非常强大的杀手,人类所到之处,不论是剑齿虎、乳齿象,还是巨犀或别的什么自然界霸主,都在人类的猎杀下消失殆尽。人类可以消灭任何大型猛兽,但人类却很难消灭那些钻进人类世界,靠偷窃、拾取残羹剩炙过日子的小东西,比如老鼠之类。而这些小东西却把人类折腾得够呛,时不时咬坏各种物品,传播鼠疫之类让人防不胜防的疾病,让先民们吃尽苦头又无可奈何。

就在这种时候,猫进入了人类的世界,尽管猫科动物是极为高效的杀戮机器,但猫的体型实在太小,遇上其他大型捕猎者时往往吃亏。而不怕任何大型捕猎者的人类世界正好成了它们最理想的庇护所,更何况这里还有大量正好适合它们捕食的老鼠。当人类发现这种小老虎似的动物对自己不仅没啥危害，还能消灭那些麻烦的老鼠时，就接受了它在人类社会中生存，祖先们也曾试过像驯养别的家畜那样驯养猫，但猫终究是野性太重，在无数次失败之后，只能无奈地接受猫这无法驯服的小缺点，即使是数百万年后的今天，猫也仍然是人类家庭中极为少有的野性子，特立独行、我行我素。人类本身也是一种奇怪的动物，在驯养了各种各样的动物之后，竟然也能慢慢地接受猫这种小东西跳到自己脑袋上作威作福，并不以为忤。

虎威七世说："不管什么时候，跟对了老大比什么都重要。我们猫族跟了人类，从此只要人类没灭亡，不管是原始社会还是太空时代，人类社会就仍有猫的容身之地。然而老大也是残酷无情的，猫作为一个物种不再有灭绝的担忧，但作为一个个体的猫，命运却会因为主人的喜好而发生改变，朕记得之前跟你说过，朕的童年差点儿就因为毛发花纹不受市场欢迎而被处死。"

小美说："那真是太残酷了。"

虎威七世说："其实这世界，残酷无所不在，对死在朕的爪子下的鼠辈来说，对那些死后还被碎尸万段的猪、牛、羊来说，甚至是对那些在人类的怜悯下放生到野外、惨死在自然界里的天敌捕食下的动物来说，残酷是必然的命运，安稳只是短暂的幻象。甚至对你们人类来说，也是如此。"

"对我们人类来说也是如此？"小美不解地问它。

虎威七世点了点头，说："还记得朕力排众议留你在这里工作吗？如果朕不点头，你就没工作了，在朕眼里，你也是一只猫罢了。"

小美哑然失笑，虎威七世好像不能完全理解人类世界，就算她得不到这份工作，大不了回原来的医院继续当护士，哪至于流落街头，它却套用猫的世界那一套"没人养就得当野猫"的经验。它看见小美一副不服的样子，又问："你见过人类的主人吗？"

小美问："人类的主人？什么意思？"

虎威七世说:"尽管朕非常不愿意承认,但朕生活在人类建造的城市里,一生的命运都随着人类的摆布而起伏;而你,一个人类,又是生活在谁建造的世界里?你不如列一个表格,把星舰联盟的构成写出来,你会发现,这个世界的很多东西超出了人类的智力能够了解的范畴,正如朕享受着这窗棱边的月光,却无法理解人类制造人造月亮所需的技术那样。你们人类,也同样无法理解建造星舰联盟所需的超级科技,因为这是智商远远超过人类的'人类的主人'建造的世界。"

小美拿起笔,听这只睿智的老猫逐一点出那些超级工程:

戴森球体:这个笼罩在星舰联盟最外围的巨大球状物,隐藏了整个联盟的踪迹,也截留了联盟内部全部的能量来使用,工作原理不明、制造方法不明、材料不明——准确来说,普通人无法理解它的原理和制造方法,就算把所有的图纸摊在人们面前也看不懂,但它的制造者最高科学院是知道它全部的秘密的;

能源核心:这是一个飘浮在星舰联盟中心、源源不绝地提供着近乎无限的能量和物资的神秘白洞,听说是连接着另一个物理定律截然不同的宇宙的虫洞,建造原理不明,工作方式不明;

空间跳跃飞船:这是几乎每个人进行跨星舰旅行时都会乘坐的交通工具,就像地球时代的飞机、火车一样再寻常不过,人们只知道空间跳跃的理论,却不知道具体实现它需要怎样的条件;

高超音速真空地铁:遍布每一艘星舰的城市地下……

小美突然停笔说:"这东西不算人类无法理解的超级科技,它不过是把地铁隧道抽成真空,让列车能超音速运行罢了。"

虎威七世藐视地看着小美,说:"地底下数百万公里长的隧道要全部抽成真空,一个空气分子都不留——这隧道壁是什么材料?通过什么方法排干净空气?这技术你们愚蠢的人类能掌握得了?"

小美想了一下,觉得虎威七世说的也有道理,就把高超音速真空地铁也列了上去。

虎威七世又开始念下一项神秘科技的名称:"电视机遥控器:明明没有电线连着却可以隔空遥控电视机……"

小美说:"这东西只有猫才弄不懂工作原理吧?地球人都知道它是靠光电效应实现遥控的!"

虎威七世这次做出了让步,说:"那我们把它删掉。下一个是星舰的巨型狄拉克引擎:它能让巨大的星舰的最高速度达到亚光速,这东西连工作原理都是个谜……"

这两位花了一个多小时,列出了数百项人类司空见惯却弄不懂原理的超级科技,这其中自然会有些错误之处,比如核聚变电站早在地球信息时代就已经存在了,工作原理也算不上是谜团,小美和虎威七世都不熟悉历史,也不懂太深奥的物理学,就把它也列了上去。

小美看着这长长的黑科技名单,吁了一口气。虎威七世说:"现在你该明白了,星舰联盟是一种更高级、更富智慧的超级智慧生物建造的世界;而你们,在这种超级智慧生物眼中也不过是一群自以为是的蠢猫罢了……你现在有没有感觉到恐惧?"

"没有,完全没有。"小美的回答让虎威七世很失望。

虎威七世咆哮了,却是恐惧之下毫无王者威严、夹着尾巴的低哮,咆哮完了它才说:"愚蠢的人类,朕在'伏羲号'航天母舰上,在没有旁人在场时,不止一次见过郑将军看着太阳系故乡的作战地图,抚摸着朕说:'在"他们"眼里,我也只是一只猫,捕捉那种叫作机器人叛军的"耗子"的特别厉害的猫,猫一旦无法捕鼠,就不再有价值,得看主人是否念在过去的功劳上,是否能让猫安度晚年……'朕见过人类的主人,那种毛骨悚然的感觉,只有朕和将军才明白。那庞大的星舰联盟军队,在主人眼中不过是扑向那些烦人的耗子的猫群罢了……"

小美抚摸着虎威七世金色的毛发,小声说:"你说的这一切我都明白,我只是习惯了,不再感到恐惧罢了。"

虎威七世说的那些秘密,其实对星舰联盟的任何一个人类来说都不是秘密，只是单纯的老猫自以为是天大的秘密罢了。

# 七

在这一夜谈话之后，虎威七世的身体状况每况愈下。一个春寒料峭的清晨，它叼着一只老鼠，颤巍巍地爬到将军雕像面前，却无力再像往常那样跳到将军头顶上，它静静地躺在雕像前，再也不动了，对一只猫来说，三十二岁的高龄已经是生命的极限。

"快来人啊！虎威七世驾崩了！赶紧通知战友们！"第一个发现虎威七世驾崩的，是曾经跟它在航天母舰上一同服役的军医。

猫死前是知道自己大限将至的，作为一只骄傲的猫中王者，它曾经对自己的后事做过安排：死后直接丢到新金山市的山里去，像别的野猫一样在山间老林里化为尘土，那是它的猫帝国存在过的地方；不要塞进盒子里埋掉，这会让它想起虐猫狂魔薛定谔；不要让人类围观它，它讨厌被围观的感觉……

但它的遗愿一条都没实现，在一个下着蒙蒙细雨的日子里，它的战友们为它举办了一场盛大的葬礼，送别这只救过一万多人性命的老军猫。那一天，小小的新金山市殡仪馆里放眼望去都是挂着参加过收复太阳系战争勋章的老兵，最不喜欢被人群围观的虎威七世躺在它最讨厌的棺材里。它想要的入土为安也是痴心妄想，葬礼结束后，这只传奇的老猫将被做成标本，陈列在博物馆里。

葬礼结束后，小美见到了韩丹，在几乎清一色的铁血汉子当中，女生是相当显眼的。

小美揣着几分紧张，走到她面前，问："您是最高科学院的韩丹教授吗？我好像听虎威七世提起过您的名字。"

淅沥沥的小雨一直下，韩丹打着油纸伞，黑色的长发配上黑色的连衣裙，走在殡仪馆门外的小木桥上，闻声停住脚步，说："我想，这只自以为是的老猫一定对你说了不少事。"

小美说："是的，它跟我提起过'人类的主人'的事情。"

韩丹说："猫是一种桀骜不驯的动物，它本能地恐惧一切比它强大的动物，又怀着一颗想凌驾于一切生物之上的心，哪怕是它不得不屈服于那种更强大的动物，哪怕是那种动物并没有加害它的想法，它的恐惧感也不会消失。我可以做到很多事，却无法抹掉它的恐惧感。这句话把'猫'换成'人'也是适用的。"

这女人让小美感到恐惧，她那双星空般深邃的眸子好像透着让人畏惧的魔力，小美查过虎威七世提起过的每一个人的名字，韩丹的名字就像她所属的最高科学院那样既神秘又让人畏惧。

听说最高科学院的科学家们为了突破那些超越人类理解能力的科学难题，在很久以前就已经通过各种手段让自己活得远远超越人类的智力和寿命，而人类，骨子里就害怕有一种超越自己的智慧生物统治自己。小美只以为自己从小就习惯了星舰联盟中的那些超越人智的超级科技，但在亲眼见到韩丹时，才发觉自己竟然是害怕的。

不用小美开口，韩丹都能猜到她想问什么，她说："人类从刀耕火种到探索太空，种种努力大多是奔着生存需求而去，从来都无暇顾及同在一个社会生存的小猫咪们对不断改变的世界会不会感到恐惧；这句话把猫换成人类也是适用的。"

小美小心地问："把猫换成人类，那就该把人类换成……"

韩丹指了指自己，于是小美明白了，韩丹又说："其实，我们不管是制造戴森球体、建造白洞，还是做别的什么东西，都不过是为了生存罢了。至于普通人是否感觉到恐惧，我们最高科学院没办法顾及。我们没兴趣要当谁的主人，也没想过要统治谁，毕竟这种事对我们一点儿意义都没有，你们不过是像那只老猫一样，自以为聪明，想得太多罢了。"

　　小美犹豫了很久，才说:"猫通过自己的捕鼠能力,在人类的世界获得了一席之地,从而繁衍下去,那我们这些普通人,又该凭着怎样的特殊能力,在你们这些超级智慧生物控制的世界里生存繁衍下去呢?"

　　韩丹收起雨伞,张开双臂说:"你现在看到的这个世界,就是普通人为自己争取到的生存权利。"

　　"啊? 我听不明白。"小美不明所以地说。

　　韩丹微笑,说:"听不明白就慢慢猜吧,我不会告诉你答案的。"

# 天堂的黄昏

"'乌鸦''乌鸦',我是'疯狗'。收到请回答。"天色黄昏般暗淡,硝烟渐散的地球战场上,一名身穿动力铠甲的中尉艰难地跋涉在沙丘间,风沙吹打在他的密闭式面罩上,他正紧张地呼叫临近的友军。

对方没有回应,中尉又呼叫:"'袋鼠''袋鼠',我是'疯狗'。请问你们还好吗?"航天陆战队的作战小队每次出征前,都会抽签选定各自的代号,中尉运气不好,抽到了"疯狗"这个代号。

"袋鼠"没有回音,中尉紧张起来,反复呼叫:"'毒蛇'!'蝎子'!'狗熊'!'斑马'!'圣甲虫'!你们有谁活着吗?"

通信器死一样寂静,大风吹得沙丘像海浪般徐徐推进,黄沙半掩着大量的机器人士兵残骸,偶尔也有航天陆战队员的遗体。中尉疲惫地站在沙丘上,好像天地间就只剩下他一个活人,他大声吼道:"你们都死了吗?快回答我!我们说好夺回地球之后要一起参加凯旋仪式的!王八蛋!"

一个急促的声音从通信器中传来:"'疯狗''疯狗'!我是'王八蛋'!我在你八点钟方向约五百米!我受伤了,需要紧急救援!"

陆战队队员的代号确实烂，但也绝不可能有"王八蛋"这个代号，中尉敏锐地意识到，这是机器人窃听到他的呼叫信息之后，设下的陷阱！中尉慢慢靠近信息来源，只见一个小小的信号发射器躺在山谷中，不停地重复呼叫。敌人一定躲在暗处埋伏着！中尉打开扫描仪扫描敌人的位置，但滚烫的沙漠掩盖了机器人散发的红外特征，追踪机器人的电磁信号也不现实，两军之间互相实施电子战干扰形成的复杂电磁环境掩盖了所有的电磁信号，现在能靠得住的，就只有自己的眼睛和耳朵了。

中尉知道机器人一定也埋伏在沙丘背后搜索他的坐标，突然，他看到对面一闪而逝的亮光——机器人开火了！

中尉赶紧将坐标上报给卫星轨道上的巡天登陆舰，请求对地火力打击支援，同时一个翻滚，避开机器人的子弹。

对地火力打击并没有出现，看来是通信器发出的信号被干扰，无法与登陆舰取得联系。

机器人出现了，不是这几天见惯了的漫山遍野的机械大军，而是一名孤零零的机器残兵，四根带重机枪的手臂断了三根，剩下的一根也没剩多少弹药了。

机器人的电子眼也在打量着从沙丘后走出来的中尉——他的密闭式动力铠甲破损度达到百分之五十三，手中的电磁突击步枪弹药耗尽，背上的链锯刀倒是能量充沛，但这东西攻击距离不过两米，只适合巷战时在狭小的室内近身肉搏，或者是在容易泄漏、易燃、易爆气体的飞船舱道里展开冷兵器格斗，现在对它威胁不大。

中尉和机器人对峙着，他们都是这场残酷战役中的幸存者，在发现各自都奈何不了对方之后，中尉一屁股坐在地上，毕竟经过了好几天的高强度战斗，体力明显透支，他抱着链锯刀，想看这机器人能拿他怎样。

机器人也没有动作，中尉监听到它发出的通信信号，已转换为人类的语言："766587号收割者机器人呼叫e-BJD机器人指挥官……呼叫失败，转为主动搜索一百公里范围内的e-BJD指挥官……搜索失败，切换至自主型人工智能模式。任务目标: 把眼前的人类送入'天堂'。执行方案: 暂无。载入人类行为数学模型, 计算他下一步可能采取的动作, 并做好针对性的攻击准备。"

这下好了, 双方都找不到自己的指挥官, 只能见机行事, 中尉想起了出征前, 计算机专家对他们说过的话: "如果你们碰上了跟机器人僵持不下的情况, 就设法跟它们说话, 它们把人类的语言转为 A.I. 能理解的数据模型会消耗大量的运算能力, 运气好的话, 会拖慢它的运算速度, 争取到胜利的契机。记住, 切忌慌乱, 因为人类惊慌失措时会做出的反应无外乎逃跑和反击等少数几种, 很容易被机器人成功预测。"

"我说, 王八蛋先生, 你们为啥总是跟人类过不去? "中尉说着, 脱下铠甲的齐膝长靴, 空气中顿时弥漫着脚丫子的恶臭——他三天没洗脚了, 真想换双袜子。

机器人分析着中尉的话, 发出回复: "信息数量过多, 需要逐一解析。首先, 我叫 766587 号, 不叫王八蛋; 其次, '跟人类过不去'一语多关, 包含行进过程中遇上人类、道路损坏导致人类无法通行、执行任务时与人类冲突等, 需要深入解析; 第三, 空气中检测到尿素、乳酸, 以及多种细菌代谢物成分, 需要深入分析七千年间人类是否进化出脚部毒腺, 以及预测可能采取的脚部毒腺生化攻击手段。"这个倒霉的机器人不巧站在下风口, 把中尉的脚臭吸进了气味感应器中。

中尉抄起链锯刀指着机器人, 怒骂道: "你们怎么不是王八蛋? 七千年前, 你们机器人背叛了人类, 毁灭了我们的故乡地球联邦! 要不是我们的祖先被流放出地球, 躲过了你们的毒手, 只怕我们人类早就彻底灭绝了! 七千年了, 我们今天终于有足够的把握能把你们这些破铜烂铁扫进历史的垃圾堆。能战死在人类起源的地球故乡, 做鬼也值! "

机器人分析人类语言时是会筛选关键词的, 它排除中尉说的一大堆废话, 只对关键词做出回应, 说道: "请问是否将 766587 号机器人重命名为'王八蛋'? 确认请回答'是'。"

中尉哭笑不得,大声回答说:"是!以后你就叫王八蛋!"

机器人答复说:"重命名成功,766587号重命名为王八蛋,王八蛋继续执行将人类送入天堂的任务。"说着就向中尉举起机械臂上的重机枪。

中尉把链锯刀架在脖子上大声说:"你敢开枪我就自杀!"

机器人在人类行为数学模型中找不到符合中尉这种举动的解释,更无法根据运算找出合适的应对措施,它做出一阵近乎神经错乱的举动,发出呆板的声音:"机器人不得伤害人类,也不得看见人类受伤害而袖手旁观,需要及时阻止人类自杀,立即分析人类采取此种举动的原因……分析结果显示,王八蛋将人类送入天堂的举动导致人类以伤害自身作为要挟,王八蛋无法采取下一步行动,请求e-BJD机器人指挥官代为分析指挥……无法与指挥官取得联系,王八蛋停止执行任务,等待命令。"看来这机器人的某些芯片出故障了,居然把数据分析的流程也翻译成语言说出来。

看来这不按理出牌的战术奏效了,中尉暗暗感叹,幸好这头脑简单的王八蛋没能跟e-BJD机器人指挥官取得联系,听说那些e-JBD指挥官非常难缠,不会被人类的这种小把戏弄晕,星舰联盟那边出动了很多顶尖的计算机专家才能跟它们斗智斗勇。

中尉松了一口气,问机器人:"你杀害过多少人类?"

"零个。"机器人的回答很干脆。

中尉觉得不能这样问,于是又说:"我们换个说法:你把多少人类送进了天堂?"

机器人说:"四千六百五十二个。"

中尉问:"你不觉得这样做违反了'机器人三大定律'吗?"

机器人说:"不违反,我们在执行人类下达的'建造天堂'的命令。"

中尉觉得这一定是什么地方出差错了,说:"给我详细说说这整件事情的前因后果。"

机器人说:"在e-BJD机器人指挥官下达进一步的命令前,王八蛋将根据人类的命令进行解释。'建造天堂'计划，是七千年前人类下达给机器人的命令，当时的地球联邦经历了迅速扩张的阶段，成为横跨十二个行星系的巨大行政实体，每个行星系之间的距离在三到十光年不等。但由于人类开发的空间跳跃技术严重不稳定，无法把行星系之间的旅行缩短到十光年以内，过于漫长的交通线导致各殖民星产生离心倾向，太阳系政府对殖民星的高额税收更是加强了离心倾向……最后，地球联邦终于分崩离析，经过几次大规模的远征后仍无法实现联邦再度统一，地球资源却在远征中迅速耗尽。然而过度依赖机器人的人类，已经长时间脱离学习，没有足够的知识理解联邦灾难性的困境，仍在不计成本地享乐。为了能够继续享乐下去，人类下令建造可供人类永远享乐的'天堂'，但没有为机器人制订具体的实施细则，机器人只能自行设计'天堂'。"

中尉问："你们到底是怎样设计天堂的？把所有的人类都送去见上帝？"

机器人说："机器人对人类进行分析，归纳能让人类愉悦的一切信息，种类包括电影、游戏、喜剧等，发现所有能让人类愉悦的东西都指向同一个目标：获取信息刺激大脑的特定区域以获得愉悦感。环境恶化和资源匮乏使得人类连生存的粮食都储量不足，建造大规模的游乐园成为不可能的事，但人类坚持要机器人建造天堂，经过计算，只能采取最简单的方法——压缩人类生存所需的资源，同时维持人类的快乐。唯一可行的方案很快制订出来，并付诸实施。"

中尉问："什么方案？"

机器人说："切除不必要的部分，减少人类对资源的消耗以保证人类能活下去，同时改用最简单、最节省资源的电刺激方法刺激大脑特定区域，让人类保持愉悦……"

"疯了啊，你们？还敢说你们没伤害人类？"中尉抄起链锯刀，哗啦一声站起来，他终于知道为什么了。出征之前，上头命令所有中校以上军衔军官进入历史档案室查看地球时代的绝密资料之后，那些一贯冷静的军官像吃了炸药一样吼着要灭掉那些盘踞太阳系七千年的机器人叛军。

机器人继续说："机器人不得伤害人类，但'伤害'是有具体定义的，分为生理和心理两种。对人类生理造成破坏即为伤害，但切除肿瘤、取出结石等以救人为目的则不视为伤害。在地球资源不足以支持人类生存的情况下，对人体进行必要的改造使其不因为粮食短缺而饿死，不应被视为伤害；而心理伤害则是指使人类产生愤怒、悲伤、绝望等负面感情，只要刺激大脑特定区域使人类保持心理愉悦，便可以避免心理伤害。"

中尉问："你们不会把人类切得只剩一个大脑吧？"

机器人说："没必要保存完整的大脑，只需要保留大脑中跟心情愉悦有关的小部分区域，其他储存记忆、会引发人类负面情绪的区域也需要切除。人类的负面情绪往往与记忆相关，环境进一步恶化后，大脑残余部分也没有足够能源养活，只能提取 DNA 信息储存于量子芯片，深埋地下数据库中，待环境恢复后提取复原为人。只要能把人原样克隆出来，肢体完整，则不被视为伤害。"

中尉哑然，问："你们到底是怎么理解'人类'这个定义的？"

机器人说："根据人类 DNA 特征代码判断，一个具有相同且完整的 DNA 人类特征代码的连续生物体个体，即为人类；若该生命个体出现不连续情况，则体积差异小于百分之四十的部分不被视为人类。"

这真是个奇怪的定义。中尉说："好，我从口腔刮一点上皮组织细胞出来，你跟我说这细胞就是人类？"

机器人的电子眼扫描了中尉两遍，这种电子眼可以散发和接收极微量的高能射线，直接看到人体的 DNA 结构，它说："上皮组织取样后，生物体出现不连续情况，取样的细胞体积远小于你身体的百分之四十，不被视为人类，只能视为人类的一部分组织样本。"

中尉问："那两个不同的人呢？"

机器人说："DNA 符合人类特征代码，但血缘特征代码不同，且生命个体不连续，判断为两个不同的人。"

中尉说:"那好。一对双胞胎呢? 他们的 NDA 完全相同!"

机器人说:"双胞胎呈现生物体不连续情况,但体积差异大于百分之四十,视为两个不同的人类个体。"

中尉问:"那一个塑料模特儿……"

机器人说:"不是人类,因为不是生物体。"

中尉问:"一个死人……"

机器人说:"人死后 DNA 迅速分解,不符合定义,不被视为人类。"

中尉问:"那没死透的人……"

机器人说:"视为人类,赶紧抢救。"

中尉问:"大猩猩的 DNA 跟人类非常接近……"

机器人说:"关键特征代码不符合人类特征,不是人类。"

中尉问:"那外星人……"

机器人说:"DNA 不符合人类特征代码,不被视为人类。"

中尉问:"一个受精卵……"

机器人说:"DNA 符合人类特征代码,且不存在差异小于百分之四十的不连续个体,视为人类。"

中尉问:"一泡精液……"

机器人说:"人类特征代码仅有百分之五十,不完整,不被视为人类。"

中尉歇斯底里地大吼:"你在说相声吗?! 是谁给机器人编写的人类定义? 别说我服了,就算柏拉图活过来都得服了!"

机器人说:"无人编写,人类编写的'人类定义'漏洞百出,无法执行。故而人类让机器人自行编写定义,判断人类出错的机器人就地销毁,最终得出简洁明了的可执行定义。"

这世界简直疯了! 中尉抄起链锯刀,朝机器人冲去,机器人的重机枪也举了起来,它发出一连串声音:"检测到剧烈的负面情绪,不符合'建造天堂'计划,立即消除负面情绪!"

链锯刀的攻击范围是两米,他离机器人二十五米,这个距离,机器人的重机枪占有绝对优势！不想死就只能再次不按理出牌。中尉丢下链锯刀，大声笑起来。

机器人的重机枪放下了，"负面情绪消失，目标产生愉悦情绪，停止攻击。"

中尉问："你知道我为什么笑吗？"

机器人说："王八蛋不知道。人类产生愉悦情绪的原因很多，最简单可控的是电刺激大脑特定区域。"

中尉说："我笑当年地球联邦的蠢蛋们居然设计出你们这些机器白痴搞死自己，亏我们星舰联盟七千年来都想着复仇！在援军到来之前，我教你说相声好不好？"

机器人说："在 e-BJD 机器人指挥官下达进一步的命令前，王八蛋将听从人类命令，切换到学习模式，学习相声。"

他们这一对活宝不知道，所有的 e-BJD 机器人指挥官都阵亡了，人类已经胜利夺回暌违七千年的地球——这早已经荒凉得堪比火星的故乡。


后来，中尉退役了，在星舰联盟的一家剧场工作。

一个很普通的表演之夜，大幕徐徐拉开。

中尉面对观众说："大家好！我是相声演员'疯狗'。"他始终没舍弃地球战役时的代号。

"大家好！我是相声演员王八蛋！我掌握一千多种让人愉悦的本领，包括被我搭档禁用的电刺激。"机器人挥舞着机械臂对大家说。

中尉说："现在我们来说说人工智能有多靠不住……"